U0543671

成为更好的人

К о н с т а н т и н   Г е о р г и е в и ч   П а у с т о в с к и й

Повесть о жизни

第一部

遥远的年代

生 活 的 故 事

[俄] 康·帕乌斯托夫斯基 著

许力 译　王志耕 校译

GUANGXI NORMAL UNIVERSITY PRESS

广西师范大学出版社

·桂林·

生活的故事
SHENGHUO DE GUSHI

出 品 人：刘春荣
责任编辑：王辰旭
助理编辑：田　晨
特约编辑：罗敏月　郑夏蕾
装帧设计：王　烁
责任技编：郭　鹏

图书在版编目（CIP）数据

生活的故事：全 6 册 /（俄罗斯）康·帕乌斯托夫斯基著；王丽丹等译．—桂林：广西师范大学出版社，2019.6
ISBN 978-7-5598-1654-2

Ⅰ．①生… Ⅱ．①康…②王… Ⅲ．①自传体小说—俄罗斯—现代 Ⅳ．①I512.45

中国版本图书馆 CIP 数据核字（2019）第 038732 号

广西师范大学出版社出版发行
（广西桂林市五里店路 9 号　邮政编码：541004
网址：http://www.bbtpress.com）
出版人：张艺兵
全国新华书店经销
广西广大印务有限责任公司印刷
（桂林市临桂区秧塘工业园西城大道北侧广西师范大学出版社集团有限公司创意产业园内　邮政编码：541199）
开本：880 mm × 1 230 mm　1/32
印张：57.625　　字数：1 429 千字
2019 年 6 月第 1 版　　2019 年 6 月第 1 次印刷
定价：318.00 元（全 6 册）

若干思想的断片（代序）

通常，一个作家比批评家和文艺学家更了解他自己。这就是为什么我同意出版社的建议，给我自己的作品集写一个简短的序言。[1]

但是，另一方面，一个作家谈论自己的事情，其可能性是有限的。他会受制于诸多困难，首先，就是羞于对自己的书做出评价。

此外，期待作者对他自己的东西做出解释——这是徒劳无益的事情。契诃夫在此情况下曾经说过："你们读我的书吧，书里面都写着呢！"我很高兴能够重复契诃夫的这句话。

因此，我要表述的只是关于自己创作的一些想法，简略地传达我自己的成长经历。详谈个人的生平没有意义。我的整个一生，从童年早期开始一直到三十年代初期，都写在六卷自传体的《生活的故事》当中，就收在这个作品集里。至今，我仍在继续《生活的故事》的写作。

一八九二年五月三十一日，我出生在莫斯科石榴巷的一个铁路统计

1 此文为帕乌斯托夫斯基为其作品八卷集的出版（莫斯科，1967—1970）所写的序言。

员家里。

我的父亲出身于扎波罗热的哥萨克，他们在谢奇[1]被取缔之后迁徙到罗西河畔，在白采尔科维[2]附近。我的祖父——前尼古拉时代的士兵——就住在那里，还有我的祖母也住在那里，她是一个土耳其女人。

尽管统计员需要用冷静的目光看待事物，但是，我的父亲却是一个不可救药的幻想家和新教徒。他自己的这些品质使得他不可能在某个地方生活得太久。继莫斯科之后，他先后在维尔诺、普斯科夫供职，最终在基辅定居，这一次相对来说比较稳定。

我的母亲——一个糖厂职员的女儿——是一个爱发号施令的、很严厉的女人。

我们的家很大，而且多姿多彩，所有人都爱搞艺术。在我们家，大家经常唱歌、弹钢琴、争论，极度虔诚地热爱戏剧。

我在基辅第一古典中学上学。

当我读六年级的时候，我的家分崩离析。从那时起，我就开始自己赚钱供自己生活和学习。让我勉强赖以为生的是相当繁重的活计——所谓的补习教师。

在中学的最后一个年级，我写了第一篇短篇小说，并且将它发表在基辅的文学杂志《灯火》上。这件事我记得是在一九一一年。

中学毕业后，我在基辅大学待了两年，然后转入莫斯科大学，并且搬到莫斯科。

1　谢奇，是扎波罗热地区哥萨克营地的称谓，是16世纪至18世纪乌克兰哥萨克的自治组织。

2　白采尔科维，属于基辅州的小城。

世界大战开始的时候，我做过莫斯科有轨电车的司机和售票员；之后，做过后方和战地救护车的卫生员。

一九一五年秋天，我从救护车转到一个野战救护队，并且和他们一起走过漫长的撤退之路——从波兰的卢布林到白俄罗斯的小城涅斯维日。

在救护队，我从偶然得到的破报纸的残片上得知，我的两个兄弟同一天在不同的前线上被打死了。我回到母亲那里——当时她住在莫斯科，但我不能在那里待很长时间，于是，我又重新开始自己漂泊的生活：我去了叶卡捷琳诺斯拉夫[1]，并且在那里的布良斯克村社的冶金厂工作，然后，我又转到尤佐夫卡的新俄罗斯工厂，从那里又去了塔甘罗格的涅夫-维尔戴锅炉厂。一九一六年秋天，我又从锅炉厂离开，去了亚速海的渔业合作社。

在塔甘罗格，我开始利用空闲时间，写我自己的第一部长篇小说——《浪漫主义者》。

后来，我搬迁到莫斯科。在那里，我赶上了二月革命，并且开始了记者的工作。

我长大成人，以及成为作家，都是在苏维埃政权时期，这也确定了我整个未来的人生之路。

在莫斯科，我经历了十月革命，成为一九一七年至一九一九年间诸多事件的见证者。我曾经几次聆听列宁的演说，也经历过报社的紧张生活。

1 叶卡捷琳诺斯拉夫，乌克兰城市第聂伯罗彼得罗夫斯克的旧称。

但是，很快我就被搞得“晕头转向”。我离开这里，去母亲那里（她又搬家到乌克兰），在基辅，我历经了几次变故，又从基辅去了敖德萨。在那里，我第一次接触到青年作家的圈子——伊利夫[1]、巴别尔、巴格利茨基、申格利、列夫·斯拉温。

但是，“长途跋涉的缪斯”并没有给我带来安宁。我在敖德萨待了两年之后，又搬到了苏呼米[2]，然后是巴统[3]和梯弗里斯。从梯弗里斯我去了亚美尼亚，甚至还去过北波斯。

一九二三年，我返回莫斯科，在那里做了几年罗斯塔社的编辑。那时，我已经开始发表文章了。

我的第一本“真正的”书是短篇小说集《逆行的船》（一九二八）。

一九三二年夏天，我开始致力于《卡拉-布加兹海湾》的创作。《卡拉-布加兹海湾》和其他几本书的写作过程在我的中篇小说《金蔷薇》[4]中已经有相当详细的叙述，在此不再赘述。

《卡拉-布加兹海湾》出版以后，我就辞职了，并且从那时起，写作就成了我唯一的、占据我整个身心的工作。这工作有时让人十分痛苦，却又总是让人喜爱。

我依旧经常出门，甚至比从前还要频繁。在我自己的作家生涯里，我去过科拉半岛，住过梅晓拉，游历过高加索和乌克兰、伏尔加河、卡马河、顿河、第聂伯河、奥卡河、杰斯纳河、拉多加湖、奥涅加湖，还

1 伊·阿·伊利夫（1897—1937），苏联作家。
2 苏呼米，格鲁吉亚的阿布哈兹自治共和国首府。
3 巴统，格鲁吉亚的阿扎尔自治共和国首府。
4 《金蔷薇》从体例上看实际是一部散文集。

去过中亚、克里米亚、阿尔泰、西伯利亚，还有我们那美妙的西北地区——普斯科夫、诺夫哥罗德、维捷布斯克，以及普希金的米哈伊洛夫斯科耶。

在伟大的卫国战争时期，我在南方前线做战地通讯员，也游历过许多地方。战争结束后，我又多次旅行。在二十世纪五十年代和六十年代初期，我去过捷克斯洛伐克，在保加利亚全然童话般的渔业小镇涅塞伯尔（梅塞美里亚）和索佐波尔流连过，我还游遍波兰，从克拉科夫到格但斯克，我还做过环欧旅行，到过伊斯坦布尔、雅典、鹿特丹、斯德哥尔摩，去过意大利（罗马、都灵、米兰、那不勒斯、意大利的阿尔卑斯山），到过法国，其中包括普罗旺斯，还有英国，去过那里的牛津和莎士比亚的斯特拉福德。一九六五年，我患上顽固的哮喘病，因此，我在卡普里岛住了相当长的一段时间——这是一个巨大的悬崖地带，芳草萋萋，连绵不绝，还有树脂丰盈的地中海松树——五针松，还有瀑布（确切地说，这是花的瀑布）——鲜红的热带叶子花的瀑布。我还在被温暖清澈的地中海海水浸润着的卡普里岛住过。

这多次的旅行以及与形形色色的人的相遇——在每一个不同场合遇到的人，依我看都是一些有趣的人，对这一切的印象构成了我许多小说和旅途特写的基础（《美丽如画的保加利亚》《罐子》《第三次相逢》《滨河大街上的人群》《意大利的相遇》《巴黎掠影》《拉芒什的灯火》等等），读者也将在这部作品集里发现它们。

我在自己的一生中没少写东西，但是，有一种感觉从未离开过我，那就是我还有许多事情要做，还要更深入地理解生活的某些方面和现象，一个作家只有在成年以后，才能学会讲述这一切。

青年时代，我迷恋异国情调。

从童年开始，对超凡事物的期望就总是萦绕在我的心头。

在基辅寂寥的住宅里，我度过了自己的童年，非凡的事物像一股风，总是在我的身边吹拂。我用自己一个小男孩儿的想象力呼唤它出来。

这股风带来了紫杉林的芬芳，大西洋岸边海浪拍击出的泡沫，热带大雷雨的轰隆声，以及风鸣竖琴的铮铮声。

但是，这个异国风情的缤纷世界只存在于我的想象中。我没有见过幽暗的紫杉林（除了尼基塔植物园里的几棵紫杉树），也没见过大西洋，也没到过热带地区，一次也没听过风鸣竖琴的铮铮声，我甚至不知道它看起来是什么样子的。过了很久，我从旅行家米克卢霍–马克莱[1]的札记中得以知道这一切。马克莱用竹竿做过一架风鸣竖琴，就在新几内亚他自己的小茅屋旁边。风在空心的竹竿中猛烈地呼啸，吓跑了那些迷信的土著人，他们便不再打扰马克莱工作。

地理是我在读中学时比较喜欢的一门学科。它客观地证实了地球上存在着若干非凡的地带。我知道，我们当今贫乏杂沓的生活不会给我提供目睹它们的可能性。我的梦想显然是无法实现的。但是，我的梦想不会因此消亡。

我的心情可以用两句话说明：对想象世界的惊叹，以及由于无法目睹它而引发的苦闷。这两种感觉在我青年时代的诗歌和初期不成熟的散文里占主导地位。

随着年龄的增长，我远离了异国情调，远离了它的华丽、刺激、兴奋和对朴素、平凡的人的冷漠。但是，有很长的一段时间，在我的一些

1 尼·尼·米克卢霍–马克莱（1846—1888），俄国民族学家、旅行家。

中篇和短篇小说里，依旧可以捕捉到它不经意间抖动的一缕金光。

我们还经常错误地把两个不同的概念混为一谈——一个被我们称为异国情调，另一个被我们称为浪漫主义。我们用纯异国情调偷换浪漫主义的概念，可是我们却忘了，纯异国情调只是浪漫主义的一个外壳，它缺少独立的内容。

异国情调本身是脱离生活的，然而，浪漫主义却根植于生活，并汲取它所有宝贵的汁液。我远离了异国情调，却没有离开浪漫主义，而且任何时候都不会离开它——不会离开它那净化心灵的火焰，离开它那人性的冲动、精神的富足，以及持久的躁动。

浪漫主义情怀不允许一个人是现实的、无知的、怯懦的和残忍的。浪漫主义蕴含着使人变得高尚的力量。我们没有任何合理的理由可以拒绝它，无论是在为了未来的斗争中，还是在日常的劳动生活之中。

诚然，人们可以在《浪漫主义者》《闪亮的云》，以及许多我早期的浪漫主义短篇小说中找到异国情调。我不认为以后需要改写这些东西，它们的身上有着自己时代的烙印以及我当时的处世态度。因此，它们在此出版时要同它们问世时保持一致，只是个别的地方必须改正一下，诸如明显的错误以及表现手法的欠缺。

我挣脱纯异国情调，并且写下一篇与此相关的题为《海上的嫁接》的短篇小说，内心并非没有挣扎。

在这个断裂处，参观莫斯科天文馆成为最后的推动力。这个天文馆刚刚开放。天文馆的建造者、建筑师西尼亚夫斯基带我看了人造星空的第一次展出。我跟所有人一样，被这个景象迷住了。

我们走出天文馆的时候已经很晚了。当时是干燥的十月。大街上散发着落叶的味道。突然，我仿佛第一次看见我头顶上那巨大的、活生生的、群星沸腾的天空。轻盈的云彩如烟一般在高空飘过，但是，它们没有遮住星星。秋天凝重的空气似乎使天穹显得更加灿烂。

于是，几乎所有我在这个晚上之前写的东西，在我看来都是如此矫揉造作，就像是天文馆里的天空——混凝土的圆顶，上面带着一些人工仿造的星座。一开始，它使人惊叹，但是，在它的内部没有深度、空气、容量，以及与宇宙空间的融合。

那一晚过后，我毁掉了自己写的一些最华丽的和最矫揉造作的短篇小说。

但是，在我接下来的人生当中，我确信一个老生常谈的事实，那就是任何事情——甚至是最琐碎的小事，对我们来说也不是平白无故发生的。青年时代，我钟情于异国情调，这在某种程度上使我养成了一种习惯——寻找和发现周围事物中那些美丽如画的，有时甚至是不同寻常的特征。

从那时起，轻柔的浪漫主义幻想总是与现实一起向我闪烁，这幻想就像是一道补充的光，虽然它并不明亮。这幻想就像是画面上的一缕微光，它照亮了这些细节，没有它，这些细节或许就不会被发现。由此，我的内心世界变得更加丰富。

幻想参与到我的创作之中，若有若无，《卡拉－布加兹海湾》《科尔希达》《黑海》以及其他一些中短篇小说无疑从中获益。

异国情调走到了尽头。替代它的是对真实和质朴的渴望。

但是，就在不久前，异国情调再一次迫使我思考它的实质。这件事情发生在环欧旅行的时候。

我们的轮船驶离敖德萨，并且用了两个昼夜横穿因乌云密布的天空而忧伤地泛着青色的茫茫黑海。船尾泡沫飞溅，它的踪迹仿佛是一条缆绳上拖着一群蜷起红色爪子的海鸥。

地平线上茫然一片。只是快到博斯普鲁斯海峡的时候，阴暗之处才渐渐明朗起来，云雾的后面显现出黑森林覆盖着的、蛮荒的安纳托利亚山脉。

轮船急速转弯，驶进博斯普鲁斯海峡。

一幅画面在我们面前展开，就像是一个沿海国家古老而华丽的布景。在这个布景上的某个地方，镀金的饰物闪耀着光芒，有的地方人们用鲜活的色彩略加修饰。山脉，古老的钟楼，宣礼塔，悬崖峭壁，拱廊，城堡，灯塔，橄榄树的小树林，帆船，野蔷薇，古老的柏树，桅杆和横桁交织在一起。我感觉到，它们在火红的晚霞中是一幅壮观的、清晰的节日景象，是由一个孜孜不倦的、快乐的艺术家虚构出来的。

几十艘鹦鹉般色彩缤纷的小帆船——胭脂红的、黄的、绿的、白的、深蓝的和船舷镶着金边的黑色的——迎着我们的轮船行驶着，海水起了泡沫。

我们在一个玩具一样的小镇对面抛锚停泊。晚上的时候，家家户户都亮起灯来。灯光不是很亮，从花草树木间透射出来。

我从甲板上看见一条狭窄的街道，它通向山里。深色的，几乎可以说是黑色的棚子罩住整条街道。这棚子是用细长的木杆搭起来的，上面爬满了葡萄藤。一大串一大串成熟的葡萄低垂在街道的上空。一只小毛驴走在葡萄架下，它的脖子上挂着一个小灯。小灯十分明亮。

这个小镇是伊斯坦布尔的门户。从一个水上的小咖啡馆的露台上传来单调的音乐声。土耳其姑娘们穿着浅色的连衣裙，倚在栏杆上，眺望海峡。用望远镜看去，她们的脸清晰可辨，似乎都很苍白。从岸边散发出夹竹桃的气息。在渐渐暗淡的天空中，一轮新月闪着微光——就跟无数小清真寺圆顶上的新月标志一样。

这一切对我来说似乎有些不现实，它使我想起青年时代的幻想。但是，与此同时，这一切又都是实际的存在。

我最终相信，在我面前的是富有传奇色彩的博斯普鲁斯海峡，我也确实站在甲板上，而且在旁边，地球上最古老的地带就淹没在暮色之中——小亚细亚、神奇的特洛伊和赫勒斯滂海峡。

那些不久前还只是存在于我想象之中的异国情调的画面，如今我亲眼看到了，见得越多，它们就变得越清晰，这个从想象的领域转换到意识领域的世界相当有趣、有意义，我想说，这比我对它的想象更加神奇。

从那时起，对这个现实的意识伴随着我的整个旅程，从未离开过——在淡紫色的爱琴海，粉红色的岛屿沿着地平线星罗棋布，甚是壮观；在雅典卫城，建筑物用好像被蜜蜂咬过的陈蜡筑成；在墨西拿海峡，弥漫着使人产生错觉的淡蓝色空气；在罗马的万神殿内，简朴而肃穆的拉斐尔陵墓上摆放着干枯的石竹；在大西洋、沸腾的巴黎、拉芒什海峡，当漂浮着的航标上那古老的排钟透过迷雾迎着轮船响起的时候——无论在何处……

我似乎觉得，浪漫主义倾向是我的散文的典型特征之一。

当然，这是性格特征。要求每一个人，尤其是作家，拒绝这个倾向性，这是荒谬的。这样的要求只能用无知来解释。

浪漫主义情怀，与对“粗俗”生活抱有极大兴趣，与对这种生活的热爱，并不矛盾。在所有的现实和人类活动的领域，除了个别情况，都含有浪漫主义的种子。

可以不去关注或是践踏这些种子，或者，与此相反，给它们提供一个契机：让它们茁壮成长，用它们的繁花装点一个人的内心世界，并使其变得高尚。

一切事物都富有浪漫主义色彩，包括科学和认知。一个人懂得越多，他对现实的理解就越充分，诗意就会更紧密地围绕他，他也就越幸福。

相反，无知会使一个人变得对世界漠不关心，而这种冷漠虽然是慢慢地增长，却是不可逆转的，就像恶性肿瘤。生命，在一个冷漠之人的意识里很快就会枯萎、暗淡，生活的巨大岩层也会消亡，最终，这个冷漠的人便会抱着自己的无知和可怜的幸福顾影自怜。

真正的幸福——首先，这是有知识者的造化，是探索者和幻想家的家园。让我高兴的是，就在不久前，评论界进行了几番暴风骤雨般的争论，之后，浪漫主义情调又在我们的文学生活中占据了它应有的位置。

在给自己的书所作的这篇序言中，我尝试着梳理一下我个人所走过的路，让它变得更清晰（特别是为了我自己），并确定是哪些情况导致了我作品的诞生。

必须清楚，是怎样的动机主导着作家的工作。这些动机是否强大与纯粹，从下述情况中可以直接看出来：民众对作家给予肯定，还是漠然置之，还是对作家所做的一切直接否定。

渴望知晓一切，渴望观光旅行，渴望成为纷繁事件和人类激情碰撞的参与者，这在我的体内形成了对某种非凡职业的向往。这个职业应当和这沸腾的生活联系在一起。

然而，世上有这样的职业吗？我对此问题想得越多，一个接着另一个的职业就越来越快地被排除掉。在这些职业中没有充分的自由。它们不能包罗生活的方方面面，因为生活处在急剧的发展和千变万化之中。

我也曾认真地思考过，我想当一名水手。但是很快，作家梦取代了所有其他的想法。

写作——它集世界上所有吸引人的职业于一身。它是独立的、英勇的和高尚的事业。

但是，当时我还不懂得，写作——这也是一种劳动，繁重的、需要大量付出的劳动；我也不懂得，一个作家哪怕向人们隐瞒一丝一毫的真理，这对他必须为之负责的良知而言也是一种罪过。

所有人的痛苦与欢乐都一定能成为作家的家园。一个作家应当具有独特的看待世界的能力、不屈不挠的斗争精神、抒情的力量，他能把生命与自然融为一体，当然，就不必细说其他的诸多品质了，例如，简单的心理承受能力。

心意已决。未来变得清晰。已经选择好的道路是美好的，哪怕它充满艰辛。多年以来，一次也没有出现过让我背叛它的诱惑。

我的写作生涯，就像我已经讲到的那样，始于一个想知晓一切、目睹一切的愿望。显然，它也将结束于此。

长途旅行的诗意与不加修饰的现实结合在一起，这是这些作品创作中的最佳融合。几乎在我的每一部中篇和短篇小说中，都可以看到漂泊的痕迹。最初是南方。与此相关的作品有《浪漫主义者》《闪亮的云》《卡拉-布加兹海湾》《科尔希达》《黑海》，以及一系列短篇小说，其中包括《殖民地商品的标签》《逝去的日子》《帆船大师》《蓝色》，还有其他几篇。

我的第一次北方之旅是去列宁格勒、卡累利阿和科拉半岛——简直令我叹为观止。

我体会到了北方迷人的力量。涅瓦河上的第一个白夜使我对俄罗斯诗歌有了更多的认识，这胜过读数十本书和耗费时日地为此苦思冥想。似乎，“北方”这个概念意味着的不仅是大自然静谧的美，还有出于某种原因普希金在普斯科夫密林深处写下的诗歌“我那冷酷岁月的伴侣……”[1]，它还意味着诺夫哥罗德和普斯科夫令人生畏的教堂、庄严与和谐的列宁格勒、埃尔米塔日博物馆窗外的涅瓦河、说唱艺人的歌曲、北方女人安详的目光、黑魆魆的针叶林、湖泊上云母般的光泽、稠李树白色泡沫般的花朵、树皮的芳香、伐木工人锯木头的吱吱声、夜里阅读时哗啦啦的翻书声，当朝霞已经隐约地浮现在芬兰湾上空的时候，人们唱起记忆中勃洛克的诗句：

……一缕霞光
把一只手伸向另一只手。
于是，天空中的两姐妹纺织出——
时而粉红、时而淡蓝的云雾，
大海中正在消逝的乌云
带着临终前的愤怒，从眼中喷出
时而深红、时而深蓝的火焰。[2]

这些并不明显的特征构成了北方个性清晰的面貌，要想写尽它们，就得耗费大量笔墨。比起南方，北方更让我着迷。

大概，任何一个艺术家也无法成功地传递出北方略带湿气的夜里那种神秘的静寂，这时，每一滴露珠，以及篝火在草地水洼里的影子，都会引发人们对俄罗斯那份突如其来的、发自内心的、如此羞涩的、深沉的爱，由于这份爱，心脏都会低沉地跳动。真想活上几百年，为了能看

1 这是普希金诗歌《致奶娘》(1826) 的第一句。
2 引自勃洛克的诗《在北方的大海上》(1907)。

这犹如田野里洋甘菊般素朴的北方之美。

北方促成我写出如下几本书——《沙勒尔·隆谢维尔的命运》《湖上前线》《北方故事》，还有一些短篇小说，如《方糖》和《仓促的会面》。

但是，对我来说，最有益的和最幸福的事情，似乎是接触到俄罗斯的中部地区。只是，它来得太晚了。当时，我已年近三十。当然，此前我也去过俄国中部地区，但总是顺路，且匆匆忙忙。

有时经常会是这样：你看到随便一条田野上的路，或是山坡上的一个小村庄——你会突然想起，在很久以前的某个时候，你就已经见过它，或许就是在梦里，但是，你已经全身心地爱上它。

这样的情景也发生在我到俄国中部的时候。它立刻吸引住我，直到永远。我感觉它就像是自己真正的、很久以前的故乡，我感觉到自己是一个彻头彻尾的俄罗斯人。

从那时起，我不知道有什么比我们质朴的俄罗斯人更让我亲近，有什么比我们的土地更美好。

我不会用俄国中部去换取地球上最负盛名的和最令人惊奇的美景。现在，我常常带着温情的微笑回想起青年时代对紫杉林和热带雷雨的向往。我将用那不勒斯湾全部的繁华及其色彩的盛宴换取奥卡河沙滩上被雨水打湿的一丛沙柳，或者换一条塔鲁斯卡蜿蜒的小溪——如今，我常常住在它素朴的岸上，并将在那里恒久地生活下去。

从今以后，我的生活都将与这灌木丛，还有时不时飘起细雨的阴沉天空、村中的烟雾和草场上湿润的风紧紧地联系在一起。

我重回此地亲人的家中，

我的静默而温柔的故里……[1]

我在梅晓拉林区找到了最大的、最简单的，以及最质朴的幸福。与自己的土地亲近的幸福、冥想的幸福、内心自由的幸福、喜爱的沉思，以及紧张劳动的幸福。

俄国中部——也只有它——是我应当大量去写的东西。列举它们就会占很大篇幅。在这里我只是提一提主要的作品：《梅晓拉地区》、《伊萨克·列维坦》、《森林故事》、系列小说《夏日》、《古老的独木舟》、《十月的夜晚》、《电报》、《多雨的黎明》、《273哨所》、《在俄罗斯深处》、《与秋日独处》、《伊利因深潭》。

在梅晓拉地区，我接触到大众俄语最纯正的源头。为了避免重复，在此我不多谈。我自己对俄语的态度和有关它的一些想法，在《金蔷薇》（《钻石般的语言》一章）中已有表述。

本文的读者可能会觉得奇怪，即作者谈到的主要是其作品中事件发生的外部环境，而对自己的主人公几乎没有提及。

我不能给自己的主人公做出不偏不倚的评价。因此，谈论他们对我来说是一件难事。就让读者为他们做出评价吧。

我只能说，我总是和自己的主人公过一样的生活，总是试图发掘他们身上善良的特征、他们的实质，以及他们身上有时不易被发现的独特之处。我不能判定我是否做到了这一点。

我总是和我自己喜欢的主人公一起处在他们生活的所有情境——苦

1 引自叶赛宁的《我重回此地亲人的家中……》（1916）。

难、幸福、斗争、焦虑、胜利，以及失败。我深深地热爱那些最默默无闻的、命运多舛的主人公身上所有的真正人性的东西，我也同样深深地憎恶人类的龌龊、愚钝和无知。

我的每一本书都是有着不同年龄、民族、职业、性格、行为的人们的总汇。因此，一些批评家的指责让我有些惊讶，他们说我写人的时候总是仓促且不情愿的。显然，对人的浓缩式的描写就成了仓促。

好吧，这一切都很容易检验。为此，可以随便拿一本书看看，在它的字里行间我们将会遇见谁。

名人们的生活总是让我感兴趣。我试图找到他们性格的共同特征——那些能够使他们跻身于人类最优秀的代表行列之中的特征。

除了关于列维坦、基普连斯基和塔拉斯·舍甫琴柯的单行本，我的长篇小说、中篇小说、短篇小说，以及特写中的一些章节是写如下人物的：列宁、高尔基、柴可夫斯基、契诃夫、施密特中尉[1]、维克多·雨果、勃洛克、普希金、克里斯蒂安·安徒生、莫泊桑、普里什文[2]、格里格、盖达尔、查尔斯·德·科斯特[3]、福楼拜、巴格利茨基、穆尔塔图里、莱蒙托夫、莫扎特、果戈理、爱伦·坡[4]、弗鲁别利[5]、狄更斯、格林[6]、马雷什金[7]。

1 彼·彼·施密特（1867—1906），俄国革命活动家，1905年塞瓦斯托波尔起义的领导人之一。

2 米·米·普里什文（1873—1954），苏联作家。

3 查尔斯·德·科斯特（1827—1879），比利时法语作家。

4 爱伦·坡（1809—1849），美国作家、诗人。

5 米·亚·弗鲁别利（1856—1910），俄国写生画家。

6 亚·斯·格林（1880—1932），原姓格里涅夫斯基，俄苏作家。

7 亚·格·马雷什金（1892—1938），苏联作家。

但是，我最经常和最喜欢写的还是默默无闻的普通人——手艺人、牧人、艄公、护林巡查员、浮标管理工、看门人和乡下孩子——这些我诚挚的朋友。

在我自己的创作中，很多方面都归功于不同时代和不同民族的诗人、作家、艺术家和学者。在这里，我就不列举他们的名字了，从《伊戈尔远征记》的佚名作者和米开朗琪罗到斯丹达尔和契诃夫。不胜枚举。

但是，我最多地还是将其归功于生活本身——普通且有意义的生活。我很幸运能成为它的见证人和参与者。

最后，我想再重复一下，我是在苏维埃制度下成为一名作家和长大成人的。

我的国家，我的人民，以及他们建立起来的新的、真正的社会主义社会——这些都是至高无上的，我用我写下的每一句话为它服务，无论过去、现在和将来。

康·帕乌斯托夫斯基

几句话

不久前，我翻阅了托马斯·曼的作品集，在他关于作家劳动的一篇文章中，我读到这样一段话：

“我们觉得，我们只是在表现自我，只是在讲述自我，其实，由于同周围世界的紧密联系和本能的共性，我们创造出某种超个性的东西……这种超个性的东西，就是我们创作中包含的最好的东西。”

这段话应当作为大多数自传体作品的卷首语。

作家在表现自我的同时，也表现了自己的时代。这是简明而毋庸置疑的规律。

在这部书中，包括六部自传体小说：《遥远的年代》《动荡的青春》《未知世纪的开端》《满怀希望的时期》《投身南方》《漂泊的篇章》。这六部小说是由共同的主人公和时代联系起来的。这些小说写的是十九世纪的最后几年和二十世纪最初几十年的事情。

对于所有的书，尤其是自传体的书，都有一个神圣不可侵犯的原则——只有到作家能够说真话的时候，方可动笔。

就其实质而言，每位作家的创作，同时也是他的自传，只是被想象力做了某种程度的变形而已。情况几乎总是这样。

于是，六部自传体的作品就写成了。我预测以后我还要写几部这种类型的书，但是，能否实现，尚未知晓。

我想用一个久已让我惴惴不安的想法来结束这篇短小的引言。

除了所有内容都与实际情况相符的真正的自传，我还想写第二种自传，可以称之为虚构的自传。在这部虚构的自传里，我想描写自己处在那些令人惊叹的事件和人物之中的生活，而此前这些人和事经常徒然出现在我的幻想中。

但是，无论将来我的写作计划能否实现，我此刻都希望这六部小说的读者能体会到在全部逝去的岁月中左右着我的那种情感，这就是对我们人类存在的重大意义和生活的深刻魅力的情感。

康·帕乌斯托夫斯基

第一部

遥远的年代

目　录

我的生活啊，或许你走进了我的梦乡？[1]

——谢尔盖·叶赛宁

1 引自叶赛宁的诗《我不想，我不叫，我不哭……》(1921)。

父亲的死

那时，我还是基辅中学最高年级的学生，一封电报来通知我，在白采尔科维附近的戈罗季谢庄园，我的父亲将不久于人世。

第二天，我坐车来到白采尔科维，住在父亲的一个老朋友、邮政所长费奥克蒂斯托夫那里。这是一个留着长胡子、眼睛近视的老头儿，戴着厚厚的眼镜，穿着破旧的邮政部门的制服上衣，铜领章上有交叉的号角和闪电的图标。

已是三月份的月末。下着毛毛细雨。光秃秃的白杨树矗立在雾霭之中。

费奥克蒂斯托夫跟我讲，夜里，在汹涌澎湃的罗西河上有浮冰漂过。我父亲行将去世的那个庄园位于这条河流中间的岛上，距白采尔科维有二十俄里[1]远。河上有一条石砌的坝埂通往庄园。

1　1俄里约等于1.06千米。

春汛时分的河水现在正波涛汹涌地经过坝埂，显然，任何人都不愿意送我到岛上去，哪怕是胆子最大的马车夫。

费奥克蒂斯托夫一直在考虑，在白采尔科维的马车夫当中，有谁最敢于冒险。在昏暗的客厅里，费奥克蒂斯托夫的女儿——中学生济娜正在用心地弹钢琴。橡皮树的叶子由于这音乐声抖动着。我看着小碟子里一片发白的、已被挤干汁水的柠檬，默不作声。

"那好吧，我们叫布列格曼来，不怕死的老头儿!"最终，费奥克蒂斯托夫做出了决定，"他是个神鬼不怕的人。"

很快，马车夫布列格曼来到费奥克蒂斯托夫的办公室。办公室里堆满一册册硬封皮上压着金色花纹的《田地》[1]杂志。马车夫布列格曼是白采尔科维"最不怕死的老头儿"。这是一个身体结实的矮个子犹太人，留着稀疏的胡子，长着猫一样浅蓝色的眼睛。被风吹粗糙的脸庞红红的，就像是天堂的苹果。他一只手抡着小鞭子，带着嘲笑的神色听费奥克蒂斯托夫讲话。

"哎哟，不幸！"他最终假模假式地说，"哎哟，不幸，费奥克蒂斯托夫老爷！我的车是轻便的敞篷马车，马也不壮实，是茨冈马！它们不可能把我们拉过坝埂。马会淹死的，还有马车、年轻人和老车夫。谁也不会哪怕在《基辅思想》[2]上报道一下这个死亡的事。这让我受不了，费奥克蒂斯托夫老爷。去，当然啦，是可以的。为什么不去呢？您自己也是知道的，马车夫的命总共值三个卢布，——我不会对天发誓，说是五卢布，或者假设，十卢布。"

1 俄国文学艺术和科普杂志，周刊，附插图，1870年至1918年在彼得堡发行。

2 资产阶级民主派的政治和文学日报，1906年至1918年在基辅发行。

“谢谢，布列格曼，”费奥克蒂斯托夫说，“我知道您会同意的。您可是白采尔科维胆子最大的人。就看在这件事的分儿上，我为您订阅《田地》杂志，一直到年底。”

“嗯，既然我这么勇敢，”布列格曼一边冷笑着，一边尖声尖气地说，“您最好给我订《俄国残疾人》[1]。在那里边儿，我至少可以读一读关于世袭兵[2]和乔治十字勋章得主的事儿。一个小时后，马就到大门前台阶旁，老爷。”

布列格曼走了。

我在基辅收到的那封电报里写着这样一句奇怪的话：“从白采尔科维带一个司祭或司铎[3]来——随便谁都行，只要他同意过来。”

我了解父亲，因此，这句话使我惶恐和担忧。父亲是一个无神论者。他和我的外祖母之间永远都在发生冲突，原因就是他嘲讽司祭和司铎；而我的外祖母是波兰人，几乎和所有波兰女人一样是狂热的信徒。

我猜是我父亲的姐姐坚持要教士去的，她叫费奥多西娅·马克西莫夫娜，或者像大家都称呼她的那样——多济娅姑姑。

除了忏罪礼，她否定教堂里所有的仪式。对她来说，舍甫琴柯的《科布扎歌手》就可以取代《圣经》了，这本书藏在一个大铁皮箱子里，就像《圣经》那样，纸已发黄，而且滴上了蜡油。偶尔，在夜里，多济娅姑姑会把它拿出来，借着烛光读《卡捷琳娜》，还一个劲儿用深色的

1 军事报纸，1813年至1917年在彼得堡发行。

2 在俄国1805年至1865年间，这样称呼士兵们的儿子，他们从出生之日起，就在军事部门的编制内。

3 司祭指东正教神职人员，司铎为天主教神职人员。

头巾擦眼睛。

她为很像她本人的卡捷琳娜的命运哭泣。在农舍后面潮湿的河滩林中，她儿子的坟墓上已经长出青草，多年以前她儿子还是“半大小子”的时候就死了，那时，多济娅姑姑还很年轻。这个半大小子，就像当时人们说的，是她的“非婚生”子。

多济娅姑姑爱上的那个人欺骗了她。他抛弃了她，但她却忠诚于他，至死不渝，而且一直期待他回到她的身边。她猜想他一定是得了什么病，穷困潦倒，生活窘迫，而她狠狠地责骂他之后，最终还是会收留他，并且给他以关怀。

没有一个司祭愿意去戈罗季谢，他们借故生病和事务繁忙而推辞。只有一个年轻的司铎同意了。他事先通知我，我们要顺路去教堂取圣餐，这是为即将死去的人举行圣餐仪式用的，而且警告我，不要和拿着圣餐的人说话。

司铎身穿黑色的长襟大衣，大衣的领子是天鹅绒的，他还戴着一顶怪怪的、同样也是黑色的圆帽子。

教堂里昏暗且寒冷。通红的纸玫瑰耷拉在带有耶稣受难像的十字架的台架旁。没有蜡烛，没有铃铛的叮当声，也没有管风琴的阵阵响声，此时的教堂很像白天单调的光线下剧院的后台。

我们先是坐马车默默地走着。只有布列格曼吧嗒吧嗒嘴，“喂！喂！”叫几声，催促那几匹瘦骨嶙峋的枣红马。他不时地吆喝它们，就像所有的马车夫那样喊，不是“喔”，而是“喂”。低处的花园里雨声淅沥。司铎拿着用黑色斜纹布包好的圣餐盒。我的灰色中学校服外套湿透了，变成了黑色的。

在雨雾之中，布兰尼茨卡娅伯爵夫人著名的亚历山大花园似乎升腾起来，直耸云霄。这是些占地面积很大的花园，就像费奥克蒂斯托夫跟我说的，跟凡尔赛宫一样大。花园里的雪在融化，冰冷的水蒸气掩映着林木。布列格曼扭过头来，他说，这些花园里有野鹿。

“密茨凯维奇[1]很喜欢这些花园。”我对司铎说。我忘了，他一路都要保持沉默。

我只是想对他随便说点儿什么高兴的事儿，以感谢他同意这艰难且危险的出行。司铎微笑以示回答。

泥泞的田野里满是雨水。水里映出寒鸦飞掠的影子。我竖起大衣领子，想着父亲，我对他的了解太少了。他是个统计员，几乎整个一生都在不同的铁路段供职——莫斯科—布列斯特、彼得堡—华沙、哈尔科夫—塞瓦斯托波尔，还有西南铁路。

我们经常搬家，从一个城市到另一个城市——从莫斯科到普斯科夫，然后到维尔诺、基辅。无论在哪儿，父亲都跟上司合不来。他是一个很爱面子、急性子而又善良的人。

一年前，父亲离开基辅，去奥廖尔省的布良斯克工厂做统计员。工作不久，他便出人意料地、没有任何明显原因地辞职了，他去了祖父的老戈罗季谢庄园。他的弟弟伊利科住在那里，是一名乡村教师，同住的还有多济娅姑姑。

父亲这种莫名其妙的行为，在所有亲戚当中引起轩然大波，但是，反应最强烈的还是我的母亲。当时，她和我的哥哥住在莫斯科。

1　亚当·密茨凯维奇（1798—1855），波兰诗人。

来到戈罗季谢一个月后，父亲就病了，现在将不久于人世。

道路开始沿着沟壑向下延伸。在沟壑的尽头，可以听到水流不停地喧嚣。布列格曼在车夫的座位上也开始坐不安稳了。

“坝埂！”他说，声音很低落，“现在你们祷告天主吧，乘客们！”

拐过弯来，坝埂突然出现了。司铎欠起身子，抓住布列格曼那条已经褪了色的红腰带。

河水本是夹在花岗岩峭壁之间轻快流淌的。但在这里，罗西河冲决而出，怒吼着，穿过阿尔滕山脉。河水漫过石坝，好似透明的墙体，轰隆隆地向下奔腾，冰冷的水雾飘荡，犹如蒙蒙细雨。

在河的对面，在坝埂的那一边，高大的白杨树仿佛直冲云霄，一座小白房子若隐若现。我认出来那是岛上的庄园，我很小的时候在那里生活过——它的宅边园地、篱笆墙、井上打水的吊臂，还有河岸边上的岩石。这些岩石把河水切断，形成一股股独立的巨大水流。在这些岩石上，曾几何时，我和父亲钓过长着须子的鮈鱼。

布列格曼让马停在坝埂旁边，爬下马车，用鞭杆儿调整了一下马具，他带着疑惑仔细地查看自己的马车，摇了摇头。这时，司铎第一次违背了保持沉默的誓言。

“耶稣－玛利亚！”他小声说，“我们可怎么过去啊？”

“唉，唉！”布列格曼回答说，“我哪知道怎么办？老实坐着吧。马已经哆嗦了。”

这几匹枣红马扬起脸，打着响鼻，走进湍急的河水。河水咆哮着，把这辆轻便马车冲到坝埂没有护栏的那一侧。马车倾斜着行进，铁轮箍咯吱咯吱直响。马在发抖，强撑着，几乎要扑到水里，这样河水就不至于冲倒它们。布列格曼在头顶上空转动着鞭子。

在坝埂的正中央，河水最凶猛，甚至是隆隆作响，马停了下来。泡沫飞溅的瀑布在马的细腿边翻腾着。布列格曼带着哭腔叫喊起来，并且残忍地抽打起那几匹马。马向后退，把马车顶到了坝埂的最边上。

这时，我看到了我的叔叔伊利科。他骑着一匹灰马从庄园向坝埂奔驰而来。他喊着什么，在头顶上空挥舞着一捆细绳子。

他来到坝埂上，把绳子扔给布列格曼。布列格曼赶紧把绳子绑在车夫座位下面的一个地方，三匹马——两匹枣红的和一匹灰色的——终于把马车拖到了岛上。

司铎画了一个大大的天主教式的十字。布列格曼给伊利科叔叔使了使眼色，说人们将会长久记得像老布列格曼这样的马车夫的，我则问，父亲怎么样了。

“他还活着，”伊利科回答，并且吻了吻我，他的大胡子扎痛了我的脸，“他等着呢！你的妈妈——玛丽亚·格里高利耶夫娜在哪儿?”

“我给她发了电报到莫斯科。或许，她明天到。”

伊利科叔叔看了看河面。

“还在涨水，”他说，“很不好，我亲爱的科斯季克。嗯，或许，一切都会过去的。我们走吧!”

多济娅姑姑站在大门前的台阶上迎接我们，她一袭黑衣，眼睛已经哭得干涩。

闷热的房间里散发着薄荷的味道。我没有立刻认出这个脸色蜡黄、脸上长满灰色硬胡茬儿的老头儿就是我的父亲。父亲才五十岁。我一直记得，他有点儿驼背，但是身材匀称，优雅，头发是深色的，总是带着不同寻常的忧伤的微笑，他的眼睛是灰色的，神情总是十分专注。

现在他坐在圈椅上，艰难地喘息着，一直看着我，泪水顺着他干巴巴的脸颊慢慢滑落。他的泪珠凝固在大胡子里，多济娅姑姑用一块干净手帕把它擦掉。

父亲不能说话。他得了喉癌，就要死了。整个夜里，我都待在父亲的身旁。所有人都睡了。雨停了。窗外的星星一闪一闪，有些阴森。河水的喧嚣声越来越大。河水涨得很快。布列格曼和司铎不能返回去，滞留在了岛上。

夜里，父亲微微动了动，他睁开眼睛。我俯身看他。他试图拥抱我的脖子，但无济于事，他嘶声低语道：

“我担心……缺少毅力……会害了你。”

“不，”我低声反驳，“不会这样的。”

“你要是见到妈妈，”父亲对我耳语道，“我对不起她啊……让她原谅我……”

他沉默了，有气无力地握了握我的手。

我当时不明白他的话，只是很久以后，过了许多年，我才开始明白这些话的痛苦含义。甚至是更晚一些时候，我才明白，我的父亲从本性上说根本不是个统计员，而是个诗人。

黎明时分，父亲死了，但我当时并没有意识到这一切。我似乎觉得，他只是静静地睡了。

在我们这里的岛上住着一个老爷爷——涅奇波尔。人们叫他来给父亲诵读赞美诗。

涅奇波尔不时中断诵读，出去到门厅里抽马合烟。在那里，他小声地给我讲了一些简单但激发了他的想象力的故事，比如，去年夏天他在白采尔科维喝过的一瓶酒，还有，他在普列文近郊见过斯科别列夫本人，跟他离得那么近，“就像牦牛挨着篱笆”，他还讲了令人惊奇的美国风车，它是靠避雷针工作的。涅奇波尔老爷爷，就像岛上人们说的那样，是一个“轻浮的人”——爱撒谎，爱饶舌。

他读赞美诗读了一整天和接下来的一整夜，他用黑乎乎的指甲掐掉蜡烛的芯，站着睡觉，还打呼噜，醒来后又重新嘟囔起含混不清的祈祷文。

夜里，在河的对岸，有人挥动着灯笼，拖着长音呼喊。我和伊利科叔叔出去到河岸边。河水在咆哮。河水好像冰冷的瀑布流过坝埂。夜已深，一切毫无生气，头顶上空一颗星星也没有。浓重的凉气扑面而来，这是春汛和土地解冻散发出来的凉气。有人一直在对岸挥动着灯笼呼喊，可是，由于河水的喧嚣，听不清他在喊什么。

“准是我的妈妈。”我对伊利科叔叔说。

但是，他什么也没有回答。

“我们走吧，”他说，随之沉默了，“岸上很冷。你会感冒的。”

我不想回房子里去。伊利科叔叔又沉默了一会儿，便走了，而我站着，看着远处的灯笼。风刮得越来越猛，白杨树摇晃得很厉害，不知从哪儿飘来甜丝丝的焚烧麦秸的烟雾。

早晨，人们埋葬了父亲。涅奇波尔和伊利科叔叔在峡谷边上的小树林里挖好了墓穴。从那里可以远远地看到罗西河后面的森林和初春微白的天空。

人们把覆着宽幅绣花巾的棺材从房子里抬出去。司铎走在最前面。他用平静的灰色眼睛直视前方，口中低声念着拉丁语的祈祷文。

当棺材被抬到门口台阶上的时候，我看见在河对岸有一辆旧四轮马车，几匹马已经卸下牲口套，马还拴在车上，有一个小个子女人，穿着黑色的衣裳——那是我的妈妈。她一动不动地站在岸边。她从那里看着人们把父亲抬出去。然后，她跪下，把头俯向沙土地。

一个高高瘦瘦的马车夫走到她跟前，俯身向她说着什么，可她依旧一动不动地俯身在那里。

然后，她跳起来，顺着河岸跑向坝埂。马车夫抓住她。她无力地坐到地上，用双手捂住自己的脸。

人们抬着父亲沿着通往小树林的道路走。在拐弯处，我回头看了看。母亲依旧坐着，用手捂着脸。

所有人都沉默着。只有布列格曼时不时地用鞭杆儿轻轻拍打靴子。

在坟墓旁边，司铎抬起灰色的眼睛朝向冷冷的天空，他慢慢地、清楚地用拉丁语说：

“把永远的宁静、永久的光明赐予他吧，主啊！”

司铎开始沉默，他在仔细倾听。河水在喧嚣，头顶上老榆树的枝头有山雀在啼鸣。司铎叹了口气，接着讲起对幸福的永恒思念和流泪谷的道理[1]。这些话跟父亲的一生出奇地相吻合。听了这些话后我的心都揪紧了。后来，每当我萌发对幸福的渴求、感受到人际关系不尽如人意的时候，我都会体验到这种揪心的感觉。

河水在喧嚣，鸟儿小心翼翼地叫着，棺材碰掉潮湿的泥土，泥土沙沙作响，撒落着，用方巾覆着的棺材慢慢地被安放在墓穴里。

那时，我十七岁。

---

1 典出《旧约·诗篇》84：3—6：“万军之耶和华，我的王、我的神啊，在你祭坛那里，麻雀为自己找着房屋，燕子为自己找着抱雏之窝。如此住在你殿中的，便为有福，他们仍要赞美你。靠你有力量、心中想往锡安大道的，这人便为有福。他们经过流泪谷，叫这谷变为泉源之地，并有秋雨之福盖满了全谷。”意为经过苦难获得幸福。

我的祖父马克西姆·格里高利耶维奇

父亲下葬后，我在戈罗季谢又住了几天。

直到第三天，当河水退去的时候，母亲才得以跨过堤坝来。

母亲瘦了，黑了，但她已经不再哭泣，只是一连几个小时坐在父亲的坟头。

鲜花还没有，装饰坟墓用的是纸做的芍药花。这些芍药花是邻村的姑娘们做的。她们喜欢把这些芍药花连同各种颜色的丝带一起编进自己的发辫。

多济娅姑姑尽力安慰我，分散我的注意力。她从储藏室——一个很小的屋子里，拖出一个大箱子，里面装满了老物件儿。盖子砰的一声被打开了。

在这个大箱子里，我找到一本已经发黄的、用拉丁文写的黑特曼[1]的公文“大全”，还有一枚带有徽章标志的铜印章，一枚为参加土耳其战争颁授的乔治勋章，一本《解梦宝典》，以及几个熏黄的烟斗和做工细致的黑色花边儿。

公文“大全”和印章是我们的远祖、黑特曼——萨盖达奇内[2]传下来的。父亲时不时自嘲他的“黑特曼出身”，并且喜欢说，我们的祖父和曾祖父都是种地的，是最最平常的、踏实的庄稼人，虽然他们被认为是扎波罗热哥萨克的后代。

在叶卡捷琳娜二世时期，扎波罗热的谢奇被取缔了，一部分哥萨克沿着罗西河两岸迁徙，也就是到了白采尔科维附近。这些哥萨克不愿意务农。他们叱咤风云的往昔岁月已长久地深入骨髓。就连我这个出生在十九世纪末的人，都听老人们讲过关于哥萨克和波兰人血战的故事，还有他们出征“异邦土耳其”、乌曼大屠杀和奇吉林[3]的黑特曼的故事。

这些故事听得多了，我便和兄弟们玩起了扎波罗热大战的游戏。我们在庄园后面的沟壑里玩儿，那里的篱笆墙附近长满了茂密的飞廉——大蓟。它的花朵是红色的，叶子带刺，天热的时候，就会发出甜得使人发腻的味道。云彩定格在沟壑的上空——倦怠且蓬松，这是真正的乌克兰地区的云彩。孩提时代的印象如此深刻，以至于从那时

1 黑特曼，16至17世纪乌克兰注册哥萨克首领的称号。在苏联革命时期也为地方自治政权的称谓。

2 萨盖达奇内，彼得·科诺诺维奇（？—1622），乌克兰哥萨克的首领，反克里米亚汗国和土耳其战役的参加者和领导者，亲俄派。

3 乌曼和奇吉林均为乌克兰城市。乌曼大屠杀指发生于1768年的叛乱，哥萨克屠杀波兰人和犹太人的事件。

起，所有和波兰人、土耳其人的会战，都在我的想象中与长满飞廉的野地，还有落满灰尘的曼陀罗联系在一起。而那飞廉的花朵就像哥萨克的鲜血凝聚而成。

年复一年，扎波罗热的剽悍精神渐渐式微。在我的童年时代，它只是表现在那桩为了一小块土地和布兰尼茨卡娅伯爵夫人旷日持久而损失巨大的官司中，还有就是在不停的偷猎中，以及哥萨克民歌——杜姆卡中。我的爷爷马克西姆·格里高利耶维奇给我们——他自己的孙子孙女们唱过这些歌。

他是一个小老头儿，头发花白，有着浅色的、善良的眼睛，整个夏天他都住在宅边园地后面的养蜂场——在那里他可以免受我的祖母，那个土耳其女人暴躁性格的困扰。

很久以前，爷爷是个盐粮贩子。他赶着牛去佩列科普和亚美斯克，贩运盐和鱼干。从他那里我第一次听说，在蔚蓝与金黄色的草原"卡捷琳娜斯拉夫希纳"和赫尔松希纳的那边，是天堂般的克里米亚的土地。

在成为盐粮贩子之前，爷爷在尼古拉一世的军队服役，他参加过土耳其战争，被俘虏过，出来后，他带回来他的妻子——一个土耳其美女，从卡赞勒克城辗转到色雷斯。她叫法蒂玛。嫁给爷爷之后，她接受了基督教和新名字——戈诺拉塔。

我们害怕土耳其奶奶，不亚于害怕爷爷，我们尽量不在她的眼前晃悠。

爷爷坐在窝棚旁边，南瓜黄色的花朵簇拥着窝棚，他断断续续地低声唱着哥萨克的杜姆卡，还有盐粮贩子的歌曲，或者讲各种各样的故事。

我喜欢盐粮贩子的歌曲，因为歌曲曲调凄凉。这样的歌曲让人可以一连唱上几个小时，伴着车轮的吱吱声，唱歌的人懒洋洋地躺在载货的大车上，望着天空。哥萨克的歌曲总是能引起莫名的忧伤。这些歌曲对我来说时而像是俘虏的哭泣，他们戴着土耳其的镣铐——手铐，时而又像是伴着马蹄声的行军曲。

还有什么歌儿爷爷没唱过呢！他最经常唱的是我们喜欢的歌儿：

哥萨克的号角吹响，
子夜时分开始出征，
马鲁谢尼卡在哭泣，
她的双眸秋水盈盈。

在爷爷讲的故事中，我们最喜欢的是用里拉琴自弹自唱的民间歌手奥斯塔普的故事。

我不知道，你们有没有见过乌克兰的里拉琴。现在，或许只有在博物馆才能找到它。但是，在那些年，不仅是在小城镇的集市上，而且在基辅市的大街上，也经常遇到用里拉琴自弹自唱的盲人歌手。

他们走路时用手扶着领路小孩儿的肩膀，小孩儿光着脚，穿着粗麻布衬衫。他们背着亚麻布袋子，袋子里装着面包、葱和盐，盐用一小块儿干净的旧布包着，而胸前挂着的是里拉琴。它像小提琴，但它上面安了一个摇杆儿，还有一个木头轴儿，轴儿上有一个小轮子。

里拉琴歌手转动这个摇杆儿，小轮子旋转起来，蹭到琴弦，琴弦便嗡嗡响，奏出各种曲调，就像是有一群驯化的熊蜂，围着歌手发出悠长且低沉的声音，为他伴奏。

里拉琴歌手几乎从不放声歌唱。他们是用宛如歌唱的宣叙调来言说自己的诗歌、《赞美诗》和歌曲。然后，便默不作声，一直听着里拉琴嗡嗡叫、再静下来，用失明的眼睛看看自己的前方，乞求施舍。

他们乞求施舍时，完全不像普通的乞丐。我记得切尔卡瑟城里的一个歌手。“扔一个铜板吧，”他说，“给瞎子和这个小家伙一个铜板吧，要没有这个小家伙，瞎子会迷路的，那他自己死后一定找不到通向上帝的天堂之路。”

我不记得有哪一个集市上是没有里拉琴歌手的。他坐在那里，紧靠着落满尘土的白杨。一些富有同情心的村妇围着他，她们拥挤着，叹息着，往木钵子里扔一些发绿的铜币。

关于里拉琴歌手的概念，在我心里永远和对乌克兰集市的记忆联系在一起——早市开始的时候，露珠儿还在草上闪亮，寒冷的阴影还铺在满是尘土的路上，微青的烟雾在地面上空飘散，太阳已照耀大地。

蒙着一层水汽的罐子，这是一些盛着冰牛奶的瓦罐，水桶里插着湿漉漉的万寿菊，荞麦花蜂蜜装在瓦盆里，热腾腾的奶渣卷边儿烤饼上还撒了些葡萄干儿，樱桃装在筛子里，黑海拟鲤散发出香味儿，教堂里的钟声齐鸣，慵懒倦怠，村妇们——“饶舌妇”们铆足了劲儿在那里对骂，年轻的外省女人打扮得漂漂亮亮，打着带花边儿的阳伞。有时，突然响起铜锅的铿锵声——一个长着野性眼睛的好像是什么罗马尼亚人，把铜锅扛在肩头，所有的“大叔”都认为自己有责任用鞭杆儿敲一敲这口锅，试试看罗马尼亚铜器是否真的很好。

里拉琴歌手奥斯塔普的故事我几乎能背下来。

“那是在扎莫希耶村，瓦西里科夫市的近郊，”爷爷讲，“奥斯塔普是那个村子里的铁匠。他的铁匠铺位于村口处，在一片黑柳树下，紧靠河边。奥斯塔普从不知道什么叫作不成——他给马打掌、铸造钉子，给盐粮贩子的大车打造车轴。”

“有一个夏天的傍晚，奥斯塔普烧旺铁匠铺的煤火，那时，外面刚刚下过大雷雨，被大雷雨摧残掉的树叶撒满水洼，还刮倒了一棵已经朽坏的柳树。奥斯塔普扇旺煤火，突然，他听到几匹烈马的跺脚声，它们停在铁匠铺的旁边。听到一个声音——女人的、年轻的声音——叫铁匠。

“奥斯塔普走了出去，他愣住了：紧挨着铁匠铺的门，有一匹黑马跳着，骑在马上的是一位美若天仙的女子，她穿着长长的天鹅绒连衣裙，拿着马鞭，戴着面纱。她的眼睛透过面纱微笑着。她的牙齿也在笑。连衣裙的天鹅绒是柔软的，深蓝色的，上面还有水滴在闪亮——雨后的水滴从黑柳树上落到那个女人身上。并排的另一匹马上，是一位年轻的军官。那时，在瓦西里科夫驻扎着一个枪骑兵团。

“‘铁匠，亲爱的，’女人说，‘你给我的马钉马掌吧，马掌丢了。雷雨过后，路很滑。’

“女人从马鞍子上下来，坐到木墩子上，而奥斯塔普开始给马钉掌。他一边钉马掌，一边不时地看看那个女人，可她突然有些惊慌，掀开面纱，也看着奥斯塔普。

“‘以前我没见过您，’奥斯塔普对她说，‘您，大概，不是我们本地人吧？’

“‘我从彼得堡来，’女人回答，‘你的马掌钉得很好。’

“‘马掌算什么！’奥斯塔普低声对她说，‘小事一桩！我能用铁给您打造一种东西，世上任何一个女皇都没有的东西。’

“‘那是怎样的东西？’女人问。

“‘那得看您想要什么。你看，比方说吧，我能打造出最精致的玫瑰，带着叶子和刺。’

“‘太好了！’女人也一样低声地回答，‘谢谢你，铁匠。我过一周来取它。’

“奥斯塔普帮她坐到马鞍上。她把一只戴着手套的手伸给他，让他扶一下，奥斯塔普没有克制住——热烈地吻了一下那只手。但是，她还没来得及把手缩回去，那军官便用力一挥马鞭，横抽在奥斯塔普的脸上，并且喊道：‘你要知道自己的本分，乡巴佬！’

“他们的马腾空一跃，快跑起来。奥斯塔普抓起一把大锤，想扔向那个军官。但是，他力所不能及。他看不见周围的一切，鲜血顺着他的脸不停地流淌。军官弄伤了他的一只眼睛。

“但是，奥斯塔普勉强支撑着，用了六天的时间，打造出一朵玫瑰。不同的人见了这朵玫瑰，都会说，或许，在意大利的土地上也没有如此的作品。

“就在第七天的夜里，有人静悄悄地来到铁匠铺跟前，下了马，把马拴在围栏上。

“奥斯塔普不敢出去，他怕别人看到自己的脸，——他用双手捂住眼睛，等待着。

“他听到轻柔的脚步和呼吸，不知是谁的一双温暖的手抱住他，一滴泪珠滴到他的肩上。

“‘我知道，我什么都知道，’女人说，‘我的心这几天痛苦极了。请原谅，奥斯塔普，都怪我，你才遭了这么大的难。我把他赶跑了，他是我的未婚夫，我现在要回彼得堡了。’

“‘为什么？’奥斯塔普低声问。

“‘我亲爱的，我的心肝儿，’女人说，‘反正人们也不会让我们幸福的。’

“‘这是您的自由。’奥斯塔普回答，‘我是一个普通人，铁匠。我能想着您——那就很高兴了。’

“女人拿起玫瑰，吻了奥斯塔普，骑着马离开了。而奥斯塔普走到门口，看着她的背影，聆听着。女人两次让马停下来。两次她都想回来。但是，她没有回来。群星在峡谷上空闪耀，滑落到草原上，似乎天空都在为他们的爱情而哭泣。就是这样，小家伙！”

讲到这个地方的时候，爷爷总是沉默。我坐着，不敢动弹。然后，我低声问：

“他们就这样再也没有见过面吗？”

“没有，”爷爷回答，“是的，没见过。奥斯塔普的眼睛渐渐看不见了。他拿定主意，于是就去彼得堡见那个女人，趁他还没有完全眼瞎。他步行来到沙皇的首都，但却得知，她已经死了——大概，是没有经得起离别的痛苦。在墓地，奥斯塔普找到了她那用白色大理石砌成的坟墓，他注视着，心情跌落到谷底——石头上放着他做的那朵铁玫瑰。那个女人临死前嘱咐过，要把玫瑰放到她的墓前。永远。奥斯塔普开始用里拉琴自弹自唱，或许，就这样，他死在了大路上，或是集市的货车底下。阿门！”

毛茸茸的小狗儿里亚布奇克的脸上粘着一些刺球，它一边听爷爷讲故事，一边大声地打哈欠。我很愤怒地推它的肋部，可是，里亚布奇克一点儿也不觉得委屈，反倒爬向我，讨好我，伸出滚烫的舌头。

里亚布奇克的嘴里露出糟碎的牙齿。去年秋天，当我们从戈罗季谢离开的时候，它用牙咬车轮子——它想让马车停下来，于是，弄坏了牙齿。

啊，马克西姆·格里高利耶维奇爷爷！我在某种程度上感谢他的过分敏感和浪漫主义情怀。这些特质把我的青春变成了一系列与现实的冲突。我为此痛苦，但我也知晓了一切，爷爷是对的，或许，出于冷静和理智构建的生活是美好的，但是，对我来说，它也是沉重和枉然的。“对于任何一个人，”——就像爷爷说过的那样，“都有各自相匹配的东西。”

或许，这就是为什么爷爷和奶奶合不来。确切地说，是爷爷躲着她。她的土耳其血液并没有赋予她任何一点儿迷人的特征，除了美貌，但是，这美丽的外表却令人生畏。

奶奶是一个独断专行的人，十分挑剔。她一天要吸掉不少于一俄磅[1]的最浓烈的黑烟叶。她用一个短短的、烧红的烟斗抽烟。她掌管着家务。她那黑黑的眼睛能发现家里最细微的凌乱。

每到节日的时候，她就会穿上镶着黑色花边儿的绸缎连衣裙，走出来，坐到房子墙根的土台上，抽着烟斗，看着湍急的罗西河。偶尔，她为自己的一些想法高声大笑，但是，谁也不敢问她在笑什么。

一块硬硬的、粉红色的、像肥皂一样的磨刀石，是唯一能让我们和奶奶稍稍亲近一些的东西。磨刀石被藏在她的抽屉柜里。她偶尔取出来，骄傲地给我们闻一闻。磨刀石发出极其细腻的玫瑰香味。

父亲给我讲过，在奶奶故乡的卡赞勒克市的周围是一片谷地——被称作玫瑰谷，在那里，可以提取到玫瑰油和神奇的磨刀石——这是一种被玫瑰油浸润了的化合物。

玫瑰谷！这个词本身就已经让我激动不已！我不明白，在如此诗情画意的地方，怎么会有像我奶奶这样心肠冷酷的人。

1　约等于409.5克。

鲫鱼

父亲死后，我又在戈罗季谢待了一些日子，我回忆起自己童年的最初时期，那时，我们从基辅来这里消夏，愉快且幸福。当时，父母都还很年轻，爷爷和土耳其奶奶还没去世。当时，我还完全是一个小孩子，常想一些五花八门的、实际上不可能的事。

从基辅开来的火车晚上到达白采尔科维。在车站广场，父亲马上就雇了一个大嗓门儿的马车夫。

我们夜里到达戈罗季谢。我在打盹儿，恍惚听见令人讨厌的弹簧发出的咯吱声，然后，是磨房旁边流水的噪声，还有狗叫声。马打着响鼻，篱笆吱呀呀地响。不落的星星闪耀在夜空。潮湿的黑暗之中散发出野蒿的气息。

多济娅姑姑把半梦半醒的我抱到暖和的农舍里去。农舍里铺着花地毯，散发着小火煮牛奶的香味儿。我睁了一会儿眼睛，看到我脸旁多济娅姑姑雪白衣袖上毛茸茸的绣花。

早晨，炽热的太阳把我叫醒，太阳的光线投射到白色的墙上。在敞开着的窗子外面，红色的和黄色的锦葵花在摇曳。一朵旱金莲同它们一起向房间里张望，花朵里落着一只毛茸茸的蜜蜂。我一动不动地观察它是如何恼怒地后退，并且从密实的花朵中挣脱出来。明亮的溪流、轻盈的波浪顺着天花板尽情地跑过——这是河水折射在天花板上的光影。河水喧闹着，就在农舍的旁边。

然后，我听见爱嘲笑人的伊利科叔叔在跟谁说话：

“嗯，当然啦，太阳还没晒暖呢，大部队就已经来了！多济娅，你把樱桃酒和馅饼摆到桌子上！”

我跳起来，光着脚跑到窗户跟前，看见行进的队伍：一群老头儿沿着坝埂慢慢地从对岸向庄园走来，他们拄着多节的手杖，敲打着地面。他们都戴着大草帽。他们褐色的长袍上挂着叮当作响的奖章，不时闪动着亮光。

他们是来欢迎我们的，并且祝贺我们顺利到达，这是邻村——皮利普恰村的一些德高望重的老爷爷。走在最前面的是豁牙子村长特罗菲姆，他的脖子上挂着一个铜牌。

农舍里开始忙乱起来。多济娅姑姑把桌布抖开铺好，立刻有一阵风在房间里闪过。妈妈急急忙忙地把馅饼装到盘子里，切香肠。父亲打开家酿樱桃酒的瓶塞，而伊利科叔叔则把带棱的小杯子分别摆好。

然后，多济娅姑姑和妈妈跑去换衣服，而父亲和伊利科叔叔到门廊迎接那些老人。老人们庄严地走来，看起来势不可挡，有如命运之神的降临。

老人们终于来到房子跟前，他们默默地和我的父亲、叔叔亲吻，然后坐到房子墙根儿的土台上。所有人都松了一口气。这时，特罗菲姆村长咳嗽几声，清清嗓子，开始说他自己的名言：

“至为荣幸向您表示恭贺，格奥尔吉·马克西莫维奇，恭贺您光临敝处，光临我默默无闻之地。”

“谢谢！”父亲回答。

“对——啊！”所有的老人立刻回答，放松地舒一口气，“就是这样的，当然……”

“对——啊！”特罗菲姆重复道，并且隔着窗户看屋子里面的饭桌，桌上的酒瓶不时映出光亮。

“就是说，事情都妥了。”一个鼻子上疙疙瘩瘩的、尼古拉一世时代的老兵说。

“明摆着的事儿！”一个好奇心很强的小老头儿发话了，他叫涅多利亚，是十二个女儿的父亲。

因为上了年纪，他忘记了女儿们的名字，掰着手指头能数出来的不超过五个：汉娜、帕拉霞、戈尔佩娜、奥列霞、弗罗霞……然后，老头儿混乱了，从头再开始数。

“就这样吧！”老人们说。之后是良久的沉默。这时，马克西姆·格里高利耶维奇爷爷从农舍里走出来。老人们都站起来，深深地向他鞠躬。爷爷也鞠躬回礼。老人们松了一口气，又坐到土台上，他们不时咳嗽几声，默默地看着地面。终于，伊利科叔叔隐约地估摸到农舍里招待客人的东西都准备好了，便说：

“嗯，谢谢你们说的这些话，善良的人们。随便吃点什么吧。”

妈妈在屋子里迎接老人们，她穿着夏天的漂亮连衣裙。老人们吻她的手，她也回吻他们褐色的手——这是习俗。多济娅姑姑穿着深蓝色的连衣裙，披着带有鲜红玫瑰图案的披肩；她面颊绯红，很漂亮，只是头发早早就白了，她向老人们深深地鞠躬。

喝完第一杯浓樱桃酒，已经被好奇心折磨的涅多利亚开始打听起来。所有我们从基辅带来的东西都让他感到疑惑，他指着这些东西问：

"这是什么？这是干啥用的？叫个啥？"

父亲给他解释，这个是蒸汽熨斗，这个是冰激凌机，而那边抽屉柜上的是折叠镜。涅多利亚赞叹地摇晃着脑袋。

"啥东西都能派上用场！"

"是啊，当然啦！"老人们一边喝酒，一边表示赞同。

戈罗季谢的夏天名副其实地到了，——炎热的夏天常伴有可怕的大雷雨，树木喧哗，河水的涓涓细流凉丝丝的，可以捕鱼，悬钩子一丛丛的，可以体会到夏天那无忧无虑、丰富多彩的日子的甜蜜。

爷爷的农舍所在的那个岛，当然啦，是世界上最神秘的地方。

房子后面有两个大大的、深深的池塘。因为古老的柳树和黑乎乎的水，那里总是很昏暗。

在池塘的后面，沿着斜坡一直往上，有一个难以通行的榛树林。树林的后边是一片空地，长满齐腰的花儿，花儿如此芬芳，以至于在炎热的日子里熏得人头痛。

空地的后面有一个养蜂场，那里有爷爷的窝棚，在窝棚附近，冒着一缕轻烟。而爷爷的窝棚后面是一些人迹未到过的领地——红色的花岗岩悬崖，上面满是藤蔓植物的灌木丛和干巴巴的草莓果。

在这片悬崖上面的低洼处，有几个雨水形成的小湖泊。鹡鸰不时晃动色彩缤纷的尾巴，喝这些湖泊里的温水。一些蠢笨且无耻的熊蜂奋力地扎到水里，转来转去，嗡嗡叫，疾呼救命也是枉然。

悬崖陡直的那面临着罗西河。我们是被禁止去那里的。但是，我们偶尔也爬到悬崖边，从那里向下看。罗西河奔流而下，强劲的、透明的水流让人头晕目眩。在水下，一些细小的鱼一抖一抖地逆流慢行。

在河的对岸，沿着斜坡向上的是布兰尼茨卡娅伯爵夫人的禁伐林。林子很茂密，就连阳光也透不进去。只是偶尔有一小缕孤零零的光线斜穿密林，在我们面前显示出植物令人震惊的力量。一些小鸟就像是闪亮的粒粒灰尘，飞进这缕光线之中。它们吱吱叫着，你追我赶，往一簇簇的树叶里扎猛子，仿佛是扎到了碧水之中。

但我最喜欢的地方是池塘。

每天早晨，父亲都去那里钓鱼。他还会带上我。

我们很早就出门，小心翼翼地沿着湿漉漉的、让人感到举步维艰的草地行走。在柳树黑压压的、仍在夜梦中的枝叶上，闪耀着第一缕阳光照射而成的许多静静的、金光闪闪的斑点。在无声的水里，鲫鱼游来游去，发出啪啪的拍水声。一簇簇睡莲、眼子菜、慈姑和水荞麦似乎是挂在黑色的深谷上方。

水和植物的神秘世界展现在我眼前。这个世界的魅力如此之大，以至于我可以一直待在池塘边，从日出到日落。

父亲静悄悄地抛出钓鱼竿，然后开始抽烟。冒出的烟在水上飘荡，萦绕在岸边的树枝中间。

我从池塘往水桶里打水，又往水里撒了一些草，便开始等待。红色的鱼漂一动不动地立在水中。然后，一个鱼漂抖动了一下，弄出几圈轻轻的涟漪，突然扎进水里，或者是飞快地游到一边去。父亲抖了抖钓鱼竿，鱼线绷紧，胡桃木钓鱼竿的末梢弯成了弧形，在池塘上空的雾里响起了咕咚声、拍水声、嘈杂声。水摇动着睡莲荡开来，水龟急急慌慌地向四处逃散，终于，在神秘莫测的深处出现了抖动的金光。我们搞不清楚这是什么，直到父亲把一条重重的大鲫鱼拖出来，拖到被踩踏过的草地上。鲫鱼侧身躺着，鱼鳃一鼓一鼓的，鱼鳍抖动着。鱼鳞上散发出令人惊奇的水下王国的味道。

我把鲫鱼放到水桶里。它在水桶里的草中翻身打滚，突然，它一甩尾巴，溅了我一脸的水。我舔净嘴唇上的水珠。我很想把水桶里的水喝个够，可是，父亲不让这么做。

我似乎觉得，装着鲫鱼和草的水桶里的水是芳香而美味的，就像是大雷雨时的雨水；我们这些小男孩儿都贪婪地接雨水喝，并且相信，一个人会因此活到一百二十岁。是啊，至少，涅奇波尔是相信的。

胸膜炎

在戈罗季谢经常有大雷雨。大雷雨从伊万·库帕拉节[1]开始，到整个七月都一直持续着，五彩缤纷的大云朵遮住小岛，电闪雷鸣，我们的房子都被震动，大雷雨能把多济娅姑姑吓晕。

我对儿时初恋的回忆和这些大雷雨有关。那时，我九岁。

在伊万·库帕拉节那一天，皮利普恰村的姑娘们打扮得花枝招展的，来我们岛上，为的是顺着河水放花环。她们用野花编花环。每个花环里面都要放一个用小木片做的十字架，上面粘上蜡烛头儿。黄昏时分，姑娘们点燃蜡烛头儿，顺着河水放下花环。

姑娘们在占卜——谁的蜡烛漂得远些，谁就将比其他人更加幸福。但是，最幸福的还是那些姑娘，她们的花环掉进漩涡里，并且慢慢地在

1 俄历七月七日，相当于中国的夏至，是以爱情为主题的节日。

漩涡上盘旋。陡岸下面有一个漩涡。那里总是寂静无风，蜡烛在漂到那儿的花环上燃得很旺，甚至从河岸边都可以听见蜡烛芯噼啪响。

无论是大人，还是我们这些小孩子，都喜欢伊万·库帕拉节的这些花环。只有涅奇波尔一个人不屑一顾，他像鸭子叫似的说：

“真蠢啊！那些花环没有任何意义。”

我的堂姐汉娜也和姑娘们一起来了。她十六岁。她把橙黄色的和黑色的绦带编进蓬松的浅棕色发辫里。她的脖子上戴着没有光泽的珊瑚项链。汉娜的眼睛是浅绿色的，一闪一闪的。每一次当汉娜微笑的时候，她都会垂下双眼，并且慢慢地抬起来，好像很吃力的样子。她脸颊上灼热的红晕久久没有退去。

我听见妈妈和多济娅姑姑在替汉娜遗憾着什么。我很想知道她们在说什么，可是，我一走近，她们就不说了。

伊万·库帕拉节那天，大人们允许我和汉娜一起去河边找那些姑娘玩儿。在路上，汉娜问：

“你长大了想干什么，科斯季克？”

“当水手。”我回答。

“那可不行啊，”汉娜说，“水手会淹死在漩涡里头。会有人为你哭瞎自己明亮的眼睛的。”

我没有在意汉娜的话。我拉着她那只滚烫的、晒黑的手，给她讲我第一次出海旅行的事。

早春时节父亲去新罗西斯克出差三天，他带我一起去了。大海出现在远方，就像是一面蓝色的墙。我一直无法弄清那是什么。然后，我看见绿色的海湾、灯塔，听到防波堤旁海浪的喧嚣，大海走进我的心田，就像是一个壮丽的但又有些朦胧的梦，走进我的记忆中。

在停泊场，有两艘竖着黄色烟囱的黑色装甲舰——“十二使徒”号和“三圣徒”号。我和父亲来看这两艘船。晒得黝黑的军官们穿着白色制服，佩戴金色短剑，机器间里油腻腻、暖烘烘的，这一切都使我感到惊奇。但是，最让我惊奇的还是父亲。我从来没见过他这样。他兴高采烈地和军官们一起打趣，谈笑风生。我们还进到一个船舶机械师的船舱。父亲和他一起喝白兰地，吸那种用粉红色烟纸卷的、上面有金色阿拉伯字母的土耳其香烟。

汉娜听着，垂下双眼。不知为什么我开始同情她了，于是说，当我成为水手的时候，我一定带她到我自己的船上去。

“那你带着我，我是啥身份啊?”汉娜问，“厨娘?还是洗衣女工?”

“不!”我回答，燃起了一个小男孩的冲动，“你将是我的妻子。”

汉娜停下脚步，严肃地看了看我的眼睛。

“你对天起誓!”汉娜低声说，“以母亲的心起誓!”

“我发誓!”我想都没想就脱口而出。

汉娜微微一笑，她的瞳孔变绿了，就像海水一样。她深深地吻了我的眼睛。我感觉到她发红的嘴唇的热度。在余下的去河边的路上，我们一直沉默不语。

汉娜的蜡烛第一个熄灭了。从布兰尼茨卡娅伯爵夫人的林子后面，如烟的乌云升腾起来。但是，我们被花环吸引着，并没有发现乌云，直到突然起风了，吹得爆竹柳哗哗响，都弯到地上了，第一道闪电刚刚划破天空，一声惊雷就接踵而至，雷电交加。

姑娘们尖叫着跑到大树下。汉娜从肩上扯下围巾把我裹上，抓起我的手，我们就跑起来。

她拉着我奔跑，暴雨追上我们了，我也知道，我们反正是来不及跑回家了。

开始下暴雨的时候，我们已经离爷爷的窝棚不远了。跑到窝棚时，我们已经完全湿透了。爷爷不在养蜂场。

我们坐在窝棚里，彼此依偎。汉娜揉着我的手。她身上散发出湿润的印花布的味道。她一直害怕地问：

“你冷吗？哦，你会生病的，那我该怎么办？”

我浑身发抖。我确实感到很冷。在汉娜的眼中，恐惧、绝望和爱意交替着。

然后，她捂着喉咙咳嗽起来。我看见她优美而洁净的脖子上的青筋在跳动。我抱住汉娜，把头贴向她湿漉漉的肩膀。我多想有这样一个年轻又善良的妈妈。

“你怎么了？”汉娜惊慌失措地问，一边还咳嗽着，她抚摸我的脑袋，“你怎么了？你别害怕……雷不会劈死咱们的。还有我呢，别怕。”

然后，她轻轻地推开我，用绣着红色橡树叶的衬衫袖子捂住嘴，亚麻布上的这些叶子旁边，有一块小血斑弥散出红色，很像是绣出来的橡树叶。

“我不应该让你发誓！”汉娜低声说，充满负罪感地看了我一眼，她皱着眉头，微微笑着，“我跟你逗着玩儿的。”

雷声已经远去，滚到了大地的尽头。暴雨过去了。只是稠密的雨滴还在树木间发出沙沙的响声。

夜里，我开始发热。过了一天，年轻的医生纳佩里鲍姆骑自行车从白采尔科维来了，他给我做了检查，确诊我得了胸膜炎。

纳佩里鲍姆从我们这里离开，又去了皮利普恰村给汉娜看病，回来后，在隔壁的房间里他小声跟我母亲说：

“玛丽亚·格里高利耶夫娜，汉娜得了急性肺结核。她活不到春天了。”

我哭了起来，我叫妈妈过来，抱住她，这时，我发现妈妈的脖子上也有一条优美的青筋在跳动，就像汉娜一样。

这时，我哭得更厉害了，一直停不下来，妈妈抚摸着我的头说：

“你怎么了？有我呢，别怕。”

我的病好了，可汉娜却在冬天死了，在二月。转年的夏天，我和妈妈去她的坟墓，把一束用黑色丝带系着的洋甘菊放到绿色的小土包上。以前，汉娜总是把这样的花儿编进自己的发辫。不知为什么，我有些窘迫。妈妈和我并排站着，她打着一把红色的遮阳伞，我来看汉娜，我不是一个人。

琴斯托霍瓦[1]之行

我的外祖母维肯季娅·伊万诺夫娜住在第聂伯河上的切尔卡瑟，她是一个高个子的波兰老太太。

她有好多个女儿——我的姨妈们。在这些姨妈当中，有一个叫叶芙罗西尼娅·格里高利耶夫娜的，她是切尔卡瑟女子中学的校长。外祖母就住在这个姨妈家的大木房子里。

维肯季娅·伊万诺夫娜总是穿着丧服，戴着黑色的头饰。她第一次穿丧服是在一八六三年波兰起义[2]失败之后，并且从那时起，她就一次也没脱下来过。

我们坚信，外祖母的未婚夫一定是在起义的时候被打死的。那是个

1　琴斯托霍瓦，波兰城市。

2　这里指的是1863年的一月起义，反沙皇制度的起义，爆发在波兰王国、立陶宛、白俄罗斯和乌克兰的部分地区。

高傲的波兰暴动者，他完全不像外祖母现在这个阴郁的丈夫。外祖母现在的丈夫——我的外祖父曾经是切尔卡瑟城里的公证员。

我不太记得外祖父。他住在一个小小的阁楼里，很少下来。外祖母让他一个人单独住，是因为外祖父爱抽烟，而且到了让人无法忍受的地步。

我们偶尔偷偷溜进他的房间。房间里烟味很呛人，烟雾缭绕，灰蒙蒙的。桌上从盒子里倒出来的烟丝堆得像一座座山。外祖父坐在圈椅里，他用哆哆嗦嗦的、青筋暴起的手往烟卷里一支接一支地塞满烟丝。

他不和我们说话，只是用一只厚实的手把我们后脑勺的头发弄得乱蓬蓬的，还把烟盒里浅紫色的光面纸送给我们。

我们经常从基辅来到维肯季娅·伊万诺夫娜这里做客。她有一个雷打不动的惯例，每到春天的大斋期，她都要去华沙、维尔诺或是琴斯托霍瓦这些天主教圣地朝圣。

但是，有时她会突发奇想，去拜访东正教的圣地，于是她就去谢尔吉圣三一大教堂[1]，或是去波恰耶夫[2]。

她的所有儿女都时常嘲笑她这一点，他们说，如果维肯季娅·伊万诺夫娜能这样走下去，那她就会开始拜访那些有名的犹太拉比，并且去麦加的穆罕默德陵墓朝拜，以此结束自己的余生。

外祖母与父亲之间发生过一次最大的冲突，那就是外祖母利用我父亲去维也纳参加统计员代表大会的机会，带我做了一次宗教旅行。我为此感到很幸福，不明白父亲为何愤怒。那时我八岁。

1　14世纪中期建成的东正教修道院，位于莫斯科以北71公里处。

2　指的是波恰耶夫-圣母安息修道院，位于乌克兰的波恰耶夫市。

我记得维尔诺明媚的春天，还有外祖母去参加圣餐礼的奥斯特拉雅·勃拉玛小教堂。

整个城市都笼罩在新叶微绿和金黄的光泽之中。正午时分，扎姆科夫山上拿破仑时代的大炮就会鸣响。

外祖母是个知识十分渊博的女人。她能给我解释所有的事情，啥都难不倒她。

在她那里，信仰宗教可以令人惊奇地同先进的思想并存。她同时迷恋赫尔岑和亨利克·显克微支[1]。普希金和密茨凯维奇的画像总是同琴斯托霍瓦的圣母像并排挂在她的房间里。在一九〇五年革命的时候，她在自己家里藏匿过大学生革命者，还有大屠杀时的犹太人。

从维尔诺出发，我们又去华沙。我只记得哥白尼纪念碑和几个咖啡馆，在那里，外祖母请我喝过“麦渣卡瓦饮料”——“颠倒的咖啡”：咖啡里的牛奶比咖啡还要多。她还请我吃甜点——奶油夹心烤蛋饼，蛋饼在嘴里融化，油油的、凉凉的、甜甜的。给我们送食品饮料过来的是几个围着带褶围裙的、活泼的姑娘。

我和外祖母从华沙又去了琴斯托霍瓦，去那里著名的天主教修道院——雅斯纳·古拉修道院，那里存放着一幅“有灵的”圣母像。

那是我第一次见识到什么是对宗教的狂热。它使我震撼，也使我恐惧。从那时起，对宗教狂热的恐惧，以及对它的憎恶走进我的意识里。我很久都不能摆脱这种恐惧。

火车一大早到达琴斯托霍瓦。从车站到修道院的路还很远。修道院

1　亨利克·显克微支（1846—1916），波兰历史小说作家。

位于一个高高的、郁郁葱葱的小山丘上。

一些朝圣者走出车厢——这是一群波兰农民，有男有女。朝圣者当中也有一些戴着落满尘土的圆顶礼帽的城里人。一个胖胖的老教士和几个穿着带花边儿衣服的男孩子——教堂里的助祭——在车站等候着朝圣者们。

就在这里，在车站附近，朝圣者们在尘土飞扬的大路上排好队列。教士冲着队列画十字表示祝福，他用含混不清的鼻音念祈祷文。朝圣者们扑通一声跪下，开始爬向修道院，一边爬，一边高唱圣诗。

人群跪着爬到教堂跟前。最前面的是一个妇女，她头发花白，脸色苍白，表情狂热。她用双手捧着一个黑色的带有耶稣受难像的木十字架。

教士慢慢地、面无表情地走在这群人的前边。当时天气很热，尘土飞扬，人们汗流满面。一些人气喘吁吁，气哼哼地回头看看落后的人。

我抓住外祖母的手。

“为什么这样?”我低声问。

“别怕，”外祖母用波兰语回答，“他们是罪人。他们想求得天主的宽恕。”

“我们离开这儿吧!”我对外祖母说。

但是，她装作没有听见我说的话。

琴斯托霍瓦修道院原来是中世纪的一个城堡。在它的墙上，还嵌着几枚生锈的瑞典圆球形炮弹。在城堡的护卫土壕里，发绿的水已经腐臭。围墙上茂密的树木发出哗啦啦的响声。

用铁链子拴挂的吊桥放了下来。我们乘坐出租马车顺着这座吊桥驶进修道院乱糟糟的院子，驶过乱糟糟的通道、窄巷和拱廊。

一个腰间系着绳子的仆役修道士送我们去修道院的旅馆。给我们安排的是一个冰冷的拱顶房间。一成不变的十字架挂在墙上。不知是谁把纸花做成的花环挂在被钉子穿透的黄铜质的耶稣像的脚上。

修道士问外祖母，她是否受着病痛折磨，并且期待治愈。外祖母是一个特别神经质的人，她立刻抱怨心口疼。修道士从褐色长袍的口袋里掏出一把小小的用银子做的心、手、头，甚至还有小玩具娃娃，把它们堆在桌子上。

“有心，”他说，“五卢布的，十卢布的，还有二十卢布的。它们已被祝圣过了。剩下的只要在对圣母像祈祷时把它们挂上去就可以了。”

外祖母买了一个小小的圆鼓鼓的心，花了十卢布。

外祖母说，夜里我们要去教堂参加十分庄严的祈祷仪式。她让我喝了茶，就着吃了一些华沙又干又硬的小白面包，之后她就躺下休息了。她睡着了。我从低矮的窗户向外看。一个穿着磨得发亮的已经褪了色的长袍的修道士走了过去。然后，有两个波兰农民坐到墙边的背阴处，从包袱里拿出灰色的粗面包和蒜头开始吃。他们的眼睛是深蓝色的，牙口很好。

我开始感到无聊，便小心翼翼地走出房间，到外面去。外祖母吩咐过，在修道院我不能说俄语。这让我感到害怕。波兰语我总共就知道几个单词。

我迷路了，身陷在两墙之间的过道上。它是用石板铺成的，上面有些裂缝。裂缝中的车前草已经开花。用生铁做的路灯被固定在墙上。它们或许已经很久没有被点燃过——我还清楚地看到，在其中的一个路灯里有一个鸟巢。

墙上有一个小便门虚掩着，很窄的一个小门。我往里看了一眼。这是一个苹果园，整个园子都布满了阳光的斑点，苹果园沿着山丘的斜坡一直向下延伸。我小心翼翼地走了进去。园子里的花朵已经凋落。发黄的花瓣不时飘落下来。从教堂的钟楼飘来细微却悦耳的钟声。

在一棵老苹果树下的草地上，坐着一位年轻的波兰农妇。她在给孩子喂奶。小孩皱着眉头，呼哧呼哧地喘气。这女人身边站着一个农家小伙子，他脸色苍白，有些浮肿，戴着一顶用细毛毡做的新帽子。

在他的帽子上，缝了一条深蓝色的缎带，上面插了一根孔雀的羽毛。小伙子圆圆的眼睛盯着自己脚下，他一动不动。

一个矮小的秃顶修道士手里拿着修剪花草的剪刀，坐在女人对面的树墩子上。他仔细地看了看我，说：

“永远赞美耶稣基督!”

“永远!”我按照外祖母教我的那样答道。

我害怕得心都停止了跳动。

修道士转过身去，又开始听女人的诉说。几绺浅色的头发耷拉在她的脸上。她用一只细嫩的手把垂下来的头发撩上去，忧伤地说：

“我的小儿子刚刚四个多月大，米哈西就打死了一只鹳。他把它带回我们的农舍。我哭了起来，说：‘你这是怎么搞的，蠢货！你也是知道的，每打死一只鹳，天主就会夺走人们的一个孩子。你为什么打死它啊，米哈西?’”

戴着细毡帽的小伙子依旧漠然地盯着地面。

“从那天起，”这个乡下女人继续说，“我们的小儿子就浑身发青，他发病了，嗓子喘气儿费劲。圣母能帮他吗?”

修道士模棱两可地看着旁边，什么也没回答。

“哎哟，真是苦啊！”女人说着，开始用一只手挠自己的喉咙，“哎哟，苦啊!”她喊了起来，把小孩儿紧紧地搂在胸前。

小孩儿睁大眼睛，呼哧呼哧地喘着气。

我想起那些用银子做的玩具娃娃，就是在修道院旅馆里仆役给我外祖母看过的那些。我同情这个女人。我想对她说，让她花二十卢布买一个这样的娃娃，并且把它挂到琴斯托霍瓦的圣像上。但是，我的波兰语单词量不够多，表达不出这样复杂的建议。此外，我害怕那个修道士园丁。我离开了园子。

当我回到旅馆时，外祖母还在睡觉。我没有脱衣服，直接躺到硬邦邦的床上，立刻睡着了。

半夜的时候，外祖母叫醒我。我用大陶瓷盆里的凉水洗了脸。我激动得有些发抖。窗外，一盏盏手提灯笼鱼贯而过，可以听见沙沙的脚步声，钟声也是一声高过一声。

“今天，”外祖母说，“是红衣主教主持，他是罗马教皇的使节。”

在黑暗中，我们费力地挤到教堂前。

“拉着我!”在没有灯的门廊里，外祖母对我说。

我们摸索着走进教堂。我什么也看不见。高高的墙壁和几百人的呼吸致使教堂里形成一种令人窒息的黑暗，没有烛光，也没有任何的光亮。在这伸手不见五指的黑暗中，飘散着微甜的花香。

我感觉脚下是磨损了的生铁地板，我迈了一步，立马就碰到了什么东西。

“老实站着！”外祖母对我耳语道，“人们把胳膊伸直，整个人成十字躺在地板上呢！你会踩到他们的。”

她开始祈祷，而我拽着她的胳膊肘等着。我很害怕。在地上躺成十字的人们轻声地叹息着。忧伤的窸窣声在四周扩散开来。

突然，在这沉重的漆黑中，传来了管风琴号啕大哭般的巨响，震得墙壁发颤。也就是在那一刻，几百支蜡烛突然亮了起来。我感觉到目眩与惊慌，突然大叫了一声。

巨幅的金色帷幕开始慢慢地拉开，原来它是遮在琴斯托霍瓦圣母像前面的。六个老司铎身穿带花边儿的法衣，背对着人群跪在圣母像前。他们向空中高举双手。瘦瘦的红衣主教穿着紫红色的长袍，淡紫色的宽腰带把他的细腰勒得紧紧的，只有他直挺挺地站着——也是背对着祈祷的人们，就像是在倾听渐渐平息下来的管风琴的风暴，还有人群里发出的哽咽声。

我还从未见过如此戏剧性的和不可思议的场面。

夜里的仪式结束后，我和外祖母一起来到长长的拱廊上。天已破晓。墙根儿处跪着祈祷的人们。外祖母也跪下来，她还让我跪下。我不敢问她这些目光狂热的人在等待什么。

红衣主教出现在走廊的尽头。他步履轻盈地走着，行色匆忙。他的紫红色长袍飘起来，碰到祈祷人的脸。他们抓住长袍的底边儿，狂热地、卑躬屈膝地吻着。

“你吻一下长袍。”外祖母飞快地向我耳语。

但是，我没听她的话。我委屈得脸发白，直视着那个红衣主教的脸。或许，那时我已眼泪汪汪。他停了下来，把一只干瘦的小手放到我的头上一小会儿，用波兰语说：

“孩子的眼泪——这是对主最好的祈祷。”

我看着他。棕色的皮肤紧绷在他的尖脸上。暗淡的火光似乎照亮了这张脸。他眯起黑色的眼睛看着我，充满期待。

我执拗地沉默着。

红衣主教猛地转回身，依旧轻快地走去，随身带起一阵风。

外祖母抓住我的手，如此用力，以至于我差点疼得叫出来。她把我领出走廊。

“跟你父亲一个德行！”当我们走到院子里的时候，她说，“跟你父亲一个德行！琴斯托霍瓦的圣母啊！你以后的日子会咋样?”

粉红色的夹竹桃

在切尔卡瑟外祖母家的走廊上，摆着一些绿色的木桶，里面种了夹竹桃。它们开着粉红色的花朵。我很喜欢夹竹桃浅灰色的叶子，还有它浅色的花朵。不知为什么，我脑子里有关大海的概念总是和这些花联系在一起——遥远的、温暖的大海，它环绕着夹竹桃花盛开的国度。

外祖母很会养花。冬天，她的房间里总是盛开着灯笼花。夏天，在花园的篱笆墙边长满牛蒡草，花园里的花竞相开放，很是壮观，整个花园犹如花团锦簇的大花束。花香甚至浸入外祖父的阁楼里，取代了那里熏人的烟草味儿。外祖父常常气哼哼地砰的一声关上窗户。他说这种味道会让他哮喘的老毛病发作。

那时，我仿佛觉得这些花就是一个个鲜活的生命。木犀草是一个贫穷的姑娘，它穿着有补丁的灰色连衣裙，只有惊人的花香出卖了它童话般的出身。黄色的茶玫瑰[1]就像年轻的美女，由于贪恋喝茶，失去了绯红的颜色。

长着蝴蝶花的花坛像是在开化装舞会。这些不是花儿，而是愉快调皮的茨冈女人，它们戴着黑色天鹅绒的假面具，它们还是缤纷靓丽的舞蹈演员——时而深蓝，时而淡紫，时而嫩黄。

我不喜欢雏菊。它们身穿单调的粉红色小连衣裙，很像外祖母的邻居——奇默尔老师的姑娘们。这几个小姑娘眉毛淡淡的，头发是浅黄色的。每次碰见，她们都要拎一拎小纱裙，行屈膝礼。

最有意思的花，当然啦，要数马齿苋——它们匍匐在地上，色泽纯正。它们没有叶子，取而代之的是一根根柔软多汁的针。只需稍稍一挤它们，绿色的汁水就会溅到人的脸上。

外祖母的花园和所有这些带有非凡力量的花朵激发了我的想象。或许就是在这个花园里，我迷上了旅行。童年时，我想象过一个遥远的国度，我一定会去那里——山峦起伏的平原，长满鲜花和小草，直到天际。乡村和城市淹没在花草之中。当快速列车横穿这个平原的时候，车厢的侧壁就会粘满厚厚的一层花粉。

我把这事讲给哥哥、姐姐和妈妈听，但是，谁也不愿意理解我。他们的回答就是，我第一次听到哥哥给我起的鄙视性绰号——“幻想家”。

能理解我的人，大概只有娜嘉姨妈一个人。她是外祖母女儿中最小的一个。

她当时二十三岁。她是学唱歌的，在莫斯科音乐学院。她是出色的

---

1 即芳香月季。

女低音。

娜嘉姨妈常来切尔卡瑟外祖母这里过复活节，夏天也常来。宽敞肃静的房子立刻变得嘈杂和拥挤起来。她和我们一起玩儿，哈哈大笑着顺着打蜡的地板飞跑——她身材匀称、纤细，浅黄色的头发乱蓬蓬的，鲜亮的嘴微微张开着。

在她灰色的眼睛中，总是闪着金色的光点。这双眼睛笑对一切：对于任何玩笑、愉快的话语，甚至是总对我们的玩耍感到不满和嫌弃的小猫安东那副带有厌烦表情的嘴脸，她都报之一笑。

“对于娜嘉来说，所有的事情都是无所谓的！”妈妈稍带指责地说。

娜嘉姨妈无忧无虑的性情在我们家里尽人皆知。她经常把手套、香粉和钱弄丢，却从不为此伤心难过。

在她到来的那天，我们掀起钢琴盖，它就这样一直敞开着，直到娜嘉姨妈回到自己愉快而慷慨好客的莫斯科。

一大堆乐谱胡乱地堆在圈椅上。蜡烛冒着烟。钢琴低沉作响，有时夜里我会被那发自胸腔的、温柔的声音吵醒，这是她在唱船歌：

游荡吧，我的船，
明月把你照亮。
快把那船歌唱响
在梦中的波涛上。

早晨，我被温情的歌声唤醒了，这歌声几乎像是耳语，就在我的耳畔，娜嘉姨妈的头发蹭得我的脸直痒痒。“快快起来吧！”她唱道，“酣睡不觉难为情，闭着眼睛在幻想？知更鸟早就喳喳叫，玫瑰也为你开放！”

我睁开眼睛，她吻了我，之后便立刻消失了，马上我又听到她和她的哥哥在大厅里跳起了欢快的华尔兹，她的哥哥——我的舅舅科利亚，是一名士官生。他有时也从彼得堡来外祖母这里过复活节。

我跳起来，预感到这是暴风雨般愉快的、出乎意料的一天。

当娜嘉姨妈唱歌的时候，就连外祖父也要大敞开阁楼通往楼梯的门，然后，他对外祖母说：

“只是娜嘉这茨冈人的血是从哪里来的啊？”

外祖母肯定地说，娜嘉姨妈的血不是茨冈人的，而是波兰人的。她援引一些文学作品中的例子，还有波兰立陶宛联邦[1]的历史，证明在波兰人当中，通常都有这样抑制不住兴奋心情、刁蛮任性和无忧无虑的女人。

“原来如此！”外祖父挖苦地回答，使劲儿关上自己身后的门，“原来如此！”他在已经关好门后，依然大声地重复这句话，然后坐下来卷烟卷。

有一年，我记得复活节来得晚了些。切尔卡瑟的花园已是鲜花盛开。我们是从基辅坐轮船到这里来的。随后，娜嘉姨妈从莫斯科赶来。

我喜欢复活节。但是，我害怕复活节前夕的日子，因为大人们会强迫我磨上几个小时的扁桃仁，或者是用勺子搅蛋清。为此我很疲累，甚至偷偷地哭泣。

除此之外，在临近复活节时，外祖母的家里开始纷乱杂沓。女人们掖起裙摆，她们清洗橡皮树、杜鹃花、窗户和地板，清洁地毯和家具，擦拭门窗上的铜把手。她们总会把我们从一个房间赶到另一个房间。

1 16至18世纪波兰国家的名称。

大扫除之后，便是做圣事——外祖母开始和面，准备做长面包，我们家里把这种面包叫“绸缎柱子”。木桶里，黄黄的面团已经起了泡泡儿，木桶被用棉被裹住，直到面团发酵膨胀，这期间是不许家人在房间里跑来跑去、关门时发出哐当声、大声讲话的。当马车沿街走过的时候，外祖母就会很担心：这微小的晃动会使面团“失效”——如果面团“失效”，那你就和这种散发着番红花味、裹着糖皮的多孔长面包说再见吧。

除了长面包，外祖母还要烤各式各样的“马祖卡饼”——带着葡萄干和扁桃仁的干点心。当装着热马祖卡饼的烤盘从炉子里取出来的时候，屋子里就会香气扑鼻，就连外祖父在自己的阁楼里都坐不住了。他不时打开门，朝下面客厅里看看，在那里，长长的大理石桌子已经蒙上了厚厚的桌布。

在复活节前一周的星期六，家里终于清爽安静了。早晨，我们每人分得一杯淡茶，还有面包干，然后，从晨祷结束到开斋日前的一整天，我们什么也不吃了。我们喜欢这种略有饥饿感的感觉。这一天似乎很漫长，脑袋里有点儿乱哄哄的，外祖母要求大家少扯些闲话，让我们保持庄重的样子。

午夜的时候，我们出发去晨祷。大人们给我穿上水兵的那种长裤、水兵的那种带金色纽扣的外套，用刷子给我梳好头发，弄得我很疼。我照了照镜子，看到一个异常激动的、脸色绯红的小男孩，我很满意。

叶芙罗西尼娅·格里高利耶夫娜姨妈从自己的房间里走了出来。只有她一个人不参加节日的准备工作。她总是生病，很少讲话，对于我们愉快的闲谈，她只是报以温存的微笑。

她穿着深蓝色的紧领连衣裙，脖子上挂着细细的金表链，肩上钉了一个漂亮的花结。妈妈给我解释说，这个花结叫“花字奖章”，是贵族女子中学奖励毕业成绩最优秀的毕业生的，我的姨妈叶芙罗西尼娅·格里高利耶夫娜曾在那所中学学习。

妈妈穿上自己节日才穿的那件灰色连衣裙，而父亲穿着黑西装，里面是白色西装坎肩。

然后，外祖母闪亮登场——隆重、漂亮，一袭黑色绸缎衣裳，裙子的腰带上钉着一朵天芥菜的假花。她花白的头发梳得光溜溜的，从带花边的头饰下面露出来。当她轻轻挪动脚步的时候，她的连衣裙沙沙作响，——在这个夜晚，外祖母变得年轻了。

她点燃圣像前的长明灯，之后，费力地戴上钩了花边的黑手套，父亲把用宽缘带做纽扣的短披风递给她。

“您，当然了，不去晨祷?”外祖母客客气气但又有些冷冰冰地问。

“不，维肯季娅·伊万诺夫娜，”父亲微笑着回答，“我再躺一会儿。你们从教堂回来时，会有人叫醒我的。”

“哦，”外祖母说，她耸了耸肩，把披肩扶正，“我有一个愿望，有一天天主厌恶了您的玩笑，不再理睬您。”

“我也十分期待会是这样。”父亲谦恭地回答。

外祖母登上阁楼片刻，与外祖父告别。当她走下阁楼的时候，娜嘉姨妈走进了大厅。她总是迟到。

她不是走进来的——而是飞进来的，就像一只纤细的洁白耀眼的小鸟，身穿带着拖地后襟和泡泡袖的、轻盈的白色丝绸连衣裙。她大口地喘着气，胸前的黄玫瑰抖动着。

似乎整个世界和世界上所有的快乐都写在她变成黑色的眼睛里。

外祖母站在楼梯上，把手帕蒙到眼睛上。自己的小女儿长得如此漂亮，让她控制不住眼泪。看得出来，每一次外祖母都是在考虑娜嘉姨妈的命运，想着在这严酷的生活之中，她将发生什么事情，这些想法让外祖母不由自主地流泪。

这一次，当我们从教堂回来的时候，父亲没有睡觉。他把客厅朝向花园的窗户大敞开。天气很暖和。

我们坐到桌旁开斋。夜已深。星星直映眼帘。从花园里传来无眠的小鸟的尖叫声。所有人都不怎么说话，仔细倾听黑暗中时强时弱的钟声。

娜嘉姨妈坐在那里，面色苍白且疲惫。我发现父亲在前厅帮她摘下披肩，并且递给她一封蓝色的电报。

娜嘉姨妈脸上泛起红晕，将电报揉成一团。

开斋之后，大人们立刻打发我去睡觉。很晚的时候我才醒来，当时，在饭厅有茶杯的叮当声，大人们已经在喝咖啡了。

吃午饭的时候，娜嘉姨妈说，她收到了来自相邻的斯梅拉镇的女友莉扎·亚沃尔斯卡娅发来的电报。莉扎邀请娜嘉姨妈去她的庄园做客一天，庄园就在斯梅拉镇附近。

“我想明天去，”娜嘉姨妈说，看了一眼外祖母，又补充道，“我带着科斯季克。”

我幸福得脸开始发红。

“天主保佑你，”外祖母回答说，“去吧，当心别感冒！”

“他们会派马车来接我们。”娜嘉姨妈说。

从切尔卡瑟到斯梅拉坐火车需要一个小时。在斯梅拉车站，莉扎·亚沃尔斯卡娅迎接我们，她是一个胖胖的爱笑的姑娘。我们乘着双套马车，穿过洁净而美丽的小镇。绿色的断崖下面，佳斯明河静静地打着漩涡向两岸漫溢。在那些漩涡的中间，河水慢慢地流淌，闪着银光。

当时天气很热。蜻蜓在河面上飞舞。

当我们驶进郊外一处荒凉的公园时，莉扎·亚沃尔斯卡娅说，普希金曾经喜欢在这里散步。我无法相信普希金在这些地方待过，我居然待在他曾经待过的地方。当时，普希金对我来说就是一个传奇人物。他那光辉的一生，当然啦，一定是在远离乌克兰这些穷乡僻壤的地方度过的。

“旁边就是卡缅卡[1]，过去是拉耶夫斯基家族的领地，”莉扎·亚沃尔斯卡娅说，“他多次在他们家里做客，并且在这里写下美妙的诗句。”

“什么诗?”娜嘉姨妈问。

玩儿吧，阿捷丽，
别去理睬忧伤；
卡里忒斯和列利[2]
为你戴上了花环，
还为你摇动着
你的摇篮。[3]

我不知道，“卡里忒斯”和“列利”是什么意思，但是，这几句诗有着如歌的力量，还有这崖顶高处的公园、百年的椴树、云朵游走的天空——所有这一切，使我犹如置身于童话世界一般。整个这一天都留在

1 达维多夫家族的领地。普希金在此地居住的时候（1820年末—1821年初），领地属于十二月党人瓦西里·里沃维奇·达维多夫。他是尼古拉·尼古拉耶维奇·拉耶夫斯基将军的表弟，普希金在流放期间，曾和将军一家游历过南方。

2 卡里忒斯是希腊神话中的快乐、美丽女神，列利是斯拉夫传说中的爱与婚姻之神。

3 引自普希金的诗歌《阿捷丽》(1822)。

我的记忆中，就像是寂静而荒凉的春天的节日。

莉扎·亚沃尔斯卡娅把马车停在宽阔的林荫道上。我们下了车，沿着旁边一条两侧长满茂密蔷薇的小路往房子的方向走。

突然，从小路的拐弯处走出来一个晒得黝黑、没戴帽子的大胡子男人。他的肩上背着双筒猎枪，手里拎着两只被打死的鸭子。他穿着夹克，敞着怀，可以看得见他结实的棕色的脖子。

娜嘉姨妈停下来，我发现她的脸变得极其苍白。

这个黝黑的男子折下一大枝带着花骨朵的蔷薇，他的手扎出血了，他把这枝蔷薇递给娜嘉姨妈。她小心翼翼地接过带刺的蔷薇枝，向大胡子伸出一只手，他吻了吻她的手。

"您的头发有火药味，"娜嘉姨妈说，"手扎破了吧？应当把刺拔出来。"

"无所谓！"他说，微微一笑。

他的牙齿很整齐。现在，我离近了才看清，他可根本不是一个老头子。

我们往房子的方向走去。大胡子说话很奇怪，一股脑儿把所有的事都说了——他两天前从莫斯科来，这里很美妙，后天他应该带着自己的画去威尼斯参加画展，一个茨冈女人使他着迷——她是画家弗鲁别利的模特儿……他真是一个完全不可救药的人，只有娜嘉姨妈的声音才能挽救他。

娜嘉姨妈微笑着。我看着他。我很喜欢他。我猜他是画家。他身上确实散发着火药味。他的手上有黏黏的松树脂。偶尔，黑色鸭嘴里的鲜血滴落在小路上。

在画家浓密的头发里，拉着蜘蛛网，挂着针叶，甚至还有一枝干枯的小树杈。娜嘉姨妈拉住他的胳臂肘，让他停下来，拔出他头发里的小树杈。

“真是不可救药！”娜嘉姨妈说。

“完全是个小孩子。”她又说道，微微苦笑。

“您会明白的，”他用恳求的声调低声含混地说，“这是多么美好啊！我穿过小松林，衣服全都刮破了，但是，多么芳香的气息，多么干爽的白石竹，褐色的针叶，多好的蜘蛛网！多么美妙！”

“我喜欢您就是因为这个。”娜嘉姨妈低声说。

突然，画家从肩上摘下猎枪，朝空中开了一枪。一股蓝色的火药烟冒了出来。几只狗叫起来，朝我们飞跑。还有一只被吓到的母鸡不知在哪儿也突然咕嗒咕嗒地大叫了几声。

“向生活致敬！”画家说，“活着真是妙极了！”

我们来到房子跟前，几只激动的狗一直围着我们汪汪叫。

房子是白色的，有圆柱子，窗户上挂着有条纹的窗帘。一个上了年纪的瘦小女人迎出来，她穿着淡紫色的有些发白的连衣裙，拿着长柄眼镜，一头花白的鬈发，她是莉扎·亚沃尔斯卡娅的母亲。她眯着眼睛，一直紧握着娜嘉姨妈的手，夸赞她的美丽。

凉爽的房间里，风在吹拂，使窗帘紧绷起来，吹掉了桌子上的《俄国之声》[1]和《基辅思想》。几只狗到处闲逛，嗅来嗅去。听到公园里传来某种可疑的声音，它们就立刻跑开，大声叫着，彼此挤来撞去，从房间里向外飞跑。

太阳的光斑在房间里随风游动，把所有东西扫了个遍：花瓶，钢琴

1　资产阶级自由派的日报。1895年至1917年间在彼得堡发行。

腿上的铜脚轮，金色的画框，娜嘉姨妈扔在小桌上的草帽，深蓝色的猎枪筒——大胡子把枪放到窗台上了。

我们在饭厅喝香浓的咖啡。画家给我讲他在巴黎怎样在圣母院大教堂对面的滨河大街上钓鱼。娜嘉姨妈看着他，温存地微微笑着。可莉扎的母亲一直在重复：

“啊，萨莎！您什么时候能长大啊！该长大了！”

喝完咖啡，画家拉着娜嘉姨妈和我的手去他的房间。房间里胡乱地堆放着画笔，还有被挤扁的颜料软管。一切都是乱糟糟的。他急忙收拾乱扔的衬衫、皮鞋、一块块的画布，他把所有这些东西都塞到沙发床底下，然后从一个蓝色的铁盒子里取出泛着油光的烟丝往烟斗里塞，他开始抽烟，他让我和娜嘉姨妈坐到窗台上。

我们坐下了。太阳炙烤着我们的后背。画家走到一幅挂在墙上、蒙着粗麻布的画跟前，摘下粗麻布。

“就是这个！”他嘟囔了一句，声音中有些沮丧，“我怎么也画不好。”

画中人是娜嘉姨妈。当时我对绘画一窍不通。我听见过父亲和科利亚舅舅争论过关于韦列夏金[1]和弗鲁别利。但是，我对任何一幅好的画作都一无所知。外祖母家挂的那些画，表现出来的都是令人压抑的景色，画中有了无生趣的树和溪边的小鹿，或者是头朝下倒挂的褐色鸭子。

当画家摘下粗麻布，给我们看肖像画时，我高兴得不由自主地笑起来。肖像画与娜嘉姨妈明艳的青春之美浑然一体，还有像金色瀑布一般光芒洒满古老公园的太阳，还有吹过房间的风，还有树叶上微绿的反光，

1　瓦·瓦·韦列夏金（1842—1904），俄国写生画家，曾与巡回展览画派艺术家关系密切。

这一切都融为一体。

娜嘉姨妈一直看着那幅肖像画，然后，她轻轻地拨弄一下画家的头发，便飞快地走出房间，一句话也没说。

“嗯，谢天谢地！”画家长出一口气，“也就是说，可以拿这块画布去威尼斯参展了。”

白天，我们在佳斯明河上划船。公园的影子映在河面上，好似碧绿的带雉堞的城墙。在河水的深处，可以看到还未来得及浮出水面的圆圆的睡莲的小叶子。

晚上，临行以前，娜嘉姨妈在低矮的大厅里唱歌。画家给她伴奏，他老是弹错，因为他的手指粘满了松脂，手指粘在琴键上：

> 最初的相逢，最后的相逢，
> 可爱的嗓音唱出爱的音符……[1]

然后，我们又坐着双套马车去斯梅拉。画家和莉扎送我们。马蹄敲打着硬硬的路面。河面飘来湿气，青蛙呱呱叫。一颗星星在高空中闪烁。

在车站，莉扎领我去小卖部买冰激凌，而娜嘉姨妈和画家坐在车站用栅栏围着的小花园的长凳上。小卖部里当然没有卖冰激凌的，当我们回来的时候，娜嘉姨妈和画家依旧若有所思地在长凳上坐着。

很快，娜嘉姨妈就回莫斯科了，我再也没有见过她。第二年的谢肉

1 引自作曲家维·阿巴兹的浪漫曲《雾的早晨，灰白的早晨……》，原诗为屠格涅夫的《雾的早晨》。

节，娜嘉姨妈坐着三套马车去彼得罗夫公园，在严寒中歌唱，得了肺炎，临近复活节就死了。外祖母、妈妈和父亲去参加了她的葬礼。

当时，我很难过。直到现在我都不能忘记娜嘉姨妈。对我来说，她永远是少女一切美好的化身，热情和幸福的化身。

接骨木小球儿

一些白色的柔软的小球儿在盒子里滚来滚去。我把这样的一个小球儿扔到盛了水的盆子里。小球儿开始膨胀，然后舒展开来，时而变成红眼睛的黑色大象，时而变成橙黄色的龙，时而变成带着绿叶的玫瑰花。

这些神奇的中国小球儿是用接骨木做的，是我的舅舅和教父约瑟夫·格里高利耶维奇从北京带回来给我的，或者随便一些，叫他尤佳舅舅。

“名副其实的冒险家！”我的爸爸这样说舅舅，但是，不是用指责的口吻，而是有些羡慕。

他羡慕尤佳舅舅，因为舅舅游历过整个非洲、亚洲和欧洲，但他完全不是作为一个品德优良的旅行者，而是作为一个征服者——他张扬，夸夸其谈，喜欢恶作剧，还有遏制不住的欲望——在地球上的任何一个角落都会干一些让人难以置信的事：在上海、亚的斯亚贝巴、哈尔滨和麦什德。

所有这些最后都以破产告终。

“我要是能到克朗代克就好了，”尤佳舅舅经常这样说，“让那些美国佬瞧瞧我的厉害！”

他最终打算给那些屡教不改的克朗代克淘金人什么颜色看看，始终无人知晓。但是，有一点是完全清楚的，如果有机会的话，他确实是会给他们一点儿教训，他一定会在整个育空河流域和阿拉斯加声名远扬。

或许，他生来就是为了成为一位著名的考察家和旅行者，就像尼古拉·普热瓦利斯基或利文斯敦[1]。但是，当时俄罗斯的那个时代——我父亲称之为“天灾人祸”的时代——的生活摧残了尤佳舅舅。对旅行崇高的热情在他那里演变成乱糟糟的无疾而终的漂泊。但是，我依旧必须感谢尤佳舅舅，听了他讲述的故事之后，大地对我来说简直有趣得要命，而且这种感觉让我铭记一生。

外祖母维肯季娅·伊万诺夫娜认为尤佳舅舅是“天主的惩罚”，我们家里的白乌鸦[2]。当她因为我淘气或是不听话而生我气的时候，她就会说：

“当心，你可别成为尤佳舅舅第二！”

可怜的外祖母！她根本猜不到，这个舅舅的人生对我来说是极其壮美的。我一心想成为“尤佳舅舅第二”。

尤佳舅舅总是突如其来地出现在我们基辅的家里，或者是切尔卡瑟外祖母的家里，然后同样突如其来地消失，过上一年半载，他就又会玩儿命地按门铃，扯着公鸭嗓满屋子叫喊，还伴着咳嗽、发誓，以及充满感染力的笑声。每一次，马车夫都跟在尤佳舅舅身后，顺着地板拖进几

1 大卫·利文斯敦（1813—1873），英国的非洲研究专家。

2 意为另类。

只重重的手提箱，箱子里装着各式各样的稀奇古怪的玩意儿。

尤佳舅舅个子很高，留着大胡子，塌鼻梁，手指头像铁一般有力量——能掰弯银卢布。他有一双平静得令人生疑的眼睛，那眼睛的深处任何时候都不失狡黠。

他，就像父亲说的那样，“天不怕，地不怕，死不怕”，但是，一遇到女人的眼泪和小孩子的乖戾，他就会生出怜悯之心，变得局促、心软。

我第一次见到他是在英国人和布尔人的战争[1]之后。

尤佳舅舅去布尔人那里当了志愿兵——这一举动是英勇的、无私的——大大提高了他在亲人们眼里的威望。

我们这些孩子也受到这一战争的触动。我们可怜这些布尔人，他们为自己的独立而奋斗。我们憎恨英国人。我们知道每一次战役的全部细节，它们发生在地球的另一端，——莱迪史密斯围困、布隆方丹郊外的会战、袭取马尤比山。在我们这儿最风行的名字是布尔人的将军德·维特、茹贝尔和博塔。我们蔑视傲慢的基奇纳勋爵，嘲讽英国士兵穿着红色制服作战。《彼得·马里茨，来自德兰士瓦的年轻的布尔人》这本书让我们着迷。

然而，不只是我们，整个文明世界都在高度紧张地注视着发生在瓦尔河和奥兰治河之间草原上的悲剧，关注这个弱小的民族和世界大国之间力量悬殊的搏斗。就连基辅的流浪乐师，他们此前只弹奏《别离》，现在也开始弹奏新歌：“德兰士瓦，德兰士瓦，我的国家，你到处弥漫着

1 指1899年至1902年间的第二次布尔战争。

火光。”[1]为此，我们经常给他们五戈比的硬币，这是我们攒着买冰激凌的钱。

英布战争对于像我这样的小男孩来说，是儿童的异国情调的幻灭。非洲原来完全不是我们根据《环球》杂志上的长篇小说或基辅班科夫大街上工程师戈罗杰茨基[2]的房子所想象的那样。

在这个像城堡一样的灰房子的墙上，嵌入了犀牛的雕塑，还有长颈鹿、狮子、鳄鱼、羚羊，和其他一些栖息在非洲的野兽。混凝土大象的长鼻子耷拉在人行道的上空，替代了排水管子。水从犀牛的嘴里往外滴出来。灰色的石头蟒蛇从黑暗的壁槽里昂着头。

这个房子的主人是工程师戈罗杰茨基，他是一个狂热的猎人。他去过非洲打猎。为了纪念这些打猎往事，他用石头的兽形雕像装饰自己的房子。大人们说，戈罗杰茨基是一个怪人，可我们这些小男孩喜欢这个古怪的房子。它帮我们想象非洲的模样。

但是现在，虽然我们都是小孩子，可我们明白，痛苦和为了争夺人类权利的战斗已经闯入这块广阔的黑色大陆，在那一刻之前，按照我们的理解，在那里只有睿智的大象低声吼叫，热带雨林里瘴气四溢，河马在尚未被人探究过的大河中那油腻的泥潭里呼哧呼哧地喘气。在那一刻之前，非洲还是旅行者的土地、各种斯坦利[3]和利文斯敦的土地。

我和其他小男孩一样，十分遗憾地告别了那个我们曾在幻想中游荡过的非洲，——告别猎获狮子的画面，告别撒哈拉沙漠的黎明，告别尼

1 20世纪初的流行歌曲，反映英国人和布尔人的战争。

2 弗拉基斯拉夫·戈罗杰茨基（1863—1930），旅居基辅的波兰建筑师，设计风格为复合式，异国情调。

3 亨利·莫顿·斯坦利（1841—1904），英国记者，探险家。

日尔河上的木筏子，告别射箭时的嗖嗖声、猴子狂怒的吼叫，以及难以通行的森林里的黑暗。在那里，每走一步都有危险等着我们。我们已经想过许多次死亡的情景，死于寒热症或是在要塞的原木墙外受了伤，临死的时候，还听着一枚孤单的子弹嗖嗖响，还吸入湿漉漉的毒草的湿气，用红肿的眼睛望着黑色的天鹅绒般的天空，在空中，南十字星座[1]已渐渐黯淡。

我这样死过很多次，我惋惜自己年轻且短暂的生命，我还没游历完那神秘的非洲——从阿尔及尔到好望角，从刚果到桑给巴尔！

但是，所有这些有关非洲的概念，无法完全被我抛到脑后，一直是鲜活的。因此，在基辅我们那所无聊的住宅里，突然出现一个大胡子，他被非洲的太阳灼伤，戴着布尔人的宽边帽，衬衫领子敞开，露着脖子，腰间系着子弹带——这个人就是我的尤佳舅舅，那时我所体验到的震撼和无言的惊喜是很难传达的。

我跟在他的屁股后。我看着他的眼睛。我不相信，就是这双眼睛看到过奥兰治河、祖鲁人[2]的环形村庄[3]、英国骑兵和太平洋的风暴。

当时，德兰士瓦的总统克鲁格来俄国请求支援布尔人，这是一个肥胖臃肿的老头儿。尤佳舅舅跟他一起来的。尤佳舅舅在基辅总共就待了一天，之后，就跟着克鲁格去彼得堡了。

尤佳舅舅相信，俄国一定会帮助布尔人。但是，他从彼得堡给父亲写信说："对至高无上的国家利益的考虑迫使俄国政府做出无耻的决

---

1 南半球的星座，形状很像十字架，根据它来判断南极的方向。

2 南非纳塔尔省的主要民族。

3 南非和东非一些民族的环形居民点。

定——我们不会帮助布尔人。这就意味着，一切都结束了，我又要去我自己的远东了。”

我的外祖父——我母亲的父亲——是一个并不富有的人。如果他不是把所有的儿子都送进了基辅中等武备学校，他手头的钱根本就不够让这么多的孩子受教育——五个女儿和三个儿子。武备学校的教育是免费的。

尤佳舅舅和他的兄弟们就在这个学校学习。四年顺利过去，但到了第五年，尤佳舅舅被从基辅转到伏尔加河上的城市沃利斯克的“苦役”惩戒分部。犯了“严重错误”的学员会被流放到沃利斯克。尤佳舅舅就是犯了这样的错误。

基辅中等武备学校的厨房位于地下室。有一次，快到节日的时候，厨房里烤了很多奶油面包。它们在长长的餐桌上摆着晾凉。尤佳舅舅拿了一个竿子，往上面绑了一枚钉子，就用这个装置伸进敞开的厨房的窗户，搞到了几十个焦黄的面包，并在自己的班里举行饕餮盛宴。

尤佳舅舅在沃利斯克待了两年。第三年，他被学校开除了，革去军衔，降为士兵，原因是他打了一个军官——这个军官在大街上拦住他，粗鲁地破口大骂，因为舅舅有些风纪不整。

他们让尤佳舅舅穿上士兵的军大衣，拿上步枪，从沃利斯克步行到华沙附近的库特诺市，去那里的炮兵部队。

冬天，他从东到西穿越了整个国家，他见过诸多卫戍部队的长官，在村子里讨要过面包，也曾随便找个地方过夜。

从沃利斯克出发时，他还是一个脾气暴躁的男孩，可是到了库特诺时，他已经变成了一个凶狠的大兵。

他在库特诺服役到获得初级军官官衔。他被晋升为准尉。

在服兵役期间，尤佳舅舅命里注定倒霉。他又从炮兵部队被调到步兵部队。尤佳舅舅所在的那个团被召去莫斯科，护卫尼古拉二世的加冕礼。尤佳舅舅的连队负责护卫克里姆林宫滨河大街。

在加冕礼那天的清晨，舅舅看到他的士兵们跑向河岸，那里发生了一场残酷的群殴。舅舅握住军刀，去追那些士兵。

他看到河岸边有一个长着铜脑袋、上面缠着电线的怪物在泥里打滚儿。士兵们打倒这个家伙，压在他的身上，而他笨拙地极力挣脱那些士兵，用铅做的球鞋踹他们。其中的一个士兵抓紧这个家伙铜脑袋旁边的螺纹橡胶管子，他嘶哑地叫了一声，便停止了反抗。舅舅发现这是一个潜水员，他喝住他的士兵们，让他们赶紧拧下潜水员的铜头盔，可是，他已经死了。

没有人事先通知舅舅和士兵们，在这天早晨，喀琅施塔得的潜水员要查看莫斯科河的河底，找寻定时炸弹。

这件事后，尤佳舅舅被免除了军职。他去了中亚，做了一段时间从乌拉尔斯克到希瓦和布哈拉骆驼商队的头儿。那时的中亚和俄罗斯还没有铁路联系，所有商品都要在乌拉尔斯克转交骆驼队，接下来走马帮的路运送。

在随商队旅行的这段时间，尤佳舅舅和中亚研究者格鲁姆-格尔日迈洛兄弟[1]结交为朋友，和他们一起去狩猎、打老虎。他给外祖母寄来一张带着狰狞面孔的老虎皮作为礼物，外祖母立刻将它藏到了地下室，事先还撒上一些樟脑丸。

1　指苏联学者弗拉基米尔·叶菲莫维奇·格鲁姆-格尔日迈洛（1864—1928，冶金学家）和格里戈里·叶菲莫维奇·格鲁姆-格尔日迈洛（1860—1936，地理学家和动物学家）。

尤佳舅舅喜欢讲他自己一个喷嚏登时吓死亚洲胡狼的故事。在荒漠中宿营的时候，舅舅把装着食物的书包放到头下面，躺着假装睡觉。这些狼夹着尾巴爬到跟前。当其中一个最放肆的狼小心翼翼地要用牙齿叼走舅舅脑袋下面的书包时，舅舅打了一个震耳欲聋的喷嚏，那只胆小的狼甚至来不及叫一声，便立刻因心脏破裂就地身亡。

我们相信这件事是真的，因为我们很了解，每天早晨尤佳舅舅是怎样打喷嚏的。这预示着新的一天就要开始了。作为对这个喷嚏的回应，窗户上的玻璃就会发出清脆的声音，小猫发狂地满屋子乱窜，寻求庇护。

尤佳舅舅的故事对我们来说，比明希豪森男爵[1]的奇遇更有趣。明希豪森应该是加了想象的，可是，尤佳舅舅就在身边——活生生的、淹没在烟的云雾里，他的哈哈大笑震得沙发直晃悠。

然后，尤佳舅舅的生活里便出现了一段模糊时期。他沿着欧洲游荡，据说，在蒙特卡洛玩儿过轮盘赌，无意中还去了阿比西尼亚，从那里带回来一枚大大的金勋章，不知为什么，阿比西尼亚的皇帝孟尼利克[2]竟赏赐给他勋章。勋章很像看院子人的号牌。

尤佳舅舅在生活中没有找到适合自己的位置，直到他的视野投向迷雾重重的远东、满洲[3]和乌苏里边区。这个国度似乎是特意为舅舅这样的人存在的。在那里，可以随心所欲、热热闹闹地生活，不用屈从于任何“繁文缛节”——可以尽情展示自己奔放的性格以及进取精神。

这是俄国的阿拉斯加——荒无人烟，富饶，危险。对于尤佳舅舅来

1　德国民间故事中的冒险家和吹牛大王。

2　孟尼利克二世（1844—1913），埃塞俄比亚的皇帝。

3　作者在这里把我国的满洲（旧指我国东三省）与俄国远东地区并提，可能是因为清末俄国入侵我国东北一带，给俄国普通人造成的错误印象。

说，这世上不可能有，也找不到比这里更好的地方了。阿穆尔河、原始森林、黄金、太平洋、朝鲜，继而是堪察加、日本、波利尼西亚。广阔无边的、未被探究过的世界喧嚣着，就像是波涛拍岸的海浪声，在远东的海岸边，想象力被点燃。

尤佳舅舅带着年轻的妻子去了远东。她是一个极具奉献精神的女人——任何一个人，按照我妈妈的想法，除非她有奉献精神，是不可能成为像尤佳舅舅这么可怕的人的妻子的。

在那里，他参加了中国起义时期的哈尔滨保卫战[1]，以及和红胡子[2]的战斗，还有中东铁路的建设。他后来中断了他在这边的活动，只是为了去德兰士瓦。

英国人和布尔人的战争结束后，他回到远东，但不是回满洲，而是去了旅顺[3]。在那里，他的工作是义勇船队[4]的代理人。尤佳舅舅写信说，他很喜欢船上的事务，很遗憾年轻时没当海员。

在此前不久，他的妻子死了。留下两个小姑娘，他的女儿。他令人感动地、笨手笨脚地和一个中国老仆人一起养育他的孩子，这个中国人叫桑必察。尤佳舅舅喜欢这个对他忠诚的中国人，大概不比喜欢自己的女儿少。总之，他喜欢中国人。他说过，这是出色的、善良的、充满智慧的民族，唯一的不足就是他们害怕下雨。

1 “中国起义时期”指的是1899年至1901年间发生在中国北方的义和团运动，“哈尔滨保卫战”是指义和团运动期间中俄围绕哈尔滨的争夺。

2 从19世纪中期到1917年间活动于满洲的武装匪帮。

3 这里提到的“满洲”“旅顺”都是我国领土，并不属于俄国的远东地区，作者的错误印象与清末俄国入侵我国东北一带有关。

4 1878年由航行于敖德萨与符拉迪沃斯托克（原名海参崴）之间的远洋船队组成。

在日本战争时期[1]，尤佳舅舅作为一个老军官应征入伍。他把两个女儿和桑必察一起送到了哈尔滨。

战争结束后，他来基辅探望亲人。这是我最后一次见到他。

他的头发已经花白，他很平静，可是，那狂热、愉快的火花时而还是会在他的眼睛里闪烁。

他给我们讲关于北京、中国的皇家花园、上海和黄河的事情。

听了他的这些讲述，我想象的中国是这样的国家，那里永远是温暖的明亮的夜晚。或许，这个印象源自尤佳舅舅在讲述的时候已经不再臆想什么，也没有眼珠乱转，也没有哈哈大笑，而是语气有些疲惫，还不停地抖落烟灰。

这是在一九〇五年。尤佳舅舅没太搞明白政治。他认为自己是一个老军人，事实也是如此——他正直，忠于誓言。当我的父亲发表他那激烈而危险的言论时，尤佳舅舅一言不发，去到花园里，坐到长凳上，独自一人在那里抽烟。他认为父亲“比左派还左”。

一九〇五年秋天，基辅的一个工兵营和浮桥连起义。工兵们击退哥萨克分队对他们的步步进逼，穿过整个城市。

南俄机器制造厂的工人们也加入了工兵的队伍。在这些哗变者的前面，有很多小孩在跑。在加利奇市场上，亚速工兵团向起义者开了火。密集的枪弹打死了许多孩子和工人。工兵们不能还击，因为在他们和亚速人之间隔着一群群市民。这一天，尤佳舅舅得知这个事件后，急躁不安，他不停地抽烟，在花园里走来走去，低声骂着。

1　指的是1904年至1905年间的日俄战争，旨在争夺中国东北和朝鲜的统治权。

“亚速人，”他嘟囔着，“笨蛋。丢人！工兵们也都是好样的——他们不是射击手，而是一群老母鸡！”

然后，他不知不觉地就从家里消失了，直到傍晚也没回来。他在第一天夜里和第二天白天都没回来。他根本就没再回来。直到过了半年，他的女儿从哈尔滨寄来了一封信。她说，尤佳舅舅已经定居日本，请原谅他的不辞而别。

过了很久以后，我们才得知，尤佳舅舅混进了工兵的队伍，看到被打死的孩子们，他怒火填膺，他和起义的领导人扎达诺夫斯基中尉集结了一部分工兵，和他们一起向政府军队开火，那些人不得不撤退。尤佳舅舅，当然啦，不得不逃走了。他去了日本，没多久就死在了神户，死因是他得了心源性哮喘和一种可怕的病——乡愁——一种思念故乡的病。

临死前，这个魁梧的、狂躁的人，只要有人稍一提及俄国，他就会哭泣。而在最后一封似乎是很滑稽的信中，他请求用信封给他寄去对他来说最珍贵的礼物——基辅栗树的一枚干叶子。

斯维亚托斯拉夫大街

去切尔卡瑟和戈罗季谢的旅行是我童年时代的节日，而平淡无聊的生活是在基辅，在斯维亚托斯拉夫大街开始的，在那处昏暗的、并不舒适的住宅里，我们度过漫长的冬天。

斯维亚托斯拉夫大街两旁都是些式样单调的出租房，用基辅的黄砖建成，人行道也是用这种砖铺成的，大街的尽头是一大片空地，这块空地被沟壑切得七零八落。这样的空地在城市里有好几块。它们被称作“沟谷”。

一整天，“卡拉马什卡”大车队载着黏土路过我们家门口去斯维亚托斯拉夫的沟谷。在基辅，人们把运土的大车叫作卡拉马什卡。卡拉马什卡把土运到沟谷，填满那里的沟壑，平整之后在那里盖新房子。

泥土从卡拉马什卡上颠落出来，所以马路上总是很脏，为此，我不喜欢斯维亚托斯拉夫大街。

大人明令禁止我们去沟谷。那是个可怕的地方，是乞丐和小偷的家园。可是，我们这些男孩子有时还是会成群结队地去沟谷。我们带着警哨以防万一。对于我们来说，它似乎是如此值得信赖的武器，就像左轮手枪一样。

一开始，我们提心吊胆地从上面往下看沟壑。那里的碎玻璃在闪光，几只生锈的盆子胡乱地堆放着，狗在乱刨那些垃圾。它们并没有注意到我们。

后来，我们的胆子大了，居然开始下到沟底里去，从那里，有一缕刺鼻的黄烟升腾起来。这一缕烟是从窑洞和简陋破旧的小房子里飘出来的。小房子是用胡乱找到的东西拼搭而成的——破胶合板、旧铁皮、已经散了架的箱子、维也纳椅子上的坐垫、弹簧垫子，只是里面的弹簧都已经裸露出来。几只脏口袋挂在那里，算是房门吧。

炉灶旁边坐着几个衣衫褴褛、没戴头巾的女人。她们骂我们是“小少爷”，或者是求我们给点儿钱“去酒铺”。其中只有一个女人——一个花白头发乱蓬蓬的老太婆，她的脸跟狮子脸长得一样——冲我们微笑，她只有一颗牙。

这是基辅一个有名的乞丐，是个意大利女人。她走家串户，去拉手风琴。如果给的钱多，她会拉《马赛曲》。在这种情况下，人们就会把一个小男孩儿打发到大门那里去望风，一旦警察分局长出现，他立马报信儿。

这个女乞丐不仅用手风琴拉《马赛曲》，她还用她那愤怒沙哑的嗓音高唱。她在唱《马赛曲》时，发出的声音像是愤怒的呼唤，像是斯维亚托斯拉夫沟谷居民的诅咒。

在这些破房子里住着的居民当中，我们认出了几个老熟人。这就是乞丐亚什卡·帕杜奇——他的眼睛白白的、醉醺醺的。他经常坐在弗拉基米尔教堂门前的台阶上，喊着一成不变的话："心地善良的老爷们，可怜可怜我这个羔羊一样的残废吧！"

在沟谷里，亚什卡·帕杜奇可不是那样带着鼻音说话、那样温顺的，跟在教堂的台阶上时完全不一样。他一口气喝光四分之一瓶伏特加，抡起手臂捶自己的胸膛，开始哭诉："所有受苦的和负重的人们都到我这儿来吧，我来给你们安宁！"

还有一个秃顶的老头儿，他在丰杜克列耶夫大街上的弗朗索瓦咖啡馆附近卖牙签，而他旁边就是带着鹦鹉的流浪乐师。

在那些破房子旁边，黏土炉灶上面满是窟窿眼儿的茶炊烟囱在冒烟。

与其他破房子相比，我还是更喜欢流浪乐师的破房子。白天，他从来不在家里待着——他总是在各家院子里串来串去。在破房子旁边，有一个光脚的姑娘坐在地上，她脸色土黄，忧郁的眼睛特别漂亮。她在削土豆皮。她的一只脚上缠着破布。

这是流浪乐师的女儿，中学生，一个"没有骨头的人"。她过去也和父亲去别人家的院子，铺上地毯，在上面表演节目——她瘦瘦的，穿着蓝色的针织紧身衣，表演各种杂技项目。现在，她的脚坏了，不能"工作"了。

有时我看到，她总是读一本掉了封皮的书。按照插画我猜应该是大仲马的《三个火枪手》。

姑娘不满地朝我们喊：

"你们来这里干吗？你们没见过这儿的人是怎么生活的？"

但是，后来，她跟我们处熟了，也就不再喊了。她的父亲是一个很矮的、头发花白的流浪乐师，碰到我们在沟谷，便说：

"让他们瞧瞧，我们的圈子是怎么过活的。或许，等他们成了大学生，这对他们就会大有益处。”

一开始，我们成群结队地去沟谷，后来我和那里的居民熟悉了，便开始一个人去。

这件事我一直瞒着妈妈，但是，流浪乐师的女儿暴露了我的行踪。我借给她看《汤姆叔叔的小屋》，但是，我生病了，一直没去取书。她很担心，就自己来我家还书。妈妈给她开的门，一切就被发现了。我看妈妈紧闭的双唇，还有她冰冷的沉默，就明白是怎么回事了。

晚上，妈妈和父亲在饭厅里谈论我的所作所为。我是从门外听见的。妈妈很激动、很生气，但父亲却说没什么可怕的，说我不会轻易学坏的，他宁愿我同这些穷人交朋友，而不要同基辅商人和官员家的儿子们交往。妈妈持反对意见，她觉得，我在这个年龄应当受到保护，避免对那些沉重的生活留下印象。

“你要明白，”父亲说，“这些人在待人接物上是以真诚相报，这在我们的圈子里是找不到的。又哪来什么沉重的生活印象？”

妈妈沉默了一会儿，然后回答说：

“是的，或许，你是对的……”

当我病好了以后，她给我拿来马克·吐温的《王子与穷人》这本书，并且说：

“嗯……你自己拿上这本书……去给流浪乐师的女儿吧。我不知道她的名字。”

“莉扎。”我胆怯地回答。

“哦，你把这本书带给莉扎。送给她吧。”

从那时起，家里的任何人都不再为我去斯维亚托斯拉夫沟谷而恼怒了。这下我也不用偷偷摸摸地从餐柜里拿糖给我的新朋友们，或者是拿花生给那只几乎眼瞎的鹦鹉米季卡了。我大大方方地向妈妈要所有这些东西。她从来都不会拒绝我。

为此，我很感谢妈妈，我的心里是那样轻松，只有一个心存善良的小孩子才会拥有这种心境。

有一次，在初秋时节，流浪乐师来到我们家的院子里，他没带着鹦鹉。他神情漠然地转动着手摇风琴的把手。风琴奏出了波尔卡舞曲："我们走吧，我们走吧，可爱的天使，让我们一起去跳舞。"流浪乐师扫视阳台和打开的窗户，等着最终会有用小纸片包着的铜币飞到院子里来。

我跑出去，到流浪乐师的跟前。他一边摇着风琴，一边对我说：

"米季卡病了。像刺猬一样待在家里。你给的花生它也不吃了。看来，是要咽气了。"

流浪乐师摘下满是灰尘的黑帽子，用它擦擦脸。

"活不了了！"他说，"单凭一个手摇风琴，没有米季卡，别说是挣碗饭吃——就连买伏特加都够呛。现在，谁来抽'幸运签儿'呢?"

花上五个戈比，鹦鹉就会给那些想算命的人叼出绿色、蓝色和红色的小纸片儿，上面印着预言。这些小纸片儿不知为什么叫"幸运签儿"。这些"幸运签儿"被卷成小卷儿，就像烟卷一样，依次摆好，装在卷烟纸筒的盒子里。在叼出小纸片儿之前，米季卡一直在小横梁上转悠，不满地叫着。

预言是用完全神秘的语言写出来的。

"您出生在墨丘利[1]的标志下，您的石头是绿宝石，也可以说是祖母

1　罗马神话中的神使，即希腊神话中的赫尔墨斯，又是司商业、畜牧之神。

绿，这意味着厌倦，以及最终在白发苍苍的暮年，找到生活的真谛。您要对金发女郎和金发男子敬而远之，先知约翰砍头日不要出门。”

有时，签上印着短短的、预示着灾难的句子——“明天傍晚”，或者是“如果你想活着，任何时候都不要回头张望”。

过了一天一夜，米季卡死了，我把它放到鞋盒子里，埋到沟谷去了。流浪乐师大醉一场，失踪了。

我给妈妈讲了鹦鹉的死。我的嘴唇在颤抖，但是，我又忍住了。

“你穿衣服吧，”妈妈严厉地说，“我们去布尔米斯特罗夫那儿!”

布尔米斯特罗夫是一个小老头儿，由于年岁大了，胡子都变绿了。他在别萨拉布卡经营一家昏暗而狭小的商店。这个人有点儿耳聋，长得像土地公，他卖的都是些好东西——钓鱼竿、各种颜色的鱼漂、鱼缸、金鱼、鸟儿、蚂蚁蛋，甚至是临摹画。

妈妈在布尔米斯特罗夫那里买了一只绿色羽毛的老鹦鹉，它的一只脚上套着镀锡的圆环。我们向布尔米斯特罗夫借了一个笼子。我用它提着鹦鹉。在路上，它伺机啄食我的手指，都咬到我骨头了。我们顺道去了药店。他们给我包扎了手指，但是，我还是很激动，几乎感觉不到疼痛。

我很想尽快把鹦鹉送给流浪乐师，可是，妈妈说：

“我和你一起去。我应该亲眼看着。”

她去自己的房间换衣服。我感到很难为情，妈妈去那些乞丐那里还要换衣服，那些乞丐穿得破破烂烂的，但是，我又不敢对她说什么。

几分钟之后，妈妈出来了。她穿了一件旧的连衣裙，胳膊肘那里还织补过。她急急忙忙戴上头巾。这一次，她甚至没有戴那副雅致的软羊皮手套。她穿了一双旧皮鞋，鞋跟儿已经磨偏了。

我很感激地看了看她，我们出发了。

妈妈勇敢地下到沟壑里去，从那些惊讶得说不出话来的、衣衫褴褛的女人旁边走过，妈妈甚至一次也没有撩起裙子，尽管一堆堆垃圾或是草木灰会弄脏她的裙子。

莉扎看到我们拿着鹦鹉，灰色的脸庞高兴得泛起灼热的红晕，突然，她给妈妈行了个屈膝礼。流浪乐师没在家——他依旧和杰米耶夫卡区的朋友们一起酗酒，借酒消愁。

莉扎接过鹦鹉，脸更红了，她一直重复说：

“唉，您这是干吗？您这是干吗？”

“可以教会它抽‘幸运签儿’吗？”妈妈问。

“是的，两天时间！”莉扎高兴地回答，“您这是干吗？天啊！为什么啊？这个要花好多钱啊！”

在家里，父亲得知这件事以后，他笑了，并且说：

“女人的慈悲心肠！温情的教育！”

“哦，老天！”妈妈懊丧地感叹，“我不知道，你为什么老是自相矛盾。你的性格真是古怪。处在我的位置上，你也会这样做的。”

“不，”父亲回答说，“我会做得更多。”

“更多？”妈妈又问了一遍，从她的声音里，我已经听出了威胁的口气，“嗯，好！我们拭目以待！”

“咱们走着瞧！”

我没猜到，父亲说这些话是给妈妈使激将法。

第二天，在这个小小的冲突之后，妈妈派人去斯维亚托斯拉夫沟谷，给莉扎送去我姐姐的一条黑色连衣裙和她自己的咖啡色皮鞋。

但是，父亲也不甘示弱。他等着流浪乐师带着新鹦鹉到我们的院子里来。

流浪乐师的脖子上系着红围巾。他的鼻子由于他喝了伏特加而发着得意扬扬的光亮。流浪乐师为妈妈演奏了所有他的手摇风琴能演奏出的曲目：进行曲《思念故乡》、华尔兹《多瑙河之波》、波尔卡《别离》、歌曲《噢，满满的小盒子》。

鹦鹉又叼取“幸运签儿”了。用小纸片包着的铜币慷慨地从窗户里撒落出来。流浪乐师敏捷地用帽子接住其中的几个。

然后，他把手摇风琴背到肩上，像往常一样费劲地弯着腰，他没到外面去，而是沿着正门的楼梯向上，按我们家的门铃。

他摘下帽子，把它拿在垂下的手里，帽子都挨到地板上了，他感谢妈妈，吻了吻妈妈的手。父亲出来了，他请流浪乐师到自己的书房去。流浪乐师把手摇风琴倚到前厅的墙上，小心翼翼地迈着步子，跟在父亲的身后。

父亲请流浪乐师喝白兰地，并且说，他知道流浪乐师的生活有多艰难，也不稳定，父亲建议他去做西南铁路的护路工。他会有自己的小房子和菜园子。

“您不要怪罪我，格奥尔吉·马克西莫维奇，”流浪乐师小声地回答，他脸红了，“当护路工我会很痛苦的。我，瞧见了吧，一辈子要跟手摇风琴一起过苦日子！”

他走了。妈妈掩饰不住自己得意的心情，虽然她没有说话。

过了几天，警察突然强制所有的居民迁出斯维亚托斯拉夫沟谷。流浪乐师和莉扎失踪了——看来，他们迁移到了别的城市。

但此前，我还去了一次沟谷。流浪乐师邀请我去他家“进晚餐”。

在一个底朝上的箱子上，放着一盘烤番茄和黑面包，一瓶樱桃酒和几块脏兮兮的糖果——粗粗的棒棒糖，带着粉红色和白色的条纹图案。

莉扎穿着新连衣裙，辫子编得紧紧的。她娇嗔地照顾我，让我“像在妈妈身边一样”吃吃喝喝。鹦鹉睡着了，一层膜一样的薄薄的眼皮遮住眼睛。偶尔，手摇风琴独自发出长长的宛如唱歌般的叹息。流浪乐师解释说，这是滞留的风从某些管子里溜出来了。

已经是九月了。暮色降临。谁没看到过基辅的秋天，谁就不会明白这个时刻充满温馨的美妙。

第一颗星星燃起在高空中。秋天壮美的花园静静地等候夜的来临，它们晓得，星星一定会坠落到大地上，花园一定会抓住这些星星，把它们放到像吊床一样的叶丛上，再把它们如此小心翼翼地放到地上，以至于城里的任何人都不会被吵醒，谁也不会知道发生过这件事。

莉扎把我送回家，在分别的时候，她把一块黏糊糊的粉红色糖果塞给我，便顺着楼梯飞快地跑下去了。而我一直站在那里，犹豫要不要按门铃，我担心，我回来这么晚，会不会遭到训斥。

冬景

圣诞节时，父亲送给我一副“哈利法克斯”冰刀。

现在的小男孩儿们如果看到这副冰刀，肯定会笑个不停。但是，在当时，世界上没有更好的冰刀能比得过哈利法克斯城的冰刀。

这个城市在哪儿？我向所有人仔细打听过。这个被积雪盖满了的古老城市哈利法克斯在哪儿？在那里，所有的小男孩儿都滑这种冰刀。这个冬天的国家在哪儿？在这个国家居住着退役的水兵和机灵的小学生。谁也不能回答我。

哥哥鲍利亚说，哈利法克斯——这完全不是一个城市，而是冰刀发明者的姓。父亲说，似乎，哈利法克斯——这是纽芬兰岛上的一个小城镇，在美洲的北海岸附近，它不仅以冰刀著名，而且还有水上救生犬。

冰刀放在我的桌子上。我看着它们，琢磨着哈利法克斯城。得到这副冰刀之后，我立马想象出这个城市的模样，我已经看到它了，如此清晰，以至于能画出详图，上面有街道和广场。

我能一直坐在桌旁，写马利宁和布列宁习题集——我在准备这个冬天的中学入学考试——心里却想着哈利法克斯。

我这个特性让妈妈很是害怕。她担心我的“幻想”，并且说，像我这样的小男孩儿，等待着我们的会是贫穷和死在篱笆墙下。

“你会死在篱笆墙下”，这个晦气的预言在当时很是流行。不知为什么，死在篱笆墙下被认为是特别不光彩的事。

我经常听到这个预言。但是，妈妈更经常说，我的“大脑失控了，一切不像正常人”，她也很担心，我会成为一个倒霉蛋儿。

听到这些话，父亲很生气，他对妈妈说：

“就让他成为倒霉鬼、叫花子、流浪汉，随便什么人，只要不是该死的基辅市侩!”

最终，我自己也开始为自己的幻想感到害怕和羞愧。我似乎觉得，我在干一件没用的事，而当时周围所有人都忙着正事儿：哥哥姐姐们都去上学了，死记硬背那些功课，父亲在西南铁路局上班，妈妈缝补衣裳、操持家务。只有我一个人生活在脱离共同利益的世界里，白白地浪费时间。

“你最好去滑冰场，也总比这样毫无意义地坐着胡思乱想好，”妈妈说，“这是什么孩子啊！你像什么啊!”

我去滑冰场了。冬天的白天比较短。我在滑冰场的时候，暮色已经降临。军乐队来了。各种颜色的小灯点亮了。一群穿着皮袄的女中学生，把手揣在小手笼里，摇摇晃晃地，一圈一圈地滑冰。男中学生们则倒着滑，或者是呈“手枪”状——蹲坐在一条腿上，而另一条腿伸出老远。这被认为是最优美的姿势。我很羡慕他们。

我回家的时候，满脸通红，也很疲惫。但是，我的心依旧是不安的。因为，在滑冰之后，我感觉到从前那种危险的、爱幻想的趋势仍然存在。

在滑冰场，我经常遇到我姐姐加莉娅的女友——喀秋莎·韦斯尼茨卡娅，她是丰杜克列耶夫女子中学的高年级学生。她也穿“哈利法克斯”冰刀滑冰，只是她的冰刀是用黑色烧蓝钢做的。我的哥哥鲍利亚是实科中学[1]的学生，他擅长数学，他在追求喀秋莎。他和她跳冰上华尔兹舞。

滑冰的人们在冰上腾出一块圆形的场地。一群街头小痞子穿着自己做的冰刀在人们脚下乱窜，有人打他们的后脑勺，让他们安静些，轻盈的慢舞开始了。

军乐队的指挥是一个长着红头发的捷克人，他叫科瓦尔日克，他甚至都向滑冰场扭过脸，也想看看跳舞。在指挥红红的脸上（我们叫他“指挥哨”）洋溢着甜甜的微笑。

韦斯尼茨卡娅长长的发辫和着华尔兹舞曲的节拍摆动着。辫子妨碍她，她只是把辫子耷拉到自己的胸前，并没有停下来。她傲慢地从半垂着的眼皮底下看着赞美她的观众。

我幸灾乐祸地盯着鲍利亚看。他跳得不如喀秋莎。有时，他甚至会滑倒，即使他穿着自己那副被大肆吹捧的“快艇–俱乐部”冰刀。

当时，在滑冰场，我怎么能够想到，韦斯尼茨卡娅的一生原来比我所有的幻想更要出人意料。

在彼得堡的贵族子弟军官学校，暹罗国王的一个儿子恰克拉蓬当时

1 旧俄只教授自然科学和现代语言的学校。

在这里学习。在回国的时候，王子病了，他得了肺炎，他是在基辅附近的路上发病的。行程中断了。王子被接到基辅，下榻在皇宫，得到了基辅医生们的悉心照料。

王子痊愈了。但是，在继续暹罗之行前，他需要再休息一些时候，彻底康复。王子在基辅待了两个月。他很无聊。人们尽量逗他开心——带他去商会的大型舞会，看彩票当场开彩，看马戏，去剧院。

在一次舞会上，黄面孔的王子恰克拉蓬见到了韦斯尼茨卡娅。她跳华尔兹舞，就像在冰上跳的一样，把辫子耷拉到自己的胸前，时不时用蓝眼睛从半垂的眼皮底下傲慢地看看人们。王子被迷住了。这个矮小的、斜眼的、头发光亮如黑鞋油般的王子爱上了喀秋莎。他走了，回到暹罗，但是，很快他又匿名回到基辅，求喀秋莎嫁给他。她同意了。

基辅的女中学生们一片慌乱。她们一致认为，要是她们处在喀秋莎的位置上，无论如何也不会嫁给一个亚洲人，哪怕他是国王的儿子。

喀秋莎去了暹罗。暹罗国王很快就因一种热带病去世。他死后，紧接着第一位太子也因这种病而死。

喀秋莎的丈夫是国王的二儿子。本来他没什么希望继承王位。但是，哥哥死后，他成了唯一的继承人，意外地当上了国王。这样，愉快的基辅女中学生韦斯尼茨卡娅就成了暹罗的王后。

朝臣们仇视这个外国王后。她的生活破坏了暹罗宫廷的一些传统习俗。

在曼谷，按照喀秋莎的要求，安装了电灯。这更使得朝臣们仇恨满胸膛，出离愤怒。他们决定毒死王后，毒死这个篡改民族古老习俗的女人。他们开始暗地里一点点地往王后的食物里撒磨得细碎的玻璃屑，玻璃取材于被打碎的电灯泡。半年以后，她死了，死因是肠子出血。

国王在她的墓前立了一块纪念碑。用黑色大理石做成一只高高的大象，头上戴着金色王冠，它站在那里，忧伤地耷拉着长鼻子，它站在茂密的草丛中间，草到它的膝盖那么高。在这片草地下面，躺着喀秋莎·韦斯尼茨卡娅——年轻的暹罗王后。

从那时起，每次当我来到滑冰场的时候，我都会想起喀秋莎和那个指挥，他当时指挥的是华尔兹舞曲《永逝的夏天》，我也会想起，她是如何用巴掌手套拂去自己额头和眉毛上的雪，还有她的蓝钢冰刀——哈利法克斯城的冰刀。在那个城市里，住着朴实的退役海员。要是能给这些老人讲讲韦斯尼茨卡娅的故事该有多好啊。一开始，他们定会惊讶地张开嘴巴，然后，由于对那些朝臣的愤恨，他们会涨红脸，他们会一直摇头，感伤人类命运的变化无常。

冬天，家人领我去剧院了。

我看过的第一部剧是《进攻伊兹梅尔》。我不喜欢这部剧，因为我发现舞台侧幕旁边有一个人，他戴着眼镜，穿着破旧的天鹅绒裤子。他站在苏沃罗夫旁边，然后，用力一推苏沃罗夫的后背，苏沃罗夫便连蹦带跳地跑到舞台上来，就像公鸡一样开唱。

不过，第二部剧是罗斯丹[1]的《梦幻公主》，它让我为之一振。戏里的一切都激发着我的想象力：船上的甲板、巨大的帆、游吟抒情诗人、骑士和公主。

我爱上了索洛夫佐夫剧院[2]，爱上了它淡蓝色的天鹅绒装饰和小小的包厢。散戏后，任何力量都不能把我拉出剧院，直到熄灯。剧院大厅里的黑暗、香水的味道，还有橙子皮的味道，——所有这一切对我来说似

1　埃德蒙·罗斯丹（1868—1918），法国诗人、戏剧家。

2　基辅的剧院，创建于1891年。

乎是那样地诱人，以至于我想躲在椅子下面，在这空荡荡的剧院度过整个夜晚。

童年的时候，我分不清戏剧演出和现实生活，总是真切地感受到痛苦，甚至每次看戏之后，我都像生过病一样。

从剧院回来之后，我对读书就越发狂热。我一看完戏，比如《不拘礼夫人》[1]，便开始贪婪地读遍所有关于拿破仑的书。在剧本里看到的那些时代和人物用奇妙的方式复活了，充满不同寻常的趣味和诱人的魅力。

我爱上的不仅是戏剧本身。我喜欢挂着暗金镶框镜子的剧院走廊，还有深色的衣架，那里散发着毛皮大衣的味道，还有形如珠母贝的望远镜，以及剧院门口等待过久的马踩脚的声音。

在幕间休息的时候，我跑到走廊的尽头，透过窗户向外看。那里漆黑一片。只有树上的雪泛着白色。我蓦地回过头来，就可以看到华丽大厅里面的灯光、吊灯，还有女人的头发、手镯、耳环发出的亮光，还有剧院的天鹅绒幕布。幕间休息时，温暖的风吹得幕布徐徐摆动。我这样重复好几次——一会儿看看窗外，一会儿看看大厅。我很喜欢这样做。

我不喜欢歌剧。显然，这是因为我看的第一部歌剧是鲁宾斯坦[2]的《恶魔》。那个演员臃肿肥胖、嘴唇肥厚，看起来厚颜无耻，他走路有点儿蹒跚，懒洋洋地唱着恶魔的角色。他几乎没化妆。很可笑，在这个上了年纪的大肚子人物身上，居然穿着长长的黑衬衫，衬衫是用薄纱做

1　又译《桑·热内夫人》，法国剧作家萨尔都和埃米尔·莫罗合著的历史喜剧，关于18世纪一位直言不讳，后来成为公爵夫人的洗衣妇凯瑟琳的故事。“不拘礼夫人”是她的绰号。

2　安·格·鲁宾斯坦（1829—1894），钢琴家、作曲家、指挥家、音乐与社会活动家，彼得堡第一所俄国音乐学院的创立者。

的，边上镶着小亮片儿，他的背上绑着一对翅膀。演员的卷舌音完全发不清，当他唱到“该死的世界，可耻的世界”的时候，我忍不住笑了出来。妈妈很生气，便不再领我去看歌剧了。

每年冬天，多济娅姑姑都会从戈罗季谢到我们这里来。妈妈喜欢带她去剧院。

看戏前夕，多济娅姑姑就会睡不好觉。演出开始前几个小时，她已经穿上宽大的、窸窸响的连衣裙，连衣裙是用咖啡色的缎子布料缝制的，上面织出黄色的花朵和树叶，她把咖啡色的披肩披在脖子上，手里攥着带花边儿的手帕，然后就动身了，和妈妈一起坐马车去剧院，她就像年轻了十岁，还带着一丝畏怯。多济娅姑姑头上裹着黑色带小玫瑰花图案的头巾，就像所有的乌克兰村妇那样。

剧院里所有人都在看多济娅姑姑，但是，她忙于看剧，对任何人也不分神。

家人最主要的还是带着多济娅姑姑看乌克兰剧——《娜塔尔卡-波尔塔夫卡》《多瑙河边的扎波罗热人》《机灵鬼-勤务兵》[1]。有一次，在一幕演出的过程中间，多济娅姑姑跳起来，用乌克兰语喊剧中的歹徒：

“你干什么，下流坯，你那双不知羞耻的眼睛！”

观众们发狂地哈哈大笑。落幕了。第二天，多济娅姑姑因害羞哭了一整天，她请求父亲原谅，我们也不知道该怎样安慰她。

我们和多济娅姑姑第一次去看电影。当时，人们把电影称作“幻影”

---

1 这是乌克兰作曲家、戏剧家谢·斯·古拉克-阿尔捷莫夫斯基（1813—1873）的几部歌剧。

或是“卢米埃尔[1]影片”。

第一场电影是在歌剧院上映的。父亲沉浸在对幻影的赞美中，他欢迎它，认为它是一个二十世纪伟大的新事物。

舞台上拉起一块灰色的湿麻布。然后，吊灯熄灭了。麻布上闪起不祥的淡绿色的光，黑色斑点在上面跑起来。就在我们的头顶上，一束烟雾状的光射出来。它发出可怕的咝咝声，就好像在我们的背后烤着一整只野猪。多济娅姑姑问妈妈：

“为什么它咝咝响啊，这个幻影？我们不会像在鸡笼子里一样被它烤焦吧？”

麻布上一阵闪烁之后，出现了一行字幕：“马提尼克岛火山喷发。风景片。”

银幕开始抖动，在它的上面，就像是透过倾盆大雨般的飞尘，火山出现了。从它的内部，喷出燃烧着的熔岩。观众大厅喧哗起来，都被这一景象震撼了。

风景片过后是喜剧片，影片是反映法国兵营生活的。鼓手敲鼓，士兵们醒来，迅速起床，费劲巴力地穿上裤子。一个士兵的裤腿里掉出一只大老鼠。它在兵营里跑来跑去，士兵们很害怕，他们夸张地瞪圆眼睛，爬到床铺上、门上和窗户上。影片到此结束。

“杂耍！”妈妈说，“只是不同之处在于啊，合同集市[2]上的杂耍更有意思。”

1　路易–让·卢米埃尔（1864—1948），法国发明家，电影艺术（旧称胶片艺术）的创始人。

2　每年春天规定全俄糖产量的合同在此签订，故有此名。1797年从杜布诺市搬到基辅。

父亲说，好像肤浅的人们也这样嘲笑过斯蒂芬孙[1]的蒸汽机车，而多济娅姑姑极力缓和父亲和妈妈之间的关系，她说：

“随它去吧，管它什么幻影！这不是我们女人的智商能搞明白的事情。”

合同集市上的杂耍的确很有趣。我们喜欢这个集市，整个冬天都在焦急地等待它开业的时刻。

它总是冬末时节在波多尔那家古老的合同商店和商店周围那些木板亭子里开始营业。

通常，在它快要开业的日子里，道路已经开始变得泥泞。集市上商品刺鼻的味道老远就可以闻到。新的大桶、皮革、蜜糖饼干和浆过的细棉布散发出各种味道。

我喜欢集市上的旋转木马、玩具和陈列馆。

一大块一大块油汪汪的白色和巧克力色的籽仁酥糖在卖家的刀下发出脆裂声。玫瑰味儿和柠檬味儿的透明美味糕把嘴巴糊住。在大大的陶盘里，梨、李子和樱桃做成的蜜饯堆成了塔形——这些都是基辅著名糖果点心店的老板巴拉布哈家的制品。

在沾满泥的粗席子上面，摆放着一些玩具兵，它们排好队，是用木头刻出来的，很粗糙，上面涂了黏黏的颜料——它们是一群哥萨克，戴着毛皮高帽，穿着缝有暗红色镶条的肥大的灯笼裤，还有一些鼓手，它们像野兽那样瞪大眼睛，还有小号手，它们的号上缀着毛茸茸的璎珞。还有一些黏土做的小哨子堆放在那里。

1　乔治·斯蒂芬孙（1781—1848），英国发明家，铁路蒸汽火车运输的开启者，第一条铁路的建设者。

愉快的老人们在人群里挤来挤去，夸赞“纸舌头”和“海里的居民”。“海里的居民”是诱人的玩具。在一个装着水的细玻璃罐儿里，一个黑色的、毛茸茸的小淘气潜入其中，在水里翻身打滚。

许多种声音把我们的耳朵都快震聋了——商家的叫卖声、包着铁皮的梁木的碰撞声、布拉特修道院大斋期的钟声、橡胶做的小鬼的尖叫声、哨声，以及旋转木马上小男孩儿们的号叫声。

只要加些钱，旋转木马就会飞速旋转，以至于所有东西都变成一个色彩缤纷的混合物——用混凝纸做的龇着牙的马脸、领带、靴子、鼓起来的裙子、各种颜色的吊带、花边儿、围巾。有时，飞速旋转中被扯断的项链掉下来的玻璃珠子像子弹一样飞向观众的脸上。

我有些害怕陈列馆，尤其是害怕那些蜡像。

被打死的法国总统卡诺躺在地板上，他微笑着，穿着燕尾服，上面戴着一枚星形勋章。一大摊很不自然的血很像红色的凡士林油，顺着他的衬领往下流。看来卡诺很满意，他能死得如此动人。

女王克娄巴特拉的蜡像是这样的：她把一条黑蛇紧紧地抱在硬邦邦的、淡绿色的胸前。

美人鱼长着一双淡紫色的眼睛，她躺在镀锌的澡盆里。昏暗的小电灯照在美人鱼脏兮兮的鳞片上。

在一个罩着铁丝网、掀开盖子的箱子里面，有一条蟒蛇睡在棉被上。它偶尔动动肌肉，观众们就急忙闪开。

还有一件大猩猩标本，它四周是用染过颜色的刨花做成的树叶，它把一个不省人事的姑娘往密林里拖，姑娘的金发披散着。

每个人只要愿意，就可以花上三个戈比，朝这只大猩猩放上一枪，解救那个姑娘。如果他打中大猩猩胸口上的圆圈，它就会把用破布做的姑娘丢到地板上。姑娘的身下会腾起密密的灰尘。

之后，有人把印花布做的帘子拉上，遮住大猩猩，一分钟之后，它又出现了，依旧凶狠地把那个姑娘往刚才那片褪色的密林里拖去。

我喜欢合同集市，还因为它预示着复活节的来临，预示着可以去切尔卡瑟外祖母家了，然后——总是美妙的、不同寻常的、我们基辅的春天。

海军准尉候补生

基辅的春天是从第聂伯河泛滥开始的。只要从城里一出来，到弗拉基米尔小山岗上，淡蓝色的大海立刻就展现在眼前。

但是，除了第聂伯河的泛滥，在基辅还开始了另一种泛滥——那就是太阳的光辉、新鲜的空气、温暖芬芳的春风。

在比比科夫林荫道上，表面有些黏糊糊的角锥形的白杨树抽新芽了。它们使附近的街道充满圣香般的气息。栗树吐出第一批嫩叶——它们是透明的、带些褶皱、上面还有一层浅褐色的绒毛。

当栗树上开满黄色和粉红色的、犹如蜡烛一般的花朵，春天便进入繁盛时期。那些年代久远的花园向大街送来一股股凉气，还有嫩草微潮的气息，以及不久前刚刚舒展开的树叶的沙沙声。

甚至是在克列夏季克，也有一些毛毛虫在人行道上爬。风把干巴巴的花瓣吹成一堆堆的。五月金龟子和蝴蝶开始往电车的车厢里飞。每到夜里，在房前的小花园里，都有夜莺在歌唱。杨树的绒毛就像是黑海里的泡沫，像浪涛拍岸似的滚到人行道上。马路边上的蒲公英泛着黄色。

在糖果点心店和咖啡馆完全敞开的窗户上边，支起了有条纹图案的遮阳棚。洒满水的丁香花摆在餐厅的小桌上。年轻的基辅女人们在丁香的花串中寻找有五个花瓣的花朵。她们的脸在夏天的帽子下，泛着失了光泽的淡黄色。

基辅花园的时令到来。春天，我整日都要待在花园里。我在那里玩耍、背功课、读书。回家只是吃饭和睡觉。

我熟悉大植物园里的每一个角落，它的沟壑、池塘，还有百年椴树林荫道上的浓荫。

但是，我最喜欢的还是马林斯克公园，它位于宫殿附近的利普基。它像是挂在第聂伯河上空。淡紫色和白色的丁香花墙有三人高，花墙招来很多蜜蜂，引得花墙也嗡嗡响、不住地摇晃。在一小块儿一小块儿的草地中间，有汩汩喷泉。

几座花园犹如一条宽阔的腰带绵延在第聂伯河红色黏土的陡岸上方——马林斯克公园和宫廷公园，皇家花园和商贾花园。从商贾花园可以眺望波多尔著名的风景。基辅人为这一景观感到十分骄傲。在商贾花园里，整个夏天都有交响乐队演奏。什么也不会妨碍人们听音乐，除了从第聂伯河传来的连绵不断的轮船汽笛声。

弗拉基米尔高岗是第聂伯河岸边的最后一个花园。那里有弗拉基米尔大公纪念像，他手持一个大大的青铜十字架。十字架上装了一些小电灯泡。每到晚上就亮起来，带着灯光的十字架高悬在基辅陡岸的上空。

春天的城市是如此美好，以至于我都搞不懂妈妈的癖好，她每个礼拜日一定去别墅区——博亚尔卡、普夏·沃季查，或者是达尔尼查。我在普夏·沃季查单调的别墅区里感到很无聊，我无聊地看着博亚尔卡森林里已经枯萎的、诗人纳德松[1]的林荫道，我也不喜欢达尔尼查，因为松林旁边的土地已经被践踏得不成样子，沙土里还掺杂着烟头儿。

春天里，有一次，我坐在马林斯克公园里读史蒂文森[2]的《金银岛》。姐姐加莉娅跟我并排坐着，她也在读书。她的带绿绸带的夏凉帽放在长凳子上。风吹拂着飘带，加莉娅是个近视眼，爱轻信别人，但是，要想改变她这种善良的品性，几乎是不可能的。

早晨，下过雨，但是，此刻我们的上方已经显现出春天纯净的天空。只是丁香花上不时落下迟到的雨滴。

一个头发上扎着蝴蝶结的小女孩儿停在我们对面，她开始跳绳。她妨碍我读书了。我摇晃一下丁香枝。小雨滴淅淅沥沥地落到小女孩儿和加莉娅的身上。小女孩儿冲我伸伸舌头，就跑开了，而加莉娅抖落书上的雨滴，继续读书。

就在此刻，我看到一个人，他激发起我对自己无法实现的未来的幻想，这让我一直备受折磨。

一个高个子的海军准尉候补生沿着林荫道轻快地走着。他的脸晒得黝黑，神情自若。笔直的黑色佩剑挂在他的漆皮腰带上。带有青铜色船锚图案的黑色绦带随着微风飘扬。他穿着一身黑衣服。不过，明艳的金色领章为他端庄的制服增色许多。

在内陆的基辅城里，我们几乎见不到水兵，这是从遥远的、传说

1　谢·雅·纳德松（1862—1887），俄国诗人。
2　罗伯特·路易斯·史蒂文森（1850—1894），英国作家，惊险小说大师。

中的世界来的外星人，这是水翼船的世界、“帕拉斯”[1]号巡洋舰的世界，他们还来自所有海洋的世界、所有港口城市的世界、所有风的世界和所有富有魅力的世界，而这种种魅力与航海人诗情画意的劳动密不可分。带着黑色刀柄的古老佩剑，仿佛是从史蒂文森的字里行间来到了马林斯克公园。

海军准尉候补生从旁边走过，踩得沙子咯咯响。我站起来，开始跟着他走。加莉娅因为近视，所以没发现我不见了。

所有我对大海的幻想都在这个人身上得以体现。我经常想象大海的模样，夜晚，雾茫茫的金色海洋风平浪静，还有远航，此时，玻璃舷窗外面的整个世界犹如万花筒般急速变换。我的天啊，如果有谁能猜到并送给我哪怕一块硬硬的铁锈片，就是从老船锚上砸下来的铁锈片，那该多好啊！我一定当宝贝好好收藏。

海军准尉候补生回头看了看。在他的水兵帽黑色缘带上，我读到这样一个神秘的单词——“方位角”。后来我得知，波罗的海舰队的教练船就叫这个名字。

我跟在他的后面，沿着叶利扎韦京大街走，然后是学院大街和尼古拉耶夫大街。海军准尉候补生优雅而随意地给步兵军官们敬礼。在他面前，我为这些像口袋一样臃肿肥胖的基辅军人感到羞愧。

海军准尉候补生几次回头看，而在梅林戈夫大街的拐角处，他停了下来，把我叫到他跟前。

1 俄国海军军事舰队的巡洋舰。1852年至1855年间，在船长尼·谢·温科夫斯基的指挥下，完成了海军中将叶·瓦·普加京赋予的外交使命，航行到日本海岸。随行的作家伊·阿·冈察洛夫把这次旅行写进了《三桅战舰“帕拉斯”号》这本书中。

“小孩，”他嘲笑地问，“您就像是坐在拖揽上跟在我后面做什么?”

我脸红了，什么也没回答。

“一切都明白了：他想当水兵。”海军准尉候补生猜到了，不知为什么，他说我的时候用的是第三人称。

“我近视。”我低声答道。

海军准尉候补生把一只瘦瘦的手放到我的肩头：

“我们一起去克列夏季克吧。”

我们并排走着。我不敢抬眼，只是看着海军准尉候补生那双结实的皮鞋，皮鞋擦得很干净，发出令人难以置信的光泽。

在克列夏季克，海军准尉候补生顺道领我去了谢马捷尼亚的咖啡馆，他点了两份阿月浑子冰激凌和两杯水。服务员把冰激凌送来，放到大理石的三脚小桌子上。小桌子凉冰冰的，上面写满了数字——在谢马捷尼亚这里常常有很多交易所的生意人聚会，他们在小桌子上计算自己的盈亏。

我们默默地吃完冰激凌。海军准尉候补生从钱夹里抽出一张照片，照片上是一艘宏伟的轻巡洋舰，还配备了帆船的全套索具和一根粗粗的烟囱，他把照片递给我：

“做个纪念吧。这是我的军舰。我乘坐它去过利物浦。”

他用力地握了握我的手便走了。我又坐了一会儿，直到戴着草帽的、汗淋淋的邻座们开始回头看我。于是，我尴尬地离开了，跑去马林斯克公园。长凳子是空的。加莉娅走了。我猜是那个海军准尉候补生可怜我，我也第一次懂得被同情的感受留在心中的那种沉痛。

这次相逢之后，成为水兵的愿望折磨了我很多年。我向往大海。在新罗西斯克，我第一次匆匆地领略到它，我和父亲一起去了几天。但是，这远远不够。

我时常在地图旁一连几个小时坐着，端详海洋的沿岸地带，搜寻一些不知名的滨海小镇、海岬、岛屿和河口。

我想出一个复杂的游戏。我列了一份长长的轮船清单，它们有响当当的名字——“极地之星”“沃尔特·司各特”“兴安岭”“天狼星”。这份清单的内容与日俱增。我是世界上最大舰队的拥有者。

当然啦，我是坐在自己的轮船办事处里，坐在香烟的烟雾中，坐在五彩缤纷的宣传画和时刻表之中。宽大的窗户，当然啦，一定冲着滨海大街。轮船黄色的桅杆紧挨窗子竖立着，而墙外友好的榆树喧闹着。轮船冒出的烟无拘无束地飘进窗户里来，掺杂着盐水发霉的气味儿，还有令人愉快的新草席子的气味儿。

我给自己的轮船想出了一个令人咋舌的航班表。地球上最易被人遗忘的角落它们也会去的。它们甚至去过特里斯坦-达库尼亚群岛。

我也会把轮船的一个航班取消，将它派往另一条航线。我跟踪自己轮船的航海过程，准确无误地知道，今天“海军上将伊斯托明”号在哪儿，“飞翔的荷兰人”号在哪儿：“海军上将伊斯托明”号正在新加坡装香蕉，而“飞翔的荷兰人”则在法罗群岛卸下面粉。

为了领导这么庞大的轮船企业，我需要掌握许多知识。我大量阅读旅行手册和船舶指南，哪怕只是和海洋稍稍沾点边儿的东西我都要读，而且读得入迷。

那时，我第一次从妈妈那里听说单词“脑膜炎”。

“天知道，他这么玩儿下去，能玩儿出啥名堂，”有一次，妈妈说，“但愿他别闹出脑膜炎才罢休。”

我听说过脑膜炎——这是那些过早就学会阅读的小男孩儿得的一种

病。因此，我只是对妈妈的恐慌一笑置之。

一切都结束了，最终是父母决定全家去海边消夏。

现在，我猜想，妈妈是想用这次旅行治好我迷恋大海的毛病。她想，我会像通常有的情况那样，我会因与我在幻想中如此迷恋的事物发生直接碰撞而感到失望。她是对的，但是，只是或多或少有一点点对而已。

天堂什么样

有一次，妈妈隆重地宣布，最近几天，我们要去黑海度假，去一个叫格连吉克的小镇，离新罗西斯克很近，我们要在那里度过整个夏天。

大概，在能让我不再沉溺于对大海和南方的迷恋方面，不可能挑出比格连吉克更好的地方了。

当时，格连吉克是一个灰头土脸的、十分炎热的小镇，那里没有任何植物。周围数公里的所有绿色植被都被新罗西斯克残暴的大风——东北风——给毁掉了。只有在房前的小花园里，长着带刺的刺马甲子丛和开着干黄小花朵的、枯萎的金合欢。从高山那边传来热浪。在海湾的尽头，一个水泥厂在冒烟。

但是，格连吉克海湾却是极好的。在它清澈而温暖的水里，漂浮着有如粉红和浅蓝色花朵般的大水母。在多沙的海底，有带斑点的比目鱼和眼睛鼓鼓的鰕虎鱼。拍岸的浪头把红色的海藻，从渔网上掉下来的腐烂的鱼漂，以及被海浪磨得光溜溜的深绿色瓶子碎片统统抛到岸上。

在去过格连吉克以后，大海对我来说并没有失去它的魅力。与我华丽的幻想中的大海相比，它只是变得更加单纯了，因而也就更加美妙了。

在格连吉克，我结交了一个上了年纪的船夫阿纳斯塔斯。他是希腊人，出生在沃洛城。他有一只崭新的小帆船，白色的船身、红色的龙骨，叶栅式的甲板被洗刷得发着灰白色。

阿纳斯塔斯用小帆船摆渡避暑客。他以机敏和沉着著称，妈妈有时也让我一个人和阿纳斯塔斯待在一起。

有一次，阿纳斯塔斯带着我从海湾出发，到宽阔的海面上去。我无论何时也不会忘记我体会到的那种恐惧和喜悦的感觉，当帆被风吹得鼓起来，小船倾斜得如此之低，以至于像海水立刻升起来，达到和船舷一样的高度。喧嚣的巨浪迎面扑来，透着绿光，咸咸的水雾喷洒到脸上。

我抓住绳索，我想回到岸上去，可是，阿纳斯塔斯用牙齿咬住烟斗，叽叽咕咕地说着什么，然后他问：

“你妈妈花多少钱给你买的鞋啊？啊，多好的皮鞋！”

他瞧着我的高加索皮鞋——一双平底软皮鞋——点点头。我的脚在打战。我什么也没回答。阿纳斯塔斯打了个哈欠，对我说：

“没什么！小小的淋浴，暖和的淋浴。你午饭会有好胃口的。用不着求你——为了爸爸、妈妈吃吧！”

他随意且自信地把小船掉转了方向。船里进水了，于是，我们加速驰向海湾，一会儿扎个猛子，一会儿跃到波浪尖上。波浪轰隆隆地从船尾底下退去了。我的心一沉，仿佛一下子停止了跳动。

突然，阿纳斯塔斯唱起歌儿来，我不再发抖，带着疑惑听这首歌：

从巴统到苏呼米——

哎哟哟——哇咦——哇咦！

从苏呼米到巴统——

哎哟哟——哇咦——哇咦！

小男孩儿跑呀，拖着箱子——

哎哟哟——哇咦——哇咦！

小男孩儿摔倒，打碎了箱子——

哎哟哟——哇咦——哇咦！

伴着这歌声，我们把帆落下来，然后，借着冲劲儿驶到码头跟前，脸色苍白的妈妈在那儿等着我们。阿纳斯塔斯用双手抱起我，放我到码头上，说：

"他已经被海水泡咸了，夫人。他已经适应大海了。"

有一次，父亲租了一辆敞篷马车，我们从格连吉克到米哈伊洛夫山口去。

一开始，满是碎石的道路沿着光秃秃的、尘土飞扬的山坡延伸。我们驶过几座跨越沟壑的桥，沟壑里没有一滴水。云彩一整天都像躺在山上、挂在山顶后面似的，每朵云彩都像是灰色的干棉絮。

我想喝水。红头发的马车夫是一个哥萨克，他扭过脸，让我等到山口再说——到了那儿，我可以把甘甜清凉的水喝个够。但是，我不相信马车夫。山上的干燥和缺水让我有些害怕。我痛苦地看着幽暗的、清新的、带状的一片海域。海水不能喝，但是，你至少可以在凉爽的海水里洗个澡。

道路越升越高。突然，一缕清新的气息扑面而来。

“就是这个山口！”马车夫说，他把马停下，爬下来，把铁闸垫到轮子下面。

从山脊上，我们看到大片大片茂密的森林。它们的绿色波涛沿着山峦一直延伸到地平线。在一片绿色之中，有的地方耸立着一片红色的花岗岩峭壁，而在远方，我看到闪着冰雪亮光的山顶。

“东北风到不了这个地方，”马车夫说，“这儿就是天堂！”

敞篷马车开始下山。浓浓的树荫立刻遮住我们。我们听到在难以通行的密林里有流水的潺潺声、鸟叫声和树叶的沙沙声，正午的风让它们兴奋不已。

我们越是向下，森林就越茂盛，道路也就越阴凉。清澈的小溪已经沿着路边奔跑。小溪洗刷干净多彩的石头，一股细流触到淡紫色的花朵，它们被撞弯了腰，颤抖着，但是，这股细流无法将这些花朵带离这多石的土地，和自己一道向下注入峡谷。

妈妈用一只带把的杯子从小溪里舀水，然后，让我喝个够。水是如此清凉，以至于杯子上顿时就蒙上了一层雾水。

“有臭氧的味道。”父亲说。

我深吸一口气。我不知道周围有什么味道，但是，我似乎觉得，有一堆浸满芳香雨水的小树枝盖满我的身体。

一些藤蔓刮到我们头上。在道路的斜坡上，时而在这儿，时而在那儿，总有一朵毛茸茸的小花儿从石头底下探出头，它好奇地看着我们的马车和灰色的马。这几匹马昂着头，庄严地、从容地走着，就像在阅兵，这样也可以避免马跑得太快、失控，马车也不至于滚落山崖。

“那儿有蜥蜴！”妈妈说。

“在哪儿？”

“在那儿。你看见榛子树了吗？在左边——草丛里有块红石头。你往上看。看到黄色的花冠了吗？那是杜鹃花。再往杜鹃花右边一点儿，在那棵已经倒了的山毛榉上面，紧挨着树根。那不是吗，你看到了吗，在干土和那些特别小的蓝花中间，有一个毛茸茸的、棕红色的树根？蜥蜴就在它旁边呢。”

我看到蜥蜴了。但是，当我找到它的时候，我等于是把榛子树、红石头、杜鹃花和已经倒了的那棵山毛榉好好地看了个遍。

“原来它就是这样啊，高加索！”我想。

“这儿就是天堂！”马车夫重复道，他把马车从公路上转弯，拐到森林中青草茂盛的、狭窄的小路上，“现在我们卸下马，去洗澡。”

我们去密林里，小树枝抽打我们的脸，以至于我们不得不停下马，从马车上爬下来，步行前进。马车跟在我们后面慢慢走。

我们走出密林，来到绿色峡谷里的空地。在鲜嫩的草丛里，一簇簇高高的蒲公英好似白色的岛屿分布在那里。在茂密的山毛榉下，我们看到了一个空空的旧棚子。它就立在喧闹的山间小河边。小河越过石头，清澈的水奋力地溢出来，汩汩流淌，冲走许多气泡。

当马车夫卸下马和父亲一起去找生火的干树枝的时候，我们在河里洗了脸。洗过脸之后，我们感觉脸上热乎乎的。

我们想立刻沿着河流往上走，但是，妈妈已经在草地上铺好桌布，取出食物，说在我们吃完东西之前，她哪儿都不让我们去。

我狼吞虎咽地吃了几片夹火腿的面包，喝了凉凉的、带葡萄干的米粥，噎得够呛，但看来我完全没必要这样着急——固执的铜茶壶坐在篝火上怎么也不想把水烧开。或许，这是因为小河里的水完全是冰冷的。

后来，茶壶里的水猛然剧烈地沸腾起来，甚至把篝火都泼灭了。我们喝饱了浓茶，开始催促父亲去森林里。马车夫说，还是要警惕一些，因为森林里有许多野猪。他给我们解释说，如果我们看到地上挖好的小坑，那就是野猪每晚睡觉的地方。

妈妈开始担心——她不能和我们一起去，她气短。但是，马车夫发现后，安慰她说，除非故意激怒野猪，它才会往人身上扑。

我们沿着河流向上走。我们费劲地穿过密林，不时停下来互相招呼，为的是指给对方看花岗岩水池子，它们是河水冲刷形成的。鳟鱼在里面游来游去，犹如串串蓝色的火花，还有长着长长触须的绿色大甲虫，泡沫飞溅、好像唠叨个不停的瀑布，比我们个子还高的木贼，森林里一簇簇的银莲花和一片片的芍药地。

鲍利亚发现一个小小的土坑，就像小孩子的洗澡盆。我们小心翼翼地绕过它。显然，这是野猪过夜的地方。

父亲走到前面去了。他开始叫我们。我们绕过一些大大的、长满苔藓的漂砾，艰难地穿过鼠李树丛，来到父亲跟前。

父亲站在一个怪怪的建筑物旁边，它的上面长满了悬钩子。四块被削平的大石头上面，盖着第五块也是被削平了的石头，像是房盖儿。于是，搭成了一个石头屋子。一侧的石头上凿了一个窟窿，可是，窟窿很小，甚至连我都钻不进去。周围还有几个这样的用石头搭起来的建筑物。

“这是石冢，”父亲说，“西徐亚人的古墓。或者，这完全不是古墓。直到现在，学者们也不能得知，是谁、为什么，以及怎样建起来这些石冢的。”

我相信，石冢——这是很久以前已经绝种的小矮人的住所。但是，我没有跟父亲说这些，因为和我们在一起的还有鲍利亚：他一定会笑话我的。

我们返回格连吉克的时候，已经完全被太阳烤焦了，由于疲惫，还有森林里的空气，我们都跟喝醉酒了一样。我睡着了，梦里感觉到一股热浪向我袭来，我仿佛听到了大海遥远的朦胧低语。

从那时起，我在自己的想象里变成了又一个大国的占有者——高加索的主人。我开始迷恋莱蒙托夫、山地游击战士、沙米尔[1]。妈妈又开始抓狂了。

现在，我已是成年人了，我带着感激之情回忆自己童年时的这些爱好。它们教会我很多东西。

但是，我完全不像那些小男孩儿，他们一兴奋就被吐沫呛得喘不过气来，吵个不停，一旦对什么东西着迷，便搅得别人不得安生。相反，我很腼腆，不会因为自己喜欢的事，去惹别人讨厌。

1　沙米尔（1799—1871），高加索地区的宗教领袖。

布良斯克森林

一九〇二年秋天，我应当入基辅第一中学的预备班上学了。我的二哥瓦季姆就在那儿上学。自从他讲了一些事以后，我就开始害怕中学，有时甚至哭泣，请求妈妈让我留在家中。

“难道你想成为自考生吗?”妈妈害怕地问。

自考生指的是那些在家学习，只是每年参加学校考试的孩子。

从哥哥们的话语中，我就已经很好地想象出这些自考生噩梦般的命运。学校故意给他们考试不及格，千方百计地戏弄他们，要求他们掌握比普通生更多的知识。自考生孤立无援，甚至都没有人偷偷地给他们点拨点拨。

我想象这些小男孩的样子，死记硬背使他们疲惫不堪，泪流满面，竖着激动得通红的耳朵。这场面好可怜。我退缩了，并且说：

“嗯，好吧，我不做自考生。”

“娇小姐!”鲍利亚从自己的房间里喊，“哭巴精!”

“你不许欺负他!”妈妈大发雷霆。

她认为鲍利亚没有同情心，所有人也都奇怪，他这冷漠的性格从何而来。显然，源自土耳其奶奶。我们家其余所有人的特点都是富有超乎寻常的同情心、依恋人，而不善处理实际事务。

父亲知道了我的恐惧、眼泪和不安，他就像往常一样，找到了对付这些不幸的灵丹妙药。在和妈妈一番交涉之后，他决定让我一个人去我舅舅那里，也就是去我妈妈的弟弟尼古拉·格里高利耶维奇那里。

这正是那个快乐的士官生，科利亚舅舅，他经常从彼得堡来切尔卡瑟的外祖母家，他喜欢和娜嘉姨妈跳华尔兹舞。现在他已经是军事工程师了，结了婚，在奥廖尔省布良斯克市的一家老的炮架厂工作。这个工厂叫兵工厂。

为了消夏，科利亚舅舅租了布良斯克附近的别墅，在布良斯克森林里古老的、已被废弃的廖夫纳庄园里，舅舅叫我们都到那儿去。父母同意了。但是，他们不能早去，因为我的哥哥姐姐们都有考试。他们让我一个人先去。

“让他适应一下，”父亲说，“这对这么腼腆的男孩子有好处。”

父亲给科利亚舅舅写了封信。信里写了什么我不知道。妈妈偷偷地擦干眼泪，给我准备好一个小手提箱，里面什么也没有忘记带上，还放了一张纸条，写了各种指示。

他们给我买了二等票，是到锡涅泽尔基站的。舅舅的别墅离这个车站有十俄里远。

所有人都到车站送我，连鲍利亚也来了。父亲和一个留着小白胡子的列车员说了什么，还给他一些钱。

“我一定把他送到地方，就像呵护一根绒毛一样小心，”列车员对妈妈说，“不要担心，夫人。”

妈妈请求包厢里的邻座照看我，不要让我在中途的车站下车。邻座们都很乐意地答应了。我很不好意思，小心翼翼地拉了拉妈妈的衣袖。

第二遍铃声过后，所有人都吻了我，甚至是鲍利亚，虽然在这里他还是趁人不注意，给我来了一个所谓的“梨”——就是用大拇指狠狠地在我的头上拧。

所有人都走出车厢，到站台上去了。但是，妈妈还是不能离开。她抓住我的双手，说：

“你要好好的。你听见了吗？你要做一个聪明的孩子。凡事要多加小心。”

她用审视的目光看着我。第三遍铃声也响了。她拥抱了我，赶紧走向车厢门口，连衣裙都窸窣作响。她几乎是在火车开动时跳下车的。父亲接住她，并且摇了摇头。

我站在关闭的窗户旁，看着妈妈沿着月台走，她走得很快，在所有人的最前面，只是现在我才看出来，她是那么漂亮、瘦小、温柔。我的眼泪滴落在落满灰尘的窗框上。

我一直看着窗外，虽然已经看不到妈妈和月台了，但是，可以看见窗外货运的轨道和尖叫着的调度车头一闪而过，瓦西里科夫大街上一座新建的哥特式天主教教堂好像一边旋转着，一边漂浮过去。我不敢回头，怕包厢里的邻座发现我哭红的眼睛。后来我想起来了，他们已经给科利亚舅舅发过电报，说了我要去他那里。他们为了我的事儿发了一封真正的电报，这使我有一点儿骄傲，多少也给了我些安慰，于是我转过身来。

包厢包着红色的天鹅绒。里面虽有些拥挤，却也舒适。太阳照射着，满是尘埃的光斑就像是听了口令，一股脑地开始迅速地爬行，从包厢的一个角落到另一个角落，然后，也是如此之快地开始回转——火车冲出杂乱无章的基辅市郊，顺着弯道继续前行。

我被安排在女士包厢里。这是妈妈坚决要求的。我小心翼翼地打量着自己的旅伴。其中一个是黑皮肤的、干瘦的法国女人，她迅速地向我点点头，微笑着露出像马一样的牙齿，递给我一个装着水果软糖的盒子。我不知道该做什么，但我还是表示了感谢，拿了一颗水果软糖，还把手弄脏了。

“快把它放到嘴里！”第二个旅伴说——她是一个大约十六岁的女中学生，穿着咖啡色的制服连衣裙，有一双斜视而快乐的眼睛，“吃吧，别犹犹豫豫的！”

那个法国女人明显是个家庭教师，她很严肃地用法语对女中学生说了什么。女中学生立刻做个鬼脸，于是，那法国女人开始语速很快地说起法语来，她很生气，喋喋不休。女中学生没听完她说话，便起身到走廊里去了。

“哎哟，年轻人！”我的第三个旅伴说话了，她是一个小老太太，胖嘟嘟的，嘴巴长得像小面包圈儿。在她的背后，挂着一个编织的小包，包里装着撒了罂粟籽的面包圈，“哎哟，这就是我的年轻人！”

“哦——哦！”法国女人点点头，“就是不听话。轻浮！任性！”

我不知道“轻浮”是什么意思，但我猜它不是什么好词，因为老太太抬起眼睛，望着车厢的天花板，如此沉重地叹息，甚至法国女人都饶有兴趣地看了看她。

我想看窗外，便到走廊里去了。女中学生已经站在打开的窗户旁边。

“啊，维佳！”她对我说，“你站到我旁边，咱俩一起看。”

“我不是维佳。”我回答，脸红了。

“无所谓，站在这里。”

我爬上暖气片，把头探出窗外。火车顺着第聂伯河大桥行驶着。我看到了大修道院[1]、遥远的基辅和浅浅的第聂伯河，河水从容地在桥墩旁冲出一个个沙岛。

“该死的老家伙！”女中学生说，“捷米法姆夫人！但是，总之呢，你不用怕她。她是个挺善良的老太婆。”

我这第一次的独自出行让我感到很累，因为在整个路上，除了黑夜，我都站在打开的窗户旁。但是，我很幸福。我第一次体会到那种旅途的无忧无虑，什么都不用想，只是看着窗外的黑麦田、小树林、小火车站，赤着脚的村妇在那儿卖牛奶，还有一条条小河、扳道工、带着落满灰尘的红色制帽的站长、大鹅，以及乡下孩子，他们追着火车喊：“好叔叔啊，扔一个戈比吧！”

通往布良斯克的道路在当时是要绕远的，很漫长——途经利戈夫和纳夫利亚。第三天，火车到达了锡涅泽尔基。

火车不慌不忙地行驶着，每一站都要停好久，它在水塔旁边呼哧呼哧地喘气。旅客们跳下车，跑去接热水，或是去小卖部，或是买村妇们的草莓和炸鸡。然后，所有人都安静下来。早就应该开车了，车站笼罩着昏昏欲睡般的沉寂，太阳燃烧着，云朵飘浮着，地面上伸展着深蓝色的影子，旅客们打着盹儿，可火车依旧停着不动。只有火车头大声地喘气，油腻腻的热水从里面滴答出来，落到沙土地上。

---

1 即位于第聂伯河岸上的基辅洞窟大修道院。

最终，一个穿着帆布常礼服的胖列车长从站里走出来，他擦了擦小胡子，把哨子放到嘴边，嘹亮地吹了起来。火车头没有反应，依旧气喘吁吁。于是，列车长懒洋洋地走向火车头，重新吹哨子。火车头依旧没有回应。直到第三遍或者是第四遍哨声响起后，它才终于拖着低沉短促的、不满的汽笛声，慢慢地挪动身体。

我从车窗探出头，因为我知道——过了信号牌之后马上就是斜坡，那里长满了车轴草和风铃草，然后，就是松树林。当火车驶进森林，车轮的声音变得很大，回声紧跟着唱起来，就好像是愉快的铁匠们开始满森林里挥锤打铁。

我第一次看到俄国中部地带的景象。与乌克兰相比，我更喜欢这里。它很凄凉、广阔、杳无人烟。我喜欢它的森林、草木丛生的道路，以及农民的交谈。

邻座的老太婆一直睡觉。法国女人静静地钩织花边儿，女中学生在唱歌，她把头伸出窗外，十分敏捷地从火车旁边飞过的树上揪下树叶。

每过两个小时，她都拿出装食物的篮子，她一直在吃，也让我吃。我们吃了煮鸡蛋、炸鸡、米饼，还喝了茶。

然后，我们又到窗户那里去，被正在开花的荞麦散发出来的香味儿熏得昏头涨脑。火车的影子顺着田野奔跑，车轮也在敲击着，车厢里洒满橙色落日的余晖，置身于我们的包厢里，就仿佛置身于火红的雾里，什么也看不清了。

火车到达锡涅泽尔基时已是黄昏。列车员把我的箱子拎到站台上。我等着科利亚舅舅或是他的妻子——玛露霞舅妈来接我。但是，站台上一个人也没有。我的邻座们开始担心。

火车在锡涅泽尔基只停了一分钟。它开走了，而我站在自己的箱子旁边。我相信，科利亚舅舅是迟到了，他现在就快来了。

一个留着胡子的农民一瘸一拐地向我走来，他穿了一件西服上衣，戴着黑色有檐的男便帽，鞭子插在皮靴筒里。他身上散发着马汗和干草的味道。

"是你吗，科斯季克？"他问我，"我一直在等你。大尉舅舅吩咐我来接你，不得有闪失。把箱子给我，咱们走吧。"

这是父亲给我准备的最后一个考验。他写信给科利亚舅舅，让他不要来锡涅泽尔基接我。

马车夫叫尼基塔，他唠叨着我那个大尉舅舅的事，一边扶我上马车，坐到铺着粗麻布的柔软的干草堆上，他解开装着燕麦的马料袋，坐到赶车人的位置上，我们出发了。

起初我们一直沿着暮色降临的田野走。然后，道路进入林间的小山丘。有时，马车走到木桥上，桥下黑黝黝的沼泽闪着水光。到处都是湿漉漉的，弥漫着苔草的气息。在森林和低矮的灌木丛后面，深红色的、死气沉沉的月亮已经升起，一只麻鸦闷声闷气地叫了几声，尼基塔说：

"我们这个地方树多人少。这里盛产树皮，水也多。这是整个奥廖尔省最芳香的地方。"

我们驶进松林，开始沿着陡峭的山岗向下，驶向一条河。松树掩住了月亮，天完全黑了。我听到路上有人的说话声。这让我感到有些害怕。

"是你吗，尼基塔?"黑暗中传来了舅舅熟悉的声音。

"吁——吁！"尼基塔大喊起来，他勒住马，"是啊，是我们！吁，你这该死的!"

有人抓住我，把我从马车上抱下来，趁着落日后一点朦胧的余光，我看见了科利亚舅舅笑盈盈的眼睛，还有洁白的牙齿。他吻了吻我，便立刻把我交到玛露霞舅妈的手中。

她拽着我，笑着，她的笑发自胸腔，从她的身上散发出香子兰的气息——或许，她刚刚与甜甜的面团打过交道。

我们坐上大车，而尼基塔在旁边走。

我们驶过一座黑乎乎的老桥，桥的下面是一条深深的、清澈的河流，整条河里布满了水草，然后，是第二座桥。桥下有鱼沉重地拍水。大马车剐蹭到大门旁的石柱子，最终，驶进一个昏暗的、位于高处的公园，似乎大树的树梢在群星之中纠结成一团。

在公园的最里面，黑漆漆的椴树树冠下面，马车停在了一个小木屋的旁边，窗户里亮着灯。两条狗，一黑一白——莫尔丹和切特韦尔塔克，开始冲着我叫唤，蹦蹦跳跳的，试图舔我的脸。

整个夏天我都是在廖夫纳度过的，在这座昔日金玉其外的庄园里，在茂密的布良斯克森林、河流、温和的奥廖尔省的农民中间，在古老而宽阔的公园里，公园如此宽阔，以至于任何人都不知道公园的尽头在哪儿，它又是从哪儿拐到森林中去的。

这是我真正的童年的最后一个夏天。然后，中学生活开始了。我们的家变得七零八落。我很早就一个人独自生活，在中学的最后几年里，我已经自己赚钱养活自己了，我感觉自己完全是一个成年人了。

从这个夏天起，我永远地、全身心地和俄国中部地区绑在一起了。我不知道还有哪个地方能像俄罗斯的中部地带一样，具有如此巨大的抒情力量和如此感人的、如画的景色——连同它的忧郁、平静与辽阔。这种爱的伟大是很难衡量的。每个人都有自己的理解。你爱每一株被露珠压弯或被太阳温暖的小草，每一杯森林中的井水，每一棵在无风时叶子也在颤动的湖边小树，公鸡的每一声鸣啼，每一朵飘浮在淡白而高远的天空中的云彩。

有时，如果说我想活到一百二十岁，就像涅奇波尔爷爷预言的那样，那也只是因为我想淋漓尽致地体验我们俄罗斯大自然所有的魅力和所有的治愈力，为此穷尽一生也还远远不够。

童年结束了。很遗憾，童年的种种美好我们只有到了成年阶段才开始理解。在童年的时候，一切都是另外的一种样子。我们用明亮与纯洁的眼睛看这个世界，所有的一切对我们来说似乎更鲜明。

太阳更明亮，田野的气息更浓烈，雷声更响亮，雨水更充沛，青草也长得更高。人的心胸更宽广，痛苦更剧烈，大地更神秘上千倍，故乡的大地——这是上天赋予我们的生活最壮美的东西。我们应当耕耘它、爱惜它、保护它，用自己全身心的力量。

小不点儿

我不像别的男孩儿会去羡慕那些基辅武备中学的学生，虽然他们戴着有黄色花字图案的白色肩章，还在将官面前打立正。我也不羡慕那些文科中学的学生，虽然他们带银色纽扣的灰色将军呢大衣被认为很漂亮。从童年起，我就对各种制服式样的衣服不感兴趣，除了海军制服。

一九〇二年的秋天，我第一次穿上长长的裤子和中学生的校服上衣，感到不自在、不舒服，我那一刻感觉自己已经不是自己了。我对自己来说变成了另外一个男孩儿，头上戴着重重的制帽。我厌恶这些硬邦邦的蓝帽子，上面还有一枚大大的帽徽，因为我的所有同学——预备班的学生们——竖起的耳朵总是从帽子底下撅出来。当他们摘掉帽子时，他们的耳朵才会恢复常态。但是，一旦他们戴上制帽，耳朵立刻就撅出来，就好像是故意为了让总学监博江斯基可以揪着它们用可怕的声音说：

“又迟到了，小东西！站到墙角去，想想自己的苦命吧！”

因此，妈妈刚一给我买回制帽，我就效仿自己的哥哥们，把帽子里面的小铁箍揪下来，扯掉缎子衬里。有这样的一个传统——制帽弄得越破烂，中学生的豪迈气质就越高。

“只有读死书的学生们，还有那些马屁精才戴新帽子。”哥哥们说。

应该坐在帽子上，把它揣在口袋里，或者，用它打落熟了的栗子。这样一来，帽子就有了战斗过的模样，这才是一个真正的中学生的骄傲。

大人们还给我买了一个背包，挨着后背的那一面是用鹿皮做的，如丝般光滑，他们还买了铅笔盒、方格本、薄薄的预备班课本，就这样，妈妈把我领到了中学。

外祖母维肯季娅·伊万诺夫娜此时正在基辅我们家里做客。她画十字祝福我，往我的脖子上挂了一个小十字架，链子冰凉冰凉的。她用颤抖的双手解开我黑色上衣的领子，把小十字架塞到我的衬衫里面，然后扭过脸去，把手帕按在自己的眼睛上。

“嗯，去吧！”她低声说着，轻轻地推开我，“你一定很聪明。好好努力！”

我和妈妈走了。我一直回头看我们的家，好像我永远被带离了这里一样。

我们当时住在阴凉、安静的尼科尔科-博塔尼切斯卡雅大街。在我们的房子周围，默默地伫立着几棵高大的栗子树，似乎在思考着什么。树上已经开始掉落干枯的、五指形的巴掌叶子。那一天，阳光明媚，天空湛蓝，很暖和，但还有凉爽的树荫——这是基辅秋天常有的日子。外祖母站在窗旁，一个劲儿地冲我点头，直至我们拐到塔拉索夫大街。妈妈默默地走着。

当我们走到尼古拉耶夫街心公园的时候，我透过园中的绿树看到了学校黄色的大楼，我哭了。我，大概明白了，我的童年结束了，现在，我要努力学习了，求学的时光将是痛苦的、长久的，完全不会像我在自己家里度过的那些平静的日子……

我停了下来，把头紧靠着妈妈，使劲儿地哭，以至于我后背上的背包里面的文具盒跳来跳去，不时敲打几下，就像是它在问，它的小主人出了什么事。妈妈摘下我的制帽，用带香味的手帕擦干我的眼泪。

“别哭了，”她说，“你以为我很轻松吗？可必须这样。”

必须这样！直到妈妈说出“必须这样”这几个字之前，任何的话语都没有像这几个字一样这么有力地闯进过我的意识。

随着年龄的增长，我越发经常地听到大人们说应当“像应该的那样，而不是像你想的或是喜欢的那样”生活。我一直不能容忍这一点，并且问大人：难道一个人没有权利过自己想要的生活吗？难道只能按别人希望的那样生活吗？但他们的回答是，让我不要谈论我不明白的事情。不过，有一次，妈妈对父亲说：“这都是你的无政府主义教育惹的祸！”父亲拉近我，我的头紧贴在他的白色西装背心上，他开玩笑说：

“在这个家里，没人理解我和你，科斯季克。”

当我平静下来、停止哭泣的时候，我和妈妈走进学校的大楼。宽宽的铁楼梯被鞋跟儿磨得发出铅一样的亮光，楼梯通往楼上，在楼梯上可以听得见上面可怕的隆隆声，就像是一群群蜜蜂在嗡嗡叫。

“别害怕，”妈妈对我说，“这是大课间。”

我们顺着楼梯向上。这是妈妈第一次不牵着我的手。从楼上下来两个高年级学生，他们走得很快。他们给我们让路。其中的一个冲着我的背后说：

“又领来一个可怜的小不点儿！”

就这样，我加入了一个不安与无助的预备班学生的团体，或者，就像老生们鄙视地称呼他们的那样，小不点儿团体。他们给我们起外号叫小不点儿，是因为我们矮小、灵巧，在课间休息的时候，我们可以在大人的脚下挤来爬去、瞎捣乱。

我和妈妈穿过一个白色的大礼堂，里面挂着些皇帝肖像。特别是亚历山大一世的画像，给我留下了深刻的印象。他把绿色的三角制帽按在大腿上。在他的猫脸两侧支棱着浅红色的络腮胡子。我不喜欢他，尽管在他的背后有一群插着羽饰的骑兵正沿着小山丘飞奔。

我们穿过礼堂，去总学监博江斯基的办公室——他很肥胖，穿着宽大的制服式的常礼服，就好像穿着女式的室内宽大长衣。

博江斯基把一只胖乎乎的手放到我的头上，他想了好久，然后说：

“好好学习，否则，我吃了你！”

妈妈尴尬地笑了笑。博江斯基叫来看门人卡济米尔，吩咐他带我去预备班。

妈妈冲我点点头，而卡济米尔抓住我的肩膀，带我沿着长长的走廊走了。卡济米尔牢牢地扼住我的肩膀，就好像害怕我挣脱后，跑去找妈妈。

教室里都在上课。走廊里空荡荡的、鸦雀无声。在大课间发狂的喧哗之后，寂静显得尤为让人惊讶。课间之后，尘土依旧飞扬。它飘浮在从花园射进来的阳光里。这是基辅第一中学的著名花园——一座百年公园，它占据城市中的整整一个街区。

我看了看窗外的花园，又想哭。在花园里，阳光灿烂，长着一些栗树。白杨树正在枯萎的惨白色和淡紫色的叶子在风中摇曳。

当我还是小男孩儿的时候，我就喜欢花园和树木。我不折树枝，也不掏鸟窝。或许，这是因为外祖母维肯季娅·伊万诺夫娜总是对我说："世界如此美妙，人们应该生活、劳动在这个世界里，就像置身于一个大花园。"

卡济米尔发现我要哭了，便从他那旧旧的、但是很干净的常礼服的内口袋里掏出一块儿黏黏的"香草"糖，操着波兰口音说：

"下一个课间吃了这块儿糖。"

我低声谢他，接过糖果。

在中学的最初日子里，我小声说话，害怕抬头。一切都使我感到压抑：穿着深蓝色常礼服的大胡子老师、古老的拱顶、无尽的走廊里的回音，最后，还有校长别斯梅尔特内——一个上了年纪的美男子，留着金色的小胡子，穿着崭新的正装燕尾服。

他是一个温和的人，十分开明，但是，不知道为什么我们都怕他。或许，是因为他坐在高级的办公室里，里面挂着外科医生皮罗戈夫[1]的肖像画，还有带雕塑装饰的天花板和红色的地毯。校长很少从里面出来。我们要完全按照规矩停下来向他鞠躬，可是，跟老师们问好时，我们是一边走着，一边问好。

卡济米尔领着我沿着回声很响的走廊走着。学监们在走廊里徘徊，他们透过门顶部的玻璃窗向教室里张望，他们是"香瓜儿""什邦卡"[2]"鼻烟"，以及中学生们喜欢的唯一一个学监——普拉东·费奥多罗维奇。那个预备班所在的走廊归普拉东·费奥多罗维奇管辖。这在最初的时候救

1 尼·伊·皮罗戈夫（1810—1881），俄国外科医生、教育家、社会活动家，战地外科学的奠基者。

2 果戈理小说《伊万·费奥多罗维奇·什邦卡和他的姨妈》中的人物，特点是怯懦。

了我，使我避免了许多不愉快的事情。

学监们应当监视中学生们的行为，并且报告总学监所有学生的行为。为此，还有惩罚措施——一小时或是两小时“不让吃饭”(换句话说，就是下课后，痛苦地坐在空无一人的教室里)，操行成绩给打四分，最后，就是叫家长去见校长。我们最怕的是最后一招。

在高年级，还有其他一些惩罚措施：暂时从学校开除、彻底开除，以及最可怕的——开除时，发一个“黑籍证”，此后，再没有权利进入任何一所中学读书。

我只看到过有一个高年级中学生被开除时被发了“黑籍证”。这是我已经上一年级的时候发生的事情。据说，他给了德语老师亚戈尔斯基一个耳光，德语老师是一个粗俗的人，脸绿绿的。亚戈尔斯基当着全班同学的面，骂他是笨蛋。这个中学生要求亚戈尔斯基道歉。亚戈尔斯基拒绝了。于是，中学生打了他。为此，他被开除了，还被发了“黑籍证”。

被开除的第二天，那个中学生来到学校。没有一个学监有胆量阻止他进来。他打开教室的门，从口袋里掏出勃朗宁手枪，把它对准了亚戈尔斯基。

亚戈尔斯基从桌子后面跳起来，用记分册挡着自己的脸，在课桌间跑起来，他试图躲在学生们的身后。“胆小鬼！”——那个中学生喊了一声，就转身出去，到楼梯转弯的平台上，开枪击中了自己的心脏。

我们教室的门冲着平台。我们听见爆裂声和玻璃的破碎声。有什么东西倒了，顺着楼梯滚下去。级任教师扑向门口。我们也跟着他跑了出去。

在楼梯上躺着一个长着雀斑的中学生。他抬起一只手，抓住楼梯旁边的栏杆，然后，他的手松开了，不动了。他的眼睛看着我们，带着那种惊人的微笑。

那个中学生旁边有几个学监忙活着。然后，校长别斯梅尔特内很快走了过来。他跪到那个中学生的面前，解开他的夹克，我们看见了衬衫上的血。“急救车”的卫生员已经顺着楼梯向上跑，他们穿着咖啡色的制服，头上戴着法国军帽。他们迅速把中学生放到担架上。

“赶紧把孩子们带走!”校长对我们的级任教师说。

但是，那个级任教师或许没听清，我们依旧站在那里。亚戈尔斯基从教室里出来，猫着腰去教师休息室了。

“滚吧!”突然，校长冲着他的背影说。

亚戈尔斯基转过身来。

“滚出我的学校!”校长低声说。

亚戈尔斯基沿着走廊跑了，跑的时候膝盖都软了。第二天，妈妈不想让我去学校，但后来又改变了主意，我又去了学校。在学校，第二节课下课后就放学了。老师对我们说，我们中间有谁愿意的话，可以去参加那个中学生的葬礼。

我们所有人都去了——一群小小年纪、受了惊吓的孩子，穿着长长的外套，肩后拖着硬邦邦的书包。

那天很冷、多雾。学校所有的人都走在棺材后面。棺材里放了很多花。校长挽着一个头发花白、衣衫褴褛的女人的手——她是这个中学生的母亲。

当时，我还很难弄清生活中的此类事件，但是，我还是明白，生活给我们上了友情的第一课。我们依次走到坟前，往坟上撒一把土，就像是在发誓，我们将永远和善、公正地彼此相待。

但这都是后来的事了，而此刻，卡济米尔领着我去预备班。

桌子后面坐着级任教师纳扎连科——一个大嗓门的人，留着波浪形的蓝胡子，就像是亚述人的皇帝。高年级学生给纳扎连科起了个外号，叫他“尼布甲尼撒”。他们确信，他在暗探局工作。

整整一年，直到升入一年级，纳扎连科都在折磨我们这些小孩子，他用刺耳的嗓音、嘲笑、给我们二分的成绩来折磨我们，他还给我们讲别人怎样给他剪掉长进肉里的趾甲的事。我怕他，也恨他。我最恨的还是他讲的这个手术的故事。

我坐到低矮的课桌旁，课桌被铅笔刀割得斑斑驳驳。我呼吸困难。墨水散发出酸酸的味道。纳扎连科在给我们听写：“有一次，天鹅、虾和狗鱼……”[1]

在敞开的窗户外面，一只麻雀落在树枝上，嘴里叼着一片干枯的枫叶。我想和麻雀交换命运。麻雀透过窗子往教室里面看了看，它悲伤地吱吱叫，嘴里的枫叶掉了。

“新来的，”纳扎连科雷鸣般地吼道，“拿出练习本，写，别看别处看得出神，如果你想吃午饭的话!”

我拿出练习本，开始写。眼泪滴在吸墨纸上。当时，我的同桌——长着一双快乐的眼睛、皮肤黑黑的男孩儿埃马·施穆克勒低声说：

“咽一口唾沫就好了。”

我咽了一口唾沫，可是，一切照旧。我甚至很长时间都不能轻松地呼吸。

就这样，我中学的第一个学年开始了。灰尘、大课间的奔跑、怕被叫

1　引自伊·安·克雷洛夫的寓言《天鹅、狗鱼和虾》。

到黑板前的持续恐惧、沾满墨水的手指、沉重的书包、似乎已经逝去的生活的余音、窗外基辅电车悦耳的铃声、遥远的手摇风琴的声音、车站传来的火车头的汽笛声。沉重的火车驶离车站，飞快地奔驰，不时喷出蒸汽，穿过小树林和收割完的田地，那一刻，我们却佝偻着腰，坐在课桌旁，纳扎连科用干海绵擦教室的黑板时掉下来的粉笔灰让人感到窒息。

……预备班对面是物理实验室。一个窄窄的门通向里面。我们经常在课间往这个实验室里看。那里的长凳子围成阶梯式的半圆形，一直向上排列，直到天花板。

高年级的学生在物理实验室上课。我们，当然啦，在走廊里他们的脚下胡乱窜着，或许，这让高年级学生很厌烦。一次有个高年级学生——一个高个子的、脸色苍白的中学生——拖长音吹了一声口哨。那些高年级学生立刻开始抓我们这些小不点儿，把我们拖到物理实验室去。他们各就各位，坐在长凳上，抓住我们，随后用膝盖夹住。

一开始的时候我们很喜欢这样。我们好奇地看架子上那些神秘的仪器——黑色的圆盘、烧瓶和铜球。然后，走廊里响起了第一遍铃声。我们要挣脱出来。高年级学生不放我们走。他们牢牢地抓住我们，给最能挣扎的小不点儿一个所谓的“梨”，就是呈螺旋状，并且十分用力地用大拇指在头顶上拧。这是很疼的。

第二遍铃声不祥地响起。我们开始奋力挣脱、哀求、哭泣。但是，那些高年级学生铁面无情。那个脸色苍白的中学生站在门口儿。

“当心点儿，”那些高年级学生对他喊，“一定算准了！”

我们没明白怎么回事。我们吓得号啕大哭。现在，第三遍铃声就要响了。纳扎连科就要冲进空荡荡的预备班教室。他的愤怒将是可怕的。我们即使泪流成河，也不能减弱他的愤怒。

第三遍铃声响起了。我们鬼哭狼嚎。那个脸色苍白的中学生举起一只手。这意味着，物理老师已经出现在走廊的尽头。他不慌不忙地走着，小心翼翼地听着物理实验室传来的哀号。

物理老师很胖。他要侧着身子挤进窄窄的门。此刻，那些高年级学生开始计数。当物理老师卡在门口时，那个脸色苍白的中学生一挥手。他们立刻放我们出去，而我们则歇斯底里地开始跑向自己的教室，跑的时候什么也看不到，什么也不明白，痛哭声响彻物理实验室。我们跑得太猛，所以飞撞到被吓坏了的物理老师。一瞬间，门口聚集起一大群留着短发的小孩子的脑袋，就像是沸腾的漩涡。然后，我们就像推软木塞一样，把物理老师从门口推到走廊上，在他的两腿之间闯过去，飞奔到自己的教室。

幸好，纳扎连科耽搁在教师休息室，他什么也没发现。

高年级学生对我们实施的这一阴险的把戏只成功过一次。后来，我们就开始提防了。每当高年级学生们出现在走廊上，我们便立刻躲到自己的教室里，关上门，并且用几个课桌把门堵上。

这个娱乐项目让我们流了多少眼泪，这是那个脸色苍白的中学生想出来的。他叫巴格罗夫。若干年之后，他在基辅歌剧院用左轮手枪打死了沙皇的大臣斯托雷平[1]，被处以绞刑。

在法庭上，巴格罗夫表现得懒洋洋的，十分平静。当判决书被宣读完毕，他说：

“在我这一生中，还能再吃两千个肉饼，或者是吃不到了，这对我

---

1 彼·阿·斯托雷平（1862—1911），俄国国务活动家、内政大臣、大臣委员会主席、土地改革——“斯托雷平改革”的组织者。被暗探局的间谍暗杀。

来说，完全无所谓。”

大人们说了很多关于巴格罗夫的事，并且猜他到底是革命者，还是暗探局的间谍，为了取悦沙皇而枪杀斯托雷平（尼古拉憎恨斯托雷平，是因为他不能对抗斯托雷平的意志）。我的父亲确信，一个在死亡面前能说出像巴格罗夫所说的这种不知羞耻的话来的人，不可能是革命者。

林波波河的水

在教室的桌子上，摆着一些用火漆封口的瓶子，里面装着淡黄色的水。在每个瓶子上都有一个标签。标签上用歪歪扭扭的、老年人的笔迹写着“尼罗河的水”“林波波河的水”“地中海的水”。

有很多这样的瓶子。里面装着伏尔加河的水、莱茵河的水、泰晤士河的水、密歇根湖的水、死海的水和亚马孙河的水。但是，无论我们怎么细看这些水，在所有瓶子里的水都是一样的——黄色、单调。

我们缠着地理老师切尔普诺夫，为的是他能允许我们尝一尝死海的水。我们想知道，它是不是真的特别咸。可是，切尔普诺夫不允许我们尝。

切尔普诺夫很矮，留着长长的、几乎齐膝的灰色大胡子，他的眼睛细细的，像一个巫师。难怪他的外号是“黑海大魔王”。

切尔普诺夫上课时总是拿来各种各样的稀罕玩意儿。他最喜欢带来装着水的瓶子。他会讲一讲，他自己如何采集开罗附近的尼罗河的河水。

“你们看，”他摇匀瓶子里的水，“里面有多少淤泥。尼罗河的淤泥比钻石还宝贵。在它的上面，埃及文化繁荣昌盛。马尔科夫斯基，你给全班同学讲讲，什么是文化。”

马尔科夫斯基站起来，并且说了什么是文化——文化就是培育出农作物、葡萄干和大米。

“愚蠢，不过倒像是真理！”切尔普诺夫评论道，开始给我们看各种瓶子。

他很为林波波河的水而骄傲。这是过去的一个学生作为礼物送给切尔普诺夫的。

为了让我们更好地记住形形色色的地理知识，切尔普诺夫想出各种直观的方法。他在教室的黑板上画一个大大的字母 A。把第二个 A 写到这个字母里面的右下角，这里面再写小一点儿的第三个 A，而第三个里面写第四个 A。然后，他说：

“你们记住：这是亚洲，在亚洲里面有阿拉伯，在阿拉伯里面有亚丁城，而在亚丁城里，坐着一个英国人。”

我们立刻就记住了这些知识，而且记一辈子。高年级的学生们说过，在切尔普诺夫的住宅里，有一个不大的地理博物馆，但是，老头儿不让任何人到自己的家里去。那里似乎有蜂鸟标本、一组蝴蝶标本、望远镜，还有一块天然金块。

听到许多关于这个博物馆的事，我开始组建自己的博物馆。当然了，它的藏品不够丰富，但是，在我的想象里，它开始发展壮大，就像是一个由许多新奇藏品组成的王国。各种各样的历史故事都和每一件东西有着联系——我的藏品或者是罗马尼亚士兵的一枚纽扣，抑或是一只晒干的螳螂。

有一次，我在植物园里碰见了切尔普诺夫。他坐在被雨水打湿的长凳上，用手杖挖土。我摘下帽子，向他鞠躬问候。

“你到这儿来!”切尔普诺夫把我叫到跟前，向我伸出一只肥厚的手，“坐吧，给我讲讲。听说，你弄了个小博物馆。你都有啥?”

我胆怯地列举了自己那些不起眼儿的宝贝。切尔普诺夫笑了。

“值得表扬！”他说，“星期天早晨到我家来。看看我的博物馆。我认为，如果你能很快喜欢上这个的话，你一定会成为地理学家或旅行家。”

“和妈妈一起吗?”我问。

“和妈妈一起干什么?”

“和妈妈一起去您那里?”

“不，为什么要这样啊？你一个人来。妈妈们不懂地理。”

星期天，我穿上新的中学生制服，去切尔普诺夫家。他住在佩切尔斯克一个大院里低矮的厢房中。厢房四周长满茂密的丁香，使得屋子里黑乎乎的。

已是晚秋，但是，丁香还没有发黄。雾水顺着叶子倾泻下来。在第聂伯河的下游，轮船在鸣笛。它们要告别基辅，停泊到河湾里去过冬。

我登上台阶，看到镶入墙里的铜的碗状榫，里面有一个拉门铃用的圆手柄。我拉了拉那个圆手柄。在厢房里，门铃开始奏乐。

切尔普诺夫本人给我开门。他穿着灰色的、暖和的上衣和毡鞋。

异乎寻常的事就在这个前厅开始了。在椭圆形的镜子里，映出一个由于难为情而脸红的小中学生，他试图用冻僵的手指解开大衣的扣子。我没有立刻明白，这个中学生就是我自己。我一直不能搞定那些纽扣。我一边解开它们，一边还看着镜框。

这不是镜框，而是花环，它是由涂了淡色的玻璃树叶、花朵和葡萄串儿做成的。

“威尼斯玻璃，”切尔普诺夫说，他帮我解开大衣的扣子，脱下来，并且挂到衣架上，“你离近一些看看。甚至可以摸一摸。”

我小心翼翼地碰了碰一朵玻璃玫瑰。玻璃是磨砂的，好像被蒙上了一层粉尘。从隔壁房间里投射出来的光线形成一条光带，光带里的玻璃显露出微红的火光。

“完全像一块美味糕点。”我说。

“愚蠢，不过倒像是真理。”切尔普诺夫低声含混地说。

我脸红了，两眼开始灼痛。切尔普诺夫拍了拍我的肩膀：

“别难过。这是我的口头禅。嗯，咱们走吧。和我们一起喝茶。”

我要推辞，但切尔普诺夫拉着我的胳膊肘领我去了饭厅。我们走进房间，这个房间如花园一般。需要小心地拨开喜林芋的叶子，还有从天花板上垂吊下来的、挂满芳香的红球果的树枝，这样才能到达餐桌旁自己的座位。扇形的棕榈树叶耷拉在白色的桌布上方。在窗台上，密密麻麻地摆放着花盆，花盆里面种着粉红色的、黄色的，还有白色的花。

我坐到桌旁，但是，立刻跳了起来。一位年轻的女人快步走了进来，她个子不高，灰色的眼睛光芒闪烁，她走路的时候，连衣裙沙沙地响。

“这是玛莎，”切尔普诺夫冲我点点头，“这就是那个中学生，我跟你说过的。格奥尔吉·马克西莫维奇的儿子。当然，他很腼腆。”

那个女人向我伸出了一只手。手镯叮当响。

“难道您要把这些都给他讲解一遍吗，彼得·彼得洛维奇？”她问，她仔细打量着我，笑了。

“是的，喝完茶以后。”

“那我这个时间进城一趟。去糖果点心店。去基尔赫盖姆那里。我得去买些东西。”

“随便你吧。”

那个女人给我倒了柠檬茶，她把装着维也纳白面包的高脚盘推到我面前：

“听讲之前要攒足劲啊。”

喝完茶，切尔普诺夫开始抽烟。他把烟灰抖落到一个贝壳里，贝壳上面覆盖着已经石化的、极为柔和的粉红色泡沫。还有一只一样的贝壳摆在旁边。

“这是新几内亚的贝壳。”切尔普诺夫说。

“喏，再见啦！”年轻的女人大声说，她站起来，出去了。

“喏，好的。”切尔普诺夫说着，目送她出去，然后，他指给我看墙上的肖像画。上面画的是一个留着大胡子、面容憔悴的人。“你知道这是谁吗？最好的俄国人之一。旅行家米克卢霍-马克莱。他是一个伟大的人道主义者。你或许还不明白，这个词意味着什么。这不重要。以后你会明白的。他是一位伟大的学者，他相信人们善良的意志。他曾经一个人生活在新几内亚的食人族中间。他赤手空拳，由于得了寒热病而濒临死亡。但是，他能为野人们做如此之多的善举，表现出如此大的耐力，以至于我们的轻巡洋舰‘绿宝石’号去接他回俄国的时候，成群的野人在河岸边哭泣，他们朝着轻巡洋舰伸出双手，并且喊着：‘马克莱、马克莱！’就是这样，你要记住，善可以赢得一切。”

那个女人走进饭厅，站在门口。她戴着一顶黑色的小帽子。她费力地往左手上戴手套。

“顺便说一说，什么是诗歌？”突然，切尔普诺夫问，“不要想着回答我。不能妄下定论。你看，贝壳是从马克莱生活过的那个岛上带来的。如果你一直看着它，脑子里就会突然有一个想法，有一天早晨，阳光照到这个贝壳里，然后就会永远地留存在上面。”

女人坐到门旁的椅子上，开始脱手上的手套。

我凝视着那个贝壳。这一刻，我似乎觉得，我事实上是睡着了，我看到在一大片清澈的海水上空，太阳慢慢地升起，突然闪烁出粉红色的光线。

“如果你把贝壳贴紧耳朵，”切尔普诺夫在远处的某个地方说，“那么，你会听到轰隆声。我不能给你解释，这是为什么。任何人都不会给你解释。这是秘密。人无法弄明白的一切，被称作秘密。”

女人摘下帽子，把它放在自己的膝盖上。

“你拿起来，听一听。”切尔普诺夫建议。

我把贝壳贴到耳边，听见梦幻般的嘈杂声，就好像在很远很远的地方，均匀的海浪侵袭着海岸。女人伸出手：

“请给我。我已经很久没听了。”

我把贝壳递给她。她把贝壳贴在耳边，微笑着，稍稍张开嘴，我能看得见她那小小的、白白的、湿润的牙齿。

“你怎么了，玛莎，不去基尔赫盖姆那里吗？”切尔普诺夫突然问。

女人站了起来。

“我改主意了。我一个人去基尔赫盖姆那里很没意思。如果我打搅你们，请原谅。”

她走出饭厅。

“喏，没什么，”切尔普诺夫说，“我们继续我们的谈话吧，年轻人。

你看，角落那里有几只黑箱子。你把上面的那个拿过来。只是拿的时候要小心。”

我拿来箱子，把它放到切尔普诺夫面前的桌子上。箱子原来很轻。

切尔普诺夫从容地打开盖子。我的目光越过他的肩膀，我看了一眼箱子，不由自主地大叫一声。里面有一只大蝴蝶，比枫叶还要大，它平放在箱子里，下面垫了一块深色的绸子，闪变出像彩虹一样的色彩。

“不要这样看!”切尔普诺夫不高兴了，“应当这样!”

他抓着我的头顶，开始转我的头，时而向右，时而向左。每一次，蝴蝶都闪出不同的颜色——时而白色，时而金色，时而紫红，时而深蓝。似乎它的翅膀燃烧着奇妙的火焰，却怎么也燃烧不尽。

“婆罗洲岛最稀有的蝴蝶。”切尔普诺夫骄傲地说，关上了箱子盖。

然后，切尔普诺夫指给我看星球仪、几张绘着“风玫瑰”的旧地图，还有蜂鸟标本，它们的嘴长长的，像一支支小锥子。

“嗯，今天到此为止吧，”切尔普诺夫说，“你也累了。每个星期天，你都可以来我这里。”

“您总在家?”

“是的。我老了，不能到处闲逛和旅行了，我的朋友。这不是吗，我沿着墙壁和桌子漂泊。”他指给我看书架和那些已死的蜂鸟。

“您游历过很多地方?”我怯生生地问。

“不比米克卢霍-马克莱少。”

在前厅，我急急忙忙披上大衣，还没来得及把胳臂伸进袖子里，那个年轻的女人就进来了。她穿着瘦瘦的短上衣，戴着帽子和手套。小小的黑色面纱垂下来，遮在她的眼睛上。由此一来，她的眼睛似乎完全变成了深蓝色。

“您住在哪里？”她问。

我回答了。

“也就是说，到克列夏季克我们同路。一起走吧。”

我们走出房门。切尔普诺夫站在门口，看着我们的背影。然后，他大声说：

“玛莎，求你了，小心点儿。快点儿回来。”

“我听见了。”女人回答，但是，她没有回头。

我们绕过尼科利斯基要塞，它的大门上刻着青铜的狮子脸，我们穿过马林斯克公园，以前，我在那里遇到过海军准尉候补生，然后，我们拐到学院大街。女人沉默着。我也不说话。我害怕她随便问些什么，我还必须回答。

在学院大街上，她终于问我：

“在我们家的博物馆里，您最喜欢什么？”

“蝴蝶，”我回答，想了想，又补充道，“只是我可怜这只蝴蝶。”

“是吗？”女人很吃惊，“您为什么可怜它？”

那时，任何人都没有称呼我为“您”，由此，我还很不安。

“它很漂亮，”我回答，“却几乎没有人能看到它。”

“您还喜欢什么？”

到了克列夏季克，我们在基尔赫盖姆的糖果点心店旁边停下了。女人问：

“家里允许您在糖果点心店喝点儿可可饮料吗？再吃点儿甜点？”

我不知道，是允许我这样，还是不是，但是，我回想起，有一次，我和妈妈及姐姐加莉娅在基尔赫盖姆这里确实喝过可可饮料。于是我回答，当然了，允许我在基尔赫盖姆这里待一待。

“那太好了！咱们去吧。”

我们坐在糖果点心店的最里面。女人把一盆绣球花稍稍往小桌的边上推了推，她点了两杯可可饮料和一个小蛋糕。

“您几年级了？”她问，这时，服务员给我们端来了可可饮料。

“二年级。”

“那您多大了？”

“十二。”

“我二十八岁。十二岁，当然，可以相信一切。”

“什么？”我问。

“您有什么喜欢的游戏，或者是发明？”

“是的，有。”

“彼得·彼得洛维奇也有。我就没有。那您让我参加您的游戏吧。我们会玩儿得很好。”

“玩儿什么？”我很好奇。我们的聊天变得很有趣。

“玩儿什么？那就玩儿‘灰姑娘’的游戏吧，或者是逃离凶狠的国王的游戏，都可以啊。或者，我们想个新的游戏。这个游戏就叫‘婆罗洲岛的蝴蝶’吧。”

“好！”我说，我很激动，“我们在施了魔法的森林里找一口井，里面的水是有生命的。”

“冒着生命危险，当然？”

“是的，冒着生命危险！”

“我们取这个水，”她说着，把面纱撩起到额头上，“用手捧着。一个人太累的话，可以小心地把水倒手给另一个人。”

“当我们倒手的时候，”我说，“一定会有一两滴水掉到地上，在那些地方……”

“在那些地方，”她打断我的话，“一定会长出开着一朵朵大白花的树丛。然后呢，会发生什么事情，您怎么想?”

“我们把这水淋到蝴蝶身上，它就复活了。”

“它会变成美丽的姑娘吗？”女人问，并且笑起来，“嗯，该走了。大概，家里人在等您了。”

我们走出糖果点心店。她把我送到丰杜克列耶夫大街的拐角处，从那里她往回走。我回头看了看。她穿过克列夏季克，也回头看了看，微笑着，向我挥了挥戴着黑色手套的一只小手。

在家里，我没给任何人讲我去了基尔赫盖姆糖果点心店的事，包括我的妈妈。妈妈一直很惊讶，为什么午饭我什么也没吃。我守口如瓶。我想着关于这个女人的事情，但是，什么也不明白。

第二天，我问一个高年级学生，这个女人是谁。

“难道你去过切尔普诺夫家?”高年级学生问。

“去过。”

“看到博物馆了?”

“看到了。”

“运气不错啊，”高年级学生说，“这是他的妻子。他比她大三十五岁。”

在接下来的那个星期天，我没去切尔普诺夫家，因为这一周他病了，没来学校。过了几天，喝晚茶的时候，妈妈突然问我，在切尔普诺夫家看没看到一个年轻的女人。

“看到了啊。”我说，并且脸红了。

“嗯，也就是说，这是真的了，”妈妈扭头对父亲说，“他和她在一起，据说，他很善待她！她生活得像金笼子里的公主。”

父亲什么也没回答。

“科斯季克，”妈妈说，“你已经喝完茶了。去自己的房间吧，马上该睡觉了。”

她把我打发走，为的是和父亲聊有关切尔普诺夫的事。但是，我没偷听，虽然我很想知道发生了什么事情。

很快，在学校里，我得知了这件事。妻子离开了切尔普诺夫，去彼得堡了。老头儿痛苦得生了病，不让任何人去他那里。

“‘黑海大魔王’命该如此，”中学生利塔乌埃尔说，“谁叫你娶个年轻的女人!”

我们对这句话感到很愤怒。我们喜欢切尔普诺夫老人。因此，在下一节课上，当法国人塞尔姆飞进教室的时候，我们对利塔乌埃尔实施了报复。

“利塔乌埃尔！”全班同学雷鸣般地齐声高喊，“伊塔乌埃尔！塔乌埃尔！阿乌埃尔！埃尔!”

然后，瞬间寂静无声。

塞尔姆突然大发雷霆，像往常一样，他不调查清楚到底发生了什么事，就直接喊：

“利塔乌埃尔，滚出教室!”

他给利塔乌埃尔的操行那一项打了四分。

我们再也没有见过切尔普诺夫。他再也没来学校。

一年后，我在大街上碰到他。他勉强地、步履蹒跚地走着——脸色蜡黄，还浮肿，拄着一根粗粗的手杖。他叫住我，详细地问我的学习情况，并且说：

“你还记得那只蝴蝶吗？婆罗洲岛的蝴蝶？是这样，现在我也没有这只蝴蝶了。”

我沉默了。切尔普诺夫专注地看了看我。

“我把它送给一个大学了。蝴蝶，还有我自己的那套蝴蝶标本都送了。嗯，祝你健康。很高兴遇见你。”

切尔普诺夫很快就死了。我一直记得他和他年轻的妻子。当我回忆起她的面纱，还有她穿过克列夏季克时的那个微笑和挥手时，难以名状的痛苦就会侵袭着我。

当我到了高年级，心理学老师在给我们讲想象力的好处时，他突然问：

“你们记得切尔普诺夫吗？还有各种不同的河和海里的水？”

“是啊，那又怎样！”我们回答，“我们清晰地记得。”

“好吧，我可以告诉你们，那些瓶子里的水其实是最普通不过的自来水。你们会问，为什么切尔普诺夫欺骗你们？他确信，通过这样的方法，可以推动你们想象力的发展。切尔普诺夫对此很珍视。他当着我的面提过好几次，人区别于动物的能力就是想象力。想象力创造了艺术。它扩展了世界和意识的边界，使生活具有了被我们称之为诗意的特征。”

第一诫

在一周里的每一天，我们的神学课教师、教堂大司祭特列古波夫要穿不同颜色的长袍。灰色的、深蓝色的、淡紫色的、黑色的、咖啡色的、绿色的，最后，还有柞丝绸做的奶黄色的。根据长袍的颜色，可以确定今天是星期几——星期二，还是星期六。

特列古波夫刚一到我们三年级，就立刻取消了讲授神学课的一贯做法。通常，在所有中学里，这门课学生们都会得五分。显然，这是可以解释的：神学课教师本身的职责就是应当表现出仁爱之心，尽量不让学生们难过。或许，神学课教师和中学生们对待这门课都不是很认真，这样也解释得通。

特列古波夫一举击垮了我们对神学的藐视。

“阿尔图霍夫，”他说，“你读一下第一诫。”

“我是你的上帝除了我以外你不可有别的神！”阿尔图霍夫整句话脱口而出，笑了笑。这样回答无可厚非。

“坐下！”特列古波夫说，他给阿尔图霍夫打了一分，“鲍利莫维奇，现在你读一下第一诫。”

鲍利莫维奇脸色发白，他读完第一诫，十分正确，却也像阿尔图霍夫一样，得了一分。

特列古波夫按照字母表的顺序叫了所有同学。所有同学都正确地读了第一诫，所有同学也都被特列古波夫幸灾乐祸地、微笑着打了一分。我们都一头雾水。从字母 A 到字母 Щ，整个记分册上都是一分。这可是大祸临头啊。

给所有人打了一分之后，特列古波夫用喷过香水的双手捋顺他的大胡子，并且说：

“你们忽视了标点符号。为此，你们受到了应有的惩罚。你们不认真对待经文，像羔羊般轻率。在读完‘我是你的上帝’之后，要有一个逗号。这意味着什么？这就是说，在这个地方应当做一个小小的间断，换句话说，就是停顿，为了凸显出下面那个语句的重要性。可你们呢，连珠炮一样地读圣言，一口气就读完。真是可耻啊！”

他低声说着，一边用带着鄙夷神色的细细的眼睛看着我们。院士的金色徽章在他的丝绸长袍上熠熠生辉。

在特列古波夫之前，我们的神学课教师是大司祭兹拉托韦尔霍夫尼科夫，他已经老态龙钟，发不清卷舌音，耳朵还聋。他的课堂比较简单。我们可以随便胡扯，他只要求我们语速快、声调单一。由此，兹拉托韦尔霍夫尼科夫在第二三分钟时，就开始打盹儿，然后，完全睡着。于是，我们就可以随便干些什么，只是别把这位高龄的神父吵醒。

坐在后排课桌上的，玩儿“打铁路”纸牌游戏，用火柴烤熏制的小鱼。坐前排的，则着迷地读《美国著名侦探尼克·卡特历险记》。

神父在打鼾，声音不大，断断续续，而教室里洋溢着静静的欢愉，直到下课铃声响前大约两分钟内，应当叫醒兹拉托韦尔霍夫尼科夫。为了弄醒他，我们把一捆书碰落到地上，或是全班按口令一起打喷嚏。

兹拉托韦尔霍夫尼科夫之后，特列古波夫来了，作为惩罚之神沙伯特[1]来惩罚我们。他的确很像大教堂穹顶上画的沙伯特真神——高大、胡子宽宽的、横眉怒目。

不仅是中学生们，就连教师们也害怕特列古波夫。他是一位保皇党分子，国家委员会的成员，自由思想的压制者。他与基辅都主教的势力不相上下，当那些蹩脚的乡村神父因为行为不端去他那里受申斥的时候，他会弄得他们哑口无言。

特列古波夫喜欢在当时很时髦的宗教哲学辩论会上发言。他说话很流畅、悦耳动听，身上散发着花露水的味道。

我们憎恨他，就像他无情地憎恨我们一样。但是，经文我们都背熟了，一辈子都不会忘记。

我们用尽种种理由逃避神学课。此时，天主教的“神学”课[2]便成了值得信赖的避难所。这个课和我们的课是同一时间，但是，分属不同的教室。我们溜去那里，只有在那里，我们才感觉到自己是安全的。那个地盘好像是由使徒教会[3]和罗马教皇利奥十三世管辖。特列古波夫在这个普通的、满是尘土的教室门口，便失去了一切权力。在这里，大教堂神父奥连茨基才是主宰。

1 亦译“沙博”，《旧约》中上帝耶和华的名字之一。

2 当时在乌克兰有相当一部分居民，以波兰裔为主，信奉天主教，而俄罗斯人的主要宗教为东正教；学生则根据自己的信仰去听不同的神学课。

3 属于新教的教派。

他又高又胖，一头白发，手上拿着一串黑色的念珠，当他的教室门口出现一个难为情的“俄罗斯”中学生时，他丝毫也不吃惊：

“你逃出来了?”奥连茨基严肃地问。

“不是，神父先生，我只是想在您的课堂上坐一会儿。”

“坐一会儿？啊，小滑头，小滑头!”奥连茨基笑得浑身颤动，“到这儿来吧!”

中学生走到奥连茨基跟前。教士用一个鼻烟壶使劲地拍他的脑袋。这个动作意味着宽恕了他的罪恶。

“坐吧！”拍完中学生的脑袋之后，奥连茨基说，“去那儿，角落里，去霍尔热夫斯基后面（霍尔热夫斯基是一个很高的中学生，波兰人)，这样，别人就不会从走廊看到你，也就不会拖你去烈火地狱。坐下看报纸吧。给你!”

奥连茨基从长袍的口袋里掏出一张叠了四折的《基辅思想》，递给那个逃跑者。

“谢谢，神父先生!”逃跑者说。

“别谢我，谢谢天主吧，”奥连茨基回答，“我只是他手里渺小的工具而已。他带你离开被奴役的房子，就像引领犹太人逃离埃及的土地。”

特列古波夫当然知道，奥连茨基把我们藏在他的课堂上。但是，在奥连茨基面前，即使是特列古波夫也无计可施。善良的波兰神父在和特列古波夫相遇的时候，会变得文雅有礼而言语尖刻。东正教会神父的尊严不允许特列古波夫与奥连茨基发生口角。我们也就尽可能地利用这一点。最终，我们也就渐渐学会了天主教的神学课内容，并且比许多波兰人掌握得还要好。

“斯塔尼舍夫斯基·塔杰乌什，”大教堂神父说，“你给我讲一讲《圣母颂》。”

斯塔尼舍夫斯基·塔杰乌什站起来，整一下宽腰带，清清嗓子，使劲咽口唾沫，他先看看窗外，再看看天花板，末了才承认：

“我忘了，神父先生。”

“忘了？你可没忘记，每当格日波夫斯卡娅小姐在的时候，你都来教堂啊。坐下吧！谁知道《圣母颂》？嗯？谁知道？哦，圣母啊圣母，使徒们的女王！这是怎么了？都不吭声！谁知道《圣母颂》？举手。”

那些波兰人都不举手。但是，有时会出现这样的情况，某个东正教徒、从特列古波夫课堂上来的不幸的逃跑者却举手回答。

“嗯，”奥连茨基疲惫不堪地说，“你讲讲《圣母颂》吧！如果你讲完了，天主不惩罚他们的话，”教士指了指那些波兰人，“那么，只是出于他伟大的慈悲之心。”

于是，那个逃跑者站起来，毫不迟疑地讲了一通《圣母颂》。

“你到这里来！”奥连茨基说。

那个逃跑者走到他跟前。奥连茨基从长袍的口袋里掏出一把有些像咖啡豆的糖果，慷慨地倒到逃跑者的手掌心。然后，奥连茨基闻了闻鼻烟，很快就平静下来了，并且开始讲他自己喜欢的故事，讲他是如何在华沙为封在银色骨灰罐里的肖邦的心脏祭祷的[1]。

课后，奥连茨基离开学校，回他自己位于天主教教堂里的家中。在大街上，他让孩子们站住，用手指弹他们的额头。基辅的人们都非常熟悉他——长着一双笑眼的高个子波兰神父。

1　作曲家肖邦1849年死于巴黎。他的心脏葬于华沙圣克列斯特教堂。

神学课的学习，以及与宗教事务的接触，对我们来说是经常性的折磨。唯一让我们喜欢的是大斋期放假。学校给我们放假一周，为了我们能够参加斋戒仪式——忏悔和领圣餐。我们选择了位于郊区的教堂去斋戒——这些教堂的神父不怎么关注来参加斋戒的中学生是否出席所有大斋期的仪式。

大斋期放假几乎总是赶在三月，潮湿且多雾的三月。积雪已经开始发暗。人们越来越经常地看到乌云之间的空隙中那深蓝色的天空，春天不远了。

在光秃秃的白杨树上，寒鸦叫唤着。在第聂伯河的河面上，已经开始融化的河水渗出到冰面上，现出灰蓝色的斑点，而在市场上，已经有人卖带着毛茸茸的“小兔子”[1]的柳树枝。

……我们幻想用什么方法对特列古波夫使坏。但是，特列古波夫无懈可击。

为了受过的折磨和恐惧，我们对他实施了报复，只成功过一次。但是，这次复仇是残酷无情的。

当时，我们已经四年级了，我们从老生那里得知，特列古波夫害怕老鼠。我们把一只棕黄色的老鼠带到课堂上——一只褐家鼠。我们把它从课桌底下放出来，当时，特列古波夫正在讲《新约》里的什么故事。

中学生日丹诺维奇突然尖叫一声，跳到课桌上。

“那是什么?”特列古波夫严厉地问道。

“老鼠，神父!”日丹诺维奇哆哆嗦嗦地回答。

1 指柳树嫩芽。

我们一下子都从座位上跳起来。受到惊吓的老鼠在特列古波夫的脚下乱窜。这时，特列古波夫神父异常灵活地跳到椅子上，把长袍拎到膝盖处，长袍底下露出带条纹的裤子和柔软的、带鞋眼儿的矮帮皮鞋。

我们用书砸那只老鼠。它开始尖叫，并且在教室的黑板旁边跑起来。特列古波夫神父赶紧从椅子迈到桌子上去。

“你们把门打开！”他用大司祭的男低音站在桌子上狂喊，“开门！把它轰到走廊去！”

我们做出一副很怕老鼠的样子，不想去开门。此刻，特列古波夫神父大喊起来，以至于窗框里的玻璃都发出叮当声：

“普拉东·费奥多罗维奇！到这里来！”

他抡起胳臂，用班级的记分册砸向那只老鼠。

惊慌失措的学监普拉东·费奥多罗维奇猛地推开门。看门人卡济米尔从他的背后往里张望。然后，总学监博江斯基露面了。他皱着眉头，憋着不笑，开始发号施令，让大家赶走老鼠。

特列古波夫神父没有从桌子上爬下来。他只是放下了长袍。他站在我们对面，就像是两人高的真人雕像。

老鼠被赶出去了，特列古波夫在博江斯基的帮助下，从桌子上爬了下来。值日生殷勤地把记分册递给他，特列古波夫神父便带着往日那种高傲的样子，离开了教室。

事后，特列古波夫弄明白了，老鼠并非无缘无故出现在教室里的。他要求调查此事。调查毫无结果。全校兴高采烈，可是，总学监博江斯基说：

“你们不要为人性的弱点感到喜悦！最好是关心关心自己吧。我可是又发现，有的中学生先生把校徽上的花字拆掉了。为此，我会毫不留情地让他坐着，‘没有午饭’。”

我不得不违背正确的叙述过程，跳过一些内容，为了讲述我们最终是如何摆脱特列古波夫的。

这是在八年级的时候。我当时已经是一个人生活，没有家，在季基巷租了一间房子，房东是步兵中尉罗穆阿尔德·科兹洛夫斯基。他和他少言寡语、心地善良的母亲住在一起，她是一个小老太婆——科兹洛夫斯卡娅夫人。

那是一九一〇年的秋天，天气潮湿，阴沉，树枝上结了一层冰，天空暗淡，尚未凋落但已冻伤的叶子瑟瑟作响。在这样的日子里，我经常头疼。当时，我没去上学，待在季基巷自己的小屋子里，我躺着，把头包上，努力不再呻吟，这样，就可以不惊扰科兹洛夫斯卡娅夫人。

我暖和过来，疼痛的感觉渐渐退去。于是，我躺在床上开始读书，这是一些发黄的小册子——《百科丛书》。炉子里的火噼啪响。小屋子里静悄悄的。偶尔，在窗外，飘过羞怯的雪花。刚才的头痛消退后，头脑很清新，一切对我来说都挺好的——天空的灰蓝色，劈柴上的轻烟，还有附着在玻璃上的雪。

就是在这样的日子里，科兹洛夫斯卡娅夫人应着邮递员的门铃声，打开房门，拿了报纸，她哎哟一声，迈着碎步来到我的房间：

“科斯季克，”她说，“托尔斯泰伯爵发生了不幸！”

我跳了起来，从她手里夺过散发着一股煤油味的报纸，读到关于托尔斯泰出走的最初几条电文[1]。

1　82岁高龄的列夫·托尔斯泰于1910年10月28日从雅斯纳娅·波良纳庄园出走。

科兹洛夫斯卡娅夫人惊恐地看着我，不停地重复：

“上帝啊，救救他吧！上帝啊，救救他吧！”

我立刻穿上衣服，费力地套上大衣，走出家门。我似乎觉得，城里的一切在这个令人震惊的消息传来之际，应该立刻发生了变化。但是，一切都是老样子。马拉着装满劈柴的大车在行走，古老的基辅铁轨马车的车厢发出叮当声，孩子们和家庭教师一起在散步。

我忍不住，去了学校。在所有的课桌上，都杂乱地放着报纸。我们的级任教师——拉丁语教师苏博奇——上课迟到了。这可是从来没有过的情况。他进来坐到椅子上，摘下夹鼻眼镜，他一直坐着，猫着腰，用视力很差的金鱼眼向窗外望去。他好像在等着什么。然后对我说：

“亲爱的，你去一趟《基辅思想》编辑部。那里张贴着最新的一些电文，你去打探一下。我们等着。”

这在我们班的历史上可是空前绝后的啊。但是，现在所有人对待这件事就像是对待一个很自然的现象。我站起来，出去了。在走廊里，普拉东·费奥多罗维奇抓住我：

“您去哪儿?”他严厉地问，并且挡住了我的去路。

我回答了。普拉东·费奥多罗维奇低下头，并且很快闪到墙边给我让路。

当我回来的时候，也就是当我走进教室之前，我透过门上方的玻璃往里看了看。苏博奇在朗读。所有人一动不动地坐着，仿佛都石化了一般。我轻轻地推开门，听到熟悉的话语：

“天色开始暗下来了，明亮的银色金星在西方的低空透过小白桦闪着温柔的光，在东方的高空，昏暗的猎户星座已经闪耀出红色的火光。在自己的头顶上空，列文捕捉到了大熊星座的星星，转眼又找不到它们了。

丘鹬已经停止飞翔……”[1]

在学校，两三天的课就这样马马虎虎过去了。后来，也是在这样一个阴雨潮湿的早晨，我看到带有黑框的报纸号外、大街上六神无主的人们，还有大学附近一群群的大学生。他们默默地站着。所有大学生的大衣袖子上，都戴着用绉纱做的黑纱。一个我不认识的大学生往我的灰大衣上也别了一块黑纱。

我去学校。哥萨克骑兵侦察队顺着人行道慢慢地走过。很多院落里站着三五成群的警察。在路上，我追赶上我的同班同学——他们和我一样，也戴着致哀的黑纱。在存衣室里，我们取下大衣上的黑纱，把它戴到外套的袖子上。学校里特别安静，甚至连小孩子也不吵闹了。

这一天，我们班的第一节课恰好是神学课。特列古波夫格外迅速地走进教室，不同往常，他在圣像前面画了十字，然后，坐到桌旁。

值日生马图谢维奇从座位上走了出来，他站到特列古波夫的旁边。特列古波夫严厉地看着他，沉默着。

“昨天，早晨，六点，在阿斯塔波沃车站，”马图谢维奇说，他尽力压抑着自己的激动和声音，“我们国家最伟大的作家，或许，是全世界最伟大的作家，列夫·尼古拉耶维奇·托尔斯泰去世了。”

课桌的盖子轰隆轰隆响。班里所有人都站了起来。在出奇的寂静中，可以听见马蹄的噔噔声——这是巡逻队在街上巡逻。

特列古波夫俯身在桌子上，用粗粗的手指抓着桌子边儿，一动不动地坐着。

1　托尔斯泰的小说《安娜·卡列尼娜》中的片断。

“您站起来，大司祭神父!”马图谢维奇轻声地对他说。

特列古波夫慢慢地、笨重地站了起来。他的脖子都充血了。他站着，垂下双眼。几分钟过去了。这几分钟对我们来说就像是几小时。然后，所有人无声地、慢慢地坐下。特列古波夫拿起记分册，走出教室。在门口，他停住了，并且说：

“你们强迫我追念一个叛教者，他已经被教会开除了。我们不会再说他是一个伟大的作家。我犯下了一桩违背自己教职的罪过，要在上帝和至高无上的教权面前负责。但是，从即日起，我已经不教你们班的课了。再见啦。但主会开导你们的。”

我们沉默着。特列古波夫出去了。

下一次的神学课，一个年轻的神父代替了特列古波夫，他的脸长得很像诗人纳德松，他是一个哲学和文学爱好者。我们立刻就爱上了他，因为他很温和，人也年轻，这份友谊直到我们中学毕业，一直没有中断过。

椴树花

我从未见过如此之老的椴树。夜里，它们的树冠就会在空中消失。如果起风的话，星星就会穿梭在树枝之间，像是一只只的萤火虫。白天，椴树下也很暗，而上面，在一片翠绿之中，一群色彩缤纷的鸟儿吵嚷着、争斗、啼啭，从一处飞到另一处。

“等一等，”科利亚舅舅说，“很快所有这些椴树就开花了，到那时……”

他任何时候也不把话说完，不说当椴树开花的时候会怎样。但是，我们自己也知道，到那时，廖夫纳的老花园定会变成通常在童话故事中才有的曼妙之乡。

中学结课后，我们全家已经是第二年来到布良斯克森林、来到廖夫纳消夏了。当时，父亲也来休假。

落魄的庄园主把公园里两三栋木结构的别墅出租给消夏的人们。庄园离城市和铁路都比较远。几乎没人去那里消夏，除了科利亚舅舅和我们。

为了让你想象出这些地方的美妙，我应当准确地描绘一下它们的地形。

这是荒芜的椴树公园，榛子树和李子树的密林让人难以通行。丁香树丛中的长凳子上长满青苔。还有几条荒芜已久的林荫道，它们有着这样的名字——“狄安娜[1]宫”“叹息的林荫道”“夜莺谷”。

阳光明媚的林中空地上，有几棵孤零零的松树和一些野花，接下来，又是树荫，那是些高大的，让我们觉得有一千年的椴树。

公园一直向下延伸，直到廖夫纳河边。在河对岸，沿着小山丘向上，绵延着茂密的森林。通往那里的只有一条沙土路。沿着这条路，可以到达一座破旧的小教堂，教堂里供有吉洪·扎顿斯基[2]的圣像。这条路消失在教堂后面的干草丛中。

没有人敢一个人往离教堂更远的地方去，甚至是庄园里最勇敢的住户——彼得堡林学院的大学生瓦洛佳·鲁缅采夫。

森林里的树丛一直延伸，直到一座原木搭建的小教堂跟前。从树丛中，飘来腐殖质和蕨类植物的气味儿。黄昏时分，会有猫头鹰从那里飞出来。

有一次夜里，我们听见远处的喊声，是从森林里传出来的。这是集市的买卖人——乡村货郎，他迷路了。他步行从斯文斯基修道院到特鲁布切夫斯克集市去。森林里骑马巡逻的人找到他，把他带到廖夫纳。这个买卖人是一个干瘦的庄稼汉，长着一双深蓝色的眼睛，他一边哭，一边画十字。

有一次，我们这些男孩子和瓦洛佳·鲁缅采夫一起去森林，随身还带着指南针。

1 罗马神话中的月亮与狩猎女神。

2 吉洪·扎顿斯基（1724—1783），东正教圣徒。

我们看到了一些无底的沟壑，直到沟壑的边缘，都长满了悬钩子和葎草。在沟壑的深处，有汩汩的流水声，可是，无法到水边去。我们在树林里发现了一条无名小溪，它的水是那么清澈，看起来跟玻璃一样。从陡峭的岸边，可以看到一群群小鱼在这条小溪的水底乱窜。

最后，我们看到泉水旁边有一个已经腐烂的十字架。在十字架的横梁上挂着一只带把的洋铁杯。旋花缠绕着洋铁杯，紧紧地勒住它。我们扯掉旋花，用水杯舀泉水。水里有一股铁锈味儿。

鹤在咕咕叫，黄鹂在啼啭，雀鹰在翱翔。底部被天空染蓝的云朵在我们头顶飘过。我们看了看云朵——从那里，从它的上面，一定可以看清楚整个神秘的森林地带。啄木鸟专心致志地啄着干枯的树干，树上掉落的球果砸到我们头上，时而在这儿，时而在那儿。

瓦洛佳·鲁缅采夫坚信，在林子里有废弃的、分裂派教徒[1]的隐修院。在隐修院里栖息着野蜜蜂，可以采到蜂蜜。

可是，我们没有找到隐修院。我们爬上松树，环顾四周，盼着能在这片绿野之中发现一个木板房顶，上面还有歪歪扭扭的八角十字架[2]。松树上边有和煦的风吹过，我们的手都粘到了有树脂的树杈上。黑眼睛的松鼠蹦蹦跳跳。嫩绿的球果发出松节油的味道。但是，无论我们怎样从松树上远眺，像从灯塔上远眺那样用一只手遮住太阳光，却还是什么也看不见，除了森林，就是飘浮的云朵。这让人头晕。

从高大的松树上看去，云朵似乎离得很近，比从地面上看着近得多。真想触碰一下雪白的大云朵。

1　17世纪出现的反对东正教改革的教派。

2　即有三根横梁的十字架，为东正教所普遍使用。

比这些云朵还高的地方，一条明亮的涟漪横贯天空。透明的羽毛从这条波纹散开。瓦洛佳·鲁缅采夫说，这也是云彩，但是，它们这样高远，已经不是由水蒸气构成的了，而是由冰晶组成。羽毛一动不动地挂在冰冷的、无法企及的高空。

除了森林，在廖夫纳还有一个神秘的地方——河流。它在低垂的柳树下流淌，分成两条支流，绕过岛屿。河上许多地方，从此岸到彼岸，长满了睡莲和漂浮的水鳖花。

小岛旁边，有几座木头拦水坝将河流截断。岛上有一个废弃的刨花厂。锯末像山一样堆在空空如也的仓库旁。在炎热的日子里，工厂木材的锯末散发出的味道让人眩晕。

过去，工厂是靠研磨轮工作的。现在，这一切都已经坍塌了，上面拉着乱蓬蓬的蜘蛛网——无论轮子上，还是带齿轮的木质传输装置上。在这些装置上面，长着耳垢样的黄蘑菇。

拦水坝的后面有几个水坑——它们是大狗鱼的家。大坑被称作落坑。里面的水是黑乎乎的，在慢慢地打转。

我和科利亚舅舅在这些大坑里投了数十个钩子和引诱鱼上钩的鱼形金属片。除了狗鱼，那里还寄居着大大的、几乎是深蓝色的鲈鱼。我们在拦水坝湿漉漉的原木上钓鱼。有时是鲈鱼夺下我们手里的钓鱼竿，使劲把它拖到水下去。竹子做的钓鱼竿像金色的箭，迅速地滑入大坑的深处。然后，通常是钓鱼竿在落坑下又漂游起来，我们便连鲈鱼一起从船上把它捞起。

廖夫纳还有什么呢？带柱子的老式房子，传说这是拉斯特雷利[1]建造的。在它的三角门梁上，燕子筑起了巢。空荡荡的大厅、楼梯和通道上都洒满五彩斑斓的光。光是透过凸面的玻璃照射进来的。如果有人走过大厅，家具就会发出干巴巴的脆裂声。吊灯也会发出轻微的响声。

房子里无人居住。只是每到家里过节日，如玛利亚的命名日（家里有两个玛利亚——我的妈妈，还有玛露霞舅妈，她是科利亚舅舅的妻子），就要打开带有乐池的大厅，给它通通风，好在里面举办舞会。

我们在阳台上挂了一些小圆灯笼，深夜，在公园里放焰火。焰火穿过树林，炸裂，抛洒出五彩缤纷的火球。火球慢慢地从高处往下飞，微红色的火焰照亮老房子。当焰火熄灭的时候，夏夜又回到公园里，连同遥远的蛙声、群星的光辉，以及正在开花的椴树散发出来的幽香。

科利亚舅舅的同事——炮兵军官们——也从布良斯克赶来庆祝命名日。有一次，甚至是莫斯科男高音歌手阿斯科琴斯基也来了。他在古老的大厅里举办了演唱会。

"哦，但愿你重新回到我这里，"阿斯科琴斯基唱道，"在这里我和你度过幸福光阴！在茂密的树丫间你会听到呢喃低语，——你知道，这是痛苦的心灵在呻吟。"

我似乎觉得，这首抒情歌曲的歌词与我们的公园有关。这公园听过许多表白，目睹过恋人们苍白的脸庞，以及别离的泪水。

"当忧伤的声音惊扰了你的梦，"阿斯科琴斯基倚在钢琴上唱歌，而玛露霞舅妈迅速地整理一下头发，给他伴奏，"或者在阴雨的日子听到暴

1　瓦·瓦·拉斯特雷利（1700—1771），俄国著名建筑师。

风雨的怒吼，——你知道，这是我伤心欲绝的痛哭……”

舞会结束后，科利亚舅舅的别墅里安排了晚宴。圆灯罩里的蜡烛噼啪作响，这是夜间的蛾子被烧死发出的声音。

我们这些中学生与大人们一样斟满酒杯。我们开始逞能。

有一次喝完酒之后，我们决定，我们当中的每一个人都要独自一人在深夜里围着公园跑一圈。为了防止作弊，每个人都应当往夜莺谷的长凳上随便放一件什么东西。科利亚舅舅答应，第二天早晨去检查，看我们是否诚实地履行了这一约定。

玛露霞舅妈的弟弟第一个跑出去了，他是外科医学院的大学生，他叫巴维尔·坚诺夫。大家都叫他巴夫利亚。他又高又瘦，长着翘鼻子，蓄着鬈曲的胡子，有点儿像契诃夫。巴夫利亚的特点是容易轻信别人，也很厚道。因此，人们总是和他开各种玩笑。

巴夫利亚应当是在夜莺谷的长凳上放了一个空酒瓶。

巴夫利亚之后就轮到我了。我飞也似的跑到林荫道的深处。沾满露水的树枝抽打在我的脸上。我仿佛觉得，有人在飞跑着追我。

我停了下来，仔细聆听。有人在灌木丛里悄悄地溜过。我继续飞跑，来到一块林中空地。在林子深处，月亮升起来了。前边就是夜莺谷。那里黑得伸手不见五指，我飞跑着扑向它，就像是掉进一潭黑水里。河水闪了一下亮光。河对岸有一只大麻鸻凄切地叫着。

在长凳旁边，我停住了。椴树花散发出香味儿。整个黑夜，直到星际，都充满这个味道。这里静悄悄的，不会有人相信，在离这里不远的地方，在灯火辉煌的凉台上，愉快的客人们在狂欢。

我们事先商量好，想要捉弄一下巴夫利亚。我抓起巴夫利亚放在长凳上的酒瓶子，把它扔到河里去。瓶子翻转了一下，在月光下闪了闪。

河面上月亮的光圈儿向河岸散开。

我在陡岸上方继续跑。从那里传来浓重的湿气和欧白芷的味道。我气喘吁吁地跑到椴树的林荫大道上。前面闪现出灯光。

“科斯季克!”我听见玛露霞舅妈焦急的声音，“是你吗?”

“是的!”我回答，一边跑到她的跟前。

“你们这些人的脑袋里都想些什么蠢事啊！”玛露霞舅妈说。她站在林荫道上，紧裹着一条轻薄的毛围巾，“妈妈很担心。谁想出的这个馊主意？格列布，是吧?”

“不，不是格列布，”我撒谎，“这是我们一起想出来的。”

玛露霞舅妈猜出来了。公园的夜奔是科利亚舅舅的学生想出来的，这是布良斯克中学的学生——格列布·阿法纳西耶夫，他的头发乱蓬蓬的，是一个想象力无穷的男孩儿。在他那双灰色的眼睛里，总是闪着狡黠的火花。没有一天格列布不想出什么玩意儿来的。因此，无论发生什么事情，人们都把一切归罪于格列布。

第二天早晨，科利亚舅舅检查长凳上的东西。那里并没有巴夫利亚留下的瓶子。所有人开始挖苦巴夫利亚，说他胆子小，没有跑到夜莺谷就回来了，而且在路上就把瓶子扔了。但是，巴夫利亚立刻猜到这是怎么回事，他威胁说：

“嗯，你等着，格列布，有你哭的时候!”

格列布默不作声，但是，他没有出卖我。

也就是在那一天，在河边浴场，巴夫利亚抓住格列布，几次把他的头浸到水里，然后，他把格列布的裤子系了个紧紧的结，并把它泡在水里。格列布用牙齿弄了好一会儿，才把裤子的结解开。格列布穿着皱巴巴的裤子，看起来很可怜。这很难堪，因为卡列林娜两姐妹和她们的母亲正住在廖夫纳的别墅里，姐妹俩是奥廖尔的中学生。姐姐叫柳芭，她躲在公园僻静的角落里看书。她的脸颊发红，浅色的头发总是乱蓬蓬的。我们在她坐着的那个长凳旁边，经常可以找到黑色的绦带，这是从柳芭的发辫上掉下来的。

妹妹叫萨莎，她很任性，也很爱嘲笑别人，格列布喜欢她。现在，他难以想象，自己穿着皱巴巴的裤子出现在她的面前。我感觉自己对不起格列布，所以恳求妈妈熨平了格列布的裤子。穿上熨好的裤子，格列布立刻恢复了从前那种轻浮的样子。

公园的夜奔没有什么特别之处，但我却一直记得。我回想起扑面而来的椴树花，犹如波浪一般，还有大麻鸻的叫声，一整晚群星璀璨，一整晚充满愉快的回声。

有时，我觉得，在那个夏天，世界上几乎没有一块地方是为人类的痛苦存在的。

但是，在命名日之后，很快，我又对此犹豫不定了。

在我们的别墅附近，我看见一个光着脚的男孩，他穿着破旧的厚呢子上衣。小男孩来卖草莓。他身上散发出浆果和烟的味道。他一罐子草莓要十戈比，但是，妈妈给他二十戈比和一块儿烤饼。

小男孩低着头站着，用一只光着的脚挠另一只。他把烤饼塞进怀里，一直不说话。

“你是哪家的孩子？”妈妈问他。

“阿尼西卡家的。”他犹犹豫豫地回答。

“你怎么不吃烤饼？”

“给妈妈留着，”他声音嘶哑地说，没有抬起眼睛，“她有病。运木材，肚子受伤了。”

“那爸爸呢?”

“死了。”

小男孩用鼻子大声吸一口气，后退了一步，就急忙跑了。他不时胆怯地回头张望，用一只手捂着怀里，为了别把烤饼弄丢了。

我一直不能忘记这个浅色头发的小男孩，暗地里怪罪妈妈。她用一块烤饼和二十戈比免除了良心的刺痛。这一点我很清楚。我明白，令人痛苦的不平等需要与可怜的施舍不一样的一些行为。但是，如何消除它、消除这种不公平——可我在生活中越来越经常地遇到它——我还不知道。

我们经常听到父亲和科利亚舅舅在茶桌旁的争论。他们争论关于俄国人民的未来。科利亚舅舅要证明，人民的幸福取决于教育。父亲则认为，革命才能带来幸福。巴夫利亚也掺和到争论中。他自诩是一个民粹派分子。有一次，他甚至差点儿因为在大学生集会上的言论而被学院开除。瓦洛佳·鲁缅采夫保持沉默，但是，后来，他对我们这些男孩子说，无论是父亲，还是科利亚舅舅，还是巴夫利亚，他们根本就什么也不懂。

“那您懂?”我们问他。

“懂个屁啊！”瓦洛佳得意地回答，“我也不想懂。我爱俄罗斯——这就够了!”

瓦洛佳·鲁缅采夫是科利亚舅舅在布良斯克兵工厂里最喜欢的同事的弟弟，这个同事是鲁缅采夫大尉。

瓦洛佳有点耳背。在他火红色的大胡子上面，常常扎着些干草——他在干草棚里过夜。他蔑视所有舒适的生活。瓦洛佳不在头下放枕头，而是把大学生制服上衣卷起来，垫在下面。他走路时，两只脚像是在划桨，说话也不清楚。上衣里面穿一件褪了色的蓝色斜领衬衣，并且在衬衣外面扎了一条带缨穗的黑色丝带。

瓦洛佳的手总是被显影剂和定影液腐蚀——瓦洛佳从事摄影行业。他是一个精明能干的人。他和莫斯科的舍列尔和纳布戈利茨石印印刷所签订了合同——夏天，他去一些偏远的小镇，拍一些名胜古迹的照片，石印印刷所出版瓦洛佳这些照片里城镇风光的明信片。这些明信片在车站的书亭里出售。

我们很喜欢瓦洛佳的这一营生。他经常从廖夫纳消失几天，然后又回来，讲他去过的叶夫列莫夫、叶利茨或利佩茨克。

“这就是生活，中学生先生们！”他说，他坐在河边浴场上，一边往火红色的头发上打肥皂，“前天我游过奥卡河，昨天是莫克沙河，而今天是廖夫纳河。”

他对俄罗斯外省的爱感染了我们。他特别了解这些地方——了解那里的集市、修道院、有历史的庄园，以及一些习俗。他去过塔尔哈内，到过莱蒙托夫的故乡，还有库尔斯克附近的费特庄园、列别姜的马市、瓦拉姆岛[1]，以及库利科沃会战的战场[2]。

他到处都有一些老太婆朋友——退休的女教师和官太太。他在她们那里留宿。她们给他汤喝，给他吃鱼肉馅饼，而瓦洛佳出于感谢，教这些老太婆的金丝雀唱波尔卡舞曲，或者送给这些老太婆一些过磷酸钙肥料——往栽了天竺葵的花盆里撒上一些，天竺葵就能开出大大的鲜红的花朵，这会让邻居们感到震惊。

他不参加有关俄罗斯命运的争论，但是，当谈话跑题到坦波夫火腿、

1 位于拉多加湖，岛上有14世纪诺夫哥罗德人修建的瓦拉姆斯基·斯帕索－普列奥布拉仁斯基修道院。

2 1380年9月8日以德米特里·东斯科伊（1350—1389）为首的俄军与马迈的蒙古－鞑靼军队在顿河上游的会战。

梁赞冻苹果或伏尔加河鲟鱼的时候，他就要掺和进去了。关于这些东西的知识，谁也无法和瓦洛佳争胜负。科利亚舅舅嘲讽地说，只有瓦洛佳·鲁缅采夫一个人知道，在基涅什马，树皮鞋卖多少钱，在卡利亚津，一俄磅鸡毛又值多少银两。

有一次，瓦洛佳·鲁缅采夫去奥廖尔，给我们带回来一个令人悲痛的消息。

我们在别墅附近玩儿槌球。打槌球当时很普及。我们经常是玩儿到天黑，于是，就把灯拿到槌球场。

我们在任何地方都不像在槌球场上那样吵得厉害，特别是和我的哥哥鲍利亚吵架。他玩儿得好，很快就成了"强盗"。当他击中我们的球儿，就会把它们打出老远，以至于我们有时完全找不到它们。我们很是不爽，当鲍利亚瞄准时，我们便嘟囔着："手下有鬼，蛤蟆进嘴！"这个咒语有时也管用，鲍利亚没打中。

我们也和格列布吵架。当格列布对战萨莎的时候，他总是打不中，故意输掉，为的是讨这个小姑娘的欢心。而他和萨莎一起对战我们的时候，他表现出惊人的灵活，还要无赖，老是赢。通常所有别墅里的伙伴都聚集在槌球场上，甚至是科利亚舅舅的两只狗——莫尔丹和切特韦尔塔克，它们也跑来观战，不过，它们很有先见之明，卧在松树的后面，以防被球儿打到。

这天早晨，在槌球场上，就和往常一样，很是热闹。然后，听到车轮子的声音。一辆四轮马车驶到科利亚舅舅的别墅跟前。有人喊道："瓦洛佳·鲁缅采夫来了！"谁也没有注意这事儿：所有人都已经习惯了瓦洛佳的来去匆匆。

过了一分钟，瓦洛佳现身了。他穿着灰突突的粗布上衣和靴子，向我们走来。他的脸皱巴巴的，就像快哭了一样。他的手里拿着一张报纸。

“怎么回事儿?”科利亚舅舅慌张地问他。

“契诃夫去世了!”[1]

瓦洛佳转身向别墅走去。我们跟着他跑了回去。科利亚舅舅夺过瓦洛佳手里的报纸，读完，把它扔到桌子上，就回自己的房间了。不安的玛露霞舅妈跟在他的后面走了。巴夫利亚摘下夹鼻眼镜，用手帕一直擦它。

“科斯季克，”妈妈对我说，“你去河边，叫爸爸回来。让他不要再捕鱼了，哪怕就这一会儿。”

她说这话的时候，就好像父亲已经知道了契诃夫的死讯，但是，却由于他自身的轻浮，而不觉得这事件的意义重大，也不伤心。

我替父亲感到冤屈，但还是去了河边。格列布·阿法纳西耶夫也和我一起去了。他突然变得十分认真。

“是的，科斯季克！……”他在路上对我说，并且沉重地叹了口气。

我对父亲说，契诃夫死了。父亲的脸好像立刻就消瘦了，背也驼了。

“嗯，”他怅然若失地说，“怎么会是这样……我没想到我比契诃夫活得久……”

我们回家的时候路过槌球场。游戏场上乱扔着槌子和球儿。在椴树上，鸟儿叫着，太阳光穿透树冠，将绿色的斑点投到草地上。

我已经读过契诃夫的作品，很喜欢他。我走着，并且想，像契诃夫这样的人永远都不应当死去。

1　契诃夫卒于俄历1904年7月2日（公历15日）。

过了两天，瓦洛佳·鲁缅采夫去莫斯科参加契诃夫的葬礼。我们送他去锡涅泽尔基车站。瓦洛佳带了一个花篮，准备放到契诃夫的坟前。这是一些极其普通的野花，是我们在草地和森林里采的。妈妈把它们包好，每层之间都垫上潮湿的青苔，再用一块湿麻布盖上。我们尽力多采一些乡间的野花，因为我们相信，契诃夫会很喜欢。我们采了很多黄精、石竹、百金花，还有洋甘菊。只有玛露霞舅妈在公园里剪下了几枝茉莉。

火车是在晚上开走的。我们步行从锡涅泽尔基回到廖夫纳，回到家已经是黎明时分。一弯新月低低地挂在森林上空，它柔和的光在雨水洼里闪亮。不久前刚下过雨。湿漉漉的青草散发着香味儿。公园里迟归的布谷鸟咕咕叫着。然后，月亮落山了，星星燃烧起来，但是，黎明的雾气很快就将它们遮住。晨雾一直沙沙响，从灌木丛上倾泻下来，直到悠然的太阳升起来，温暖了大地。

我当然还是一个小孩子

总学监博江斯基快步走进我们三年级的教室。博江斯基穿着一件新的制服式常礼服。他的眼睛闪着狡黠的目光。我们全体起立。

“为了赐予我们的人民以公民的自由，”博江斯基说，“学校停课三天。祝贺你们！收拾好书本，回家去吧。但是，我建议，你们这几天不要在大人的脚下乱窜、碍手碍脚。”

我们跑出学校。那一年的秋天不同寻常。十月了，太阳还是那么炽热地烤着。花园里一片金黄，叶子干枯，但几乎还没有落到小路上，花园里一片美景。我们还穿着夏天的外套。

我们蜂拥而出，来到街上，看到在大学长长的大楼附近有一群群拿着红旗的人们。在校园的圆柱子下面，有人在发表演说。人们喊着“万岁”，将帽子抛向空中。

我们爬上尼古拉耶夫街心公园的围墙，也喊“万岁”，并且把制帽抛向空中。帽子掉下来，挂在栗树上。我们摇晃栗树，叶子噼里啪啦像下雨一样撒在我们身上。我们哈哈大笑，兴奋极了。我们的大衣上也已经别上了红色的蝴蝶结。尼古拉一世的黑色铜像矗立着，他迈出一只脚，站在街心公园中央的基座上，傲慢地看着这乱哄哄的场面。

人群安静下来，红旗也不再飘扬，我们听到庄严的歌声：

你们在决定命运的斗争中牺牲……[1]

所有人都跪在地上。我们也摘下制帽，唱《葬礼进行曲》，虽然我们并不知道全部歌词。然后，人们站起来，顺着尼古拉耶夫街心公园的围墙移动。我看见人群中我的哥哥鲍利亚，还有我们的租户——大学生、黑山人马尔科维奇。

"你现在赶紧回家去!"鲍利亚对我说，"可不敢一个人上街。"

"我想和你一起去!"我胆怯地说。

"会挤死你的。回家去。明天你就都看到了。"

我很想和这群幸福且庄严的人走在一起。可是，鲍利亚已经不见了。

在前方远处的某个地方，乐队开始演奏，声音很大，我听出这是奔放、响亮的《马赛曲》：

我们要脱离旧世界，
把它的灰烬从我们的脚上抖掉！[2]

1　19世纪七八十年代传唱的革命歌曲，作者不详。

2　彼·拉·拉夫罗夫（1823—1900）的《新歌》，用《马赛曲》的旋律演唱。在二月革命到1917年十月革命期间，这首歌是临时政府的国歌。

我从围墙上翻了过去，混进人群。一个戴着卡拉库尔羊羔皮帽子的姑娘，应当是高等女校的学生，她向我伸出手，我们一起走了。在我面前，除了人的后背，我啥也看不见。在房顶上站着一些人，他们朝我们挥动帽子。

当我们路过歌剧院的时候，我听到了马蹄声。我爬上人行道旁边的石墩子，看到了骑马警察的散兵线。他们在后退，给人群让路。和警察一起后退的还有胖胖的警察局长。他一只手举到帽檐处敬礼，宽厚地微笑着。

我从石墩子上下来，就又什么也看不见了。我只是凭借商店的招牌确定我们正去哪儿。于是，我们路过别尔戈尼耶剧院，沿着丰杜克列耶夫大街往下走，又转向去克列夏季克，路过基尔赫盖姆的糖果点心店。我们经过柳杰兰大街和伊季科夫斯基的书店。

"我们去哪儿?"我问那个戴着卡拉库尔羊羔皮帽子的姑娘。

"去市杜马。那里将有一个集会。我们现在像自由的小鸟。您明白吗?"

"明白。"我回答。

"您住哪里?"她突然问。

"在尼科尔科-博塔尼切斯卡雅大街。"

"父母知道您参加示威游行吗?"

"所有人都在游行。"我回答，试图绕过父母这个话题。

我们走过巴拉布哈的干果店和尼古拉耶夫大街，停了下来。继续走是不可能了。黑压压的人群一直到杜马的跟前。在杜马的楼顶上，天使长米迦勒的镀金像——这是基辅的市徽——熠熠生辉。可以看到杜马大楼宽敞的阳台。阳台上站着一些没戴帽子的人。其中的一个人开始讲话了，但是，什么也听不见。我只是看到，风吹拂着他花白的头发。

有人抓我的肩膀。我回过头。拉丁语教师苏博奇站在我的身后。

“康斯坦丁·帕乌斯托夫斯基，”他严厉地说，但他的眼睛是笑着的，“你也在这儿！赶紧回家吧。”

“别担心，他和我在一起。”姑娘说。

“对不起，小姐，我不知道。”苏博奇礼貌地回答。

人群向后移动，把我们和苏博奇分开了。姑娘抓住我的手，我们开始往人行道挤去。

“静一静，公民们！”旁边有些嘶哑的声音在喊。

开始安静下来了。姑娘和我一起挤到了人行道上。她拉着我向一幢带拱门的黄房子走去。我认出来了，这是市邮政总局的大楼。

我不明白，为什么她那么牢牢地抓住我，把我拖进大门洞。我什么也看不见，除了人的后背和鸽子——它们在人群上空飞来飞去，在太阳下闪动着亮光，就像是一页页的纸片。远处有个地方吹响了号角：嘀——嘀——嗒——嗒！嘀——嘀——嗒——嗒！然后，又是寂静。

“士兵同志们！”声嘶力竭的声音再次喊道，话音刚落，有一声大的响动，就像是有人撕扯细棉布的声音。墙上的灰土落到了我们的身上。

鸽子们向一旁蹿去，天空完全是空荡荡的了。那个声音第二次响起，人群涌向墙壁的方向。

姑娘把我拉出来，我们来到院子里，我在克列夏季克看到的最后一幕是一个矮小的大学生，穿着大衣，没系扣子。他跳上巴拉布哈商店的窗台，举起黑色的勃朗宁手枪。

“这是怎么回事儿？”我问姑娘。

“开枪了！军队开枪了！”

“为什么？”

她没有回答。我和她跑起来，穿过狭窄、混乱的院子，可以听见身后的喊声、枪声、脚步声。天一下子暗了下来，黄色的烟雾开始蔓延。由于背着背包，我跑起来很费劲儿。里面的书本噼噼啪啪直响。

我们从那些院子里跑出来，到了普罗列兹纳雅大街，然后向上，朝金门跑去。两辆油漆急救马车从我们旁边疾驰而过。一些脸色苍白的人气喘吁吁地超过我们。在普罗列兹纳雅大街，哥萨克队伍疾驰而过。最前面的是一个军官，他拿着已经出鞘的军刀。有人在哥萨克的后面吹了一声刺耳的口哨，但是，他们并没有停下来。

"上帝啊，多么卑鄙！"姑娘重复着，"好一个圈套！一只手给你自由，而另一只手向你开枪！"

我们绕了一大圈，路过弗拉基米尔大教堂，往尼古拉耶夫街心公园方向走——恰好是不久前我爬上围墙，大喊"万岁"，并且挥动制帽的那个地方。

"谢谢，"我对那个姑娘说，"这里离家很近了，我自己回去。"

姑娘走了。我靠到街心公园的围墙上，摘下制帽——它用力压着我的头。我的头很疼。我感到害怕。我旁边有个老头儿，戴着圆顶礼帽，他问我怎么了。我什么也没回答。老头儿摇了摇头，走了。

我用力地戴上制帽，往尼科尔科－博塔尼切斯卡雅大街的家走去。天色已晚。深红色的晚霞映照在窗户上。此刻，通常已经点亮路灯。但现在，不知为什么还没有亮灯。

在我们那条街的拐角处，我看见了妈妈。她很快迎着我过来。她抓住我的肩膀，突然大喊：

"鲍利亚在哪儿？你没看见鲍利亚吗？"

"在那儿！"我朝克列夏季克的方向指去。

“你回家去！”妈妈说，之后，她沿着街道向上方跑去。

我站了一会儿，看了看她的背影，慢慢地朝家里走去。在我们这条街上，跟往常一样，很荒凉。窗户里已经亮灯了。我看到爸爸书房桌子上带绿色灯罩的台灯了。在打开的小门旁，女佣莉扎站在那里。她摘下我的背包，用自己的手帕给我擦脸，并且说：

“玩儿疯了啊！你们把人都急疯了！走吧，洗洗去。”

家里只有加莉娅和季玛[1]。加莉娅挨个房间里踱步，不时撞到椅子上，她重复着：“人都去哪儿了？人都去哪儿了？”季玛坐在窗台上，仔细倾听。他没有去游行。他想听枪声。他希望坐在窗台上也能听到枪声。

我洗完脸。莉扎给我喝热牛奶。我一直哽咽着。

“你看到被打死的人了？”季玛问我。

“嗯！”我不假思索地嘟囔了一声。

“别烦他了！”加莉娅生气地说，“你看，他都什么样子了！”

后来，妈妈和鲍利亚终于一起回来了。鲍利亚浑身是土，没戴制帽。他的微笑很古怪，就像是昏迷了一样。妈妈回来后，很快大学生马尔科维奇也回来了。他说，他看到许多被打死的人和受伤的人。

妈妈放下窗帘，叮嘱莉扎，不问清楚谁拉门铃，就不开门。然后，妈妈打发我去睡觉。躺下之前，我卷起窗帘，看看街上。路灯到此刻还没有亮起来。莫名的灰色亮光落在房顶上。一切是那样的安静，仿佛城市死去一般。在挨着的那条街上，有一个骑马的人疾驰而过，一切就又停息了。

1　季玛是瓦季姆的爱称。

我放下窗帘，脱掉衣服，躺下。我看着厚厚的墙壁，并且想，这幢两层楼的房子很像堡垒。任何子弹也打不透它。圣像前油灯的绿色火舌发出轻微的干裂声。我开始打盹儿。在半梦半醒之间，我听到门铃声、急促的脚步声，然后，是父亲的说话声。他在饭厅里从一个角落到另一个角落，不停地走、不停地说。

早晨，妈妈嘱咐我，可不敢离开我们的院子。我很伤心，决定根本就不出家门。我披上大衣，在阳台上坐下，开始背老师给我们留的作业——涅克拉索夫的诗歌。但是，我只来得及背会两行："晚秋。白嘴鸦飞走了。森林光秃秃，田野一览无余。"[1]所有的事情都让我分心。消防队过去了。然后，扎多罗日内上尉从厢房里走出来，他是一个黑帮分子，大老粗。他穿着灰大衣，系着武装带，腰侧除了一把军刀，还挂着一把装在枪套里的左轮手枪。跟他出来到台阶上的还有他妻子——一个瘦瘦的女人，就像是熨衣板，她蓬头垢面，眼睛下面青肿。她穿了一件日本黑色长袍，上面绣着孔雀的图案，长袍很肥大，一个劲儿地晃荡。

扎多罗日内不久前刚从日本战争前线回来，带回来两只大箱子。箱子里装着好几块儿柞丝绸料子、长袍、扇子，甚至是中国弯刀。"奉天英雄！"[2]——父亲嘲讽地称呼扎多罗日内。

"乔治，"扎多罗日娜娅忸怩作态地尖声说，"您记着，我很担心啊！"

"没事的，我的朋友！"扎多罗日内雄赳赳、气昂昂地回答，并且吻了吻她的手，"我们只不过是去搞定所有这些乱子。"

1　引自涅克拉索夫的诗《未收割的田地》。

2　指的是1905年日俄战争期间，发生在中国东北的奉天会战，由于沙皇将军们的平庸，三支俄国军队被打败。

他走了，头也不回。

日本战争刚刚结束，我们这些孩子同大人一样很伤心、很愤怒。

我们听到大人们谈论无能的指挥、“窝囊废”库罗帕特金[1]、斯特塞尔[2]的叛变、交出旅顺港，以及那些盗空国家财物的军需官。专制的俄国支离破碎，就像是一块发了霉的粗麻布。

但是，与此同时，我们也听到大人们议论俄国士兵的勇敢和伟大的韧性，他们还说，继续这样下去是不可能了，人民长期忍受的极限已经到了。

对于我们来说，最可怕的打击是俄国舰队在对马岛的覆没[3]。有一天，鲍利亚给我看一页纸。上面用胶印印了淡紫色的、有些发白的几行字，勉强可以辨认出来。

“这是传单？”我问。我已经看到过好几次张贴在我们学校墙上的这些传单了。

“不，”鲍利亚回答，“这是诗歌。”

我费劲地辨认出诗的开头：

够了，够了，对马岛的英雄！
你们是最后的牺牲品。
它已经来临，就在门槛旁，

1 阿·尼·库罗帕特金（1848—1925），俄国步兵上将，军事大臣，日俄战争总指挥。

2 阿·米·斯特塞尔（1848—1915），俄国中将。在日俄战争中，为旅顺港设防区主管，表现平庸、胆小，把旅顺港要塞拱手让给敌人。

3 日俄战争期间，在1905年5月14日至15日（公历27日至28日）的对马岛战役中，俄国太平洋分舰队被日本舰队击溃。

故乡土地的自由！

自由！我当时还很模糊地想象着自由是什么。我想象它就像是挂在爸爸书房里的那幅有寓意的画上面的情景。画上有一个年轻的女人，脸上充满了愤怒，她站在街垒上，斗志昂扬，健硕的胸脯赤裸着。她一手高举红色的旗帜，另一只手用冒烟的火绳去点燃火炮。这就是自由女神。她身后有一群人簇拥着，都穿着深蓝色的短上衣，手里拿着枪，还有一些疲惫不堪但却很高兴的妇女、小孩儿，甚至还有一个戴着破礼帽的年轻诗人。所有人都激情饱满地唱着，大概是《马赛曲》："拿起武器吧，公民们！光荣的时刻已经来临！"

鼓在敲，号声叫。自由女神胜利地走遍祖国，人民用雷鸣般的呼喊向它的到来致意。

有一个人跟在自由女神的后面，他很像大学生马尔科维奇，也是这么黑黢黢的，双眼炯炯有神。他手里拿着一支手枪。

有一次，我隔着窗户看了一眼马尔科维奇的房间，他的窗户朝向我们的阳台，我看见马尔科维奇一边低声唱歌，一边擦拭黑色的、钢质的勃朗宁手枪。几枚铜质的小子弹放在桌子上打开的医学课本上。

马尔科维奇发现了我，立刻用报纸遮住手枪。

第二天早晨，莉扎从墙上摘下圣像，并且把它们竖放到窗户上。打扫院子的伊格纳季用粉笔在我们房子的大门上画了一个大大的十字。然后，他锁上大门和小门，我们好像待在堡垒里。

妈妈说，城里已经开始了对犹太人的大清洗。"根据彼得堡的命令。"妈妈补充说。而莉扎小声告诉大家，瓦西里科夫大街的房子已经在被捣毁，大清洗就要到我们这边来了。

马尔科维奇和鲍利亚一起走了。马尔科维奇穿上了靴子，用皮带扎紧大学生制服上衣。妈妈不想放鲍利亚出去，但是，父亲呵斥了她一声。于是，她对鲍利亚画十字，吻了吻他，就让他走了。当鲍利亚和马尔科维奇顺着楼梯向下走的时候，她一直请求马尔科维奇，让他照看鲍利亚。

“他们去哪儿?”我问父亲。

“参加大学生义勇军。保护犹太人。”

鲍利亚和马尔科维奇走后，父亲也走了。我和季玛整整一天都在院子里闲逛。正午时分，我们听见了枪声。然后，枪声越来越频繁。在瓦西里科夫大街上，发生了火灾。我们的院子里掉落了很多纸灰的碎片。

白天，父亲带回来一个惊慌失措的犹太老太婆，她的头巾已经从花白的头上滑落下来。她拉着一个沉默不语的小男孩儿的手。这是父亲认识的一个医生的母亲。妈妈招呼伊格纳季，她去厨房，给了他十卢布。但是，伊格纳季把钱还给妈妈，他说：

“在我自己的门房还有裁缝门德尔他们一家子都坐在那儿呢。您最好当心点儿，别让扎多罗日娜娅发现就好。”

临近傍晚，一个戴着黑色便帽的矮个子小伙子来到我们的大门前。一绺湿湿的头发从帽子下耷拉出来。他的整个下巴都沾满了瓜子皮儿。

一个老头儿小心翼翼地跟在小伙子的后面，老头儿个子很高，刮过脸，穿了一条半长裤，戴着一顶半高筒草帽。他后面是一个没戴帽子的人，此人不是很稳重，眼睛胖成一条缝儿，还有一个披着厚披肩的胖老太太，老太太的后面是几个样子狡猾的年轻人。过去，我们经常在加利奇市场见到这个老太太，她是个小贩。现在，她拿着一个新的空口袋。

“开门!”小伙子喊道，并用铁棍子敲打小门。

伊格纳季走出门房。

“有犹太人吗?”小伙子问他。

“这里都是跟你一样的人。”伊格纳季懒洋洋地回答。

“保全犹太人?”小伙子喊着，摇晃着小门，“我们都知道。开门。”

“那我请扎多罗日内上校来吧，”伊格纳季威胁他说，“他会按他的方式跟你谈谈。”

“我才瞧不起耶路撒冷的上校呢！我们用你们的上校熬汤喝还差不多。”

这时，扎多罗日娜娅夫人从厢房里偷听到这些谈论，她按捺不住了。她像一只狂怒的母鸡，穿过院子，飞跑出来。她黑色长袍的袖子飞舞着，呼啦啦地响。

“下流坯!”她喊着，隔着小栅栏门朝小伙子的脸上啐唾沫，“你敢侮辱皇家军队的长官？混子！瓦西里!”她尖叫起来，“过来啊，蠢货!”

惊慌失措的勤务兵从厢房里跳出来。他抡起棚子旁边的大斧子，跑向小门。小伙子跳到一旁，顺着大街跑开了，一边跑，一边还回头看看勤务兵。他的同伙们迈着碎步走在他的后面。勤务兵用斧子吓走了那个小伙子。

“多新鲜啊!”扎多罗日娜娅夫人说，她掩上长袍，回到厢房，“每个下流坯都想假装自己是真正的俄国人！不，对不起了！我说的是，谁也别来这一套!”

黑帮分子的妻子就这样出其不意地从我们的房前赶走了暴徒。大人们后来一直拿这事儿开玩笑。

小伙子在邻家的房前停下了，又开始敲大门。这时，季玛硬拉着我去我们住宅上面的阁楼。很久以前，那儿就挂着一个毫无用处的大弹弓。我们叫它“弹射器”。

一根粗粗的橡胶条被用钉子牢牢地钉到已经打破了的天窗的框子上。这个弹弓是在我们之前住在这栋房子里的小男孩儿留下来的。

我在阁楼选了一块硬硬的黄砖头。季玛把它放到弹弓上，夹住。我们两个人一起使尽全身的力气拉紧弹弓，瞄准那个小伙子，然后，发射。

砖头打下几片树叶，发出嗖嗖声，飞过院子，咚的一声，掉到高个子老头儿的脚旁，他正沿着人行道走着，砖头碎了，崩出数十块碎渣儿。我们没有击中目标。

老头儿由于这出其不意的状况，赶紧蹲下了，然后，他跳起来，急忙跑了。小伙子跟在他的后面跑，靴子砰砰响。

“再来一块砖！”季玛冲着我喊。可是，我的动作慢了，小伙子已经躲到拐角那里的房子后面去了。

“你别这么拉，”季玛说，“就怨你，都没打中。你拉偏了。”

季玛总是爱把错误归咎于别人，然后，会一直吵。

虽然我们没有打中目标，但是，依旧为使用“弹射器”发射砖头而感到自豪。

晚上，莉扎端着黍米饭去伊格纳季的门房，给门德尔裁缝一家吃。我紧跟着莉扎。

门房的窗户已经挂上窗帘。伊格纳季坐在凳子上，他低声地拉着手风琴，轻轻唱着华尔兹舞曲《在满洲的山岗上》——这是纪念俄日战争的歌曲：

可怕的夜晚，只有山岗上的风在哀号……

门德尔的家人睡了，而他自己坐在小煤油灯下，用白线缝一件新的上衣。

“人家追着你，”他说，“想打死你，可你呢，缝啊缝。要不没法儿生活呀!”

莉扎站在门旁，她惆怅地听着伊格纳季唱歌。

高空的月亮孤独而痛苦地
照耀着士兵们的坟墓……

红色小灯笼

我点燃带红色玻璃罩的小灯笼。在灯笼里面，放置了一个煤油灯。

小灯笼深红色的光照亮拥挤的储藏室，还有胡乱放在架子上的、落满灰尘的破烂玩意儿。

我开始给父亲拍摄的胶片显影。我父亲有一部小“柯达”照相机。父亲喜欢拍照，但是，拍好的胶卷常常一连几个月都胡乱地放在他写字台的抽屉里。家里在一些重大的节日前，便开始大扫除。妈妈翻出这些胶卷，交给我，我就给它们显影。

这是一件很吸引人的事情，因为我任何时候都不能猜到，胶片上会出现什么。此外，我喜欢当我显影的时候，任何人，甚至是妈妈都不敢进储藏室。我与世隔绝了。熟悉的声音——盘子的敲击声、钟表的敲击声、女佣莉扎刺耳的声音，这一切几乎传不到储藏室里来。

在储藏室的墙上，挂着一个用硬纸板做的假面具。它的造型是一个翘着鼻子的小丑，红色的脸蛋儿鼓鼓的，像是两个大球果。从它歪戴着的白色小礼帽下面，翘出一绺乱蓬蓬的红麻絮。

在红色小灯笼的灯光里，假面具复活了。小丑看了一眼黑色的小盆子，里面的显影液中泡着胶片。他甚至对我挤眉弄眼。他身上散发出糨糊的味道。有时，家里的一切都静下来了——这样的情况甚至也会出现在最吵闹的家里。这时，我便感到不自在，和这个小丑面对面地单独相处很尴尬。

我慢慢地研究透了他的性格。我知道，小丑是一个爱嘲笑别人的人，在他看来，人世间没有任何神圣的东西，最终，他要报复我们，因为整个一生我们都把他关在储藏室里。我甚至仿佛看见，小丑对沉默感到厌烦，有时，他嘟囔着什么，或者是低声唱小曲儿：

> “胡说”在栅栏上
> 把果酱熬制，
> 就在这个星期天，
> 母鸡吃掉了公鸡。

但是，只要我一打开储藏室的门，放进淡蓝的日光，小丑立刻就死了，并且布满灰尘。

这一次，父亲自己给我拿来几卷胶卷，让我显影。

父亲刚刚从莫斯科旅行回来。当时是一九〇六年一月初。父亲是在十二月起义[1]的最后几天到的莫斯科。他给我们讲有关普列斯尼亚的街

1　发生于1905年12月22日的莫斯科工人起义。

垒、义勇队员、炮火的事情。尽管起义失败了，父亲回来时还是挺激动的，也被莫斯科的严寒冻坏了。他坚信，在俄国，全国范围的起义和期待已久的自由已经为期不远了。

“显影弄好一些，”父亲说，“里面有具有历史意义的莫斯科的照片。只是我不记得了，它们在哪些胶卷上。”

所有的胶卷都一模一样。父亲没有在上面做标记。在显影时，只好碰运气。

在第一卷胶卷上，没有莫斯科的照片。那只是几张一个又瘦又小的人的照片，他穿着短上衣，戴着打了花结的领带。这个人站在墙边。墙上挂着一幅狭长的画。

我很久都没能搞清楚，那幅画上面画的是什么。后来，我终于看到一副瘦瘦的面孔，他长着鹰钩鼻子，大大的眼睛很忧伤。他的脸上遮着好多鸟的羽毛。

父亲走到储藏室跟前，问：

“怎么样？有莫斯科的照片吗？”

“暂时没有。有一个老头儿，站在墙上的画旁边。”

“这是弗鲁别利啊！难道你不记得他了？当心，可别把胶片放在显影剂里太久啊。”

“画上没显现出来任何东西。只有一张脸和一些羽毛。”

“这就对了，”父亲回答，“这是《恶魔》。”

父亲走了。这时，我想起来了，有一次，早晨喝茶的时候，父亲对妈妈说，米哈伊尔·亚历山大罗维奇·弗鲁别利已经来基辅好几天了，他邀请父亲去他下榻的旅馆。

“我不明白，你为什么对弗鲁别利这么感兴趣，”妈妈不满地回答，

“什么颓废派！我可害怕这些中了邪的画家。”

但是，父亲还是去找弗鲁别利了，而且还带着我。我们走进金门附近的旅馆，上到五楼。走廊里散发着旅馆早晨的味道——花露水和咖啡的味道。父亲敲了敲低矮的门，一个穿着旧西装的瘦小的人给我们开了门。他的脸、头发和眼睛都跟外套同一个颜色——灰色中带着微黄的斑点。这就是画家弗鲁别利。

“这个年轻人是谁啊？”他问，并使劲儿捏我的下巴，“您的儿子？完全是一个水彩画上的男孩儿。”

他拉起父亲的手，领他到桌子跟前。

我胆怯地看了看房间。这是一间阁楼。几幅水彩画用大头针钉在黑乎乎的墙纸上。

弗鲁别利给父亲和自己都倒了白兰地，他很快喝光自己的白兰地，便开始在房间里踱步。他的鞋跟儿大声地敲打着地面。我发现，他的鞋跟儿非常高。

父亲说了一些话，赞美钉在墙纸上的画。

“破烂玩意儿！”弗鲁别利摆手表示不满。

他停止在房间里乱窜，坐到桌旁。

“不知为什么，我总是转来转去，就像一只松鼠，”他说，“我自己都觉得讨厌。要不我们去卢基扬诺夫卡吧，格奥尔吉·马克西莫维奇？”

“去基里洛夫教堂？”

“是的。我想去看看自己的作品。完全忘了它们了。”

父亲同意了。我们三个人乘着马车去卢基扬诺夫卡。马车夫载着我们沿着无尽的利沃夫大街行进了很久，之后，沿着也是这样没有尽头的多罗戈日茨卡雅大街行驶。父亲和弗鲁别利抽着烟。

我看着弗鲁别利，觉得他很可怜。他全身痉挛，左顾右盼，不知道在说些啥，他开始抽烟，却又马上把烟卷扔掉。父亲和他说话时很温和，就像是在和一个小孩儿说话。

我们在费奥多罗夫教堂附近打发走马车夫，沿着卢基扬诺夫卡的街道步行，这几条街道位于花园中间。我们往陡岸边走去。道路迂回向下延伸。在下面，可以看到基里洛夫教堂的小圆顶。

“我们坐一会儿吧。”弗鲁别利建议。

我们坐到路边的地上。周围长着落满尘土的草丛。在第聂伯河的上空，无精打采的天空颜色发青。

“很不好，格奥尔吉·马克西莫维奇，”弗鲁别利说，他拍打着自己松弛的脸蛋儿，笑了起来，“我厌倦拖着自己这副令人讨厌的皮囊。”

我，当然啦，不太明白弗鲁别利的话，况且，如果父亲不给妈妈讲关于他的事，并且后来又给科利亚舅舅讲，还给一些熟人讲，如果他们所有人都不可怜弗鲁别利的话，我也就记不住整个的这次谈话了。

在基里洛夫教堂里，弗鲁别利默默地看着自己的壁画。壁画好像是由蓝色的、红色的和黄色的黏土塑成。我不相信，这样大的壁画是这个精瘦的人画的。

“这就是绘画！”当我们从教堂里走出来的时候，弗鲁别利激动地叫道。

我很惊讶，父亲对这句话竟然表现得如此平静，甚至是同意弗鲁别利的说法，那时，无论是我，还是我的兄长们，父亲都不允许我们说一句吹牛的话。因此，当我们和弗鲁别利在列伊达尔大街分别后，我对父亲说，我不喜欢弗鲁别利。

“为什么？”父亲问。

“他爱吹牛。”

“小傻瓜!”爸爸拍了几下我的后背，“把腰直起来!”

“为什么说我是小傻瓜?”我委屈地问。

“首先，应当知道，”父亲回答，“弗鲁别利是一位出色的画家。以后，你自己会明白这一切的。然后，你还应该知道，他是一个病人。他喜怒无常。你还应当知道一个黄金般的定律：不要一时冲动就指责别人。否则，你总是会陷入愚蠢的境地。最后呢，你别再驼着背了！我没说任何让你委屈的话。”

弗鲁别利背后的画，虽然胶片已经显影，但是，还是让人很难搞清楚任何东西。我只是知道，这是《恶魔》。

我第一次看到这幅画是相当晚的时候，是在一九一一年的冬天，在特列季亚科夫画廊。

莫斯科冷得冒烟。蒸汽从饭馆膨胀起来的门里面冒出来。在令人惬意的莫斯科的大雪中，在蒙上一层霜雪的街心公园里，还有结了一层冰的窗户以及淡绿色的瓦斯灯之间，弗鲁别利的这幅画熠熠生辉，它就像是深蓝色的钻石，像是从高加索闪亮的山顶找到的宝物。它挂在画廊的大厅里，十分高冷，表现出人类痛苦的伟大。

我久久地站在《恶魔》面前。我第一次明白了，审视这样的画作，不只有视觉的享受，而且还呼唤出意识深处人们以前从未料到过的一些想法。

我想起莱蒙托夫。我想象着，他是如何走进特列季亚科夫画廊的，他走进去的时候，马刺不时发出响动，小心翼翼地。他在楼下入口处的大厅里，敏捷地把灰色的大衣扔到看门人的手上，然后，他一直站在《恶魔》前，忧郁的双眼盯着它仔细看。

这是他写的关于自己的痛苦的话："像黑夜里陨星的火焰，这个世界不需要我。"[1]但是，我的上帝，他真的是错了啊！世界是如此需要陨星这瞬间消逝的火焰！因为人不能只靠面包活着。

他认为自己是大地的俘虏。他在荒漠中耗尽了心灵的热度。但是，此后，荒漠里百花盛开，荒漠里充满他的诗的力量，充满了他的愤怒、他的痛苦和他对幸福的领悟。要知道，他羞涩地承认过这一点："从那树丛下，银色的铃兰殷切地向我点头。"[2]又有谁知道，或许，在喷溅上恶魔鲜血的山顶上刺骨的寒气里，充满了这个惹人喜爱的森林里朵朵小花悠远的、淡淡的芳香？而他，莱蒙托夫，就像这个被征服的恶魔——仅仅是个孩子，他还没有得到生活中他热切企盼的东西：自由、正义和爱。

"怎么样，"父亲在门外又一次问我，"已经有莫斯科的照片了吗？"

父亲的声音把我从呆滞的状态中拉了回来。我开始给下一卷胶卷显影，并且忘了弗鲁别利。在胶片上显现出满是积雪的莫斯科的街道和低矮的房子。横在大街上的是大圆桶、木板、石头和招牌堆成的不太高的街垒。街垒旁边站着一些老百姓，不过，他们手持着步枪和左轮手枪。

然后，又出现了被炮弹打出窟窿的高大的房子、拱桥、动物园，整个动物园都笼罩在火灾的烟雾中，还有被子弹打穿的小饭馆的招牌、被弄翻的电车。

所有这一切都笼罩在冬天的阴霾之中，我在这里却束手无策。任何显影剂都不能除掉这阴霾，不能使照片更清晰了。

1　引自米·尤·莱蒙托夫的无题诗的最初几行。

2　引自米·尤·莱蒙托夫的诗《当发黄的庄稼泛起波浪……》。

这阴霾很好地透露了起义的真实面目，仿佛从底片上散发出硝烟来。

起义！在当时类似宗法制的俄国，这是一个极不寻常的词。我读过有关印度人起义的小说，也知道巴黎公社社员们的起义，还有十二月党人的暴动，但是，莫斯科的起义对我来说，是最有力量的、最浪漫的。

我拿来一张莫斯科地图。父亲指给我上面所有进行过战斗和有街垒的地方——清池、萨莫捷卡、库德林广场、格鲁津地区、普列斯尼亚和拱桥。从那时起，这些名字对我来说，充满了特别美妙的色彩，这些地方在我的记忆里赋有了历史意义。

围绕这次起义的一切，对我来说，都具有很大的意义：莫斯科满目疮痍的冬天、义务治安员们聚会的茶馆、莫斯科古老的面貌及其与新时代的混合，新时代与起义紧密相连。

穿着破烂厚呢子长外衣的马车夫、面包铺招牌上的“8”字形小甜面包、卖热馅饼的女商贩，可是，在旁边——有子弹的呼啸，军事跃进，左轮手枪上的钢铁，红旗，《华沙之歌》[1]：“仇恨的旋风在我们上空刮起，黑暗的力量恶狠狠地压制我们。”

这里有战斗的诗意，近在咫尺的自由的气息，这自由还很模糊，就像初冬的黎明。这里还有朝气、信念和希望。

整个俄罗斯广袤的平原都在注视着普列斯尼亚猛烈燃烧的火光，等待义勇队员们的凯旋。这次起义像是冬天里的大雷雨——它是新的风暴的先驱，是令人振奋的新的震荡的开始。

1　当时一首非常流行的革命歌曲。格·马·克日扎诺夫斯基根据波兰诗人瓦茨拉夫·斯文齐茨基的诗改编，音乐采用的是沃尔斯基的《雇佣兵进行曲》——1863年七月起义的歌曲。

现在，我能表达出那无比兴奋的心情了，那时，它控制着我。那时，我感觉到了这一切，却不能解释它。

第二天，我冲印好所有照片，给父亲送去。夜幕已经降临。书房里亮着灯。它照亮写字台上那些熟悉的东西：火车头的钢质模型、留着卷曲络腮胡子的普希金小雕像，还有一大堆讽刺性的革命杂志——当时，出版了很多这种杂志。在最显眼的地方，竖放着一张明信片，上面是施密特中尉的肖像，他披着带扣子的黑斗篷，扣子是狮子头形状的。

父亲躺在沙发上看报纸。他看了所有的照片，并且说：

“不可思议的国家！弗鲁别利和起义！一切都在一起和谐共处，一切都朝着同一个目标。”

“哪一个目标？”

“一切朝着美好的未来。你还会看到许多有趣的事情，科斯季克。当然啦，如果你自己就是一个有趣的人。”

荒凉的塔夫里达

过了两年，当我已经十四岁的时候，妈妈坚决主张我们这一次的消夏不去廖夫纳，而是去克里米亚。她选择了克里米亚最安静的一个小城——阿卢什塔。

我们去的时候路过敖德萨。敖德萨的宾馆都爆满。我们不得不住在阿索斯修道院的教会会馆，就在火车站附近。修道院的见习修道士们——一伙脸色苍白的青年，穿着长袍，扎着黑色漆皮腰带——招待我们喝用荨麻和欧洲鳀干儿熬制的汤。

这汤、这华丽的白色城市、冒泡的矿泉水，以及港口，都使我处于异常兴奋的状态。在港口上空，一群群瓦灰色的鸽子飞来飞去，常常和一群群白色的海鸥混在一起。

我又和大海相见了。在这些草原的海岸边，大海比高加索岸边要温柔一些。

“普希金”号旧轮船驶向雅尔塔。海上风平浪静。橡木的船缘很热，以至于都不能把手放上去。轮船的螺旋桨在转动，所以，客舱里的所有东西都不时地晃动，发出声响。太阳光通过采光孔、舷窗，还有打开的门照射进来。我惊叹于南方充足的阳光。由于这阳光，所有能发亮的东西都闪亮着。甚至是挂在舷窗上的、粗糙的帆布帘子都不时倏然闪耀出明艳的光亮。

克里米亚挺立在一片蔚蓝的大海之中，就像是一座珍宝岛。云彩徜徉在它淡紫色的山顶。白色的塞瓦斯托波尔慢慢地朝我们迎面游来。它用正午的炮声迎接我们的旧轮船，迎接我们的还有安德烈耶夫旗帜[1]上的蔚蓝色十字。

“普希金”号在海湾转来转去很长时间，搅得海水泛起浪花。从海湾底部向上喷出大量的气泡。海水咝咝作响。我们从一面的船舷扑向另一面的船舷，生怕漏掉什么景致。那是马拉赫高岗、烈士公墓、伯爵码头、伸进粼粼海浪中的康斯坦丁诺夫要塞，还有浮筒环绕的、曾发生暴乱的“奥恰科夫”号巡洋舰。几艘军用汽艇从旁边驶过，把孔雀石般碧绿的海水抛到我们的船尾。

我心醉神迷地看着周围的一切。这么说，这个城市是个真实的存在，而不只是存在于书本里，纳希莫夫[2]就是在这里死去的。在这里，圆形炮弹曾在五角堡垒上爆炸；在这里，炮兵列夫·托尔斯泰战斗过；在这里，施密特中尉起誓忠诚于人民。瞧啊，这个城市它就在这里——在炎热的白天，在金合欢羽状的树荫下。

1　俄国海军舰队的舰尾旗，白色的底子上斜穿着一个蓝色十字。由彼得一世确立，一直存在到十月革命。

2　纳·巴·斯捷潘诺维奇（1802—1855），俄国海军统帅、将军。1854年至1855年间，指挥英勇的塞瓦斯托波尔防御战，在战斗中牺牲。

“普希金”号晚上抵达雅尔塔。它慢慢地驶进雅尔塔港，就像驶进了用灯火装点着的花园里的小亭子。

我们下船来到石头防波堤上。我最先看到的是一个肤色黝黑的买卖人的小车。小车上方的竿子上挂着一只灯笼。它照亮了毛茸茸的桃子和大李子，李子上面蒙着一层灰蓝色的果粉。

我们买了一些桃子，就去了“贾丽塔”宾馆。快乐的搬运工把我们的东西搬进去。

我疲惫极了，一到宾馆就睡着了，只来得及注意到躲在角落里的蜈蚣，还有窗外黑黢黢的柏树。有那么一会儿，我还听见院子中喷泉细微的歌声。然后，就是做梦，它把我托起来，就像在船舱里一样摇晃着，把我带到遥远的地方，带到一个奇妙的国度——它是神秘的克里米亚的姐妹。

看过雅尔塔华丽的沿岸大街，我便觉得阿卢什塔枯燥、没有意思。我们住在郊区，就在斯塔赫耶夫沿岸大街的后面。

多石的土地、芳香的崖柏树丛、寂寥的大海，还有遥远的苏达克山脉——这就是在阿卢什塔时我们周围的一切。在阿卢什塔，再也没有什么了。但是，这已经足够，我慢慢地适应了阿卢什塔，并且爱上了它。

我经常和加莉娅一起去邻近的葡萄园，在那里买甘甜的沙斯拉葡萄，大大的、凉凉的乔什葡萄，还有淡粉色的麝香葡萄。在葡萄园里，知了在鸣叫。地上开着小黄花，就像大头针那样。

从低矮的白房子里走出来一个上了年纪的妇女，她叫安娜·彼得罗夫娜，她的脸被晒得很黑，以至于她灰色的双眼显得完全成了白色的了。她给我们剪葡萄。有时，她让她的女儿莲娜来，莲娜光着脚，她十七岁，发辫似乎褪了颜色，她把辫子盘在头上，就像花环一样，灰色的眼睛和她母亲的一样。

大人们给这个姑娘起了个外号，叫她“美人鱼”。日暮时分，莲娜常常会经过我们的别墅，往下坡走，去海边游泳，她会游很长时间，然后，肩上搭着毛巾回来，一边唱着：

在那淡蓝色的空间
在那蔚蓝色的远方，
我们将忘却那苦难
还有大地上的灾殃。

加莉娅和莲娜成了好朋友，她向莲娜打探出了所有的情况。加莉娅总是喜欢详细地询问别人所有的生活情况。她做这件事的时候，充满了一个近视眼和好奇心极强的人的执着。

原来，安娜·彼得罗夫娜是一个寡妇，过去在切尔尼戈夫做图书馆馆员，莲娜患有结核病，医生们建议带她到克里米亚。安娜·彼得罗夫娜就来到了阿卢什塔。在阿卢什塔，她嫁给了一个上了年纪的乌克兰人——葡萄园主。老头儿很快就死了，现在，安娜·彼得罗夫娜和莲娜成了这个葡萄园唯一的主人。冬天，莲娜住在雅尔塔，在雅尔塔中学上学，但是，每逢星期天，她就来阿卢什塔母亲这里。莲娜的病完全好了。

莲娜打算中学毕业后成为一名歌手。加莉娅却劝阻她。按照加莉娅的想法，教书是女人唯一该做的工作。加莉娅自己就想当乡村教师。所有这些加莉娅的想法早就使我厌烦，况且她老是说她自己未来的志向，并且还向所有人证明——虽然任何人都不跟她争论——世界上没有比教师更好的职业。

不知为什么我有些耿耿于怀，因为加莉娅劝莲娜不要当歌手。我喜欢剧院。我故意和加莉娅作对，兴致勃勃地给莲娜讲所有我在剧院看过的戏剧：《青鸟》《贵族之家》《不拘礼夫人》《聪明误》。

许多事情都被我夸大其词。我预言莲娜有一个诱人的未来。我喜欢想，这个晒得黝黑的瘦小姑娘，她曾在海里游泳赛过任何一个水手，可是，在未来的某个时候，她定会登上舞台，穿着薄薄的曳地长裙，胸前别着的深色花朵由于她的呼吸而抖动，即使她搽了香粉，脸上也能泛出她在海边晒黑的肤色。

我使莲娜置身于我的一些奔放的幻想之中。她听我说着，迅速地仰起头，就好像她的发辫在向后拉她一样，她的脸隐约地红了。有时，她会问：

“嗯，您承认吗，所有这些都是您胡乱想出来的？对吧？我不会生气的。”

她和我说话时用“您”称呼，虽然她还比我大三岁。在当时，只有很亲近的人才彼此称“你”。

我不能承认这一点，因为我坚信那些被我臆想出来的一切都是真的。这一本性成了我诸多不幸的根源。最令人惊奇的是，在这一生当中，我没有遇到任何一个人想要理解，或者哪怕是谅解我的这一特性。

但是，莲娜相信我。她愿意相信一切被我臆想出来的东西。如果有两三天我和加莉娅不去葡萄园的话，她就会亲自给我们送葡萄来，并且羞涩地对妈妈说：“这是安娜·彼得罗夫娜给您的礼物。”之后，她找个机会，飞快地对我耳语道：

“是啊，真烦人！为什么您不来？”

父亲很快离开了阿卢什塔。他需要去彼得堡办事。然后，鲍利亚也走了——他有进入基辅工学院的考试。

不知为什么，妈妈为父亲的出行感到担忧，所以对我们的关注就很少了。当我们一连几天都待在海边，而不去烦她，她甚至很开心。

我一直在齐腰深的水里转悠，捉石头底下的螃蟹。这一切的结束是有一天晚上，我在海里洗完澡后就感冒了，我得了肺炎。此外，也是在那天夜里，当我发烧躺着的时候，一只蜈蚣蜇伤了我。

当时是在八月。中学很快就要开学。该回基辅了。我的病打乱了所有的计划。最终，妈妈打发加莉娅和季玛走了，而她自己留下来陪我。

我病得很严重，拖了很长时间。我几乎整夜整夜地不睡觉。我呼吸疼痛。我努力小心地呼吸，痛苦地看着白色的墙壁。几只蜈蚣从墙缝里爬出来。台灯开着。小药瓶的影子就像是史前的大怪物——它们伸出长长的脖子，嗅遍整个天花板。

我转过头去，看着黑洞洞的窗户。窗户上面映着灯的影子。在这个影像的背后，大海在低吟。

一只夜蛾不停地撞到玻璃上。它想飞离房间里充满药味儿的、闷热的空气。

妈妈睡在隔壁的房间里。我叫她，我要喝水，让她赶走蛾子。妈妈把蛾子放了出去，我才平静下来。

但后来不知为什么，我又看到蛾子落到一株干草上，就在窗外，它停了不多时，就又飞回来，飞进屋子里，它大大的，就像是一只猫头鹰。它落在我的胸脯上。我感觉那只蛾子很沉，像是一块石头，它就要压坏我的心脏。

我又叫妈妈赶走蛾子。妈妈紧闭双唇，撤掉我头上已经滚烫的、紧绷的湿布，给我裹好被子。

我数不清有多少个夜晚，耳朵里充满莫名的轰隆声，床单让我感到燥热。

有一次在白天，莲娜来了。我没有立刻认出她来。她穿着咖啡色的制服连衣裙，系了一条黑围裙，穿着一双小巧的黑鞋。她浅色的发辫编得很仔细，辫子在晒黑的脸蛋旁各梳一根，耷拉在胸前。

莲娜要回雅尔塔了，临行前她来告别。当妈妈离开房间后，莲娜把一只手放到我的额头上。她的手冰凉，像小冰块儿一样。她一根辫子的发梢落在我的脸上。我感受到她头发上温暖而清新的味道。

妈妈进来了。莲娜很快抽回手，妈妈说，莲娜给我带来了极好的葡萄。

“可惜啊，更好的葡萄我们没有啦。”莲娜回答说。

她回答的时候，并不是看着妈妈，而是看着我，就好像是她想对我说什么重要的事情。

然后，她走了。我听见她是如何顺着楼梯跑下去的。在这幢房子里，除了我们，已经没有任何人居住了，大家都各奔东西了，因此，每个响声我都听得很清楚。

从这天起，我就开始康复了。医生说，等我能起床后，我还应当在阿卢什塔住上两个多月，一直到十一月。我应当增强体质，多多休息。于是，妈妈决定写信，让莉扎从基辅来照顾我，给我做饭。妈妈自己急着回基辅——我不知道这是为什么。

一周后，莉扎来了，第二天，妈妈就坐马车去了辛菲罗波尔。

莉扎一直大呼小叫的。她从没见过大海、柏树和葡萄园——妈妈是从布良斯克森林、从廖夫纳把莉扎带到基辅的。

我和莉扎留下来。我已经能起床了，但是还不被允许出门。整整一天，我都坐在镶了玻璃的凉台上，在秋天还不是很热的太阳下读书。我在五斗橱里找到了《特里斯丹和绮瑟》[1]这本书。我读过几遍这个惊人的传说，每一次，当我重读之后，我都变得更加忧伤。

后来，我决定自己写一点儿类似《特里斯丹和绮瑟》的东西，并且用了几天的时间写一部中篇小说。但是，除了描写悬崖岸边大海的风暴，没有别的进展。

九月末，医生终于允许我出门了。我一个人在寂静无人的阿卢什塔游荡。我喜欢在有拍岸浪的时候去码头。在带着窟窿的栈道木板下，波浪滚滚。一股股水流穿过缝隙飞溅出来。

有一次，我去安娜·彼得罗夫娜那里。她招待我喝咖啡，并且说，让我星期天一定来，因为，在这一天，莲娜会从雅尔塔回来。此后，我一直在想，我将怎样和莲娜见面。

我清楚地记得这个星期天，仿佛它就在昨天，因为在这一天发生了两件大事。

我知道，莲娜将乘坐早班的汽艇从雅尔塔来。我去了码头。但是，汽艇刚刚从海岬后面出现，我就藏到木板搭建的售货亭后边了。售货亭里出售克里米亚风光明信片。我坐到一块石头上，一直坐在那里，直到汽艇驶近码头。莲娜从汽艇上下来，在码头上一直在找什么人，然后，她慢慢地往家走。

我害怕她会发现我。这可是太傻了。她几次回头看，然后，又返回码头，她在一根木头广告柱旁边站了一会儿。她做出一种样子，就好像

1 欧洲中世纪骑士传奇。

是在看广告，虽然所有的广告都已经被撕掉，只剩下一些小碎片。

我偷偷地看着她。她把暖融融的白头巾随便地戴在头上。她在雅尔塔生活，脸色变得苍白，也消瘦了些。她站在广告柱旁边，垂着双眼，虽然她本应该抬起眼睛，如果她真的是在看广告的话。然后她彻底离开了。

我等了一会儿也回了家。我为自己的胆怯感到羞愧。

我不知道，现在是否该去莲娜那里。午饭我什么也没吃。莉扎威胁我，说是要把这件事发电报给妈妈说一说。莉扎没什么文化，对她的威胁我只是付诸一笑。

午饭后，我终于做出决定，穿上大衣出门。莉扎在我后面喊，让我扣上大衣的扣子，但我没听她的。

我来到葡萄园跟前。葡萄园已经完全变成紫红色的。我打开篱笆门。白房子的门立刻砰的一声打开，我看到了莲娜。她只穿了一件连衣裙向我迎面跑来。

这是美好的一天。我不再害羞，我给莲娜讲有关廖夫纳、地理老师切尔普诺夫和娜嘉姨妈的事。莲娜不声不响地往我的盘子里时而放些葡萄，时而又放些李子——意大利李子。然后，她说：

“您为什么敞怀穿大衣啊，天这么冷？您给谁逞强呢？”

“您自己不也只穿一件连衣裙就跑出来了吗？”我回答。

“因为……”她说，之后，便沉默了，“因为我没有得肺炎。”

她晒黑的皮肤透出绯红色。安娜·彼得罗夫娜透过眼镜框上边看了看莲娜，摇了摇头：

“莲娜，你别忘了，你已经十七岁了。”

她说这些话的腔调，就好像莲娜完全是一个成年的女子，同时却干着一些蠢事。

安娜·彼得罗夫娜和莲娜送我回家，顺便到我的住处看看我过得如何。莉扎的脸红了，像甜菜一样，但是，她很快就平静下来，并且向安娜·彼得罗夫娜抱怨起来，说我不听话，穿大衣不系纽扣。安娜·彼得罗夫娜对莉扎说，如果莉扎有什么需要的话，尽管去找她。莉扎很开心。她在阿卢什塔没有熟人。她偶尔和我一起散步，采些艾蒿，分挂在房间里。只要闲着的时候，她都用纸牌占卜。

莉扎的两颊红红的，善良的眼睛眯成一条缝儿，她很容易轻信别人。她对别人跟她说的所有胡话都深信不疑。

安娜·彼得罗夫娜和莲娜走了。我有些无聊。前面是漫长的夜晚。我又想去葡萄园了，但我知道，我不能这样做。

我再一次决定写自己的中篇小说，我点亮灯，坐到桌旁。但是，我没写小说，而是写了第一首诗。那些诗句我现在已经忘记了。记忆中只留下这一行：

哦，请从低垂的枝头摘下花朵……

我喜欢这首诗。我本来还打算写很长时间，可是，莉扎进来了，她说："瞧你，又想出啥了啊——伤眼睛！早就该睡觉了。"她把灯吹灭了。我很生气，我说我已经是成年人了，还骂她是一个傻女人。莉扎回到自己的房间，委屈地哭了，她用沙哑的声音说：

"明天我就走回基辅去——你一个人在这里想干什么就干什么。"

我一言不发。于是，莉扎说，明天她就给妈妈发电报，说说我的行为。她酷爱用电报吓唬我。她在自己的房间不知唠叨着什么，而且唠叨了很久，然后她叹息道：

"唉，上帝保佑你。睡吧。你瞧，外面的风多大啊！"

我的头顶上方挂着一个圆圆的挂钟。每一次，当它敲响夜里两点的时候，我就会醒来。这一次，我也是醒了，很久都没法弄清楚发生了什么事情。在墙上，紫红色的光一闪一闪的。窗户朝向大海。窗外的风发出单调的呼呼声。我坐到床上，看了一眼窗户。在大海的上空，火光荡漾。它照亮低低的乌云和汹涌的海水。

我开始急急忙忙地穿衣服。

"莉扎！"我喊道，"海上着火了！"

莉扎活动了一下，也起身开始穿衣服。

"水上怎么可能着火呢？"她问。

"不知道。"

"你起来干什么？"莉扎问。

她半梦半醒，还没太搞清楚状况。

"我去岸上。"

"我也去。"

我们出门了。风从房子的拐角后面冲出来，强烈的寒气侵袭着我。火光冲向天空。大门旁站着一个打扫院子的鞑靼人。

"轮船着火了，"他说，"你能咋办？啊！"

我们向下朝岸边跑去。在码头附近，显然，是在救生站那里，已经响起了钟声。岸上站着三五成群的人。在黑暗之中，我立刻就和莉扎走散了。

渔夫们穿着高帮靴子和防风暴的雨衣，顺着鹅卵石往海里拖一只小艇。可以听见急促的声音——"客船""离岸大约两海里""扶住船尾，听见啦，别让它到处乱滚"。被淋湿的渔夫们爬上小艇，各自拿起船桨。

小艇被涌到浪尖儿上，驶向大海。

有人抓我的胳膊。我转过身去。莲娜站在旁边。火光微微地照着她。我看着莲娜，看着她严肃的脸。

我们默默地站在沿岸大街的边上。海上升起一枚白色的信号弹。接着又是一枚。

“救生艇驶近了，”莲娜说，“如果不是因为妈妈，我就和渔夫们一起上小艇了。一定去。”

她沉默了一会儿，问道：

“你什么时候走？”

我的心震颤起来——就这样令人意想不到地，她开始称我“你”。

“应该一周以后吧。”

“这就是说，我还能见到你。我尽量早点儿来。”

“我会热切地等你。”我回答。我似乎觉得，说完这句可怕的话，我已经跌到了深渊里。

莲娜轻轻地拉着我离开沿岸大街的边缘。

“怎么办？”她小声问，“妈妈吓坏了。她在码头附近的什么地方。你不生我的气吧？”

“为什么生气？”

她没有回答。

“莲娜！”安娜·彼得罗夫娜从黑暗处召唤莲娜，“你在哪儿啊？我们回家吧！”

“明天我坐早班的公共马车走，”莲娜低声说，“当心，可别突发奇想来送我啊。再见。”

她握了握我的手，就走了。我看着她的背影，有那么一会儿——就一会儿——可以看到她仓促地戴到头上的白头巾。

海上的火光减弱了。水上漂浮着探照灯绿色的光线。这是“神速”号驱逐舰驶近了燃烧着的轮船，去实施救援。我找到莉扎，我们一起回家了。

我想快点儿躺下睡觉，这样就可以不去想那件在我和莲娜之间发生的令人惊奇的美好的事情了。

早晨，昨晚失火的地方冒着一缕微弱的青烟，那时我去了码头，得知是海上的轮船着火了。据说，在轮船的底舱，有一颗定时炸弹爆炸了，但船长成功地把轮船泊到了岸边的悬崖处。

得知这些消息后，我沿着往雅尔塔方向去的公路走了很远。也就在一小时之前，莲娜乘坐四轮驿车经过了这里。我坐到海边的防浪墙上，双手插在大衣的袖子里，坐了很久。

我想着莲娜，我的心沉重地跳动。我回忆起她头发的香味儿、她清新呼吸的暖意、惊恐的灰色双眼和微微上扬的细眉毛。我不明白，我这是怎么了。可怕的痛苦使我感到胸口压抑，我哭了起来。

我只想一件事——一直能看到她，只要听到她的声音，待在她身旁。

我做出了最后的决定，现在就步行去雅尔塔，可这时，在公路的拐弯处，有一辆四轮大车嘎吱嘎吱响着驶来。我飞快地擦干眼泪，转过身看着大海。可是，我又一次泪流满面，我什么也看不见，除了刺眼的蓝光。

我冷得厉害，怎么也止不住全身的颤抖。

四轮大车上戴着草帽的老头儿把马停下，说：

“坐上来吧，朋友，我送你去阿卢什塔。”

我爬上大车。老头儿回头看了看，问道：

“你，顺便问问，是孤儿院的吧？”

“不，我是中学生。”我回答。

在阿卢什塔最后的日子格外忧伤而美好。在那些舍不得要告别的地方，最后的日子总是这样的。

大雾从海上袭来。由此，我们别墅前的草都受潮了。太阳光透过雾气照进来。莉扎用金合欢树的劈柴生起炉子。

树叶在凋落。但它们不像我们基辅的树叶那样呈金黄色，而是浅灰色的，上面有淡紫色的叶脉。

海浪悄无声息地从雾中涌出，向岸边袭来，之后，又悄无声息地退回到雾里。僵死的海马在沿岸的砾石上横七竖八地躺着。

恰特尔－达格山和巴布冈－亚伊拉山笼罩在云彩里。一大群绵羊从山上下来。狂野的牧羊犬跟在羊群后边跑，一边还多疑地向四周张望。

由于大雾，并且时值秋天，周遭变得那么寂静，甚至我从自己的阳台上都能听到下面小镇上人们的说话声。在集市的羊肉馅饼店里，火盆烧得很热，散发出烤焦的肥肉和煎鲻鱼的味道。

我和莉扎应当在星期一早晨动身。莉扎已经雇好了去辛菲罗波尔的马车。

星期六我等着莲娜，可是她没来。我几次路过葡萄园，没见里面有人。星期天早晨她还是没露面。我去了公共马车车站。那里空无一人。

我很不安地回到家中。莉扎递给我一个信封。

“一个半大孩子送来的，”她说，“或许，是安娜·彼得罗夫娜写来的。让你去告别。你去吧。她们都是好人。”

我去到花园，拆开信封，取出一个小纸条。上面写着：“六点你来三棵悬铃木。莲娜。”

我来到了三棵悬铃木那儿，不是六点前，而是五点前。这是一块荒凉的地方。在一条干涸的小溪的河床旁边，有一条多石的沟壑，里面长着三棵悬铃木。周围的一切都枯萎了。只是个别地方还有开着花的郁金香。或许，在这个地方，曾经有一个花园。小木桥跨过小溪。在一棵悬铃木的下面，有一个旧长凳，长凳的爪形铁腿已是锈迹斑斑。

我比约定的时间来得早，但是，莲娜已经来了。她坐在悬铃木下的长凳上，两手夹在膝盖之间。头巾从她的头上掉到了肩膀上。

当我走到长凳跟前时，莲娜转过身来。

“你不会明白的，”她说，抓住我的一只手，“不，你不要在意……我总是胡说。”

莲娜站起来，露出歉疚的微笑。她低下头，皱着眉头看我。

“妈妈说，我是疯丫头。那又怎样！再见！”

她拉过我的肩膀，吻了我的嘴唇，然后推开我，她说：

“你走吧！别回头！求你了。走！”

她的眼里涌出泪水，但是，只有一滴眼泪顺着脸颊流下来，留下一条细细的泪痕。

于是我走了。但是我没忍住，我回过头去。莲娜站着，倚着悬铃木的树干，她往后仰着头，就像是发辫在往后拉她，她在看着我的背影。

“你走吧！”她喊道，她的声音变得很奇怪，“所有这一切是多么愚蠢！”

我走了。天色已经暗淡了。太阳向卡斯杰利山后滑落下去。从亚伊拉山刮来了风，干硬的树叶沙沙作响。

我没有意识到，所有的一切都结束了，彻彻底底。很久以后我才明白，由于未明的原因，生活当时就从我这里夺走了可能成为幸福的东西。

第二天早晨，我和莉扎动身去辛菲罗波尔。

恰特尔-达格山后的森林里下起了雨。整个去基辅的路上，雨滴都在敲打着车窗。

家里似乎没人发觉我的到来。我们家发生了什么不好的事情。但是，我还不知道究竟是什么事。

我甚至还很高兴，因为谁也不注意我。我一直在想莲娜，但是，我没有下决心给她写信。

这个秋天以后，我再去克里米亚已是在一九二一年了，那时，我和莲娜之间发生的一切，都已经变成了记忆，它不再引起疼痛，只是让我沉思。但是，谁又没有这样的沉思呢？这还值得一说吗？

灾难

从克里米亚回来之后，一切立刻发生了变化。我父亲和西南铁路的领导发生了冲突。父亲抛弃了工作。平静的生活立刻就结束了。

我们从尼科尔科–博塔尼切斯卡雅大街搬到了“地下”大街。就像是故意嘲弄人似的，在这条街上我们住到了地下室那一层。

我们维持生计只是靠妈妈陆续变卖东西换来的钱。在阴冷、黑暗的住宅里，越来越经常地出现一些默不作声的戴着羊皮帽子的人。他们用贼溜溜的眼睛扫视着家具、画、摆在桌子上的餐具，然后，他们低声地、信誓旦旦地和妈妈交谈，之后便走了。可是，过一两个小时后，几辆平板车来到院子里，一会儿拉走柜子，一会儿拉走桌子，一会儿拉走穿衣镜和地毯。

每到早晨，我们都会在厨房里碰到戴着绗过的黑色绣花尖顶小圆帽的鞑靼人。我们叫他“破烂儿”。他蹲着，迎着光线仔细看父亲的裤子、上衣和床单。

“破烂儿”一直讨价还价，之后便走了，然后他又回来了，妈妈生气了，最终，“破烂儿”双手一拍，成交。他掏出口袋里厚厚的钱夹子，态度极佳地往手指头上啐几口唾沫，数出一些破破烂烂的钞票。

父亲几乎所有时间都不在家。他早晨出去，很晚回来，那时我们都睡觉了。所有这些日子白天他是在哪儿度过的，我们谁也不知道。显然，他在找工作。

妈妈立刻就变老了。一缕灰色的头发越发经常地从她的额头垂落到脸上——妈妈开始不再那么精心地梳头了。

鲍利亚从我们这儿搬出去，住到了一个有配套家具的“进步”公寓，就在火车站附近，好像是因为从那里到工学院更近一些。事实上，他离开是因为与父亲合不来，他认为，父亲是导致我们家庭不幸的罪人，他也不想住在地下大街阴郁的环境中。鲍利亚靠教课挣钱养活自己，但是，他没有能力帮助我们。季玛也教课，或者就像当时人们所说的，做家庭补习教师。

只是我还年少，教不了别人，而加莉娅又是一个近视眼，严重到无法做事，只能帮妈妈干点儿家务。我们不得不辞掉了莉扎。

有一天早晨，一个法院的法警和看院子的人一起来到我们家，法警是一个嗓音尖溜溜的干巴老头儿，他来查抄几乎所有余下的家具，用以偿还父亲的某些债务。这些债务父亲是瞒着妈妈的。现在，一切真相大白。此后，父亲在基辅附近的糖厂里偶然找到第一份糟糕透顶的工作，他走了。

只剩下我们这几个人在家。不幸降临到我们家。这个家快要完了。这我是明白的。在去过克里米亚之后，在我对莲娜短暂且忧伤的爱情还有我轻松的童年之后，这种状况就显得尤为艰难。

科利亚舅舅每个月都从布良斯克给妈妈寄一次钱。妈妈每次收到这些钱以后，都会惭愧得哭一次。

有一次，我看见妈妈在中学校长的接待室里。我跑过去，但她却扭过脸去，我明白，她不想让我发现她。

我猜不出妈妈为什么来找校长，但我什么也没有问她。过了几天，我们的新校长——捷列先科，他被指派接替了别斯梅尔特内，新校长是一个秃顶的、矮胖的男人，头上好像是抹了油（为此，大家给他起了一个外号，叫“榨油工”），他在走廊把我拦住，说道：

“请转达您的妈妈，教育委员会同意她的请求，给您的哥哥和您免除学费。但是，您要明白，只有好学生才能免除学费。所以，我建议你们要努力学习。”

这是我第一次体会到屈辱。在家里，我对妈妈说：

“学校给季玛和我都免学费了。你为什么去找校长啊？”

“我还有别的办法吗？”妈妈轻声问，“把你们从学校领回来？”

“我可以自己赚钱管我自己。”

当时，我第一次看到妈妈脸上的惊恐，就像是有人打了她一样。

“你别生气，”妈妈说，她低下头，坐在桌旁缝衣服，“难道我能强迫你去工作？”

她哭了。

“如果你知道，我有多难，为了大家，尤其是为了你！他的胆子多大啊，你们的父亲，做事如此欠考虑，如此轻率！他怎么能这样啊！”

从某个时期起，妈妈称父亲为“他”或是“你们的父亲”。她伏在一件旧连衣裙上哭了。布料的边角料和白线在地板上乱作一团。

妈妈陆续卖光几乎所有的东西。屋子里变得空空荡荡，而且很潮湿。透过窗户射进来的光似乎也是潮湿的。可以看到窗外沙沙走过的靴子、高腰套靴和套鞋。在冬天泥泞道路上溅起脏东西的脚一只接着一只地闪过，这妨碍别人集中精力，令人愤怒。仿佛所有这些外人是走在我们屋子里一样，他们带来寒气，可却觉得连看都没必要看我们一眼。

冬天里，妈妈收到一封科利亚舅舅寄来的信。这封信使妈妈很是激动。

晚上，我们所有人坐在圆桌旁，桌上点着唯一的一盏灯，每个人都在桌旁忙着自己的事情，这时妈妈说，科利亚舅舅坚持让我搬到布良斯克去，暂时跟他一起生活，他会安排我进布良斯克中学，而且必须这么做，直到父亲找到好的位子、回到家中。

加莉娅惊恐地看了看妈妈。季玛沉默不语。

“你们的父亲不会回来了，”妈妈确信地说，“他有别的牵挂。为这个他欠下债务，让我们受穷。我也不想让他回来。我不想听有关此事的任何话，一句也不想听。”

妈妈沉默良久。她紧闭双唇。

“嗯，好吧，”最终，她说，“没必要说这些了。科斯季克到底怎么办？”

“很简单。”季玛说。他没有看着妈妈。对于季玛来说，一切都很简单。“今年我就要中学毕业了，就要去莫斯科工学院了。我们把所有东西都卖掉。你，妈妈，你和加莉娅搬到莫斯科去，和我一起生活。我们先这样坚持一段时间。而科斯季克，先让他暂时住在科利亚舅舅那里吧。”

“这怎么行！”加莉娅紧张起来，“他在那里怎么生活啊？我们为什么要分开？”

我坐着，低着头，慌乱地在纸上画一些花和螺旋形的图案。从某个时期起，每一次当我感到沉重的时候，我就开始漫无目的地随便在哪儿画这些稀奇古怪的螺旋形图案。

“别画了!”妈妈说，“我不明白，你笑什么！这件事儿你是怎么想的?”

“我没笑啊，”我嘟囔着，但是，我感觉到自己脸上僵硬的笑颜，“就这样……”

我开始沉默，继续画。我停不下来。

“科斯季克，亲爱的，”突然，妈妈声音低沉地说，“你怎么不说话?”

“好……”我回答，“我去……如果必须……”

“这样最好了。”季玛说。

“是……挺好……当然。”我附和着，为了不再沉默。

在这一刻，一切都崩塌了。在前方，我看到的只是令人心痛的孤单，还有自己的无用。

我想对妈妈说，不应该打发我去布良斯克，我能教课，而且不比季玛差，我甚至可以帮助妈妈，我还想说，我很痛苦，我无论如何不能摆脱这个想法，那就是我被家人抛弃了。但是，我的嗓子疼痛，我的颌骨抽搐，以至于说不出话来。我默不作声。

刹那间，我的脑子里闪出一个想法来——明天我就去找父亲。但是，这个想法立刻就消失了，被原先那个想法重新替代——我已经完全是一个人了。

最终，我费力地集聚全部的力量磕磕巴巴重复着，我说我同意，甚至是很高兴去布良斯克，但是，我头疼，我想去睡觉了。

我回到自己冰冷的房间，我和季玛住一起，我很快脱掉衣服躺下，把被子拉到头上，我咬紧牙关，就这样躺了几乎一整夜。妈妈来了，她叫我，但是我假装睡着了。她把我的中学生制服大衣盖在我的被子上，就出去了。

去布良斯克的准备一直持续到十二月。我很难割舍学校和同学们，很难开始新的、据我所知并不愉快的生活。

我给父亲写信，说我要去布良斯克了，但很久没有回音。临行前两天，我才收到回信。

通常，我从学校回家时，都要经过歌剧院后面僻静的广场。我总是和同路的同学斯坦尼舍夫斯基、马图谢维奇一起回家。

有一次，我们在剧院后面的广场上遇到一个年轻的女人——她个子不高，戴着密实的面纱。她从旁边走过，停下来看了看我们的背影。

第二天，我们在同一个地方又遇到了这个女人。她径直迎面走来，并且问我：

“对不起，您是格奥尔吉·马克西莫维奇的儿子吗？”

“是的。我是他的儿子。”

“我应该和您聊聊。”

“您请说。”我回答，脸红了。

斯坦尼舍夫斯基和马图谢维奇走了。他们做出一种样子，好像他们完全不感兴趣这件事，甚至都没回头看一看。

“格奥尔吉·马克西莫维奇，”女人急匆匆地说，一边在小手包里找东西，“他让我转给您一封信。您明白，他是想，这封信能直接交到您手上……对不起，我说这些……我不能拒绝他。我一下子就认出您来了。您很像父亲。这是信。”

她把信递给我。

“您要走了吗？”她问。

“是的。就这几天。”

“无所谓啦……很遗憾。一切或许是另一种样子。”

“您见得到爸爸吗？”

她默默地点了点头。

“替我吻他，”我突然说，“他是个很好的人。”

我想说，让她好好爱我的父亲、怜惜我的父亲，但我却只说出这几个词：“他是个很好的人。”

“是吗？”她说着，突然笑起来，嘴微微张开。我看到了她那小小的、白白的、湿润的牙齿，“谢谢！”

她握了一下我的手，很快就离开了。她腕上的手镯当当响。

直到现在，我都不知道，这个女人叫什么名字。我也没能打探出来。只有妈妈一个人知道，但是，这个名字的秘密被她带进了坟墓。

这个女人的嗓音、笑声和手镯，让我想起了我在切尔普诺夫老头儿那里见过的那个女人。或许，如果不是因为密实的面纱，我一定会认出她来——婆罗洲岛的蝴蝶。直到现在，这个想法有时还是会折磨我，这个女人就是在基尔赫盖姆糖果点心店请我喝可可饮料的那个年轻女人。

父亲的信很短。他写信让我勇敢地、有尊严地接受对自己的考验。

“或许，”他写道，“我们的生活会有所好转，那时，我就能帮助你了。我相信，你能得到生活中我不能企及的东西，你将成为一个真正的人。记住我的一个劝告（我任何时候都没有用自己的劝告烦过你）：不要因一时的冲动而去指责任何人，也包括我，直到你得知所有的情况，直到你拥有足够的经验，它会让你明白许多，当然了，包括那些你现在还不明白的事情。祝你健康，给我写信，别焦虑。”

妈妈和加莉娅送我去火车站。火车早晨发车。季玛不能耽误学校里的课程。去学校的时候，他吻了吻我，却什么也没说。妈妈和加莉娅也默不作声。

妈妈感到寒冷，她没有抽出揣在手笼里的手。加莉娅竭力拉住妈妈。最近一年，她的近视加剧了。她在人群中局促不安，她害怕蒸汽机车的汽笛声。妈妈给我画十字祝福，用冰冷的、薄薄的双唇吻了吻我，她拉着我的衣袖，把我拽到一旁说：

“我知道，你很难受，很生气。但是，你要明白，在我们所有人当中，我想，哪怕是你一个人别再受穷、别再受这些折磨，那也行啊。就是为了这个，我才坚持让你去科利亚舅舅那里的。”

我回答说，这些我都理解，根本没生气。我说的都是好听话，但是，我的心里却是冰冷的，我只是想，火车能快点儿开走，结束这折磨人的告别。

或许，跟妈妈真正的告别开始得更早，在那天夜里，当她最后一次给我盖上大衣的时候。火车开动了，但是，我透过车窗既没看到妈妈，也没看到加莉娅，因为机车喷出浓浓的蒸汽，遮住了站台和所有送别的人。

我的心里十分冰冷——正如在冬天微弱的光线映照下的车厢。刺骨的风往车窗里钻。白雪覆盖的平原让人沮丧。夜里，风搅着雪沙沙响。我想睡觉，但却无法入眠。我看着灯笼里蜡烛的火舌。风吹得火舌飘向另一方，并且努力地吹灭它。我心中占算着，如果蜡烛不熄灭的话，那在我的生活中，就还会有什么好事发生。蜡烛同大风奋力搏斗，直到早晨也没有熄灭。这让我感到些许的轻松。

早晨，当我在布良斯克下车的时候，也是那样寒冷，整个空中充斥着雪橇滑木的吱吱声，仿佛是在号叫。酷寒犹如令人窒息的烟雾笼罩着大地。好似蒙了一层冰的太阳，在空中燃烧着深红色的火焰。

舅舅他们派了马来接我。雪橇上放着皮袄、长耳风帽和巴掌手套。我把浑身裹严实了。马一起步就奔跑起来。我们在闪亮的雪雾中飞驰——开始是沿着大堤，然后，是杰斯纳河。马轭下的铃铛发狂地跳动着。在远方的山上，一座古老的城市若隐若现，装饰着霜雪和冰溜形成的枝繁叶茂的花纹，就像是一个锡箔做成的玩具。

雪橇停在山坡上的一个木屋旁。我踏上台阶。门敞开了。玛露霞舅妈抓住我的衣袖，拉我去饭厅，在饭厅的天花板上，太阳的光点跳跃着，舅妈硬是让我喝了半杯红酒。由于寒冷，我紧闭双唇。我说不出话来。

科利亚舅舅家里所有的东西都在快乐地响动着。茶炊在鸣响，莫尔丹汪汪叫，玛露霞舅妈笑着，从炉子里飞溅出的火星噼啪作响。

科利亚舅舅很快就从兵工厂回来了。他热烈地亲吻我，摇晃着我的肩膀：

“重要的是别灰心！那样我们就能干出很多惊天动地的事情来。”

在科利亚舅舅家，我开始渐渐变得开朗。在这种情况下，总是会这样，记忆会把所有不愉快的事情抛到一边去。记忆好像是从布料上把坏的那一块裁下去，只把好的部分——克里米亚的秋天和这个嘹亮的俄罗斯冬天——拼接在一起。

我努力不去想不久前发生在基辅的事情。我宁愿回忆阿卢什塔、三棵悬铃木，还有莲娜。我甚至给她写了一封寄往雅尔塔的信，但是，却没有下定决心寄出去。我觉得这封信写得很傻。可我写不出一封更有智慧的信来，无论我怎样绞尽脑汁。

火炮专家们

布良斯克兵工厂的炮兵军官们给科利亚舅舅起了个外号，叫他“韦尔希宁上校”。科利亚舅舅很像契诃夫《三姐妹》中的韦尔希宁，甚至是外表也很像——黑色的小胡子和乌黑、灵活的双眼。至少，我们所有人想象中的韦尔希宁就是这个样子。

就像韦尔希宁一样，科利亚舅舅也喜欢谈论美好的未来，并且对此深信不疑，他很温和，热爱生活，但是，与韦尔希宁的不同之处在于，舅舅是一个很好的冶金专家，他写过许多关于不同金属属性的文章。他自己把这些文章翻译成法语——他精通法语——在巴黎的杂志《冶金评论》上发表。这些文章也在俄国发表，但为数不多，比在法国少。当我来到布良斯克的时候，科利亚舅舅正在专心致力于生产优质的大马士革钢的工作。

科利亚舅舅对生活的渴望是令人惊奇的。似乎就没有他不感兴趣的东西。他订阅了几乎所有的文学杂志，钢琴弹得也很出色，他了解天文学和哲学，还是一个言语丰富、机智幽默的聊友。

科利亚舅舅最忠诚的朋友是大胡子大尉鲁缅采夫。他的外表很像费特[1]，只是他的头发完全是红色的，他的视力不好，跟瞎子差不多，他的心地十分善良。所有军官服穿在他的身上都是扭曲歪斜的。布良斯克的中学生们甚至给他起了外号戏弄他，叫他“便装草包”[2]。

要想一眼就看清鲁缅采夫，可不是一件轻松的事。他总是被笼罩在烟草的烟雾之中，而他因为腼腆，又总是在客厅里选那些最黑暗的角落。他坐在那里的棋盘旁边，全神贯注于拆招解招。如果他成功地想出一步制胜的招数，就大笑起来，还会搓一搓手。

鲁缅采夫很少参加一般性的谈话。他只是轻轻地咳嗽，稍稍眯起小眼睛看一看。但是，只要话题转到政治上面来——涉及国家杜马或者罢工，他就立马活跃起来，并且会发表一些最极端的看法。

鲁缅采夫没有结婚。他的三个姐妹和他一起生活——她们三个都很瘦小，梳短发，戴夹鼻眼镜。她们都抽烟，穿衣料很硬的黑裙子和灰色短上衣，就好像是商量好的一样，她们用别针把一块小表别在胸前，就连位置都一样。

三姐妹经常在鲁缅采夫的住宅里藏一些大学生、穿斗篷的老人，甚至是跟她们自己一样严肃的女人。科利亚舅舅警告我，让我跟谁也别说鲁缅采夫家住着什么人，哪怕一个字也不行。

除了鲁缅采夫和他的姐妹们，伊万诺夫上尉也经常来科利亚舅舅这里——他干干净净的，两手白皙，浅色的小胡子修剪得很细致、形状尖

1 阿·阿·费特（1820—1892），俄国诗人。

2 人们这样称呼低年级学生。

尖的，嗓音很细腻。

就像大多数单身汉一样，伊万诺夫习惯待在别人家里，待在科利亚舅舅家。他没有一个晚上不来坐一坐、闲扯一会儿。每一次，他一边在前厅脱大衣、解下军刀，一边还会红着脸说，他是顺道进来看看，因为家里有“灯光”，或者是来找科利亚舅舅商量事情。然后，当然啦，他就会一直坐到半夜。

我很感激伊万诺夫，是他使我摒弃了一个习惯，那就是羞于做一些很平常的事情。

有一次，我在市场上遇到伊万诺夫。他买了土豆和白菜。

“您帮我把所有这些菜拖到马车那儿去吧，”他请求我，“我的彼得（彼得是伊万诺夫的勤务兵）生病了。所有的事情我都得亲力亲为啊。”

当我和他一起拖着重重的白菜袋子往马车那儿走过去的时候，我们碰见了布良斯克中学年轻的德语女老师。我给她鞠躬，她鼻子哼了一声就扭过脸去。我的脸红了。

“有啥不好意思的？”伊万诺夫说，“你又没做什么蠢事。为了避免别人嘲笑的目光，我有一个办法——直视别人的眼睛。效果极佳。”

我们坐到马车上，车上已经装满了蔬菜，马车沿着主干道——莫斯科大街行驶。我们遇到很多熟人，甚至还碰到了坐着双套马车的兵工厂的头儿——萨兰吉纳基将军。

这些熟人看到我们，都笑起来，但伊万诺夫直视他们的眼睛。在这样的目光下，他们很不好意思，也就不再笑了，最后，他们甚至礼貌地向我们点头。而萨兰吉纳基将军把马车停了下来，提出要把自己的勤务兵派给伊万诺夫。但是，伊万诺夫礼貌地拒绝了，之后他说，他可以很好地应付这件并不复杂的事情。将军扬起眉毛，用装着军刀的黑色刀鞘轻推一下马车夫的后背，将军的灰马小跑起来。

“您看，”伊万诺夫对我说，“任何时候都不应当在偏见面前退缩。”

我知道，当然啦，伊万诺夫是对的，但我还是不开心别人投来嘲笑的目光。愚蠢的习惯又表现出来了。

有时，我会突然发觉自己有一个想法，那就是害怕自己的行为和别人不一样，耻于面对自己的贫穷，试图掩饰它，不让同学们发现。

妈妈觉得我们生活的变故是最大的不幸。她极力隐藏这些，不让熟人知道。所有人都知道父亲离开了家，但是，妈妈总是回答熟人们说，父亲不会离开太久，我们一切都很好。她一宿一宿不停地织补衣物，改制我们的衣服，她担心“别人发现”贫穷的痕迹。妈妈不再勇敢。她的怯懦也传染给了我们。

当马车爬上山、驶向伊万诺夫家的时候，白菜散落到了地上。一个个圆白菜蹦蹦跳跳、你追我赶，顺着马路骨碌。几个小男孩儿吹起口哨。马车停了下来。我们爬下马车，开始捡那些圆白菜。

我一定是害臊得脸通红，因为伊万诺夫看了我一眼，并且提出建议：

“让我自己捡吧。您最好回家去！”

如果是从前，我会为当着路人的面捡圆白菜而害羞，他说完这句话，我脸红了，为自己感到羞耻，眼泪都快要流出来。我发狂地捡那些剩下的圆白菜，顺便给小男孩儿萨莫欣一记响亮的耳光，他是布良斯克一个商人的儿子。他在人行道上蹦蹦跳跳地撩拨我：

中学生，坐马车，
走着走着丢了菜叶儿！

乳臭未干的萨莫欣号啕大哭，鼻涕一把泪一把，躲进自家院子里去了。

我根据伊万诺夫狡猾的眼神可以断定，他是故意抖落掉这些圆白菜的。

从这一刻起，我甚至开始逞能。我每天出去都带着木锹，铲街上的积雪，劈劈柴，生炉子，不仅不回避粗活儿，还绞尽脑汁地硬是去干它。而有很长一段时间，小男孩儿萨莫欣远远地看到我，就躲到小便门的后面，从那里喊：

“蓝牛肉！”

“蓝牛肉”是人们称呼中学生的，因为他们戴着蓝色的制帽。但是，萨莫欣的这些攻击对我已经产生不了影响了。

库兹明-卡拉瓦耶夫中校又充实了伊万诺夫给我上的生活课，他的胸部很窄，灰色的眼睛带着坚毅的眼神。

他在布良斯克成立了第一个消费合作社，在沃尔霍夫大街开了一个合作商店。他自己搞来商品，在一个拥挤的仓库里卖这些东西。

卡拉瓦耶夫的这一想法在布良斯克的商人中间引起轩然大波。商会主席向彼得堡炮兵总部告发卡拉瓦耶夫。但是，兵工厂的知识分子和工人是卡拉瓦耶夫坚强的后盾。告发无济于事。合作商店的财富与日俱增，那里生意兴隆。

大家轮流帮助卡拉瓦耶夫在合作商店里卖货，他把我当作自己固定的助手。几乎所有的空闲时间我都在合作商店里度过，我打开气味浓烈的食品箱，称量盐、面粉和糖。卡拉瓦耶夫系着粗糙的围裙，就是铁匠的那种，里面穿的是很讲究的短上衣，他干活麻利，和顾客们开玩笑，给我讲了许多关于商品来历的有趣的故事。

在卡拉瓦耶夫的合作商店里，汇集了全国各地的商品——费奥多西亚的烟草、格鲁吉亚的葡萄酒、阿斯特拉罕的鱼子、沃洛格达的花边儿、马尔采夫的玻璃器皿、芥菜、伊万诺沃-沃兹涅先斯克的条格布。合作商店里散发着腌鲱鱼的盐水味儿，还有肥皂味儿，但压倒一切的是堆在后面屋子里的新席子的美妙气味儿。

晚上，卡拉瓦耶夫用铁门闩闩上仓库的门，我和他在里面一起喝浓茶。茶壶在小铁炉上面跳动着。卡拉瓦耶夫用一把扁平的日本刺刀把糖砸碎。把糖砸碎时，上面会溅出蓝火星儿。我从木箱里拿出蜜糖饼干——薄荷饼。

总有熟人来合作商店喝茶，坐一会儿，闲扯一会儿——伊万诺夫啦，鲁缅采夫的姐妹们啦，还有玛露霞舅妈。

伊万诺夫坐到一个空箱子上，不脱大衣，甚至连手套也不摘，他开始向卡拉瓦耶夫证明，俄罗斯还没有发展到需要合作商店的时代。卡拉瓦耶夫憋闷地咳嗽着，对伊万诺夫置之不理。

玛露霞舅妈来喝茶的时候，总是带来家里的甜饼或馅饼。

鲁缅采夫的姐妹们用小碟子喝茶，她们的夹鼻眼镜闪着光。她们称卡拉瓦耶夫为堂吉诃德，并且说，他为这个合作商店忙活，只是在为小事做宣传，俄罗斯需要的不是合作商店，而是伟大的震荡。

于是，伊万诺夫弄响马刺，低声唱起《马利布鲁克准备出征》[1]。鲁缅采夫的姐妹们骂伊万诺夫是个老顽固，之后便走了。

早春的时候，合作商店被烧掉了。有人公然卑鄙地放火——合作商店的门被撬开，有人往商品上浇了煤油。

---

1 19世纪初改编自法国民歌的流行歌曲。马利布鲁克，即第一代马尔博罗公爵约翰·丘吉尔（1650—1722），英国军事家，西班牙王位继承战争期间统领联军进行对法战争，以布伦海姆大捷最为辉煌。

整个城市都知道，这是有人放的火——是布良斯克的商人们干的，但是侦查持续了很久，最后不了了之。卡拉瓦耶夫消瘦了许多，开始越咳越厉害，他顾不得自己的咳嗽，说道：

“Finita la comedia！[1]只有震荡才能重建我们的国家。要把整个俄罗斯吊到拷刑架上，那样才会有效果。”

火灾带来的损失是巨大的。消费合作社的股东们好不容易赔偿了损失——他们是布良斯克兵工厂的一些工人、卡拉瓦耶夫的同事，还有火炮专家们。最令人吃惊的是，伊万诺夫上尉分担了最大的一部分损失。他很节俭，在兵工厂工作这些年，攒了几千卢布。他几乎把所有这些钱都交给了卡拉瓦耶夫。

我在兵工厂员工们和睦的大家庭里度过了冬天和夏天。但是，基辅那段经历带来的痛苦依旧挥之不去。我经常想起妈妈和父亲，有时会感到羞愧，因为我住在一个温暖而好客的家里，这里的人总是心情平静而愉快。我想象着基辅冰冷的地下室，空空的桌子上的面包屑，还有妈妈不安的脸，以及因做家庭补习教师而疲惫不堪的季玛。

妈妈很少给我写信，而加莉娅和季玛根本就不写。有时，我似乎觉得，妈妈之所以不给我写信，是因为她甚至没钱买邮票。应当做些什么帮助她，但我不知道该怎么办。我还不能适应布良斯克中学。我们班所有的中学生都比我大很多。我越来越经常带着遗憾回忆起基辅中学，我想回到基辅去。最终，我给自己原先的级任教员——拉丁语老师苏博奇

1　拉丁文，意思为：喜剧结束了！

写了一封信。我坦诚地给他讲了在我身上发生的所有事情，并且问他，我能否回去上学。很快，我就收到了回信。

“从新学年开始，也就是从秋季开始，”苏博奇写道，“您已经被列入第一中学的名册，分到我的班级，您将被免除学费。至于物质方面，我可以推荐您教几门适合的课程。这能使您哪怕很简单，但是，独立地生活，您不会成为任何人的负担。您不要为经历过的不幸感到难过——tempora mutantur et nos mutamur in illis[1]，应当抱有希望，我们在往好的方向发展。”

我读了这封像公函一样的信，感到喉咙一阵哽咽。我明白这封信里的温情，我也明白，从这一刻起，我不能指望任何人了，我要自己开始构建自己的人生了。

意识到了这一点，我觉得有点恐惧，虽然那时我已经快十六岁了。

---

1 拉丁文，意思为：时代在变，我们正在同它一起改变。

伟大的悲剧演员基恩

在布良斯克市的围墙上，张贴着演员奥尔列涅夫[1]巡回演出的黄色海报。

海报是用粗糙的薄纸印刷的。糨糊浸透了纸张。山羊扯下这些海报，咀嚼着。从正在咀嚼的山羊嘴里，可以翘出一块块小黄纸，上面印着黑字："天才……放荡。"只是在少数没有被啃食的海报上，可以读到，奥尔列涅夫即将在布良斯克演出，他在剧本《基恩，抑或天才与放荡》中扮演英国悲剧演员基恩[2]这一角色。

科利亚舅舅提前就买好了奥尔列涅夫演出的票。在科利亚舅舅家，好几天都只谈论有关奥尔列涅夫的话题。

1　巴·尼·奥尔列涅夫（1869—1932），俄国演员，在俄国许多城市进行过巡回演出，以扮演悲剧角色著称。

2　艾德蒙·基恩（1787—1833），英国演员，以演莎士比亚的悲剧著称。

戏剧演出定在城市花园里的夏季剧院。剧院是木质结构的，很旧，粉红色的涂料都已经脱落。在剧院的墙上，常年都贴着海报。雨水使得这些纸张褪了颜色，只剩下厚厚的碎片。

剧院的门窗总是被钉得死死的。黄昏时分，从剧院的房檐下飞出蝙蝠，它们在僻静的林荫道上空胡乱扑腾。穿着白色连衣裙的姑娘们吓得尖叫——有个迷信的说法儿，蝙蝠会抓住所有白色的东西，被抓住者以后就无法摆脱它们。

废弃的剧院似乎很神秘。我相信，在它空旷的大厅里，还有演员的化妆室里，直到现在还散落着干枯的花朵、化妆品盒儿、丝带，还有发黄的乐谱。据城里的传说，曾经有外来的轻歌剧剧团在这里演出，从那时起，这些东西就扔在这里了。

涂脂抹粉的年轻女人们描着蓝色的眼影，从化妆室里跑出来，她们拖着天鹅绒曳地长裙的后襟，踩着嘎吱嘎吱响的台板跑上舞台。吉他在放荡不羁的初恋情人的手指下发出迷人的声音，那些残酷的罗曼史中的歌词以忧伤的情绪感染着市民们纯朴的心灵：

我梦见那一天，一去不返，
我梦见那个人，再不回还……

这个剧院目睹过一切：声音让人撕心裂肺的年轻茨冈女人、散发着马汗味儿的破落地主——他们坐着马车狂奔一百俄里，为的是赶上什么尼娜·扎戈尔娜娅的音乐会。还有黑鬓角的骑兵少尉、戴着咖啡色圆顶礼帽的商人，以及惊恐不安、穿着泡沫般蓬松的粉红色连衣裙的新娘。

我脑子里关于这个剧院的想法，都是与七月的夜晚联系在一起的，那时，椴树的树冠上空闪烁着光亮，血液冲昏了头脑，听着放荡女人的歌声，感受着稍纵即逝的爱情，此时一切都不可惧，一切都不足惜。那一刻，所有的东西——都微不足道，所有的幸福——都在于那可爱的睫毛下一个顾盼的眼神，都在于在铃铛声和醉酒车夫的尖叫伴奏之下那个顾盼的眼神。仅仅这一个眼神，仿佛黑色的闪光倏然而起，这些闷热的夜晚，浸润着椴树的幽香，充满了布良斯克森林遥远的涛声——森林里没有路，无法通行，但涛声传来可以治愈心灵的抑郁和背叛带来的伤痛。

声音早已沉寂，可剧院的墙壁内却保存了遥远的回声，保存了对尽情生活、绑架、决斗、压抑的痛哭，以及炽热之心的回忆。

剧院看上去早已归于死寂，到处结着蜘蛛网，谁也不会在里面演出了。

但是，剧院的门又被打开，有人收拾卫生、通风、铺通道地毯，包厢里天鹅绒包布上的灰尘被掸掉，又从灰色变成樱桃红的了。

天花板挂着的吊灯被点燃。吊灯古老的水晶玻璃一开始闪着迟疑而昏暗的光，而后，乐队前几个乐句震得水晶玻璃颤动了一下，水晶玻璃仿佛数十颗色彩斑斓、发出咝咝响声的星星勇敢地闪烁光芒。

门旁出现了老引座员，他们都戴着白色的线手套。这里散发着香水、花园里的清新空气和糖果的味道。可以听到人们压低嗓音说话的嗡嗡声、马刺的叮当声、椅子的嘎吱声、笑声、细长条节目单的沙沙声——节目单上印着一把里拉琴，里拉琴戴着橡树叶做的花冠。

“奥尔列涅夫，奥尔列涅夫，奥尔列涅夫！”在剧院大厅的每一个角落都可以听到这名字。

科利亚舅舅坐在包厢里，他穿着自己优雅的、制服式的常礼服，礼服的领子是黑色天鹅绒的。灰白色的光辉环绕着玛露霞舅妈。这光亮是从她那条像烟雾一样的灰色的新连衣裙上发出来的，是从她的头发和她兴奋的灰色眼睛里发出来的——她已经很久没来剧院了。

伊万诺夫上尉平静地顺着铺着地毯的通道走了过去。他的尖头皮鞋上小小的马刺发出轻微的声音。

甚至鲁缅采夫大尉也精心地梳理了火红的、宽而密的大胡子，穿上了常礼服。他不停地从后面的口袋里掏出手帕擦红红的脸。

鲁缅采夫的姐妹们紧靠在一起坐着，她们的脸颊红得让人难以忍受。

来看戏的还有我在廖夫纳的几个老熟人——瓦洛佳·鲁缅采夫和巴夫利亚·坚诺夫。

瓦洛佳·鲁缅采夫溜到楼座上去了，虽然他在包厢里有位置——他和姐姐们吵架了。

巴夫利亚·坚诺夫貌似高傲地坐在那里，两腿交叉着，向前伸得老远。他可是彼得堡的老大学生了，怎么会在这样的戏剧演出时激动不安呢！

在包厢里，玛露霞舅妈拉我的手把我拉到她跟前，摘掉我外套领子上的一根绒毛，她仔细打量我的头发，抚平它们。

“嗯，现在好了。”

在剧院包厢入口处的小屋子里，有一面已经失去光泽的镜子，我照了一下。我脸色苍白，像孩提时代一样瘦弱，似乎分分秒秒就要垮掉。

帷幕升起，演出开始了。

我在基辅看过一些优秀演员的演出，但是，现在一个身材不高、长着一副忧伤且棱角分明的面孔的人，在舞台上创造了一个伟大的奇迹。他发出的每一个声音都展现出伟大的基恩痛苦而美好的灵魂。“箭射伤了小鹿！”——他用嘹亮的声音喊道，在这呼喊之中，所有无尽的对慈悲的思念，突然爆发了。

在观众大厅里，当演员们开始表演闹剧的时候，我整个人都在哆嗦。当帷幕落下以后，老泪纵横的英国导演来到台口，他用颤抖的声音说，演出不能继续了，因为“英国的太阳——伟大的悲剧演员基恩疯了”，这时，我止不住流下眼泪。

玛露霞舅妈朝我扭过身来，拍了拍我的手，她想说点儿什么，应该是玩笑话吧，但是，她没说，而是突然十分惊异地大叫了一声，并且站了起来。科利亚舅舅也转身站了起来。

整个大厅都被掌声震动了。

我也转过身去。父亲站在我的背后，他是如此疲惫，脸上带着温存且忧伤的微笑，但是，他的头发完全是花白的了。我眼里的一切都旋转起来，然后，一切戛然停止，变得静静的、暗暗的。父亲扶住了我。

我记不太清，老实说——完全不记得了，接下来发生了什么。当我醒过来的时候，已经是在剧院包厢入口处小屋里的沙发椅上了。我上衣的领子被解开了。水顺着我的下巴往下淌，玛露霞舅妈用花露水淋湿了我的双鬓。父亲托着我的肩膀，让我坐起来，还吻了吻我。

“你坐一会儿，别动，”他说，“现在，一切都会过去的。难道你们没收到我的电报？”

当疲惫的奥尔列涅夫出来鞠躬、捡起观众们抛到舞台上的鲜花时，父亲匆忙地说，他在别日察的车辆制造厂谋到了职位。别日察镇距布良斯克只有八公里。

父亲刚到布良斯克，可科利亚舅舅家却空无一人，他就来剧院找我们了。

“妈妈还好吧？”我问。

“妈妈？”父亲重问了一遍，“恰好，我给你带来了她的信。妈妈不想到别日察镇生活。她要同季玛去莫斯科，她想在那里永久定居。当然了，她会带上加莉娅的。”

“关于我，她怎么说？”

父亲想了想。

“好像没有。我很少见到她。她，或许，都写给你了吧。你看看信吧。”

他把信递给我。掌声依旧很热烈。我很快读完信。信写得很短，也没什么文采。

妈妈在信中说，我还得继续待在科利亚舅舅家，直到生活走上正轨。现在，妈妈什么安慰的话也不能对我说。她打算再过一个月，也就是在七月，就搬到莫斯科去。夏天，我还得在布良斯克度过，如果我愿意的话，也可以去别日察和父亲一起住。但是，如果我待在布良斯克的话，一切会更好些，也更舒服些。“在从基辅去莫斯科的路上，”妈妈写道，“我们，很遗憾，不能在布良斯克停留，但是，我会给你发电报，你来车站，我们见一面，聊一聊这些事儿。”

当我看完这封信，玛露霞舅妈笑着对父亲说：

“现在，我们不会把他交给任何人的。甚至是您，格奥尔吉·马克西莫维奇。”

“说啥也不给，”科利亚舅舅说，“但是，总之，我得和你谈谈这件事，格奥尔吉。”

“我们谈谈吧！”父亲同意说。

我们经过城市花园走向一辆轻便马车。树丛中间的白炽灯嗞嗞响。在舞台上，军乐队在演奏豪迈的进行曲，就好像是对戏剧演出的结束感到高兴，又可以尽情地吹军号和长号了。

我们坐上轻便马车。马迈着碎步，从陡峭的山坡上下来。

我对妈妈的信感到心灰意冷。看完这封信以后，一切依旧像过去一样地不明朗。显然，妈妈和父亲也没和好。我不明白，为什么妈妈给我写信这样冷淡。难道她要把我忘掉？难道谁也不需要我了？

父亲和科利亚舅舅热烈地交谈着。为什么他什么事也不问我？我可以给他讲很多伤心的事。或许，我要是能痛哭一场就会轻松些。

科利亚舅舅家的所有人都很爱我——科利亚舅舅、玛露霞舅妈，甚至是科利亚舅舅的所有同事们，但是，我的胸中还是经常沉重地纠结。我必须掩饰自己的忧伤，以免科利亚舅舅和玛露霞舅妈感到难过。

我想起苏博奇说过的话，他说，我很快就不再是任何人的累赘了。我整个人憋得喘不过气来。一切都明朗了。这就是说，我是所有人的累赘。父亲有自己的生活。谁知道呢，或许他在别日察并不是一个人生活。

可妈妈呢？她为什么也这样轻易地放弃我？或许，这是因为加莉娅吧。加莉娅就快失明了，医生也爱莫能助。妈妈为此也很绝望。加莉娅可怕的命运吞噬了妈妈所有的思想。或许，在妈妈的心里，除了对加莉娅强烈的悲悯之心，已经什么也没有了。

灰蒙蒙的月亮挂在城市的上空。铁皮房顶洒满月光，好像有些潮湿。玛露霞舅妈俯身对我说：

“把信给我，如果可以的话。”

我把信递给她。

她把信折成细细的一条，塞进她软羊皮手套的开口处，扣好开口处的珠母纽扣。

我的头开始剧烈地疼痛。疼得那么厉害，我的眼泪都流出来了。

“你怎么了?”玛露霞舅妈问。

“头很疼。”

“可怜的，祸不单行啊!”

在家里，他们安顿我躺在床上。我躺着，仔细听饭厅里的谈话和父亲的声音。我一直等着他来我的房间，跟我做睡前告别。

新鲜的空气飘进窗户里来，让我昏昏欲睡。快睡着的时候，我听到奥尔列涅夫在隔壁房间里喊了起来，他的声音极其痛苦：“箭射伤了小鹿！”在遥远的地方，在夜的最深处，立刻奏响了柔和的音乐。它飘向远方，开始静下来，就好像回首向我点头。

然后，玛露霞舅妈说：“他是你们家最弱的一个。对他来说，这是太大的波动。”“你们家指的是谁家?”我问。“睡吧,”玛露霞舅妈说，“我不会离开你。你给自己斟满茶水。”小茶匙开始在杯子里转动，越来越快。由此弄得我头晕，我开始下坠。我下沉了很久，当我坠落的时候，所有的事情都被忘记了。

我发烧，头也疼，躺了好几天。这段时间，父亲去别日察了。

我刚一康复，就和科利亚舅舅动身去了父亲那里。

别日察原来是一个潮湿的寂寥的小镇。泥土里掺杂着工厂炉子里的多孔灰渣。房前的小花园里长着一些歪歪扭扭的白桦树。工厂在冒烟。

在用原木搭建的房子里，也就是父亲的住处，散发着煤烟味儿。家具很简陋。除了父亲，这里没有别人居住。

我们去的时候，恰巧父亲在看百科词典。

父亲很高兴我们能来。

“我明白,”他对科利亚舅舅说，“科斯季克完全不应该在这里生活：无聊、没安顿好、孤单。我自己在这里也不会待得太久。”

“那你想干什么?”科利亚舅舅严肃地问。

“随便去哪儿。生活嘛，总的来说，不太顺利。我现在无所谓了。都是我自己的错。”

我看着父亲。现在他完全不像是在一九〇五年，或者是很久以前——在戈罗季谢，在格连吉克，或者是在画家弗鲁别利的房间里——的样子了。好像在那里的才是真正的他，而这里的只是他的同貌人——一个倒霉鬼。

独自走上大路

它们终于来了——这些带着衰落的最初征兆的日子。

在科利亚舅舅家房子的后面，顺着谷地陡峭的斜坡，有一片古老的苹果园。在有窟窿的苹果树干和歪斜的栅栏上，布满苔藓。在果园里，除了我，几乎谁也没来过。

我来到果园，带着一个小笔记本，躺在地上写诗。我现在才明白，那是一些糟糕的诗。在诗里，一切都被淹没在模糊的忧伤之中。

一群蚂蚁在诗行间奔忙着，它们拖着一只干瘪的黄蜂。腐烂的小树枝从树上不时掉到笔记本上。

天空尽管那么厚重，却是透明的，在果园的上空闪着亮光。风儿在空中穿行，把云朵带到杰斯纳河的后边。有一次，我开始数云朵，数到二百，便不再数了。我开始眼花缭乱。

秋天预示着自己的到来，时而是一片小小的干叶子，不经意间被遗忘在长凳上，时而又是一只小小的绿毛毛虫，顺着蜘蛛网向下爬，直接掉到我的头上。

渐行渐远的夏天令人惋惜。科利亚舅舅是在布良斯克度过夏天的。夏天里，我经常去科利亚舅舅的兵工厂，去他的实验室，或者是锻造车间。

我喜欢看汽锤是如何工作的。在这个汽锤旁边，我听到过伊万诺夫上尉讲的有关奥布霍夫斯基工厂的一个著名铁匠的故事。他能用一百普特[1]重的汽锤小心地砸开一枚核桃，这枚核桃放在翻扣过来的杯子的底上，砸开核桃，杯子完好无损。

我喜欢兵工厂，喜欢它低矮的厂房，这些厂房还是在叶卡捷琳娜统治时期建成的，我还喜欢它长满鲜嫩的绿草、堆满生铁铸件的院子，我还喜欢车间墙边的丁香、老蒸汽机车的汽缸，汽缸上面闪着光，好似油汪汪的铜器，我还喜欢实验室里的酒精味儿、大胡子铁匠、铸工和淡蓝色的自流泉，它是从兵工厂墙边的地下喷出来的。

应该和所有这一切告别了，告别布良斯克，告别科利亚舅舅舒适的家，或许，这是长久的别离。

秋天我回基辅去。这是在布良斯克的火车站那个简短的家庭会议上决定的，当时，妈妈和加莉娅、季玛一起去莫斯科，途经布良斯克。我和科利亚舅舅、玛露霞舅妈去车站见妈妈。

妈妈老了，她在和科利亚舅舅说话的时候，声音充满了愧疚，她似乎是想在他的面前辩解什么。

加莉娅几乎失明了。此外，她的听力也开始变差。她戴着双层的、

1　俄国重量单位，1普特等于40俄磅，约等于16.38千克。

厚厚的眼镜。当有人和她说话的时候，她会长时间地四下里看，努力猜出这是谁在和她讲话，她的回答也总是驴唇不对马嘴。季玛忧郁而平静。

妈妈拥抱我，然后，她从头到脚打量我，她发现，我看起来要比在基辅时好得多。从她的声音里，听得出来她有些委屈。

我说，我想回基辅去，第一中学也已经接收我回去。我将和鲍利亚一起生活，我会教课挣钱。

妈妈扭过脸去，她回答说，她也很想带我去莫斯科，但现在还不行。她自己也不知道，她在莫斯科的生活会是怎样的。

加莉娅一直在说：

“科斯季克，你在哪儿啊？啊，你在这里啊！可我根本就看不到你啊。”

玛露霞舅妈开始飞快地说，让我去基辅那简直是疯了，她还说，她或许什么也不明白，也无权掺和我们的家事，可是……

她闭上嘴，她注意到了科利亚舅舅警告的目光。妈妈什么也没有回答。她看着车窗外面的月台。她的眼睛由于愤怒变得阴沉了。

“总算来了！”妈妈说，“迟来也比不来强。”

父亲顺着月台走过来。他刚刚乘班车从别日察来。父亲穿着一件黑色的西装上衣，上衣很旧，因油污和磨损而发亮。

父亲走进车厢。紧接着，车站的钟敲响了两遍。

我们开始告别。父亲吻了吻妈妈的手，并且说：

“玛露霞，科斯季克由我来负担。我每个月都会给他寄生活费和所有的必需品。”

“上帝保佑！虽然这是小事儿，你也别忘了。求你了。”

季玛冷漠地和父亲告别，而加莉娅完全像是一个盲人，她把一只手伸向父亲，试图触到他的脸。父亲的脸色如此苍白，甚至连眼睛也变成白色的了。

第三遍铃声响了。

我们走出车厢，来到月台上。妈妈从车窗里对我说，冬天她一定来基辅看我。

火车开动了。

父亲站着，他摘下帽子，看着火车奔跑的车轮。他不想到城里科利亚舅舅那儿去，借口说他要坐第一班火车回别日察，那里有个急活儿等着他呢。

我们乘着轻便马车回家。一路上，科利亚舅舅和玛露霞舅妈都不吭声。玛露霞舅妈时不时轻轻地咬几下小手绢。然后，她看了看科利亚舅舅，说道：

"不，我还是不明白。怎么可以这样!"

科利亚舅舅皱起眉头，他用眼睛示意她看看我。玛露霞舅妈不说话了。

我为我们家所有的纷争感到羞愧，这纷争毁掉的不只是我们这些人的生活。我渴望能快点儿去基辅，忘记这些灾难和不快。孤单一人也比生活在相互埋怨的一团乱麻里好得多，这些埋怨令人厌倦、让人费解。

我等待八月，那时，我就能去基辅了。八月终于来了，树叶纷纷飘落，下起阴郁的雨。

在我启程的那天，下雨了，起风了。雨水猛烈地抽打着从莫斯科到基辅的火车的车厢。父亲没来送我，虽然他曾经答应过我。

在火车站，科利亚舅舅试图开一个小玩笑。玛露霞舅妈往我大衣的口袋里塞了一个信封，并且说："你路上看吧。"

当火车开动的时候，她转过身去。科利亚舅舅抓住她的胳膊，让她转过身来，面朝火车。玛露霞舅妈冲我笑了笑，就又转过身去。

雨滴顺着车窗的玻璃流淌。雨太大了，使得我什么也看不见。我放下车窗，探出头去。

科利亚舅舅和玛露霞舅妈站在月台上，他们目送火车离去。蒸汽落到地上。在火车后面很远的地方，我看到一长条洁净的天空。那里已是阳光明媚。

这对我来说是个好兆头。我从口袋里掏出信封。信封里装着一些钱，还有一张小纸条：

“爱惜自己。你开始独自走上大路，但不要忘记，你还有外省的舅舅和舅妈。他们深深地爱着你，随时准备帮助你。”

荒野巷

鲍利亚住在肮脏的日良斯卡雅大街上配有家具的“进步”公寓里，就在火车站附近。

他亲切地、呵护备至地迎接了我。

“好样的，”他说，“你决定做一个独立的人！你暂时住在我这里。然后，我们给你找一个好些的地方。此地不宜久留。”

“为什么？”

“你会看到的。”

很快，我便见识到了这是怎么一回事。鲍利亚刚一出门去工学院，房间里立马就来了一个浮肿的人，他的脸好像是一棵腌酸了的卷心菜。在这个浮肿的人身上，穿着一件落满尘土的大学生制服上衣，这件衣服穿在他的身上太旷了。绿色裤子的膝盖处鼓起来，也是晃晃荡荡的。他的眼睛凸出来，目光呆滞，眼珠子慢慢地转来转去，打量着房间、食品架，还有我。

“波托茨基伯爵！”这个浮肿的人做自我介绍，“我是您哥哥最亲近的朋友。工学院前大学生。由于无法医治的病，退学了。”

“您得了什么病?”我同情地问道。

“我的病嘛，也说不上来，”波托茨基伯爵回答，他从桌上的盒子里抓走一把鲍利亚的香烟，“我的痛苦难以形容。拜这疾病所赐，我一连三年，在帕通[1]教授的考试中都不及格。您知道帕通吗?”

“不知道。”

“衣冠禽兽！”波托茨基伯爵说，他拿起桌子上的香肠，转了转它，便揣进口袋里了，“他迫害所有渴求成功的人。治我这病的药——是普通的杂酚油。可是，我的父母耽搁了给我寄钱，当然啦，去药铺买刚才说的杂酚油的现金用光了。明天以前，您能考虑好吗?”

“考虑好什么?”我问，我并不明白他在说什么。

“那好吧！”波托茨基伯爵和善地笑了笑，“我讨厌忸怩作态。我想向鲍利亚借三卢布，可是，我来晚了。或许，您有这绿票子?”

“是的，当然啦!”我急忙从口袋里掏出钱，“您要三卢布?”

“啊，年轻人！”波托茨基难过地叫道，“如果一个无耻之徒借钱的话，那他就会夸大其词，而如果他是一个规矩人，那他一定会往少了说。如果我是一个无耻之徒的话，那可不得了了，我会借二十卢布。可我只借了三卢布。您一定会问，我真的需要多少钱呢?通常呢，得数就在它们之间。二十减去三等于十七。我们把十七除以二，得八卢布五十戈比。凑个整数，那就是九卢布。方便又简单。”

1 叶·奥·帕通（1870—1953），桥梁建筑与焊接领域的苏联学者。

我递给他十卢布，而不是九卢布。他拿钱的时候很古怪。我甚至都没发现，他是怎么拿到钱的。这钱好像是在空气里溶化了一样。

当我和波托茨基伯爵说话的时候，房间的门一直在吱吱响。但是，当这钱刚一溶化在空气中，房门果断地敞开了，一个穿着宽松罩衫的矮个子女人飞进房间。她每走一步，脚上的鞋就嗒嗒响。她的鞋太大了。

“为什么?!”她的声音十分激烈，她喊了起来，“为什么给这个暴徒钱啊？还回去!”她咬牙切齿地说，还抓住波托茨基伯爵的制服上衣。

制服上衣的袖子发出撕破的声音。

伯爵挣脱了，逃窜到走廊上。女人跟着他飞奔了出去。她的鞋就像打手枪一样，啪啪响。

“还给他!”她大喊，“哪怕三卢布！两卢布也行啊!”

但是，伯爵以不可思议的速度，顺着楼梯飞快地往下跑，他跑到大街上消失了。穿着宽松罩衫的女人紧靠着墙，号啕大哭，她的声音很不自然、令人生厌。住户们开始从屋子里向外看。这有助于我立刻看到他们所有人。第一个探出头向外看的是一个穿着浅紫色衬衫、脸上长满粉刺的男青年。他把一个粉红色赛璐珞的小领子扣在衬衫上。

“古梅纽克夫人，”他用命令的语气说，“请您采取措施吧!”

这个带家具的“进步”公寓的主人古梅纽克夫人出现在了走廊上——她是一个眼神温存且慵懒的胖太太。她走到穿宽松罩衫的女人跟前，突然用清晰的、恶狠狠的声音说：

“回自己的屋里去！别在这儿丢人现眼！您会等到警察来的！我把实话撂在这儿!”

穿宽松罩衫的女人安静地回到自己的房间。在走廊上，还是长时间地嘈杂，住户们都在谈论波托茨基伯爵的事儿。

当鲍利亚回来后，我给他讲了这一切。鲍利亚说我的损失不算太大，并且告诉我以后不要再中任何诡计。波托茨基伯爵根本就不是伯爵，也不是前大学生，而是一个司法部门的小官员，由于酗酒，被赶出工作单位。

“他们怕我，”鲍利亚说，“但是，以你的性格，还是躲着他们为好。这里聚集着的都是人渣。”

“那你为什么还住在这里啊？”

“我习惯了。他们并不妨碍我。”

过了一个月，鲍利亚给我找了“提供食宿”的一间屋子，在妈妈认识的一个老太婆——科兹洛夫斯卡娅夫人的家里，地点在荒野巷。

我收到了父亲寄来的钱，并且计算了一下，如果他不再给我寄钱的话，那我也能坚持三个月，也不用教课挣外快。

在科兹洛夫斯卡娅夫人的住宅里，除了她本人、她的儿子——步兵中尉罗穆亚尔德，就没有别人了。这是一套拥挤的住宅，涂了劣质油漆的地板黏糊糊的。窗户朝向花园，花园里的树木都被砍光了。那里总共只剩下两三棵树。冬天，在这个花园里，人们弄了个滑冰场。顺着滑冰场的边缘，人们把一些枞树插进雪堆里。它们很快就发黄了。滑冰场收费便宜，是供格鲁博奇察大街和利沃夫大街的男孩子们消遣的。滑冰场上甚至都没有乐队，只有一台带着个浅紫色大喇叭的留声机放音乐。

荒野巷的确是很荒凉。它不通往任何地方。它消失在一片荒地之中，那里到处都是积雪，草木灰成堆。从草木灰上升腾起瓦灰色的烟。从荒地上，总是吹来一股煤气味儿。

我用拜伦、莱蒙托夫和雨果的肖像画装饰自己的小屋。每到晚上，我就燃起厨房的小灯。它只照亮桌子和雨果的肖像画。大胡子作家坐在那里，忧伤地用一只手托着头，他衣服的袖口是浆过的，圆圆地硬挺着，他看着我。他的表情仿佛在说："喂，年轻人，您将来可怎么办?"

那时我很迷恋雨果的《悲惨世界》。大概，与小说本身的内容相比，我更喜欢雨果老人对历史进行的暴风骤雨般的抨击。

在那个冬天，总的来说，我读了很多书。我无论如何也适应不了孤单。书籍帮我摆脱孤独。我经常回忆起我们在尼科尔科－博塔尼切斯卡雅大街的生活、莲娜、愉快的火炮专家们、廖夫纳老公园里的焰火，还有布良斯克。所有地方都有各种各样的、和善的人围绕着我。

现在，我感到自己的周围冷冷清清。灯里有什么东西在嗡嗡叫。这声音加重了我的孤独感。

但过了一两个月，情况发生了骤变。我开始发现，现实看起来越丑恶，我就越强烈地感觉到隐藏其中的所有美好的东西。

我悟出一个道理，生活中的好与坏是并存的。透过谎言、贫穷和痛苦的层面，经常可以看得见美好的东西。这就像是有时在阴雨连绵的一天即将结束的时候，落日的火焰突然穿透灰色的乌云，闪耀起来。

我努力到处去寻找美好事物的特征。当然，经常找得到。它们会在不经意间闪现，就像是灰姑娘那条灰色破裙子下面的水晶鞋，就像是在街上的某个地方，她眼睛里专注而温柔的目光会突然闪一下。"这是我，"这个目光说，"难道你认不出我了吗？现在我变成了乞丐，但是，只要我扔掉这破衣烂衫，我就会变成公主。生活中充满了意外。不要怕。相信这一点。"

在那个冬天，这些模糊的想法困扰着我。我处在生活之路的起点，但是，我似乎觉得，我已经完全熟悉这条道路。我读到费特的诗行，依我看，正符合那些等待着我的东西：

从暴风雪的王国，从冰与雪的世界，

你的五月飞来了，如此洁净与清新！

我大声朗读这些诗句。科兹洛夫斯卡娅夫人隔墙听着。步兵中尉罗穆亚尔德回来得很晚，有时他根本就不回来过夜。科兹洛夫斯卡娅夫人感到很无聊，随便是谁的声音都让她感到高兴。

秋天的战斗

离开布良斯克之后，在中学里，老师和同学们热情地欢迎我，就像鲍利亚一样。甚至是大司祭特列古波夫也说了几句应景的、有关浪子回头的有教育意义的话。

苏博奇刨根问底地问我安置得怎么样，并且承诺一个月后给我安排教课的事儿。总学监博江斯基发出可怕的鼻音，有点儿像打鼾——他习惯用这种声音吓唬“小不点儿”们，他说：

“您有罪，但是您得到了宽恕。去教室吧，别再惹祸了！”

但是，我不得不继续犯错误。

在我们学校，每个年级都有两个班——一班和二班。一班是贵族班，二班是大众班。

在一班里学习的大多是一些蠢货——将军、地主、大官儿和金融家的儿子。在我们二班学习的都是知识分子、平民出身的脑力劳动者、犹太人和波兰人的孩子。

这样分班，显然是有意的，是上边儿的意思。

一班和二班之间的敌对一直没有停止过。它表现在相互的鄙视当中。但每年秋天，都会有一次所有年级的一班和二班之间传统的群架。只有小不点儿和毕业班的学生不参加打架。毕业班的学生已经被看作是成年人，就快是大学生了，他们打架不太合适。也曾有过不打架的、无聊的秋天。

打架的日子每年都有变化。这样做是为了欺瞒我们警惕性很高的头头脑脑们。但是，他们根据某些征兆就能猜到，意义重大的日子已经来临，他们便开始紧张，要些花招来防止交战：有时第一节课下课后，就突然放有嫌疑的班级回家去，他们可能是战斗的主谋；有时，他们又带上两三个班级去参观艺术博物馆；而有时，他们突然关闭通往花园的门，花园通常是打架的地方。

但是，任何的花招都不管用。战斗在约定的日子开始了，而且总是在大课间。

班级里会“赦免”一些中学生，他们可以不参加打架。赦免的是那些有病的、没力气的，或者是那些不仅厌恶打架，甚至对彼此之间最平常的打闹都感到厌烦的男孩儿。打架者也不爱带着这些男孩儿去打架：反正他们也没有任何用处。我被赦免是因为最后那个原因。

被赦免的同学们在战斗开始时，要解下宽腰带。在此情况下，按照中学生战斗中铁的规定，任何人也不能碰这些被赦免的同学。

被赦免的同学们宁愿不去花园，他们从教室的窗户观看群殴——从那里看得更清楚。

战斗是从学校教学楼里突然降临的不祥的寂静开始的。走廊里瞬间空无一人。所有的中学生都冲到花园里去了。

然后，就响起了震耳欲聋、令人恐惧的咆哮声。听到声音，总学监博江斯基脸色发白，他画了一个十字。在彼此进攻的两支队伍升腾起来的一团团尘土中，几百颗栗子像霰弹一样，呼啸而过。

所有的看门人——卡济米尔、“冰水”马克西姆，还有其他几个人——一路小跑到花园里去。在他们的后面，有几个吓坏了的学监你追我赶地飞跑。门噼里啪啦直响。走廊里传来教师们惊慌失措的声音。

总学监博江斯基一边走，一边费力地套上大衣，把带帽徽的制帽拉到额头处，他顺着楼梯往下跑，赶去战斗的地点。

有一次，大教堂神父奥连茨基也跟在博江斯基的后面急匆匆下楼到花园去。我们爬到窗台上。我们想看看，奥连茨基怎样把十字架举到头顶，呼唤这些敌对的学生和解。

但是，奥连茨基并没有这么做，他卷起长袍的袖子，开始拉开打架的同学，用力地往两边推开他们。他做这事儿时，动作异常灵活。中学生们就像球儿一样，飞离他的身边。或许，奥连茨基想起了自己的童年。

司铎呼呼地喘着气，从花园回到教员休息室。从他热情洋溢和大放光彩的脸上，可以判定，即使是以调停者的身份参加了这场战斗，他也获得了极大的满足。

搏斗刚一开始，所有通往花园的安全门就会迅速打开。这是战略。打开安全门是为了让看门人和学监们拉开打架的学生，可以把他们分批击退到这些安全门里去。

“第一中学开始啦!”一些男孩儿在大街上高喊。

从窗户这边很难搞清楚发生了什么事、什么开始了。尘土飞扬，树枝噼啪直响。可以听到喊叫声和低沉的脚步声，就像是在花园里有一群群的大象在彼此踩踏，弄疼了脚。

然后，胜利的欢呼声扫荡了一切，沿着回声很响的走廊向四处滚去，它爆发、增强，后来变成雷鸣般的咆哮——这就意味着，二班胜利了，而一班的同学们都逃跑了。

在我的印象中，一班没赢过。

有一个中学生，长着好斗的翘鼻子，他几乎总是出现在最初的胜利者的队伍中——未来的作家米哈伊尔·布尔加科夫[1]。他冲入战斗中最危险的地带。胜利总是伴随着他，给他戴上金色的花冠，花冠就是他自己乱蓬蓬的头发。

一班的蠢货们都害怕布尔加科夫，他们试图诽谤他。战斗过后，他们散布谣言，说布尔加科夫打架时用了违规的手段——用了腰带上的金属扣环。但是，任何人都不相信这恶意的诽谤，甚至是总学监博江斯基。

这一次，我也参加了战斗，因为我要和中学生哈文算账，他是交易所经纪人的儿子。

这个心绪不宁的高个子中学生，几乎在每句话里都要想方设法地放进“神圣的”这个词，尽管他完全发不清卷舌音。他坐在剧院里，对认识的姑娘们送出懒洋洋的飞吻。他来学校时，乘坐私人马车，蔑视我们这些平民出身的脑力劳动者。

一切都起因于科兹洛夫斯卡娅夫人。这老太婆视力不好，害怕一个人进城。几乎每个星期天我都要送她去大教堂。科兹洛夫斯卡娅夫人因为总是麻烦我而觉得不好意思，便不厌其烦地说抱歉，就像一个小姑娘那样害羞地脸红。

1 米·阿·布尔加科夫（1894—1940），苏俄作家，著有《大师与玛格丽特》等。

通常我要拉着她的手，否则她会撞到对面的行人。有时步兵中尉罗穆亚尔德代替我充当向导的角色。但这种情况很少。我怀疑，中尉耻于有这么一个老太婆母亲，还有她的老式大衣、衰弱无力。总之，每到星期天的早晨，中尉几乎总是“忙极了”。

有一个星期天，我领着科兹洛夫斯卡娅夫人沿着米哈伊洛夫大街去大教堂。我们遇到了哈文。他扬起眉毛，眯缝着眼睛瞧了瞧我。他的脸上现出鄙夷而疑惑的神色。然后他慢慢地从头到脚打量科兹洛夫斯卡娅夫人一番，冷冷一笑，打了一个响指，吹起口哨，从旁边走过去了。

当战斗开始后，我去了花园。哈文站在一边。他没系宽腰带。他“被特赦”了。我也“被特赦”了，也没系宽腰带。但是，我走到哈文跟前，扇了他一个耳光。

哈文奇怪地尖叫了一声。学监“什邦卡”抓住了我的手。

第二天，总学监博江斯基叫我去他办公室。

“这是怎么一回事？”博江斯基说，“如果您去打架是属于责无旁贷，像我们这些霍屯督人[1]一样，我还是理解的。您可倒好——给人一个耳光！为什么啊？”

“肯定有原因。我长这么大，从来没有打过架，巴维尔·彼得罗维奇。您也是知道的。”

“是啊，是啊！可您还是冒险了，大概下半年不能再给您免学费了。您为什么打他？”

我憋着，不想说我为什么打哈文。

1　非洲南部的部族，以善战著称。

“那也值得。您可以相信我，也可以不信，巴维尔·彼得罗维奇，但是，再多的话我不会说了。”

“我相信您，”博江斯基说，“您走吧！此事就让忘川将其慢慢吞噬吧[1]。”

每次战斗过后，校长和博江斯基都要向学区督学和那些受到重创的蠢货的家长做一番不愉快的解释。

“如果人们的脑子里没有沙皇，这意味着什么？”博江斯基苦恼地对我们说，“你们现在还读什么易卜生和列昂尼德·安德烈耶夫[2]啊！有学问的年轻人！未来的社会栋梁！祖鲁人和野蛮人！”

1 引自普希金的《叶甫盖尼·奥涅金》。

2 列·尼·安德烈耶夫（1871—1919），俄国作家。

“活的”语言

在“死的”语言中，我们在中学里学过的只有拉丁语。它是一门主要课程。我们的级任教员弗拉基米尔·法捷耶维奇·苏博奇教我们拉丁语，他长得像一只又高又瘦的猫，翘着两撇浅色的小胡子。他是一个心地善良的人，我们也喜欢他，虽然，他有时会因为我们全班的拉丁语而突然间迅速崩溃。

博江斯基也很严格地关注着我们的拉丁语知识，他喜欢重复一句话：

“拉丁语是合词法最伟大的奇观!”

希腊语不是必修的。没有多少人学它。教这门语言的是一个年老的、满身烟灰的捷克人波斯佩什利。他沿着走廊慢慢地挪动脚步，他的两脚有病、浮肿，他上课总是迟到。为此，我们把他的名字波斯佩什利改为奥波兹达利[1]。

在“活的”语言中，我们学习法语和德语。这都是些枯燥的课程。

法国人赛尔穆有一只手萎缩了，他把火红色的胡子修剪得尖尖的，国王亨利四世时期时兴留这种胡子，他的腋下夹着几幅大大的石印油画，他把它们拿来挂到教室的墙上。

石印油画上画的是不知名民族的农民一年四季的幸福生活。春天，这些农民戴着有彩带装饰的草帽耕地，此时，他们那些面色绯红、裙子上系着宽腰带的妻子在喂黄色的小鸡仔。夏天，农民们在割草，挥动着蔷薇枝围着草垛跳舞。秋天，他们在玩具般的小农舍旁边打谷，而冬天，很显然，没什么事可做，他们便顺着冰封的河面滑冰。

所有这些画着农民的画，总算比其余的画还有些意思，其余的那些画就是画了一些枯燥的、几何形状的房间，里面有简陋的家具，一只小猫，在玩儿一团毛线。

赛尔穆把石印油画分别挂起来，用那只健康的手拿着教鞭，他指着那些手持镰刀跳舞的农民，或者指着那只小猫，用法语震耳欲聋地问：

“在这幅有趣的画上，我们看到了什么？”

我们用法语齐声回答，说我们在这幅画上清楚地看到了善良的农民，或者是很小的一只猫，它在玩儿可敬的老奶奶的毛线。

这种拿一幅画说事的无聊课，一直持续了两年，直到有一次，总学监带来一位新老师给我们上课，替掉了赛尔穆，这位新老师是戈瓦斯先生。

戈瓦斯先生刚到俄国。他一个俄语单词也不懂。他在这个神秘国家

1　俄语中“波斯佩什利”的意思是“匆忙的人”，而“奥波兹达利”的意思是“迟到的人”。

的第一节课，正好赶上在我们班。

戈瓦斯先生出生于布列塔尼。这是一个矮胖的人，他是如此冷漠，甚至是不屑于劳神生我们的气。

总学监给我们介绍完戈瓦斯先生便走了。当时，法国学生列加梅站了起来，用极好的巴黎方言彬彬有礼地告知戈瓦斯先生，在俄国，课前是要读祈祷文的。戈瓦斯先生宽厚地微笑了，很显然，他认为每个国家都有自己古怪的习惯。

现在轮到中学生利塔乌埃尔了。他是犹太人，但是他很了解东正教的祈祷仪式。

利塔乌埃尔离开座位，面对圣像停下来，画了一个大大的十字，开始了“课前祷告”：“最仁慈的上帝，请赐予我们你圣灵的恩惠，你的圣灵赐予并强大我们的精神力量。”

他读了五遍这段祈祷文，然后又读了一遍《伟大的叶克千尼亚》[1]。之后，利塔乌埃尔又大声诵读了《信经》《我们的在天之父》，然后开始读叶甫列姆·西林[2]的祈祷文。

戈瓦斯先生站着，礼貌地低下头，有些疑惑。

“主啊，我生命的主宰！”利塔乌埃尔大声呼喊着，“勿让我的灵魂逸乐、颓丧、贪权、漫语!”

我们齐声重复着祈祷词，不时看一看时钟。离下课还有十分钟。我们担心利塔乌埃尔祈祷仪式的知识不够多，不足以拖完这十分钟。但是，利塔乌埃尔并没有使我们尴尬。他又读了一遍《信经》，最后庄重

---

1 东正教的祈祷文。

2 生活于4世纪的基督教早期神学家。

地朗读了祈祷词“主啊，拯救你的子民吧”，以此结束了这堂课。

下课铃声响了，戈瓦斯先生轻轻地耸了耸肩膀，就去教员休息室了。他的黑色常礼服在太阳光下闪了一下，便在走廊上闪着亮光飘然而去。

我们躲在桌面掀起来的课桌后哈哈大笑，但是，过了一分钟，总学监博江斯基气喘吁吁地闯进教室，大声喊道：

“搞什么名堂！你们想要亵渎神灵吗？一群二流子！谁在这儿祈祷的？想必是你吧，利塔乌埃尔？”

“您说什么啊！”利塔乌埃尔一边起立，一边高声说，“我可是犹太人，巴维尔·彼得罗维奇。”

“哦——哦——哦！”博江斯基说，“犹太人！很有趣的理由！就好像我会相信，如果你画十字，那么，你的手就会烂掉一样！收拾好你的书本，回家去吧！路上你可以想一想你那悲惨的境地，从今往后，你的操行就有两个四分了。”

戈瓦斯先生教我们课的时候，我们沉浸在不规则动词和变位的深奥难点之中。华丽的语言变成了沉重的公式。我们在谜一样的重音之中混乱了，我们在所有这些“阿克桑特埃久”“阿克桑戈拉夫”“阿克桑西尔孔夫列克斯”[1]之间糊涂了。慢慢地形成了这样一种情况，对我们来说，福楼拜和雨果的活的语言开始成为某种与戈瓦斯先生教我们的完全不相干的东西。

随着年龄的增长，我们越来越喜欢法国文学，渴望阅读法国作家的

1 法语“闭口音符”“开口音符”“长音符号”的音译。

原著。为此，我们自学法语，或者请私人教师帮助，而不去理睬那个冷漠的布列塔尼人。他总是变位啊变格啊，还不时往窗外看——窗外，俄罗斯的天空已飘起冰冷的雪花。从戈瓦斯先生的眼睛里你读不到任何东西，除了他对小壁炉里火焰的眷恋。

我们试着和他谈谈巴尔扎克和大仲马，雨果和都德，但是，戈瓦斯先生要么避而不谈，要么就说这是成年人的文学，不是给俄国小孩子看的，因为我们这些小孩子到现在还不知道“非尤秋尔”和“孔季西奥涅尔”[1]之间的区别。

随着时间的推移，我们搞清楚了，戈瓦斯先生在布列塔尼的一个小镇上有一个小石头房子，他还有老母亲。戈瓦斯先生来俄国，只是为了用几年时间，赚上一笔钱，然后回自己的家，他的母亲在家里饲养家兔，而戈瓦斯先生打算培育香菇，并推销到巴黎去——这是有利可图的。因此，戈瓦斯先生对俄国和法国文学根本就没兴趣。

戈瓦斯先生只跟我们聊过一次。那是在春天。戈瓦斯先生准备去布列塔尼过暑假。由此可以明白他为什么心情那么好。

他愁眉苦脸地开玩笑，还告诉我们，一个人出生，为的是没有任何波折地活着。为此就要服从法律，小富即安。

后来他给我们讲了他小时候同自己的祖父怎样一起捕大螯虾的事，之后一声叹息，开始沉思。窗外的栗树已经开花。春天和轻柔的穿堂风一起在走廊里徘徊，扑面而来，犹如少女的呼吸。戈瓦斯先生望着春天，忧伤地摇了摇头——生活把他抛到这个世界上来，就像是风儿从嫩绿的

1 法语“将来时”和“条件式”的音译。

叶子上吹掉一只胖胖的瓢虫。而这一切都是因为他并不富有，他要用自己枯燥的劳动创造平安的未来。

“是的，”戈瓦斯先生说，“生活就是这样！我们也得忍耐。不要抱怨命运和上帝。坚持就会有回报。不是这样吗？”

谁也没有回答他的问题，因为那时我们相信，忍耐近乎白痴。

许多年以后，我给我的朋友——作家阿尔卡季·盖达尔，讲述赛尔穆先生如何用石印油画教我们法语的事。

盖达尔很高兴，因为他也用这种方法学习过。记忆开始控制着盖达尔。一连几天，他都只是按照赛尔穆的方法和我讲话。

我们当时住在梁赞近郊，经常一起闲逛，在湖里捕鱼。

“我们在这幅画上看到了什么？”当我们漫游的时候，盖达尔会突然用法语问，然后自己马上做出回答，“我们看到了一个不好客的农村，贫穷的旅行者正在离去。我们看到一些农民，他们不愿意用三个鸡蛋跟旅行者换一把烟叶。”

当我们沿着从图姆站到弗拉基米尔的荒凉的铁路支线返回莫斯科的时候，盖达尔在夜里叫醒我，他问：

“我们在这幅有趣的画上看到了什么？”

我什么也没看到，因为灯笼里的蜡烛闪得厉害，都是一些影子在车厢里跑来跑去。

“我们看到了，”盖达尔解释道，“一个铁路上的小偷，正从一位可敬的老妇人的筐里掏出一双暖和的俄国靴子，就是所谓的毡靴。”

说完这些话，盖达尔——这个身材魁梧、心地善良的人——从上铺跳下来，抓住那个戴着格子鸭舌帽、身手敏捷的人的后脖领，从他那里夺回毡靴，说道：

“滚出去！这辈子别让我再看到你！”

惊恐万分的小偷跳到车厢尽头的乘降台上，在火车行驶中跳下了车。这大概是赛尔穆先生的教学法唯一一次运用在实践中。

德语课要比法语课有趣一些。这不是因为奥斯卡·费奥多罗维奇·约翰逊是一位模范教师，而是因为在他的课堂上，我们有时可以干一些与德语不相干的事情。奥斯卡·费奥多罗维奇最常给我们布置的任务是，抄写他的歌剧《托卡伊酒[1]之魂》的总乐谱。

约翰逊是维也纳人，他已经上了年纪，还有些神经质。他来教室时总是带着一条从椅子上锯下来的木头腿。当教室里混乱到无法忍受的程度，约翰逊就抓起椅子腿，开始拼命地敲桌子。我们就立刻恢复正常。

约翰逊是音乐方面的行家、爱好者。他本打算成为一名作曲家，但是，他生活中某个不幸的事件搅乱了这件事，于是他只好带着厌恶的心情来从教。

他要求我们掌握的德语知识微乎其微。如果我们当中有谁考试不能及格，约翰逊就会一直从夹鼻眼镜的上边看着他，叹息着，慢慢地打一个三减的分数。

有一次，当我已经上六年级的时候，约翰逊把自己的歌剧稿子丢在了电车里。这是唯一的一份手稿。他在报纸上登了启事。但没有任何人还回歌剧稿子。整整一周，约翰逊都没有来学校，而当他再来学校的时

1　以匈牙利小城托卡伊得名的葡萄酒。

候，我们几乎没有认出他来——他灰头土脸的，发黄的脖子上围着一条破围巾。这天，约翰逊的课堂安静得出奇。

“嗯，年轻人，”约翰逊开始说话了，“一切都结束了！这部歌剧是我毕生的事业。我写它的时候，我就变得年轻。每写一页，都使我年轻几岁。是的！就是这样！那是关于幸福的音乐。我写的就是幸福。它在哪儿？到处都有！在森林的喧闹声中，在橡树的叶子里，在盛酒的大圆桶的香味儿里，在女人和小鸟的歌喉中。到处都有。我幻想成为一名流浪歌手，而不是拖着这身制服式的常礼服。我羡慕那些茨冈人。我要是能在乡村的婚礼上或守林人的屋子里唱歌，那就太好了。要是能为恋人或孤单的人、英雄和诗人、被骗后却未失去对善良的信念的人们唱歌，那可就太好了。所有这一切，都在我的歌剧里。一切！我希望我能平静地死去，如果我能看到它在维也纳剧院的舞台上上演。或许，我想，我的朋友，老诗人阿尔腾别格[1]，他能来，像一只熊一样坐到天鹅绒的椅子上，热泪盈眶。对我来说，这是最好的奖赏。或许，从未相信过我的实力的那个她也能听见这音乐……”

约翰逊一边说，一边端详着自己细细的手指。他仿佛由于痛苦而沉醉。他一直用略带华丽的戏剧式的腔调说着，但此刻我们都没注意到这一点。我们都低头坐着。

课后休息的时候，苏博奇来到我们班。

“我想警告你们，”当我们围着他的时候，他说，“你们现在上奥斯卡·费奥多罗维奇的课，态度要格外客气一点。不过我想，你们应当意

1 彼得·阿尔腾别格（1859—1919），奥地利作家。

识到了这一点，不用我强调。”

也是在那一天，在学校的所有班级里，都传遍了这个呼声：“一定找到歌剧手稿！无论如何都要找到它！”

我不知道谁是号召者。它口口相传。我们三五成群聚在一起，讨论寻找的办法。我们走来走去，就像是一群阴谋家。每个人都心急如焚。

寻找开始了。我们询问电车的售票员，走遍了市场。我们在买卖人的包装纸里翻腾。最终，在卢基扬诺夫卡市场找到了歌剧稿子。

一个八年级学生在一个卖荤油的女贩子那里发现了它。女贩子还抱怨着，说这种纸不适合包东西——墨水的字迹印在荤油上，顾客们会不高兴的。所以，手稿总共只缺了三页。

在八年级的课上，学生们把手稿交还给约翰逊。我们没有目睹这一过程。我们只是看见，下课后，约翰逊是怎样沿着走廊走的，八年级的学生们簇拥着他。他没戴夹鼻眼镜。他脚下有点虚浮，步履蹒跚。八年级的学生们搀扶着他。总学监博江斯基站在教员休息室的门口微笑着点头儿。他拥抱了约翰逊，和他相互亲吻。

在学校里，围绕乐谱的疯狂持续了好几天。约翰逊带来歌剧的总乐谱，还有空白的乐谱纸。他把这些纸发给我们，我们把这部歌剧的谱子誊抄了好几份。

这是在冬天的末尾，而春天的时候，我收到邮局寄来的一小块纸板。上面写着，奥斯卡·费奥多罗维奇·约翰逊邀请我“光临”他的歌剧片段演出，演出将在我们班一个同学的家里进行。

晚上，我去了指定的地方，在比比科夫街心花园那里。我同学家里的宽大楼梯被灯光照得亮堂堂的。两个大厅里都是人。大多数都是男中学生，但是，也有马林斯基中学的女学生，还有头发花白的乐师和演员。

约翰逊还没来。我站在大厅的门口，看到了被灯光照耀的楼梯。奥斯卡·费奥多罗维奇出现在楼梯上。他顺着楼梯跑上去——他很清秀，人也变得年轻了，穿着雅致的黑色常礼服。他快速走进大厅。所有人都开始鼓掌。

音乐立刻开始。是由钢琴伴奏的四重奏曲。这是真正的关于幸福的音乐、关于恋人痛苦的音乐，这痛苦与特里斯丹和绮瑟的痛苦是一样的。我简直无法表达这音乐曲调的和谐及其弦乐的力量。

当音乐结束后，大多数客人祝贺完约翰逊，便散去了，我们留下来的人被邀请到餐桌旁。

夜已深，我们送约翰逊回家。他顺路去了一趟电报局，往维也纳发了一封电报。从电报局走出来时，他有些惆怅，他说，他等这一天等得太久了。而当你过久地等待，快乐就会变成一种忧伤。

“中学生先生”

谁能知道，我们这些被博江斯基称为“中学生先生”的人会有怎样的出息？这些戴着褪了色的制帽、随时准备各种恶作剧、随时嘲笑别人和争吵的青年，将会有怎样的出息？譬如说，布尔加科夫会有怎样的出息？这事儿谁也不知道。

布尔加科夫比我年长，但是，我清楚地记得他动作敏捷、灵活，言语无情，让所有人害怕，他那种明确而有力的感觉——在他的每一句，哪怕是无所谓的一句话里，都能感受得到。

布尔加科夫充满了想象力，玩笑不断、故弄玄虚。他把我们已经谙熟的中学日常生活，变成一个由难以置信的事件和人物组成的世界。

有一个外号叫“什邦卡”的落魄学监，他落进了布尔加科夫虚构和

“恶作剧”的圈子里，被演绎成索巴凯维奇或者达达兰[1]那样的程度。他开始了第二种神秘的生活，已经不是那个长着肿胀的酒糟鼻子的“什邦卡”了，而是成了一些令人发笑和极其不可思议的事件里的主人公。

布尔加科夫用自己的虚构，几乎把周围的事物从完全现实的世界搬到了一个过分夸张、几乎是幻想世界的最边缘。

我和布尔加科夫中学毕业后再次相见已是一九二四年，那时，他已经成为一个作家。他没有忘记基辅。在他的剧本《图尔宾一家的日子》里，我认出了我们学校的前厅，看门人“冰水”马克西姆——那个忠诚的、有些难缠的老头儿。还有在剧院后台外面轻声低语的我们基辅秋天的栗树。

有几个几乎是在同一时间和我在中学学习的年轻人，他们后来成了著名的文学家、演员和剧作家。基辅总是一个醉心于戏剧的城市。

这个学校在短时间内培养出如此之多的文学与艺术领域的人，是偶然的吗？我想，不是的。（当我们“偶然”上课迟到的时候，难怪苏博奇对我们说：“生活中没有任何偶然的东西，除了死亡。”说完这句箴言，苏博奇给迟到的同学操行分数打了一个五减。）

这，当然，并非偶然。这个现象的原因如此之多，也很难察觉，以至于我们由于自身的懒惰，而不想深入地研究它，我们宁愿认为，这一切的发生是源于幸运的偶然性。

我们渐渐忘记了那些老师，他们曾经唤起我们对文化的热爱，我们也忘记了出色的基辅的剧院，忘记了我们人人都迷恋的哲学和诗歌，还

---

1 索巴凯维奇为果戈理的小说《死魂灵》中的人物，特点是粗野、狡猾；达达兰是法国作家都德的小说《达拉斯贡城的达达兰》中的人物，特点是想冒险而胆子小。

有我们青少年时代尚在世的契诃夫、托尔斯泰、谢罗夫[1]、列维坦[2]、斯克里亚宾[3]和科米萨尔热夫斯卡娅[4]。

我们渐渐忘记了一九〇五年革命，忘记了我们这些中学生竟然能钻进去的大学生集会，我们也在忘记大人们的争论，忘记基辅总是一个赋有极大的革命激情的城市。

我们渐渐忘记了，我们曾经大量阅读普列汉诺夫、车尔尼雪夫斯基的作品，还有那些印在易碎的灰纸上的革命小册子，上面印着“全世界无产者联合起来！”“土地和自由”等口号。我们也读过赫尔岑和克鲁泡特金的作品，还有《共产党宣言》以及革命者科拉夫琴斯基[5]的长篇小说。

但就是这种不系统的阅读，却结出了自己的果实。

我们渐渐忘记了克列夏季克著名的伊季科夫斯基图书馆、交响音乐会、基辅的花园，忘记了晴朗的、树叶簌簌作响的基辅的秋天，还有庄严、高雅的拉丁语，它陪我们度过了全部的中学时光。我们渐渐忘记了第聂伯河、温柔多雾的冬天，还有富饶温馨的乌克兰，它用荞麦田、草屋顶和养蜂场将城市环绕了起来。

这些丰富多彩、有时相差甚远的东西对我们青少年意识的影响，是很难察觉的。但这影响是存在的。它赋予我们的思想和感觉以特殊的诗的韵律。

---

1 瓦·亚·谢罗夫（1865—1911），俄国写生画家、黑白绘画艺术家。

2 伊·伊·列维坦（1860—1900），俄国写生画家。

3 亚·尼·斯克里亚宾（1871/1872—1915），俄国作曲家、钢琴家。

4 维·费·科米萨尔热夫斯卡娅（1864—1910），俄国女演员，曾在彼得堡创建自己的剧院，以上演当代进步剧目闻名。

5 谢·米·斯捷普尼亚克-科拉夫琴斯基（1851—1895），革命民粹主义者、作家。

我们迷恋诗歌和其他文学形式。但是，我们对俄国文学、对其所有经典作品的清晰与深刻的理解，比理解相对轻松的西方文学要晚一些。

我们还很年轻，西方文学以其优雅、沉静和画面的完美吸引着我们。淡雅、简洁的梅里美对我们来说，比折磨人的陀思妥耶夫斯基要轻松些。梅里美和福楼拜作品的一切都是清晰的，就像是夏日的清晨，而陀思妥耶夫斯基像是正在逼近的暴风雨，让人惶恐，让人想躲到牢固的屋顶下。狄更斯也不会让人产生疑惑。还有雨果。还有巴尔扎克。

我们之所以迷恋西方文学，也许那种价格低廉、黄色装帧的《万有文库》丛书难辞其咎。这些书当时充斥于各个书店。花二十戈比就能读到《温泉》《欧也妮·葛朗台》《野鸭》《帕尔马修道院》[1]。我们毫无节制地读所有这些东西。

有一段时间，我们特别迷恋法国诗歌——魏尔伦、勒孔特·德·李勒[2]、泰奥菲尔·戈蒂耶。我们读他们的作品，有原文的，也有译本。法语在这些诗人那里，发出了有魔力的声音，有时是轻盈的、几乎难以捉摸，就像是远方的气息，有时却是坚硬的，像金属一般。

这样的诗歌吸引我们的不仅是它悦耳的音调和如春天的雾霭一般朦胧的内容，还有就是它能形成我们对诗人本身和巴黎的概念。这样的诗歌存在着，就像是一个诱人的事物，是一系列与巴黎相关的诱人的事物中的一个。石板屋顶、环岛、雨、灯火、万神殿、塞纳河上空玫瑰色的夜晚，最后，还有诗歌。巴黎就这样出现在我们质朴的想象之中。如果它没有诗歌，就如同没有街垒和亲吻一样，巴黎是难以想象的。

1 上述作品分别为莫泊桑、巴尔扎克、易卜生和斯丹达尔的作品。
2 勒孔特·德·李勒（1818—1894），法国巴纳斯派诗人。

但是，我这个迷恋法国诗歌的人很快就明白了，这都是些冷光，而大量鲜活且纯净的俄国诗歌就在身边熠熠生辉。

> 森林抖掉自己深红色的衣裳，
> 严寒为枯萎的田野披上银装……[1]

我们在成长，强大的，或许是世界上最伟大的俄罗斯文学渐渐地占据了我们的心灵，它把西方文学挤到了第二位，尽管这个位置也很可敬。

除了文学，我们也迷恋绘画。

在学校礼堂的大理石板上，用金色的字母写着获得奖章的毕业生和从我们学校毕业的名人的名字。在这些人当中，有画家格[2]。虽然他是我们的学长，可我们依旧不能认同这位画家，因为他的画作是黑色调的，带有训诫性。在我们的那个时代已经开始了姗姗来迟的、对印象派的迷恋。

我的同班同学埃马·施穆克勒想成为一名画家。他向基辅的印象派画家马涅维奇学习绘画。我喜欢马涅维奇的画——镇上的小房子、院落，这些几乎都像是用油漆涂抹的一样，厚厚的。

我经常待在埃马的家里。就像大家说的那样，这是一个演员之家。

埃马的父亲是城里广为人知的清廉的医生，从青少年时期就幻想成为歌剧演员。可不知为什么，他并没有成功。但是，对歌剧的热爱在施

1 普希金的诗《十月十九日》(1827) 中的诗句。

2 尼·尼·格 (1831—1894)，俄国写生画家，巡回展览画派的奠基人之一。

穆克勒医生那里依旧压倒了一切。

他家里的一切都跟歌剧有关——不仅是身材魁梧的、脸刮得干干净净的、大嗓门儿的主人本身，还有钢琴、手写的乐谱、献花用的大花篮、海报、著名歌唱家的肖像画和镶着珠母的双筒望远镜。

在医生的住宅里，连安静不下来的嘈杂声也完全是歌剧式的。大人冲孩子们吆喝、激烈的争吵——所有这一切都像是华彩经过句、宣叙调、中板、快板和强板，像是二重唱和三重唱，像彼此打断的男声、女声和童声的咏叹调。在所有这些嘈杂的声音里，还有隐藏着的曲调。从施穆克勒住宅传出来的声音洪亮、自然，像是“美声唱法”，顺着整个正门的楼梯飘散开来。

我经常去埃马·施穆克勒家，但是，我依旧认为我另一个中学同学、波兰人菲佐夫斯基的斗室比这个家好。他和我一样，也是一个人生活。

菲佐夫斯基身材矮壮，一绺浅褐色的头发耷拉到额头上，他总是很淡定，任何事情对他来说都是愚蠢的忙碌。

他有一些怪癖让老师们很是恼火。例如，他和自己的同桌——乐天派斯坦尼舍夫斯基交谈时，用最纯正的俄语，但是，有时他的话让人一句也听不懂。造成这种效果方法很简单。菲佐夫斯基把所有单词的重音全都读错，并且语速飞快。

菲佐夫斯基强迫我学习全世界通用的语言——“世界语”。这个语言是华沙的一个眼科医生柴门霍夫构想出来的，优点就是很容易。人们用这种语言，在不同的国家出版了很多报纸。在这些报纸上，我感兴趣的是刊登那些想用世界语通信的人地址的栏目。

我效仿菲佐夫斯基，开始和几个学习世界语的人通信，英国的、法国的、加拿大的，甚至是乌拉圭的。我给他们寄去基辅风景明信片，作为交换，我收到了格拉斯哥、爱丁堡、巴黎、蒙得维的亚和魁北克的风景明信片。渐渐地，我开始使自己的通信多样化。我请求他们给我寄来一些作家的肖像画和带插图的杂志。就这样，我得到了精美的拜伦肖像画，是曼彻斯特市的一个年轻的英国医生寄来的，还有维克多·雨果的肖像画，是奥尔良的一个年轻的法国女人寄给我的。她好奇心很强，提过许多问题——俄国神父都穿着金叶做的衣服，所有俄国军官都说法语，这些都是真的吗？

每周我们都在菲佐夫斯基的斗室里聚餐。在这类聚餐时，我们做得最少的是喝酒（钱只够买一瓶果子露酒），而最多的是扮演莱蒙托夫的骠骑兵、读诗、争论、发表演说和唱歌。

我们一直坐到早晨。黎明之光照进烟雾缭绕的斗室，它对我们来说是令人惊奇的生活的黎明。生活就在门槛外面等着我们。春天的黎明特别美好。在早晨洁净的空气中，小鸟在歌唱，我们脑袋里满是浪漫的故事。

这令人惊奇的生活就在门槛外面等着我们，它以令人难以察觉的方式和剧院紧密联系在了一起。

那一年，我们迷恋俄国戏剧和女演员波列维茨卡娅。她扮演《贵族之家》中的丽莎，还有《白痴》中的娜斯塔西娅·菲利波夫娜。

我们只是在得到总学监博江斯基的允许时才能去剧院。他每周给我们去剧院的许可证不超过一个。于是我们就开始伪造许可证。我冒充博江斯基签字，并且得心应手，甚至博江斯基在学监们给他看从中学生那里收来的许可证时只有摇头。他都分不清真的和假的，说：

“我会让这些戏迷变得服服帖帖的！应当学习拉丁语，而不是去剧院里闲逛！你们都是伪币制造者，根本不是令人尊敬的父母的儿子！”

演出结束后，我们在演员出入的门口等待波列维茨卡娅。她出来了——高高的个子，眼睛是浅色的。她冲我们微笑，然后坐上雪橇。铃铛抖动了一下。它们的声音沿着尼古拉耶夫大街向下飞去，消失在白雪覆盖的大街深处。

我们各回各家，雪依旧下个不停。我们脸颊发热。我们的幸福懵懂而炽烈，它和我们争先恐后地沿着湿滑的人行道奔跑，陪在我们左右，让人久久不能入眠。

幸福似夜晚路灯的灯光，在我房间的墙上闪烁。幸福似一堆堆白雪，洒落在大地上。幸福透过温暖的梦境，唱了一夜它有关爱情和悲伤的永恒之歌。

窗外，雪橇的滑木发出飕飕的声响。几匹急性子的马从旁边一跃而过。在这个夜晚，它们是在拉着谁飞奔？

在步兵中尉罗穆亚尔德的房间里，吉他弦自己发出了声响。琴弦的声音抖动了许久。这声音变得越来越细，直到变得像一根银丝，然后，像是银色的蜘蛛丝。这时，它才静了下来。

在令人愉快的兴奋中，在忙乱的日子里，生活和诗句密切交织在一起，简直让人无法将它们彼此剥离开来，冬天就这样慢慢地过去了。

我当时已经完全是一个人生活了，教一些廉价的课挣钱。钱够我吃饭和去图书馆的，那时，我也完全没有感觉到任何的沉重和担忧，或许，是年轻的缘故吧。

鹰钩鼻子国王

每当有什么身居高位的人物来到基辅，官员们一定会把我们学校展示给他看。这所中学是俄国最古老的中学之一。

令官员们骄傲的不只是这所中学的历史，还有它的那座大楼——雄伟，但并不舒适。这座大楼唯一的装饰就是有上下两排窗户的白色大理石大厅。大厅里总是冷冰冰的，甚至夏天也是如此。

我们喜欢那些大人物的到访，因为每个大人物都会请求校长，为了纪念自己的来访，给中学生们放一两天假。

校长对此殊荣表示谢意，并且同意放假。我们赶紧用皮绳捆好书本，一大群人波涛汹涌般地冲向大街。

但是，不是所有大人物的到访都这么顺利。也常有不愉快的事情发生。这种不愉快就曾发生在塞尔维亚国王彼得·卡拉乔治[1]的身上。我们知道，他是在流血的宫廷政变后登上王位的。

在国王到来的前一周，普拉东·费奥多罗维奇就开始教我们唱塞尔维亚国歌“正义的上帝，你拯救我们脱离不幸”。此外还吩咐我们，在欢迎国王的时候，不喊“乌拉”，而是喊“日维奥”[2]。

校长捷列先科，就是那个“榨油工”，他得用法语对国王说几句欢迎词。欢迎词由戈瓦斯先生来写。他为此感到自豪。写欢迎词给国王陛下，这高尚的荣耀第一次落在他的头上。

校长把欢迎词背了下来。在这一点上，他可以和我们相比。但是，“榨油工”的特点是记性不太好。他担心在彼得·卡拉乔治面前会忘记欢迎词。

校长很不安。他要求我们新的总学监瓦尔索诺菲·尼古拉耶维奇（博江斯基那时调到第三中学当校长了）给他帮忙，找一个最好的学生，偷偷给他提台词。

我们不喜欢“榨油工”，拒绝说出谁是最好的提台词者。让“榨油工”自己应付去吧。

学校里最好的提台词者——并且还是一个法国人——列加梅在我们班学习。他和我们一起不动声色地听完总学监的请求，并且礼貌地微笑。

最终我们退让了。我们答应提供一个提台词的同学，但前提是，把逆来顺受的学生勃利莫维奇得的不公正的数学二分改过来。伊万诺夫答

1 1903年至1921年在位的塞尔维亚国王。
2 塞尔维亚语“生活”的意思，表示欢呼。

应把二分改成三分。

协议就这样达成了。列加梅拿到了一页纸，上面写着欢迎词，他重新打了小抄。欢迎词是这样开头的——“Sir, permettez à nous”云云。用俄语说，意思大概是：“阁下，请允许我们欢迎您，在我们光荣的学校银白色的围墙里。”

我们所有人都背会了这篇欢迎词。当校长顺着走廊走过的时候，我们齐声模仿他尖细的声音，从教室里朝着他的背影说：“阁下，请允许我们欢迎您，在我们光荣的学校银白色的围墙里！”

“银白色的围墙”使我们特别愉快。“榨油工”装作什么也没听见的样子。

在国王到来的那一天，学校里干净得像过节一样。红地毯铺满宽宽的楼梯。阳光明媚，但是，尽管如此，礼堂里依旧亮着吊灯。

我们穿着隆重的制服来到学校。我们班被安排在前厅，排成两个横列。苏博奇站在侧面，他带着一把插在文官制服口袋里的小小的佩剑。只有精美的金色剑柄露在口袋外面闪闪发光。苏博奇的身上散发出香水味儿。他的夹鼻眼镜也在闪光，仿佛它的镜片是用钻石薄片制成的。

“榨油工”站在大理石圆柱旁。按照我们中学生的术语来说，“榨油工”“冒热气了”。他的脸色苍白。勋章在他紧绷的常礼服上叮当响。

从街上传来“乌拉”声。这是部队的军人们在欢呼，他们被安排成夹道队列。

“乌拉”声离学校越来越近了。乐队开始奏乐。门敞开了。“榨油工”无助地回头看了看列加梅，然后，一路小跑向国王迎过去。

国王身材矮小，长着一个鹰钩鼻子，胡子花白，穿着浅蓝色的军大衣，上面镶了银边儿，他连蹦带跳地快速走进前厅。他身后是一片浅蓝色的军大衣，一顶顶大礼帽闪着亮光。

看门人瓦西里过去曾经是马戏团的角斗士，他应该为国王脱掉大衣。但是，瓦西里惊慌失措，他没给国王脱大衣，反而要把大衣费力地往国王身上套。

国王使劲阻止。他甚至涨红了脸。最终，他挣脱了瓦西里粗壮的大手。一个副官跳到国王跟前，用一只戴着白色羊皮手套的手推开瓦西里，殷勤地帮国王脱掉大衣。瓦西里的眼睛变得迷离了，就像是酒鬼的眼睛。瓦西里直挺挺地站着，气喘吁吁——他弄不明白发生了什么事情。

“阁下！”“榨油工”说，他向国王鞠躬，然后，绝望地挥动起藏在背后的左手。这就意味着，他忘词儿了。

列加梅立刻开始“提台词”。他干这事儿得心应手。

国王不满地看着校长红红的秃顶。在和瓦西里搏斗后，国王还在沉重地喘息着。而后国王听到了提示语，冷冷地一笑。

校长好不容易结束了致辞，他向国王指指中学生横队之间的狭窄通道，这是要请“陛下”莅临大礼堂了。

国王动身了。在他身后，军刀叮当响，这是随从人员心不在焉地顺着前厅的铁地板拖着军刀，簇拥着国王往前走。军服肩上所饰的穗带在我们眼前时隐时现。

威武的将军伊万诺夫走在国王身后一步远的地方，他是基辅军区的司令。

塞尔维亚的大臣们摘下大礼帽，忸怩作态地微笑着，走在随从人员的后面。

我们事先约定好了所有的事情。只要国王一走上穿深蓝色学生制服的学生之间的通道，我们就齐心协力地满嗓子喊：“骗子手！”这个词的发音很像塞尔维亚语的“日维奥”。

我们一连喊了好几次。它响彻学校“银白色的围墙里”。

国王没有怀疑什么，他慢慢地走着，马刺叮当响，他冲我们点头微笑。

苏博奇脸色苍白。基辅军区的司令伊万诺夫将军悄悄地用放在背后的拳头朝我们比画。一只手套被攥在拳头里。由于愤怒，手套颤抖着。“榨油工”由于害怕，屈膝走着，迈着碎步跟在国王的后面。

国王走了过去，我们听见中学生合唱团在上面唱起来，声音庄严而阴沉：“正义的上帝，你拯救了……”

苏博奇聚精会神地看着我们所有人。但是，我们整齐地、静静地站着。在我们的脸上，没有任何表情，除了在这庄严时刻的感动。

苏博奇耸了耸肩，转过身去。但是，与国王相关的故事还没有结束。当他返回的时候，我们齐心协力地、震耳欲聋地高呼：“揪住他！”这个词又像是塞尔维亚语的“日维奥”。国王还是什么也没明白。他仁慈地微笑着，而大臣们依旧优雅地把带白色绸缎衬里的大礼帽拿在胸前。

可是，当留着花白胡子的、被认为是自由党人的总理帕希奇从我们旁边走过的时候，我们第一次清楚地、正确地高呼：“日维奥，帕希奇！”

当然啦，我们做得很过分。马图谢维奇是声音浑厚的男低音（后来，马图谢维奇成为基辅歌剧院的歌唱家），大家指派他直接冲着国王的耳朵高呼：“揪住他！”国王趔趄了一下，但他很快把持住了自己，客气地向马图谢维奇点了点头儿。

这桩国王事件过去之后，我们班有十二名同学，其中也包括我，受到了校长严厉的批评。批评过后，有三天不让我们去学校。领导们很明显是在尽力压下国王这件事，他们害怕被宣扬出去。

直到现在，我都不明白，禁止我们到校有什么意义。这三天，我安静地休息、读书、沿着第聂伯河散步、去剧院。

当然，与塞尔维亚国王有关的故事没有掩藏成功。我们全校的同学都疯狂地羡慕我们。不仅我们学校，还有二中、三中、实科中学的学生也羡慕我们，他们可是从未邀请过任何国王莅临他们的学校。

无用功

直到现在，我都抱着怀疑的态度看待那些长着像橄榄一样的黑色圆眼睛的人。我的女学生玛露霞·卡赞斯卡娅的眼睛就是这样的。

这双眼睛茫然地打量着世界，只是在见到一个威武的士官生或穿着海狸皮领大衣的贵族学校的学生时，它们才会突然发出好奇的光芒。只要窗外有一个士官生走过，那所有背得滚瓜烂熟的东西——历史年表啦，地理啦，句法规则啦——都会瞬间飞离玛露霞的大脑。

我是玛露霞·卡赞斯卡娅的补习教师。她长着一个小尖鼻子，小小的眼睛，一天叽叽喳喳的，为了应付她，我付出了高昂的代价！这个差事是苏博奇给我安排的。“这个家庭很令人尊敬，”苏博奇对我说，“但是，我先跟你说清楚，这个姑娘可不是什么天才。”

玛露霞令人尊敬的家庭由玛露霞、她的父亲——一位退伍将军，还有她的母亲——一个瘦削的法国女人——组成。

将军个子跟侏儒一样矮，却留着宽而密的大胡子。他身材那么矮小，就连他要挂大衣的时候都够不到挂衣架。

这个将军总是洗得干干净净的，一双小手胖乎乎的，眼睛是浅色的。但是，当他想起自己的敌人——职务超过他的将军们（苏霍姆利诺夫、德拉戈米罗夫、库罗帕特金和伦南坎普夫）的时候，这双眼睛就会燃起狂怒的光芒。

卡赞斯基凭工作资历升到御前大臣的官位，他在不同的军区当过司令，教过尼古拉二世军事学。

“在军事学方面，这个年轻人是一个真正的傻瓜。”卡赞斯基这样评价尼古拉二世。

他认为，亚历山大三世是最后一位真正的沙皇。

卡赞斯基有丰富的军事藏书。但是，我一次也没有看见过他从锁着的书柜里拿出哪怕一本书。他整天都在读《新时报》[1]，摆纸牌算卦。在将军的膝盖上，蜷伏着一只小小的狮子狗，它也有双像玛露霞一样的黑眼睛。狮子狗又蠢又凶。

每次下课后，卡赞斯基都把我送到加利奇市场。他喜欢这每天的散步。来到大街上，将军立刻开始蹦啊跳啊，连吵带笑，很是活跃——笑嘻嘻地讲军队里的笑话。

他用手杖捅捅在他面前立正站着的士兵和士官生的肚子，说道：

“简直可憎，老弟！只看见你们的肚子了。”

卡赞斯卡娅夫人管丈夫叫“杜西克”，而他叫她“小手笼”。

我见过许多无聊的人。但是，比卡赞斯卡娅夫人更无聊的人我还没

1　1868年至1917年在彼得堡出版的报纸。

有遇到过。

她整天都眨着泪汪汪的、像狮子狗一样的小眼睛，给玛露霞的小围裙绣花，或者是用油画颜料在缎带上画浅紫色的鸢尾花。

这些粉红色的缎带她要在家庭节日时送给熟人。他们不明白这些缎带有啥用处，无法把它们固定在什么上。一些熟人把它们挂到墙上，或者是放在客厅的小桌上。也有一些人试着用它们做书签。但是，缎带很宽，书里又放不下。那些极为讲究的人就会把这些缎带藏到远离视线的地方。

但是，卡赞斯卡娅夫人像白痴一样执着，她依旧画一些新缎带，一而再、再而三地把它们送给还是原来的那些熟人。

卡赞斯基家的整个住宅都置身于这些缎带之中。它们会钩住手指，吱呀呀地响，能让一个神经质的人患上荨麻疹。

卡赞斯基家的住宅很高、很亮堂，但是，这光亮似乎是冰冷的、灰色的。阳光射进这个住宅后，就失去了它的亮度和热度，落在地板上，就像是褪了色的纸张。

我没法马上就猜出卡赞斯基一家靠什么生活。他们相信上帝，相信上帝在安排世界时眷顾了卡赞斯基一家。上帝在他们的想象之中类似于总督，不过是掌管全世界的总督。他维护着宇宙的秩序，庇护规规矩矩的家庭。

除了上帝，卡赞斯基家还有玛露霞。他们以老年得子的老人那种病态的爱来宠爱她。

玛露霞的任性不仅被他们视为是可爱的，甚至是神圣的。只要她的嘴唇噘起来，将军爸爸马上就会摘下马刺，踮着脚尖走，叹息着，而妈妈则手忙脚乱地在厨房准备玛露霞喜欢吃的美食——蜂糕。

老人谈话的主题就是玛露霞出嫁。他们一步一步地寻找着未婚夫。这种寻找变成了上瘾、变得狂热。卡赞斯卡娅夫人的记忆就像是一本厚厚的账本，在它的里面，基辅和西南地区所有适合做未婚夫的人都已经被编了号，并且订到卷宗里去。

玛露霞在杜琴斯卡娅私立中学上学。这是一所资产阶级学校，在这里，给学生们打分的依据是父母的财富和官级。

但玛露霞如此之笨，他爸爸卡赞斯基的官级再高，也免不了她得二分。当老师们把玛露霞叫到黑板跟前的时候，她恶狠狠地不说话，紧闭双唇，扯着黑围裙的裙边儿。

每个二分都在将军家中引起恐慌。玛露霞把自己反锁在房间里，嚷着要绝食。卡赞斯卡娅夫人颤抖着哭泣。将军从一个角落跑到另一个角落，喊着，说他明天就去找省长，赶走所有这些“犹太骗子”。

第二天，将军穿上考究的常礼服，戴上所有的勋章，去找中学的校长杜琴斯卡娅——一位庄重的女士——谈话，她很了解女学生们的父母职位的利害关系。

她们把玛露霞的二分改成了三减，事情就这样了结了。杜琴斯卡娅不想失去达官贵人家庭的学生——这会给她无可挑剔的学校蒙上阴影。卡赞斯基家随之平静下来，直到新的二分出现。

在第一次课之后我就坚信，无论给玛露霞讲什么，都完全没有意义。她什么也不明白。于是，我走了一步险棋。我强迫她死记硬背教科书上的内容。这她勉强能应付得来。她一页接着一页地背书，就像是小孩子在记类似“数数儿歌”一样的废话：“埃纳，别纳，列斯，克温杰尔，蒙杰尔，热斯[1]！”

1　孩子们游戏中表达节奏感的发音。

我能教一只鹦鹉学习历史、地理和俄语，并取得和玛露霞一样的成绩。这真是一项地狱般的工作。为此，我心力交瘁。

但是很快我就得到了回报：玛露霞第一次得了三加的分数。

晚上，当我在卡赞斯基家按完门铃的时候，是将军亲自给我开的门。他连蹦带跳，乐得直搓手。他脖子上挂着圣弗拉基米尔勋章，勋章也跳动着。他帮我脱掉我的旧中学生大衣。

玛露霞穿着新的连衣裙，头上扎着大大的蝴蝶结，她在客厅中央钢琴的伴奏下，抱着椅子在跳华尔兹舞。弹钢琴的是马丁小姐，法语教师。她也给玛露霞上课。狮子狗满屋子乱跑，胡乱地叫着。

饭厅的门敞开了，卡赞斯卡娅夫人穿着曳地长裙走了进来。我发现，在她的身后餐桌已经像过节时那样布置好了。

因为玛露霞第一次得到三加的分数，他们精心准备了晚餐。

当晚饭接近尾声的时候，将军麻利地打开一瓶香槟酒。卡赞斯卡娅夫人一直盯着看，她怕将军把香槟酒倒得太满，溢出到桌布上。

将军开始喝香槟酒，就像喝水一样。他瞬间脸就红了，挥动双手，从他制服上衣的袖子里，飞出了圆圆的、亮闪闪的衬衣翻袖口。

“是啊！”将军说，他悲痛地摇了摇头，“每个男人都应当在这鬼日子中背负起自己的十字架。我们背着它，不是闲逛！中学生先生，女人们不懂我们。她们有鸡一样的脑子。”

“杜西克，”卡赞斯卡娅夫人惊恐地大声说，“你这是在说什么啊！我完全不明白。”

“管他呢！”将军果断地说，“我说三遍也无妨！我们干杯，中学生先生。就像我们天才的诗人所说的：‘这是什么玩意儿？上帝啊，做一个成年女儿的父亲！[1]'”

“杜西克！”卡赞斯卡娅夫人喊了起来，她发紫的眼袋颤动起来。

“小手笼，”将军甜腻腻地叫她，但又很严厉，“你忘了吗？我是俄国军队的御前大臣！”

他用拳头敲桌子，用颤抖的声音喊起来：

“在有人跟你们讲话的时候，请你们听着！我教过皇帝国君，我不希望无脑的傻瓜们给我提意见！起立！”

将军跳起来，从桌子上抓起一块餐巾，跺一下脚，开始跳俄罗斯舞，所有这一切就这样结束了。然后，他跌进圈手椅里，她们给他灌了一些缬草酊。他呻吟着，踢腾着两条小短腿。

我和马丁小姐一起离开筵席。路灯发着微光。那是雾蒙蒙的三月的夜晚。

“唉！”马丁小姐说，“我太累了！无法再和这个傻姑娘一起学习了，也无法待在这个愚蠢的家中。我一定拒绝。”

我羡慕马丁小姐——她能拒绝给玛露霞上课，可我却不能这么做：卡赞斯基家每个月给我三十卢布。这对于一个家教来说，是前所未闻的高收入。

在那之前不久，父亲突然辞去布良斯克工厂的工作，他从别日察回到戈罗季谢祖父的庄园去了。他再也不能帮我了。而我跟妈妈撒了谎。我给她写信，说我一个月能挣五十卢布，不需要给我寄任何东西。况且，她又能给我寄什么呢！

1 这里把格里鲍耶陀夫的喜剧《聪明误》中法穆索夫的话进行了改写，格里鲍耶陀夫的原文是：“上帝啊！做一个成年女儿的父亲是多么麻烦的事啊！”

马丁小姐在别扎科夫大街的拐角处和我告别。稠密的雪花纷纷飘落。药店门口上方的白炽灯在嗡嗡叫。

马丁小姐飞快地走向比比科夫街心花园，她一路打滑，就好像是穿着滑轮鞋，碎步跑着。她低着头，用手笼遮着雪。

我站在那里，看着她的背影。喝过香槟酒，我体会到一种奇怪的状态。脑子时而模糊起来——一切对我来说，好像充满了奇妙的含义，时而，这朦胧的浪潮又消失了——我也十分清楚，在我的生活中，并没有发生什么特别的事情。明天还会和今天一样，还要沿着这些连最后一块招牌我都研究过的大街走，路过房屋前的小花园、马车、广告柱、警察，去卡赞斯基家，顺着贴了黄瓷砖的楼梯向上，按漆成橡木颜色的门上的门铃，狮子狗应着门铃声开始叫唤，我依旧要走进那个前厅，那里有镜子和挂衣架，也是在那个衣架上面，依旧是在那个挂钩上，将挂着系好所有纽扣的、带红色翻领的将军的军大衣。

但是当朦胧的浪潮袭来的时候，我就想，凡是孤单的人，像马丁小姐、菲佐夫斯基，还有我这样的人，彼此之间是多么相像。我似乎觉得，我们应当成为朋友，互相保护，共同战胜这困难重重的生活。

但是，我从哪里得知马丁小姐是一个孤单的人呢？我完全不了解她。我只是听说，她出生在格勒诺布尔市，并且我看到她的眼睛是乌黑的，还有些忧郁。仅此而已。

我在拐角处站了一会儿，就去菲佐夫斯基那里了。他没在家。我在事先约好的地方拿了钥匙，打开门。

房间里很冷。我打开灯，把小铁炉生着火，从桌上拿了一本书，躺到漆布面的沙发上，盖好大衣，翻开书。这是一本诗集。

朦胧的浪潮又袭来了。“秋日慢慢地如期而至。”我读道。诗行间出现了温暖的光。它越来越强，烤暖了我的脸。“一枚黄叶慢慢地飞旋，白天鲜亮得透明，空气出奇地干净——灵魂不能逃脱无形的腐物。”[1]

我把书放到一边。我躺着，想到，前方等待着我的是充满魅力的生活，时而快乐，时而忧伤。

生活就像这个夜晚，有大雪堆泛出的微光，有花园的静默，还有路灯的反光。黑夜在自己的暗影中隐藏了那些亲爱的人，他们在某个时候将和我亲近，还有那个寂静的黎明，必定在这个大地的上空露出光芒。黑夜隐藏了所有的秘密、所有的相遇、所有未来的喜悦。真好啊！

不，我们这些年轻人并不是不幸的。我们有信念、有爱。我们没有埋没自己的才能。我们的灵魂，当然，一定能逃脱“无形的腐物”。不，不！我们将奔向令人惊奇的时代，直到生命的最后一刻。

我躺在漆布面沙发上，这样想着。让这令人作呕的卡赞斯基一家人，让这恶毒的、道貌岸然的蚂蚁窝去死吧。

当我从菲佐夫斯基家回到自己在荒野巷的住处时，科兹洛夫斯卡娅夫人把一封电报递给了我。电报上说，在白采尔科维附近的戈罗季谢庄园，我的父亲生命垂危。

第二天早晨，我从基辅动身去白采尔科维。

父亲的死扯断了把我和家联系在一起的第一根线。然后，所有余下的线都开始中断。

1　勃洛克的诗《秋天的悲歌》中的诗句。

布拉金卡河岸边的客栈

旧轮船沿着第聂伯河向上游爬行，轮子啪嗒啪嗒地拍打着河水。已是深夜。在闷热的船舱里，我无法入睡，便来到甲板上。

风从伸手不见五指的黑暗中吹来，带来几滴雨滴。一个穿着打补丁长袍的老头儿站在船长桥楼旁。光线暗淡的灯笼照亮他长满胡茬儿的脸。

“船长，”老头儿说，“难道您就不能迁就一下我这糟老头子吗！您把我扔到岸上去吧。从这儿到我们村子不到一俄里。”

“怎么了你，开玩笑吗？”船长问，“天太黑，连自己的鼻子都看不见，我要是靠了岸，会因为你把轮船撞坏的！”

“我可没心思开玩笑，”老头儿回答说，“我们村子就在这里的山后边，”他朝暗处指了指，“您把我扔下吧！行行好吧！”

“捷连季，”船长问舵手，同时，做出没在听老头儿说话的样子，“你看到什么了吗？”

“看不见，哪怕是自己的袖子啊，”舵手闷闷不乐地发着牢骚，“该死的黑夜！我开船靠的是听声音。”

“咱们会把船弄坏的！”船长叹了口气。

“您的鬼东西不会有事的！”老头儿气哼哼地嘟囔着，“您也算是船长！您应该在洛耶夫卖梨，而不是在第聂伯河上开轮船！嗯？您扔不扔我到岸上啊？”

“你再给我说一遍！”

“我说了！”老头儿回答，跟吵架一样，“把乘客顺便带到捷列迈茨去，岂有此理！”

“你也要明白，”船长带着怨气喊起来，“连个鬼影子都看不到！我在哪儿靠岸？在哪儿啊？”

“这里正好，就在陡岸的对面！”老头儿又指向那漆黑的暗处，“就是这里！让我站到引航员旁边，我指给他看。”

“你懂什么呀？”船长说，“你还是滚去老妖婆那里吃蜜粥吧！”

“啊哈！”老头儿扬扬得意地高呼，“也就是说，是您不肯啦？是这样吧？”

“是的！没商量！”

“也就是说，您感到很没趣啦？我可是急着去参加我女儿的婚礼！您是觉得没趣。您让一个老人多难受啊！”

“你女儿关我什么事！”

“那安德烈·贡跟你有关吗？”老头儿突然低声地、严厉地问，“您和安德烈·贡还没打过照面吧？您要知道，安德烈·贡本人也来吃喜酒。”

船长沉默了。

“不说话了？”老头儿幸灾乐祸地问，“您的鬼东西还叫‘希望’号。

要想平安回来，您是没有任何希望了，如果您不把我扔到岸上的话。贡会帮我的。我和他都是自家人。贡不会不管这件事的。”

“你可别吓唬人啊!”船长低声嘟囔道。

“西多尔·彼得罗维奇，”舵手声音嘶哑地说，“您自己也看到了，老大爷多固执啊。咱们就把他扔到岸上吧。和贡打交道可没什么意思。”

“得了，去你的吧！”船长对老头儿说，“站到引航员那儿去，给他指指。只是要当心，别把船撞坏啦。”

“上帝啊！第聂伯河我熟悉得就像是自家的打谷棚！轮船——这可是国家的东西啊!”

老头儿站到舵轮跟前，开始指挥：

“往右手偏！再来点儿！要不，就掉深坑里啦。就这样。再来点儿!”

柳树的枝杈开始抽打船舷。轮船扎到河底，停了下来。在下层带篷的甲板上，被撞击惊醒的乘客们吵嚷起来。

一个水手用灯笼从船头那里照了照。轮船停在淹没在水里的树丛中。离岸边还有大约三十步远。黑色的水在灌木丛中奔流。

“这下好了，”船长对老头儿说，“爬出去吧。到了。”

“可是我往哪儿爬啊？”老头儿很吃惊，“这儿的水都到脑袋了。我会淹死的!”

“那我有啥办法？你自找的。下去吧！”船长喊着，“你跳下去吧，否则呢，我让水手把你扔到水里去!”

“这事儿可真有意思!”老头儿嘟囔了一句，便向船头走去。

他画了个十字，爬过船舷，跳到水里去。水齐到他的肩部。

老头儿骂骂咧咧地开始费力地往岸上走，蹚得河水哗啦啦响。轮船慢慢地向后开动起来，驶出水里的树丛。

“怎么样，还活着?”船长喊道。

“你叫唤什么！”老头儿在岸上回答，“反正都一样，你免不了和安德烈·贡打照面。”

轮船驶离了。

在那个夏天，在切尔尼戈夫省和整个波列西耶地区，流窜着一些行踪飘忽的匪帮。他们袭击农庄、庄园，抢劫邮局，袭击火车。

安德烈·贡是所有土匪头目中最勇敢和身手最敏捷的一个。龙骑兵和武装守卫队把他包围在森林之中，把他赶进波列西耶无法通行的沼泽地，可是安德烈·贡总是能化险为夷，在暗夜里，他的足迹所到之处又冒出了火灾的火光。

关于安德烈·贡的传说已经铺天盖地。据说，安德烈·贡是那些穷人、所有生无所依以及孤苦伶仃的人的保护者，有人说他只袭击地主，还说他本人不知是切尔尼戈夫的中学生，还是一个乡下铁匠。他的名字成为民众复仇的象征。

我正好去那地方消夏，也就是安德烈·贡神出鬼没的地方，去我的远房亲戚谢弗留克家。他们在波列西耶有一个简朴的小庄园——约尔恰。这次行程是鲍利亚给我安排的。我根本就不认识谢弗留克一家人。

“你在约尔恰可以放松放松，”他说，“谢弗留克一家人有些古怪，但是，很淳朴。他们会很高兴的。”

我同意去约尔恰，因为我没有别的选择。我已经升入中学八年级了。我刚刚考完试，面临着令人痛苦的基辅的夏天。科利亚舅舅和玛露霞舅妈去基斯洛沃茨克了。妈妈留在莫斯科。而我又不想去戈罗季谢，因为从伊利科叔叔的信中，我猜到，他已经开始和多济娅姑姑有些矛盾了。各种家庭的纷争让我害怕。我不想继续当它们的目击者和迫不得已的参与者。

第二天傍晚，轮船停泊到了第聂伯河的波列西耶低岸边。一群群的蚊子在空中嗡嗡叫。深红色的太阳落到河面上微白的蒸汽中。丛林中透出寒气。篝火燃烧着。篝火旁站着几匹精瘦且强壮的供人骑的马。

谢弗留克一家人站在岸上等我：穿着靴子和柞丝绸上衣的瘦瘦的人是庄园的主人，一个身材不高的年轻女人是他的妻子，还有一个大学生是她的弟弟。

他们让我坐到大车上。谢弗留克一家人都跳上坐骑，他们吆喝着，大步向前奔驰。

他们很快就不见了踪影，剩下我一个人和沉默的马车夫一起。我从大车上跳下来，顺着沙土路和大车并排走。路边的草都长在沼泽地黑乎乎的水里。在这水里，尚未熄灭的、微弱的晚霞还燃着一点余光。几只野鸭飞过，沉重的翅膀不时发出均匀的呼啸声。雾从灌木丛中爬出来，就像是灰色的破布，紧贴着大地。

少顷，几百只青蛙一齐叫了起来，大车驶上了原木铺成的道路，发出隆隆声。庄园显现出来了，四周围着栅栏。在林中旷地上有一所古怪的八角形木房子，房子有许多凉台和附建的设施。

晚上，当我们坐着吃简单的晚餐的时候，一个有些驼背的老头儿走进饭厅，他穿着树皮鞋，戴着一顶已经撕掉帽檐的便帽。他从肩上取下长长的猎枪，把它倚靠在墙上。在他身后，一只花斑向导犬走了进来，它用爪子抓着地板，然后蹲坐到门口，开始用尾巴敲打地板。它的尾巴敲得劲儿很大，于是老头儿对它说：

“安静，加拉斯！你要明白这是在哪儿！”

加拉斯不再敲打地板，它打了个哈欠，便趴下了。

“嗯，听到什么了，特罗菲姆？”谢弗留克问，他扭头对我说，“这是我们的护林员、巡查工。”

“听到什么呀？”特罗菲姆叹了一口气，坐到桌旁，“还是那些事儿。在利亚德有人放火烧了一个庄园，而在斯塔拉雅·古塔近郊，有人把卡普琴斯基老爷打死了，祝他去天堂吧。不过说实话，老头儿也不是什么好人，卑鄙下流。他们到处杀人、破坏，就只饶了你们。怪事！他为什么不碰你们，这个安德烈·贡？不知道。也许他听说了，你们对普通人很信任。也许是他们的手还没伸到你们这里。”

谢弗留克的妻子——玛丽娜·巴甫洛夫娜笑了起来。

“所以啊，特罗菲姆，”她说，“他一直觉得惊讶，我们居然还活着。”

“你们就尽情地活着吧，”特罗菲姆说，“我不反对。可你们听说那个向导的事没有？”

“没有啊，”玛丽娜·巴甫洛夫娜急切地应道，“怎么了？”

“能怎么！明天要把他埋了。在波贡诺耶。应当去一趟。”

“我们会去的，”玛丽娜·巴甫洛夫娜说，“必须去。”

“这样上帝会宽恕你们的许多过错，”特罗菲姆叹了口气，“你们把我也捎带上。我够呛能走到那里。”

特罗菲姆回头看了看窗户，低声问：

“没有外人吧？”

“都是自己人，”谢弗留克回答，“你说吧。”

“是这样的，”特罗菲姆神神秘秘地说，“在布拉金卡河边，在列伊泽尔的客栈里，头头儿们聚会了。”

“谁？”大学生问。

“嗯，头头儿，莫吉廖夫的老大爷们。”

“等一等，特罗菲姆，”谢弗留克说，“你先给这几个人讲一讲。他们对莫吉廖夫的老大爷一无所知。”

那是我第一次听到这个关于著名的莫吉廖夫老大爷的令人吃惊的故事。听完这个故事，时间倒流了，把我带到一百年前，或许，还会更远——中世纪。

很久以前，还是从波兰人统治时期开始，在第聂伯河的莫吉廖夫，乞丐和盲人的公社开始形成。这些民间称之为“莫吉廖夫老大爷”的乞丐们，有自己的社长和老师——这些人就是头头儿。

他们教新加入公社的人学习自己复杂的行当——唱圣诗、求施舍的本领，还灌输给他们乞丐社会生活的那些固定规则。

乞丐们分散在波列西耶全境、白俄罗斯和乌克兰，但是，头头儿们每年都在一些秘密的地方聚会——沼泽地旁的客栈或者废弃的森林守卫室，为了审议和接收新乞丐加入公社。

莫吉廖夫老大爷们有自己的语言，外人是听不懂的。

在动荡时期，在人民骚动不安的年代，这些乞丐表现出可怕的力量。他们不让人民的怒火熄灭。他们用自己的歌声支持人民，唱出教皇权力的不公和受苦受难的乡下人的悲惨命运。

听完这个故事，我现在要去的那个波列西耶给我的印象跟过去完全不同了。原来，这个地区虽然沼泽遍布、森林枯萎、雾气茫茫、荒无人烟，但是，复仇和怨恨的火焰阴燃着，并没有熄灭，就像是这里久久不能消散的晚霞。从那时起我似乎觉得，乞丐们的粗呢子外衣散发着的不是面包和道路上尘土的味道，而是火药和焦煳的味道。

我开始仔细打量那些盲人和残疾人，并且明白了，这是一些特殊的人，不仅是不幸的，而且是有才能的和意志坚强的人。

“为什么他们聚集在布拉金卡河岸边的客栈呢?”谢弗留克问。

“那是他们的事,”特罗菲姆不太乐意地回答,“每年他们都聚。武装守卫队在这里出没过吗?”

“没有,”谢弗留克回答说,“据说,昨天他们是在科马林。”

“是这样啊!”特罗菲姆站了起来,“谢谢。我去干草棚了,要休息了。”

特罗菲姆走了,但他没去干草棚,而是去森林里了,直到第二天早晨他才露面。

玛丽娜·巴甫洛夫娜给我讲了那个小男孩儿向导的事。

两天前,一个瞎子和向导误入了富有的地主柳博米尔斯基的庄园。他们被赶出院子。当瞎子走到大门外时,印古什看门人(当时,很多富有的地主在自己的庄园里雇用印古什人做看门人)放开捕狼猎犬的链子,让它去咬那个瞎子。

瞎子站住了脚,可向导吓坏了,他拔腿就跑。捕狼猎犬追上他,把他咬死了。瞎子脱了险,就是因为他站着没动。捕狼猎犬把他闻了个遍,发威地吼叫了一阵便走开了。

农民们给死去的男孩儿收尸,把他运到波贡诺耶村。明天要给这男孩儿下葬。

我喜欢谢弗留克一家人。玛丽娜·巴甫洛夫娜是一个出色的骑手和猎人。她矮小,很有力气,说话拖长音,走路很快、很轻盈,她评论所有的事情都很尖锐,跟男人一样,她也喜欢读很长的历史小说,类似丹尼列夫斯基[1]的《新罗西亚的逃亡者》那种。

1 格·彼·丹尼列夫斯基(1829—1890),俄国及乌克兰作家,长篇历史小说作家。

谢弗留克似乎是一个病人。他很瘦，爱嘲笑别人。他不跟任何一个邻居交好，宁愿和一群农民来往，料理他自己不大的家业。而玛丽娜的弟弟是个大学生，整天出去打猎。闲着的时候，他就装子弹，造霰弹，擦他那支比利时双筒猎枪。

第二天，我们去波贡诺耶村。我们乘坐轮渡渡过深深的、冰冷的布拉金卡河。长满柳树的河岸上，风刮得呼呼响。

河对岸有一条沙土路，它顺着松林的边缘延伸。道路的另一方是一片沼泽地。它消失在地平线后面有些阴沉的空气中，沼泽地的水洼泛着亮光，有鲜花开放的地方现出一片片黄色，浅灰色的苔草喧嚷着。

我从未看见过如此之大的沼泽地。在离道路很远的地方，在毛烘烘的绿泥塘中间，有一个倾斜着的十字架，发着黑乎乎的颜色——在那里，许多年前有一个猎人溺死在沼泽地里。

然后，我们听到了葬礼的钟声，是从波贡诺耶村传来的。敞篷马车驶进荒凉的村庄，村庄里的农舍低矮，屋顶覆盖着腐烂的稻草。几只母鸡突然大叫一声，从马蹄子底下飞跑出来。

在木质结构的教堂附近，人们聚在一起。透过打开的门可以看见蜡烛的火舌。烛光照亮挂在圣像旁边的纸玫瑰花串。

我们走进教堂。人群默默地散开，给我们让路。

在一个窄窄的松木棺材里，躺着一个小男孩儿，他的亚麻色头发梳得很仔细。一双没有血色的双手叠放在胸前，手里握着一支高高细细的蜡烛。蜡烛已经弯曲了，燃烧着，发出噼啪声。蜡油滴落在男孩儿发黄的手指上。头发乱蓬蓬的神父穿着黑色的法衣，匆匆地挥动着长链手提香炉，读着祈祷文。

我看着小男孩儿。他似乎在努力地回想什么，却怎么也想不起来。

谢弗留克碰了一下我的手。我回头看了看。他往棺材那边给我使眼色。我看了看。那里排成横队站着一些老乞丐。

他们所有人都穿着一样的咖啡色长袍，手持因年代久远而磨得发亮的木手杖。他们白发苍苍的头高高仰着。乞丐们向上望着圣障。那里有花白胡子的上帝万军之主的圣像。他和这些乞丐极其相像。在他干瘦而晦暗的脸上，也有这样一双凹陷和令人生畏的眼睛。

“头头儿们！”谢弗留克对我耳语道。

乞丐们一动不动地站着，他们没画十字，也没鞠躬。他们周围空无一人。在乞丐们的身后，我看到两个背着亚麻布袋子的小男孩儿向导。其中一个在低声地哭泣，用长袍的袖子擦鼻子。另一个站着，垂下双眼在讪笑。

女人们叹息着。时而从教堂门前的台阶上传来低沉的嘈杂声，这是男人们的声音。于是神父抬起头，开始更大声地读祈祷文。嘈杂声停止了。

然后，乞丐们一起来到棺材跟前，默默地用手抬起它，从教堂里抬出去。后面是向导领着瞎子们。

在很多十字架已经东倒西歪的墓地上，棺材被放进墓穴。墓穴底部已经渗出水来。神父读完最后的祈祷文，脱下法衣，把它卷起来，一瘸一拐地离开了墓地。

两个上了年纪的农民往手掌上啐了几口唾沫，操起铁锹。这时，一个长着鹰脸的瞎子走到坟前说道：

“等一等，人们！”

人群静了下来。瞎子用拐棍儿摸索着地面，对着棺材鞠躬，然后，他直起腰，用发白的双眼看着自己的前方，说唱起来：

在枯柳之下，浅浅的泉边，
旅途劳顿，我主坐下休息。
所有的人都来到主的跟前，
给他带来自己所有的东西……

人群向瞎子靠拢过来。

村妇拿来线和蜜，新娘拿来项链，
老头儿拿来黑面包，老太婆拿来圣像。
而一个少妇拿来长春花，
放在他的脚旁，自己却跑掉，
她躲到打谷棚后。而上帝微微一笑，
他问:“谁能给我带来他自己的心?
谁不惜把自己的心给我奉上?”

一个戴着白色头巾的年轻女人突然轻轻地叫了一声。瞎子沉默了，他转身朝向那个女人的方向，说：

这时一个男孩儿把自己的心递过，
它在主的手上像鸽子般跳动着，
上帝瞧了瞧，那颗心已被刺破，
血已凝固，像大地一样通体发黑。
眼泪和无尽的委屈使它变成黑色，
因为，这个男孩儿在人世间漂泊，

和瞎子一起，从未见过什么是幸福。

乞丐在自己面前把双手伸开。

主站起身，高举这颗柔弱的心。
万能的主站起身，诅咒人间的虚伪。
黑压压的乌云落到大地，
万钧雷霆将森林劈碎。
此时传来主无远弗届的声音。

瞎子突然高兴地微笑起来。

我要把这颗心带到天上的神座，
这个来自人类的珍贵的礼物，
要让善良的人们对它膜拜。

瞎子沉默了，他想了想，用低沉有力的声音唱起来：

这颗孤儿的心——比钻石还珍贵，
比鲜花还绚烂，比光轮还明亮，
因为它是最美的男孩儿送给
万能的上帝的朴素的礼物。

人群中的女人们用深色头巾的边角擦眼睛。

“捐一点儿吧，人们，”瞎子说，“为了让无辜被打死的少年瓦西里的灵魂安息。”

他伸出一顶旧便帽。铜币纷纷落到帽子里面。人们开始往墓穴里撒土。

我们慢慢地向教堂走去，马在那里等着我们。玛丽娜·巴甫洛夫娜走到前面去了。整个回家的路上我们都不说话。只有特罗菲姆说：

“人类已经活了几千年了，可是，还没明白什么是善。怪事儿！”

埋葬了那个小男孩儿向导后，谢弗留克家的庄园里产生了恐慌的气氛。晚上他们用铁门闩把门闩上。每天夜里谢弗留克和大学生都会起来巡视庄园。他们随身带着子弹上膛的枪。

有一天夜里，森林里燃起了篝火，一直烧到黎明时分。早晨特罗菲姆说，有一个不知名的人在篝火旁过了一夜。

“可以认为，他是贡的同伙吧，”他补充道，“他们像狼一样在周围转悠。”

这件事之后，白天有一个赤脚的小伙子来到庄园，他穿着士兵的黑裤子，裤子上红色的绲边儿都褪色了。靴子挂在他的背后。小伙子的脸被晒得暴起了皮。他的眼神忧郁且犀利。

小伙子讨要水喝。玛丽娜·巴甫洛夫娜给他拿了一罐牛奶，还有一大块面包。小伙子贪婪地喝光牛奶，说：

“勇敢的老爷们。你们住在这种地方居然不害怕。”

“谁也不会动我们。”玛丽娜·巴甫洛夫娜回答。

“这是为什么?”小伙子微微一笑。

“我们不对任何人做坏事。”

“旁观者清啊。”小伙子神秘兮兮地回答，然后就走了。

因此，第二天谢弗留克要去相邻的镇上买食品和火药，玛丽娜·巴甫洛夫娜很不情愿地才放他去。谢弗留克带上了我。我们要在当天傍晚赶回来。

我喜欢这次无人区的出行。道路在沼泽地中间，穿过一座座长满矮松林的沙丘。沙子一直从车轮上撒下来，如同涓涓细流。还有游蛇爬过道路。

当时天气酷热，因此可以清楚地看到，被晒热的空气在沼泽地的上空蒸腾。

在小镇上，山羊顺着犹太人家长满青苔的房顶走来走去。一颗木头做的大卫之星钉在犹太会堂门口的上方。

广场上撒满了干草末，龙骑兵的马已卸下马鞍，正在广场上打盹儿。马旁边的地上，躺着几个热得脸红的龙骑兵。他们的制服上衣都没系扣子。龙骑兵们懒洋洋地唱着歌：

兵哥哥，威武的小伙子，
你们的妻子在哪里？
上膛的大炮是我们的妻子，
我们的妻子就在这里！

一个龙骑兵军官坐在一个旅店的台阶上，喝着浑浊的、用面包做的克瓦斯。

我们逛了很多家号称“地穴”的商店。这些商店里面都很阴凉。几只鸽子啄食着十进制秤上的谷粒儿。犹太商人戴着磨得发亮的黑色便帽，他们在抱怨，说是做买卖没啥意思了，因为所有的利润都被用来款待县警察局长了。他们说，前天安德烈·贡袭击了隔壁的小农庄，赶走了四匹好马。

在一个“地穴”里，有人请我们喝茶。茶水有股煤油的味道。喝茶时，那人还给了我们粉红色的水果糖。

我们耽搁了。当我们从小镇出来后，谢弗留克开始快马加鞭。但是，马在沙土上跑得精疲力竭，只能一步一步往前走。

一群群牛虻在马屁股上方飞舞。毛很稀的马尾巴不停地甩来甩去，唰唰直响。

大雷雨从南方转到这里来了。沼泽地一片漆黑。开始刮风了。风吹拂树叶，带来了水的气息。闪电不停地眨眼。远方的大地被震得隆隆作响。

“不得不拐弯到布拉金卡河岸边的客栈去了，”谢弗留克说，“我们得在那儿过夜了。我们在小镇上磨蹭的时间太长了。”

我们拐到一条勉强能看到的林中小路上。大车磕碰着树根。

很快天就黑了。森林里的树渐渐稀疏。湿气吹到脸上，我们驶到黑咕隆咚的客栈跟前。

客栈紧挨着布拉金卡河岸，就在那里的几棵柳树下。客栈后面的河岸上长满了荨麻和高大的药芹的伞形花朵。从这些散发着芳香的草丛里，可以听见惊恐的吱吱叫声——显然，那里藏着被大雷雨吓坏了的小鸡仔。

一个胖胖的中年犹太人走出屋，来到歪歪斜斜的台阶上——他是客栈的主人列伊泽尔。他穿着靴子。他那条像茨冈人一样的肥裤子上扎着一条红色的宽腰带。

列伊泽尔谄媚地微微一笑，闭上了眼睛。

“稀客啊！”他高声说，摇了摇头，“在森林里找到钻石，都比招来这么可爱的客人容易啊。请吧，直接到干净的上房里去吧。”

虽然列伊泽尔的微笑貌似很甜蜜，但是，他依旧小心翼翼地从他红肿的眼皮子底下瞄了我们几眼。

“我知道，列伊泽尔，”谢弗留克对他说，“您的客栈里住着头头儿们。别担心。这不关我们的事。管他谁住店!”

“我能怎样！”列伊泽尔沉重地叹息，“周围都是树林子、沼泽地。难道我能给自己挑房客？有时我自己也怕他们，谢弗留克老爷。”

我们走进一个干净的半间屋。刮得很干净的地板嘎吱嘎吱响。房间是斜的，里面的一切也是斜的。一个浮肿的、头发花白的女人坐在床上，围着粉红色的枕头。

“这是我的妈妈，”列伊泽尔解释道，“她有水肿。德沃伊拉!”他喊道，“弄茶炊!”

一个愁眉苦脸的小女人从帷幔后面向外看了看，和我们打了个招呼——她是列伊泽尔的老婆。

窗户因为大雷雨都关上了。苍蝇往玻璃上撞。被苍蝇拉上屎的库罗帕特金将军的肖像画挂在墙上。

列伊泽尔抱来干草，给我们铺在地板上。他用厚厚的粗麻布盖在干草上。

我们坐到桌旁，开始喝茶。立刻响起了巨大的雷声，以至于桌上的蓝色盘子都颤了起来。倾盆大雨伴着均匀的、沉重的嘈杂声侵袭着小旅店。窗外一片灰暗，仿佛有千万条水流在奔腾。模模糊糊的闪电不停地撕破这片灰暗。

暴雨的声音淹没了茶炊吱吱的叫声。我们就着面包圈喝茶。我已经很久没有感觉到茶水是如此好喝了。我喜欢这旅馆、这穷乡僻壤、雨水的喧嚣和森林里轰隆隆的雷声。勉强可以听得到隔墙传来的乞丐们的声音。

坐着大车一路摇摇晃晃，还有这漫长的炎炎夏日，都使我感到疲惫，喝完茶，我立刻就在地板上的干草铺上睡着了。我夜里醒来，整个人都汗津津的。带煤油味儿的热气一层一层地飘浮着。一盏小夜灯眨着眼睛。老太婆呻吟着。谢弗留克坐在我旁边的干草上。

“我们最好躺到大车上去，”他说，“这闷热会让我的心脏炸裂。”

我们小心翼翼地出去了。大车停在一个棚子下面。我们把干草散开，躺到上面，把粗麻布盖到身上。

大雷雨过去了。在森林上空，湿漉漉的星星闪着亮光。

从屋顶上流下雨滴，不时地嗒嗒响。潮湿的杂草的气息飘到棚子底下。

门咯吱一声。有人从客栈出来了。谢弗留克对我低声耳语道：

“别出声。这或许是头头儿们。”

有人坐到棚子旁边的木头上，开始用火石打火。可以闻到马合烟的味道。

“一着起火来，咱们立马就跑，”有人说，声音很刺耳，“否则，又把咱们抓进牢房去。”

“很简单，”有个沙哑的声音回答，“咱们在列伊泽尔这里住得太久了。警察到处找咱们呢。”

“都到这会儿了，什么也还看不到，”第三个人的声音很胆怯，完全还是年轻人的声音，“或许，雨水浇湿了所有东西。”

“对于贡的人来说，不存在潮湿，也没有灾难。”刺耳的声音回答。

“会得手的，”沙哑的声音说，“他们会记得我们的冤屈的。我们会看到上帝的惩罚。只要眼睛还没瞎。”

乞丐们沉默了。

“彼得罗，”刺耳的声音问，“所有人都准备好了吗?”

“都准备好了。”年轻的声音回答。

“那就让他们离开客栈。但是叫列伊泽尔别来敲门。他与此事无关。他已经拿到自己的钱了。过路的人睡了?”

“睡了。还能干吗呢?”

他们又不说话了。我微微动弹了一下。谢弗留克碰碰我的手。又有几个人走出客栈。

“我和库兹马去切尔诺贝利和奥夫卢奇，”一个熟悉的声音说，“或者，我在切尔诺贝利附近能找到一个向导。那儿的人们在挨饿。”

说话的这个人是在波贡诺耶村向导男孩儿坟前唱歌的那个瞎子。又开始静了下来。我的心猛烈地跳动。

我似乎觉得，在我听到低声的叫喊以前，过了很长时间:

“火着起来了!”

乞丐们动了起来。

“喂，弟兄们，”沙哑的声音说，“我们向上帝祷告吧，完了就上路。”

“我们在天上的父，”乞丐们低声唱，“愿人都尊你的名为圣，你的国即将来临……”

乞丐们站起身出发了。

“他们说的是什么?”我问谢弗留克。

“不知道，”他回答，“我去抽烟，得离干草远一点儿。”

他站起来，走出棚子。

“那是什么!”他从暗处吃惊地说，“您到这儿来。”

我跳起来。在黑乎乎的布拉金卡河对岸，在柳丛后面，天空在冒烟，变成粉红色。火星一簇簇地蹿得老高，就像是从旁边的灌木丛里飞出来的。火光映在河里，发出暗淡的反光。

“这是什么着火了?”谢弗留克问。

“柳博米尔斯基家着火了。”列伊泽尔从暗处回答。我们没有发现，他是怎么到我们跟前来的。“谢弗留克老爷,”他用乞求的声音说，“可怜可怜您自己和不幸的客栈的老板吧。我给您套上马，上帝保佑，您走吧。您留在这儿确实不方便。”

“怎么?”

“龙骑兵会从镇上来。或者是武装守卫队。从客栈的老板这里他们是没啥可图的。小老板啥也没看到，什么也不晓得。”

“我们也没看到什么啊。”谢弗留克说。

“老爷！”列伊泽尔高声说，“我以你们东正教上帝的名义乞求您!您走吧。您的钱我不要。安宁对我来说更珍贵。您看，周围这些事!”

“嗯，那好吧，那好吧,”谢弗留克同意了，“您真是个神经脆弱的人，列伊泽尔。您套马吧!”

列伊泽尔很快把马套好。我们出发了。道路顺着布拉金卡河延伸。谢弗留克没有理会那几匹马。他放下缰绳，让马自己走。火烧旺了。湿乎乎的树枝抽打在脸上。

“现在明白了,”谢弗留克小声说，“有人放火烧了柳博米尔斯基的庄园。”

“谁?”

“不知道。或许，为了向导的事吧。但是，我和您没在客栈过夜，啥也没看见。好吧?”

“好吧。”我赞同。

从布拉金卡河对岸传来了轻轻的但却很清晰的呼哨声。谢弗留克把马停下。呼哨声又一次响起。大车停到茂密的灌木丛中。无论从哪里都看不到我们。

“喂，老板!”有一个人从对岸喊，声音不大，“摆渡!”

谁也没回答。我们仔细听着。

河水里响起了汩汩声，显然，那个人跳到水里游过来了。很快，我们在灌木丛后看到了他。他在河中心游着，火光微微地照亮河水。他被猛地冲向一旁。

在离我们不远处，有一个人爬上岸。可以听见河水从他身上流下来的哗啦声。

“嗯，你等着，列伊泽尔！”那个人说着朝森林里走去。“你得为这次摆渡给我付出代价。”

当那个人的脚步声消失后，我们继续慢慢赶路。

“您认出来了吗?”谢弗留克用勉强听得见的声音问我。

“什么?”我不明白。

“您认出那个人了吗?”

“没有。”

“到我们家来过的那个小伙子。喝过牛奶的那个。好像是他的声音。现在明白了。头头儿们向贡诉苦了。这是他的人，贡的人。是他放的火。我这么想。列伊泽尔把他摆渡到了对岸。您记住，我和您什么也没看见，什么也不知道。”

谢弗留克小心翼翼地点烟，用雨衣的下摆遮着火柴。

火光在空中飘荡。在被淹没的灌木丛里，河水哗哗地流淌，车轴嘎吱嘎吱作响。不久，从沼泽地里吹来冰冷的雾气。

直到黎明时分，我们俩才回到庄园，我们浑身湿乎乎的，直发冷。

这件事之后，我们一连几天都担惊受怕。我很喜欢这样的日子。我喜欢经常等待危险的事情发生，我还喜欢低声的交谈，以及特罗菲姆带来的传闻，那些传闻都是关于安德烈·贡的，他时而突然出现在这儿，时而又突然出现在那儿。

我喜欢冰冷的布拉金卡河、有强盗们神出鬼没的树丛，还有路上神秘的马掌印，这些印记昨天都还没有。我，说句老实话，甚至想让安德烈·贡袭击谢弗留克的庄园，可是呢，不要放火，也别杀人。

但是有一天黄昏时分，几个龙骑兵来到庄园，而不是安德烈·贡。他们在大门旁下马。一个穿着满是尘土的靴子的军官走到凉台跟前，我们正在那里喝茶，他表示一下歉意，问：

"您是谢弗留克先生吗？"

"是的，我是，"谢弗留克回答，"有什么需要我效劳的？"

军官转过身冲着士兵们。

"喂，马尔琴科！"他喊了一声，"把他带到这里来！"

两个龙骑兵把一个光脚的人从马的后面带出来。他的两手被捆在背后。这个人穿着黑色的士兵裤子，裤子上红色的绲边儿褪色了。

他们把这个人带到凉台跟前。他聚精会神地看着玛丽娜·巴甫洛夫娜，好像要对她说什么似的。

"你们认识这个小伙子吗？"军官问。

所有人都不说话。

"再仔细瞧瞧。"

"不，"玛丽娜·巴甫洛夫娜说，她的脸色变得苍白，"我从来没见过这个人。"

这个人战栗了一下，垂下双眼。

“那您呢?”军官问谢弗留克。

“不。我不认识他。”

“你怎么啦，老兄？”军官转身看那个人，“你老是说瞎话，说你是本地的，在谢弗留克先生的庄园里干过活儿？现在你的处境很糟糕啊!”

“那好吧！”那个人说，“你们把我带走吧！力量你们有，但真理却不是你们的。”

玛丽娜·巴甫洛夫娜跳了起来，回房间了。

“别废话!”军官说，“到大门外去!”

龙骑兵们走了。玛丽娜·巴甫洛夫娜哭了很长时间。

“他这样看着我，”她含着眼泪说，“我怎么没猜到啊！应当说我认识他，说他在我们这里干过活儿。”

“那上哪儿猜去啊！”特罗菲姆有些伤感，“哪怕他给个什么暗号也好啊。可是，那个人把柳博米尔斯基的庄园烧得精光。烧得好极了。这是替那个被害死的男孩儿报仇呢。”

很快，我就回基辅了。

波列西耶留在我的记忆里，那是一个忧伤的、有些神秘的地方。在那里，毛茛和菖蒲的花朵竞相开放，赤杨和茂密的白柳喧嚣着，钟声轻声鸣响，似乎永远也不会向默默无闻的农民们宣告光明的、人民的节日就要来临。当时，我是这样想的。但是，幸亏事情并不是这样的。

外祖母花园里的梦

我的外祖母维肯季娅·伊万诺夫娜和我的姨妈叶芙罗西尼娅·格里高利耶夫娜住在切尔卡瑟。外祖父早就去世了，而在我去波列西耶的那个夏天，我的姨妈叶芙罗西尼娅·格里高利耶夫娜由于心脏病也去世了。

外祖母搬到基辅她的另一个女儿——维拉姨妈那里去了，姨妈嫁给了基辅的一个大商人。

维拉姨妈在城市近郊——卢基扬诺夫卡有一幢自己的房子。他们把外祖母安排在一个小厢房里住下，就在这幢房子旁边的花园里。

原来，外祖母在切尔卡瑟独立自主地生活，在维拉姨妈这种规矩、礼节都很多的家庭里，她感觉自己在靠别人养活。为此，外祖母常暗地里哭泣，唯一让她高兴的是一个人住在厢房里，自己做饭，哪怕是在这件事上她能自立，也算不欠自己富有的女儿的人情。

外祖母一个人很无聊，她劝我从科兹洛夫斯卡娅夫人那里搬到她的厢房去。在厢房里，有四个小房间。外祖母住一间，第二间住着一个年老的大提琴手哈腾伯格，第三间屋子外祖母让我住，而第四间屋子很冷，却被称为温室。在屋子里面，花盆摆满一地。

当我从波列西耶回来的时候已是仲夏，城里空荡荡的。人们都去了别墅。鲍利亚去了叶卡捷琳诺斯拉夫实习。只有外祖母维肯季娅·伊万诺夫娜和哈腾伯格住在卢基扬诺夫卡。

外祖母衰老了很多，背也驼了，昔日的严厉也不见了，但是，外祖母的一些习惯依旧没有改变。她天亮起床，马上打开窗子。然后她用酒精灯煮咖啡。

喝完咖啡后，她来到花园，坐在藤椅上，读自己喜欢的书——克拉舍夫斯基[1]冗长的长篇小说，或是柯罗连科和爱丽莎·奥若什科娃[2]的短篇小说。她经常读着读着就睡着了——她头发花白，一袭黑衣，干瘦的双手放在椅子的扶手上。

有几只小蝴蝶落在她的手上和黑色的包发帽上。熟透的李子从树上掉下来，老远就能听到响声。温暖的风飘过花园，顺着小路追逐树叶的影子。

在外祖母的头顶上空，太阳高高地照耀着——纯净、炽热的基辅夏天的太阳。于是我就想，在某个时候，外祖母就这样在这个花园温暖和清新的空气中，永远地睡着了。

我和外祖母的关系很好。与其他的亲人相比，我更喜欢她。她对我也有同感。外祖母生养了五个女儿和三个儿子，可是在老年的时候，她完全是一个人生活。在她那里，实际上也没有亲人。由于我们都很孤

1 尤泽夫·伊格纳奇·克拉舍夫斯基（1812—1887），波兰作家。

2 爱丽莎·奥若什科娃（1841—1910），波兰女作家。

单，所以产生了对彼此的依恋。

外祖母整个人都散发着温馨和忧伤的气质。别看年龄有差异，我们却有很多共同之处。外祖母喜欢诗歌、书籍、树木、天空和独自思考。她从来不逼我做任何事情。

她唯一的弱点就是，哪怕我有一点伤风感冒，她就要用自己的灵丹妙药给我治病。她称这种药为“药酒”。

这是一种极其凶猛的药。外祖母把她知道的所有酒精——葡萄酒、木醇、氨水混合在一起，再往这种混合物中加些松节油。这样，一种深红色的液体就制成了，很刺鼻，就像是硝酸的味道。

外祖母用这种“药酒”给我擦前胸和后背。她深信它能治病。厢房里弥漫着使喉咙刺痛的味道。哈腾伯格马上抽起粗粗的雪茄。微蓝色的烟飘满他的房间，犹如令人惬意的云雾。

当哈腾伯格开始在房间里拉大提琴的时候，外祖母最经常的还是在花园里睡着了。

哈腾伯格是一个漂亮的老头儿，他的胡子花白，带着波浪，灰色的眼睛带着狂热的眼神。

他演奏他自己创作的剧本。名字是《哈姆雷特之死》。

大提琴哀恸大作。回声很响，就像是从艾尔西诺[1]拱门下传来的，这些声音交替着，蕴含在这庄严的辞藻中：

让四个将士把哈姆雷特

1 丹麦的城堡，莎士比亚的悲剧《哈姆雷特》中的一幕就在这里展开，下面的引文引自《哈姆雷特》。

像国王一样抬到灵柩台上！

我一边听音乐，一边想象着艾尔西诺的大厅，还有细长的像哥特式建筑一样的阳光，雄壮的军号声，在哈姆雷特遗体上空飘扬的那些巨幅的、又高又轻的旗帜。这些大旗一直垂到地上，飒飒作响。小溪早已经把奥菲莉娅的花束带到了大海。在离海岸很远的地方，波浪摇晃着迷迭香、三色堇和芸香编成的花冠——这是她痛苦爱情的最后见证。大提琴也唱出了这一切。

外祖母醒来了，她说：

“我的天啊，难道就不能拉点愉快的东西吗！”

于是，哈腾伯格为了满足外祖母的愿望，拉了一首她喜欢的《黑桃皇后》中的田园曲：“我亲爱的朋友，可爱的牧童……”

外祖母听音乐听得累了。晚上，当哈腾伯格带着自己的大提琴去商贾花园的音乐会演出的时候，她就休息了，这就没有音乐打扰了。

我经常去听这些音乐会。乐队在木结构的白色贝壳形露天剧场里演出，听众们也都坐在露天里。

种着紫罗兰和烟草花的大花坛，在黄昏时散发出浓烈的、香甜的味道。每次音乐会之前，都会有人给它们浇水。

乐队的乐师们被明亮的灯光照耀着。听众们坐在黑暗之中。女人们的连衣裙显出模模糊糊的白色，树木在沙沙响着，里面头顶上空还有光亮闪烁。

但我特别喜欢阴沉、潮湿的夜晚，此时，花园里几乎没有游人。于是我似乎觉得，乐队就是为我一个人，以及一个年轻的女人演奏的，她戴着一顶帽子，帽檐低垂着。

我几乎在所有的音乐会上都能遇到这个女人。她留神打量我。我悄悄地观察她。只有一次，我遇到了她的目光，我似乎觉得，她的眼中闪过一下狡黠的神色。

寂寥的基辅的夏天充满了对这个陌生女人的幻想。这个夏天立刻变得不再寂寞。这个夏天，雨水哗啦啦地吵闹，声音嘹亮。雨水从高空落下，在花园的草木之中奔流。玻璃般的雨滴从乌云里飞落下来，就像是在敲击琴键——急速的声音充满我的房间。我觉得这是真正的奇迹，普通的雨水从房顶流到绿色的大桶里，竟然像唱歌一般。

“整个夏天都在下太阳雨！”外祖母说，“收成会不错啊。”

在这些“太阳雨”轻柔的烟雾和彩虹的光芒背后，一个陌生的女人住在附近的某个地方。我感谢她，感谢她的出现，感谢她立刻改变了周围的一切。

就连那些黄砖铺成的、有一些小水洼的人行道，现在对我来说都是那么可爱，带有安徒生童话一般的色彩。

小草儿从砖缝儿里挤出来。蚂蚁们在小水洼里挣扎。

当我忽然产生幻想时，或者，像外祖母用波兰话讲的那样，产生“马热尼耶”的时候，我似乎觉得，一切都是令人惊奇的，甚至是基辅的人行道。

直到现在，我都不知道如何称谓这种状态。它的发生原因未明。在这种状态下，没有一点儿兴奋的因素。相反，它带来了安宁和休息。但是，只要一出现哪怕是最不起眼的烦恼时，它便消失了。

这种状态需要表达出来。于是在那个炎热的、下“太阳雨”的夏天，我第一次开始写作。

这件事我瞒着外祖母。我对她说，我在准备学校文学课的内容，在写提纲，因为她很奇怪，我一连几个小时都坐在自己的房间写东西。

在商贾花园没有音乐演出的日子里，我就去第聂伯河，或者是城市的边缘，去废弃的“忘忧”公园。它曾属于基辅科学和文艺事业的资助人库利任科。

只要递上两三支香烟，看门人就会放我进到这个公园里去——一处完全荒凉、野草丛生的公园。池塘布满了浮萍。寒鸦在树上大叫。当我坐到朽坏的长凳上时，它们摇摇晃晃的。

在公园里，我只遇到过一个老画家。他坐在亚麻布的大伞下画草图。画家已经从远处很生气地瞟了我几眼，以至于我一次也没敢到他的跟前去。

我溜到公园的最深处，那里有一所废弃的房子，我就坐在凉台的台阶上看书。

麻雀在我的背后嬉闹着。我的目光常常离开书，看公园的深处。朦胧的光倾泻到树木中间。我等待着。我相信，终究会在这里，在这个公园，我一定会遇到那个陌生女人。

但是她没来，我便沿着最长的那条路回家——坐电车，经过普里奥尔卡和波多尔，然后，经过克列夏季克和普罗列兹纳雅大街。

在路上，我顺便去了一趟克列夏季克的伊季科夫斯基图书馆。夏天那里人很少。几个由于闷热而脸色苍白、唇髭带着汗湿的年轻人——伊季科夫斯基的伙计——给我换书。我给自己和外祖母借了书。在我当时的状态下，我想读的只有诗歌。而我给外祖母借回来的是施皮尔哈根[1]和

1 弗里德里希·施皮尔哈根（1829—1911），德国作家，他的社会-政治小说在俄国民粹派当中很流行。

博列斯拉夫·普鲁斯[1]的长篇小说。

我回到位于卢基扬诺夫卡的家的时候，已经很累了，但却很幸福。

由于太阳和新鲜空气，我双颊发热。

外祖母在等我。她房间里的小圆桌上铺着桌布。上面摆好了晚餐。

我给外祖母讲关于“忘忧”公园的事情。她冲我点头。有时她说，她一个人在这漫长的一整天感到烦闷了。但她任何时候都不责骂我，不怪我出去这么久。

“青春，”外祖母说，“它有它自己的规律。我就不掺和了。”

然后，我回到自己的屋子里，脱掉衣服，躺到窄窄的床上。灯光照亮了窗外弯曲的苹果树枝。

透过刚一开始还不太踏实的梦境，我感觉到了夜、它的漆黑和无尽的寂静。我喜欢黑夜，但是，我一想到人马座、宝瓶座、双子座、猎户座和室女座正在高空中走过卢基扬诺夫卡我们厢房的屋顶，就感到害怕。

我写了一篇短篇小说，里面写到基辅这整个夏天：大提琴手哈腾伯格、商贾花园里的陌生女人、“忘忧”公园、黑夜，以及一个爱幻想但又有些可笑的中学生。

我被这篇小说折磨了很久。语句不坚定，软绵绵的。华丽辞藻的堆砌使我自己都厌烦。有时我很绝望。

基辅那时出版一本杂志，名字很古怪，叫《骑士》。它的编辑是基辅著名的文学家和艺术爱好者叶夫根尼·库兹明。

我一直犹豫，但是，最终还是带着小说去了《骑士》编辑部。

1 博列斯拉夫·普鲁斯（原名为亚历山大·格洛瓦茨基，1847—1912），波兰作家、评论家。

编辑部在库兹明的住宅里。一个身材矮小、彬彬有礼的中学生给我开门，他把我领到库兹明的办公室。一只斑点狗蹲坐在地毯上，流着哈喇子，用病态的眼睛看着我。

办公室里很闷，散发着芳香的蜡烛烟味儿。在黑色的壁纸上，挂着希腊男女众神的白色面具。到处都是摞得高高的、大堆大堆的书，书上的皮封面已经干裂了。

我等待着。这些书不时发出干裂的噼啪声。然后，库兹明走了进来——他个子很高、很瘦，手指白皙。手指上的银戒指镶着宝石，闪闪发光。

他很礼貌地低下头跟我讲话。我脸红了，不知道怎样才能尽快地离开。我已经觉得我的小说是平庸的，而我自己则是一个笨嘴拙舌的傻瓜。

库兹明用懒洋洋的手指翻我的手稿，并且用尖尖的指甲在什么地方划了一下。

“我的杂志，”他说，“是青年天才的论坛。很高兴，如果我们又找到一个同行。我一定读您的小说，之后会给您寄一张明信片。”

“如果不费事的话，请您给我寄回信，用信封封起来。”

库兹明表示理解地微微一笑，低下头。

我走了，气喘吁吁地顺着楼梯往下跑，然后，跳到大街上。打扫院子的人开始往马路上洒水了。水龙带里的水汩汩响。小水珠喷了我一脸。我感到轻松了些。

电车还在行驶，我就跳进了车厢，为的是快点离开这些地方。乘客们讥讽地看了看我。我从电车上跳下来，开始步行。

干草市场上尘土飞扬。在寂寥的利沃夫大街的上空，形状单一的、圆圆的大云朵飘过。马粪散发出刺鼻的味道。一匹白色的小马驹拉着装有煤袋子的大车。一个浑身煤灰的人在车旁走着，一边落寞地喊着：

“要煤吗?”

我这时想到，我的小说就放在库兹明闷热的办公室里的桌子上，小说里满篇都是美丽的词汇和对生活的含混想法。

我感到羞愧。我发誓再也不写任何小说了。

“所有这些不是那个意思，不是那个意思！”我重复着，“或许，尽管不算好，但总还是那个意思吧?”

我什么也不知道。头脑一片混乱。

我顺着格鲁博奇察拐弯到波多尔。几个摆地摊的鞋匠用锤子敲着旧鞋底。锤子从皮子上敲出一缕缕灰尘。几个小男孩儿在用弹弓打麻雀。平板大车拉着面粉。面粉从袋子的破洞撒到马路上。在一些院子里，女人们把彩色的床单被罩挂起来晾晒。

这是一个多风的日子。风把垃圾刮到波多尔的上空。在小山丘上，在城市的上方，高耸着带银色圆顶的安德烈耶夫大教堂——拉斯特雷利的豪华杰作。圆柱上红色的涡卷装饰弯曲成弧形，十分壮观。

我顺道去了小酒馆，喝了一点儿酸葡萄酒。但这也没让我更轻松。

傍晚我回到家，头很疼。外祖母立刻给我擦“药酒”，然后让我躺到床上。

我相信，我犯了一个无法改正的错误——写了一个极其糟糕的短篇小说，这毁掉了我这一生从事写作的可能。周围没有一个人能告诉我接下来怎么办。难道可以一边全身心地投入自己热爱的事业，一边又很清楚这是白费功夫吗?

哈腾伯格开始悄悄地在自己的房间里拉琴。他现在拉的不是《哈姆雷特之死》，而是他自己创作的新剧本《瘟疫流行时期的宴会》的片段。

哈腾伯格为这个剧本付出了很多辛苦，他经常给外祖母和我拉上几小段。

外祖母依旧惊讶于哈腾伯格阴郁的幻想。

“一会儿死啊，一会儿瘟疫的！”她抱怨着，“我不明白这是咋回事。依我看，音乐应当使人愉悦。”

此刻，哈腾伯格正在演奏他自己喜欢的片段：

传来了痛苦的呻吟，
在水流和小溪的岸边，
河水如今愉快安静地流淌
穿过你故乡土地上野性的天堂！[1]

“哦！这才是真东西，”我嘟囔着说，“‘穿过你故乡土地上野性的天堂。’”

野性的天堂！这几个字就像是有治愈力量的风冲击着我的胸膛。应当努力，应当工作，应当把全部生活寄托在诗歌和语言上。我已经意识到这条路将是多么漫长与艰难。但不知为什么，这却使我感到安慰。

两天之后，库兹明寄来了明信片。他没有按照我的要求做，没有把给我的回信密封起来。

库兹明写道，他读了我的小说，要在最近的一期杂志上发表。

外祖母，当然啦，看了这张明信片。她甚至哭了。

“你的父亲，格奥尔吉·马克西莫维奇，”她说，“老是笑话我。但他

1 普希金的剧本《瘟疫流行时期的宴会》(1830) 中的诗句。

是个善良的人。我很遗憾，他没能等到这一天。”

外祖母为我画了十字，亲吻了我。

“嗯，努力吧，祝你幸福。看得出来，上帝可怜我了，到最后了带给我这样的快乐。”

她比我还高兴，为我的第一篇小说而高兴。

当登载了这篇小说的那一期《骑士》出版的时候，外祖母甚至烤了“马祖卡饼”，准备了节日般的早餐。

早餐时，外祖母穿了一件黑色的丝绸连衣裙。以前她只是在复活节才穿这条裙子。她的胸前别了一束手工做的天芥菜花。不过，现在这条连衣裙已经不再使外祖母显得年轻一些了，以前她穿上它时很显年轻。她看着我，那双黑色的眼睛一直在笑。

黄蜂落到果酱盘子上。哈腾伯格就像是猜到了我们这里发生了什么事，他拉起了维尼亚夫斯基[1]的马祖卡舞曲，一边用脚打着节拍。

1 亨里克·维尼亚夫斯基（1835—1880），波兰小提琴家和作曲家。

“黄金拉丁语”

拉丁语教师苏博奇用他那双圆圆的眼睛看着我。他那两撇小胡子翘着。

“还是八年级的学生呢！”苏博奇说，“鬼知道您在干什么！应该给您的操行打四分。那您就该在我这儿换另一副腔调了！”

苏博奇说得没错。我们在拉丁语课上要的那个小把戏，或者，像我们所称呼的那样，叫“心理实验”，只能用“鬼知道”这几个字来下定义。

在我们的教室里，曾经挂过几幅画。很久以前画就被摘掉了，但墙上留下了六个大的铁拐钉。

这些大拐钉唤起了我们一个“成功的想法”。我们班实现了这一想法，机智巧妙，大放异彩。

苏博奇是一个手脚麻利的人。他会像一颗流星那样飞进教室。他常礼服的后襟飘扬着，夹鼻眼镜闪闪发亮。记分册呼啸着劈开空气，沿着抛物线飞行，最后落到讲台上。在拉丁语教师的背后，尘土开始呈旋涡状盘旋。全体同学都跳起来，书桌的桌面一阵乱响，之后同学们坐下来的时候又是一阵这样的轰响。镶着玻璃的门哐啷啷响起。窗外的麻雀从白杨树上飞下来，唧唧叫着，飞到花园的深处。

苏博奇通常就是这样来到教室的。

苏博奇停下来，从口袋里掏出一个很小的记事本，把它拿到近视的眼睛跟前，举起手中的铅笔，他站着，一动不动。旋风变成了可怕的寂静。苏博奇在小本子里寻找着又一个倒霉鬼。

六个体重最轻和个子最小的中学生，也包括我在内，用勒紧的宽腰带挂在大拐钉上。我们被大拐钉顶得腰疼，气都喘不过来。

苏博奇飞进教室。这时，所有余下的中学生们都在课桌之间做起了“拿大顶”——头朝下，脚伸向空中，两手支撑着课桌。

苏博奇跑得飞快，停不下来。他把记分册抛到讲台上，那一刻，全班同学伴着轰隆声，恢复了“原始状态”——用脚站起来，然后坐到座位上。而我们六个解开宽腰带，摔到地板上，随即也坐到课桌后。

预示着灾难的寂静来临了，静得似乎能听到自己的耳鸣。一切完全正常。我们坐着，装出天真无邪的样子，就好像什么也没有发生过。

苏博奇开始大发雷霆。但是，我们把一切都否认得干干净净。我们执着地证明，什么也没有发生过，谁也没挂在墙上，班里也没人做什么“拿大顶”。我们甚至斗胆地暗示，苏博奇是被幻觉搞神经了。

拉丁语教师有些慌神。他把六个刚刚挂在大拐钉上的中学生叫到自己的跟前，带着疑惑把他们浑身上下看了个遍。上衣没有白墙灰的痕迹。苏博奇耸了耸肩。他看了看大拐钉，又看了看地板——看看那里有没有掉下来的灰土。他的脸上露出惶惑的神情：苏博奇是一个生性多疑的人。

“值日生，”苏博奇说，“叫普拉东·费奥多罗维奇到我这里来一趟。”

值日生出去了，然后和学监普拉东·费奥多罗维奇一起回来。

“在我的课开始时，您什么也没有发现吗?”苏博奇问他。

“没有。”普拉东·费奥多罗维奇回答说。

“没听到任何的吵嚷声和轰隆声?”

“全班同学起立和坐下，肯定有一些响动啊。”普拉东·费奥多罗维奇小心地回答，他纳闷地看了看苏博奇。

“谢谢您，”苏博奇说，“我似乎觉得教室里发生了什么古怪的现象。”

普拉东·费奥多罗维奇期待地看着苏博奇。

“到底是什么事呢?”他谄媚地问。

“没什么！”苏博奇突然大怒，他斩钉截铁地回答，“请原谅，打搅您了。”

普拉东·费奥多罗维奇两手一摊，出去了。

“你们安静地坐着，”苏博奇对我们说，他拿起记分册，“我去去就来。”

他出去了几分钟又回来了，和他一起的还有总学监瓦尔索诺菲·尼古拉耶维奇，他的外号是“瓦尔萨蓬特”。

瓦尔萨蓬特仔细地把我们看了个遍，然后，他走到墙边，爬上课桌拔拐钉。拐钉从墙上掉了下来，几乎没有任何阻力。

“这样啊!”瓦尔萨蓬特用神秘的口吻说，并且把钉子塞了回去。

全班都盯着瓦尔萨蓬特。

“这样啊!”瓦尔萨蓬特重复道，“这个梦意味着什么呢?”

“这样啊!”他重复第三遍，摇了摇头，便走了。

苏博奇坐到桌旁，他坐了很久，盯着记分册，若有所思。然后，他突然离开座位，飞出教室。门哐啷啷一阵响。麻雀从杨树上飞走了。一阵风迅速在课桌间吹拂过去，掀动了课本的册页。

直到下课我们都老实坐着，尽量不弄出响动。我们忧虑“心理实验”取得的成功，害怕此后苏博奇真的疯了。

但一切都很简单地结束了。关于“心理实验”的消息传遍了学校，招来嫉妒的赞叹。

低年级一个班的中学生决定和自己的老师重复这个实验。但众所周知，天才的事业只能成功一次。事情的结果是一败涂地。

苏博奇得知了所有的情况，勃然大怒。他做了一番申斥性的演说。他这番话不亚于西塞罗[1]著名的演说《凯瑟琳，你滥用我们的耐心要到何时!》。

在这番演说中，苏博奇完成了一个出人意料的转折。他让我们感到了惭愧，不是因为我们欺骗了他苏博奇，而是因为在“黄金拉丁语”课上，在这个世界上最优雅的语言的课堂上，我们竟敢如此地不成体统。

“拉丁语!”他激动地说，“是奥维德[2]和贺拉斯[3]的语言！是蒂特·李维[4]和卢克莱修[5]的语言！是马可·奥勒留[6]和恺撒[7]的语言！普希金、但丁、歌德和莎士比亚都要敬仰它！他们不仅敬仰它，还掌握它，并且，比你们好得多。黄金拉丁语啊！它的每一个词都是用金子锻造出来的。

---

1 马库斯·图留斯·西塞罗（公元前106—前43），罗马政治活动家、演说家和作家。

2 奥维德（公元前43—约公元18），罗马诗人，神话史诗《变形记》的作者。

3 贺拉斯（公元前65—前8），罗马诗人、理论家，《诗艺》的作者。

4 蒂特·李维（公元前59—公元17），罗马历史学家。

5 卢克莱修（约公元前99—约前55），罗马诗人、公元前1世纪的唯物主义哲学家，《物性论》的作者。

6 马可·奥勒留（121—180），安东尼王朝的罗马皇帝（从161年起），哲学著作《沉思录》的作者。

7 盖乌斯·尤利乌斯·恺撒（公元前102/100—前44），罗马独裁者、统帅，《高卢战记》和《内战记》的作者。

因此，人们一定不会丢掉任何一点点这贵重的金属，因为拉丁语中没有词汇垃圾。它完全是被锻造出来的。可你们呢？你们在干什么？你们嘲讽它！你们竟允许自己把这门语言课变成耍活宝。你们的脑袋里满是廉价的思想！满是垃圾！满是笑话！满是足球！台球！吸烟！拿别人逗闷子！看电影！各种乌七八糟的东西！你们应当感到害臊！”

苏博奇的演说如雷贯耳。我们为这些指责中沉甸甸的分量和自己浅薄的样子感到压抑。但是，我们也感到委屈。我们班大多数同学的拉丁语学得很好。

我们和苏博奇很快就和解了。随后迎来了“黄金拉丁语”辉煌的凯旋。

我们努力减轻自己在苏博奇面前的罪过，所以我们拼命地学习拉丁语。我们和苏博奇已经相处得很好，也很喜欢他。

就这样，那个值得纪念的日子终于到来了，苏博奇不得不给所有被他叫到的学生都打了五分。

“凑巧了！”苏博奇一边说着，一边窃笑。

在接下来的课上，无论苏博奇怎么吹毛求疵、用“黑暗的课文”刁难我们，他也会给所有人打五分。

苏博奇喜形于色。但某种担忧还是让怀着喜悦心情的他有些败兴。在他的教学实践中出现了从不曾有过的一个现象。简直就是发生了奇迹。

第三节课下课后，苏博奇变得闷闷不乐，因为所有人又都得了五分。显然，他感到吃惊。学生们卓越的拉丁语知识蒙上了丑闻的色彩。整个学校都开始谈论这件事。荒诞无稽的传闻开始蔓延。一些恶言恶语指责苏博奇，说他纵容学生，为的是给自己争最佳拉丁语教师的荣誉。

“不得不这样做啊，”有一次苏博奇犹犹豫豫地说，“要给你们中的三四个人打四分。你们是怎么想的?”

我们委屈地沉默着。我们似乎觉得，如果我们有谁现在得二分的话，苏博奇就会很满意。或许他现在甚至后悔发表自己那番关于“黄金拉丁语”的煽动性演说了。

但是，我们无法去让我们的拉丁语水平比现在要低。我们中的任何人都不同意平白无故地让拉丁语陷落，而这就是为了要堵上诽谤者的嘴。我们全力以赴加入了这场竞赛。我们喜欢这种竞赛。

结果是苏博奇禁不住对他普遍的怀疑，于是给我们安排了一次公共考试。

有一节课，他邀请了学区督学助理、校长、总学监瓦尔萨蓬特，以及拉丁语专家——司铎奥连茨基。

苏博奇用尽闻所未闻的刁钻手段对我们吹毛求疵。他竭尽全力地想把我们弄糊涂，让我们措手不及。但是，我们勇敢地迎接了他的攻击，考试进行得精彩纷呈。

校长不时拊掌呵呵地笑。瓦尔萨蓬特搔乱了自己的头发。督学助理宽厚地微笑。而司铎奥连茨基只是摇着他那头发花白的脑袋：

“嚯，都是语言通啊！嚯，小坏蛋！嚯，机灵鬼!”

当然，考试之后我们就泄了气。我们承受不了那么大的强度。重新出现了四分和三分。但是，最佳拉丁语教师的荣誉却被留给了苏博奇。这一点无论如何已经无法动摇。

人文学科的教师

俄国文学教师舒利金是一个优雅的小老头儿，他长着一把总是梳洗干净的白胡子，眼睛是深蓝色的，他有一个不同寻常的特点：不能忍受没有意义的话。

只要一听到没有意义的话，他立刻就会进入暴跳如雷的状态。他会因愤怒脸涨得通红，抓起教科书，把它们撕成碎片，或者两手手指交叉在一起，在被吓到的学生们面前摇晃，如此用力，以至于他的圆袖口互相拍打着，发出很大的声音。在此情况下，舒利金还会高喊：

“您！就是您！请您！滚吧！您！滚！”

这样的发作都以他筋疲力尽而结束。显然，这是一种病。我们知道这一点，所有老师和学监也知道。如果这种发作持续很长时间的话，普拉东·费奥多罗维奇就会踮着脚尖儿走进教室，抱住舒利金的肩膀，带他去教员休息室，在那里给他灌点儿缬草酊。

总的来说，舒利金算是一个和蔼、温顺的老头儿。俄国文学在他的传授下，变得那样简明而澄澈。他总是胡乱打分。在低年级，爱哭的和磨人的学生们很轻松地就可以达到目的，让舒利金把他们的二分改成三分，把三分改成四分。

有一次，我们在舒利金的课上写作文，还是老生常谈的题目——《屠格涅夫作品中的女性典型》。

中学生古季姆，这个被墨水弄得脏兮兮的、故弄玄虚的无耻之徒突然喊道：

“鹦鹉飞到街心花园了！”

这是能让舒利金发怒的废话之一。发作立即开始了。

舒利金抓住古季姆的肩膀，开始使劲儿摇晃，以至于古季姆的头都撞到墙上了。然后，舒利金用力一扯自己制服式常礼服的胸部。金色的纽扣飞了下来，顺着地板滚动。

马图谢维奇抓住他的手。我们当中的一个同学跳到走廊上，去找普拉东·费奥多罗维奇。

舒利金坐到课桌上，抱头痛哭。

我们当中的很多同学招架不住这阵势，都躲在课桌掀起来的桌面后。

神色惊慌的总学监和普拉东·费奥多罗维奇来了。他们带走了舒利金。

教室里一片寂静。斯坦尼舍夫斯基从自己的座位上站起来。他脸色十分苍白。他慢慢地走到古季姆跟前，说：

“小崽子！马上滚出我们的教室！否则的话——有你好看！滚！”

古季姆皮笑肉不笑的，并没有离开座位。斯坦尼舍夫斯基抓住他的胸部，猛地把他揪到自己跟前，又把他推倒在地板上。古季姆跳了起来。全班的人都不说话。

“滚！”斯坦尼舍夫斯基重复了一遍。

古季姆踉踉跄跄地朝门口走去。在门口他停下了。他想说什么，但我们所有人都冷冷地、充满敌意地看着他。古季姆缩起脖子出去了。

他再也没有回到班里。他也没法回来——有关中学生的道德法则是毫不留情的。触犯了法则，就没有任何回旋的余地。

古季姆的父母把他从我们的学校领走，转学到了瓦利克尔的实科中学，那里是无赖和无知之徒的巢穴。

这件事之后，舒利金病倒了。他病了很久，即使在他康复以后也没再回来。医生禁止他继续教学。

有时，我们在尼古拉耶夫街心花园遇到他。他坐在那儿，下巴支在拐杖上晒太阳。孩子们在他脚边的沙土上玩儿。我们给舒利金鞠躬，他只是惊恐地看看我们，对鞠躬没有回应。

在俄国文学教师这件事上，我们最初的运气并不好。舒利金之后，又来了特罗斯江斯基——高个子，傲慢，脸色苍白而阴沉。

按他的想法，所有的俄国作家都可以分为值得研究的正统派，和出身于平民知识分子的离经叛道的造反派。谈到后者他总是带着一些惋惜，把他们视为被毁灭的天才。

特罗斯江斯基让我们很愤怒。在课堂作文中，我们推翻了他的那些神灵，歌颂了造反派。特罗斯江斯基礼貌地微笑着，轻声地向我们证明，是我们错了，并给我们打了二分。

接替特罗斯江斯基的是心理学和俄国文学教师谢利汉诺维奇，他长得很像诗人勃留索夫。他穿着黑色的便服式常礼服，所有纽扣都系好。

这是一个柔和而有天赋的人。他就像是经验丰富的修复大师将古画“洗净”那样，在我们面前“洗净”了俄国文学。他掸掉俄国文学身上的尘埃和污垢——那些不正确的和肤浅的评价，冷漠的、程式化的语言和枯燥的寻章摘句。俄国文学在我们面前闪耀出如此华丽的色彩、深邃的思想和如此伟大的真理，这使我们当中的很多人——已经成熟的年轻人感到震惊。

我们从谢利汉诺维奇那里学到很多东西。他不仅为我们开启了俄国文学世界的大门，还给我们展现了文艺复兴的时代，欧洲十九世纪的哲学，还有安徒生的童话，《伊戈尔远征记》的诗意。而在这以前，我们都是毫无意义地死记硬背这些内容的古代斯拉夫语原文。

谢利汉诺维奇有着罕见的绘声绘色的讲课天赋。那些极为复杂的哲学理论在他的表述中变得清晰易懂、条理分明，引发我们对人类智慧之广博的赞叹。

哲学家、作家、学者和诗人变成了可以感觉到的人，在此之前，他们的名字只是让人想起那些僵死的日期，以及他们“为人类所做贡献”的枯燥的一览表。在谢利汉诺维奇的表述中，他们任何时候都不是孤立地存在于自己的时代之外的。

在讲果戈理的课堂上，谢利汉诺维奇在我们面前复活了果戈理时代的罗马——它的地图，它的山丘、废墟，它的艺术家、狂欢节，罗马土地上的空气和罗马天空的蔚蓝。一系列与罗马有关的优秀人物从我们面前走过，神奇的力量召唤他们获得新生。

这种魔法的力量很简单，每个人都很容易理解。它的名字就叫作知识，由爱和想象力赋予其崇高精神的知识。

我们从一个时代走到另一个时代，从一些趣味盎然的地方走向另一些不乏趣味的地方。在研究文学的同时，我们跟随谢利汉诺维奇走遍各地——曾置身于图拉的军械制造工中间，到过达吉斯坦边界的哥萨克村镇，曾体验过“波尔金诺之秋”的毛毛细雨，到过狄更斯的英国孤儿院和债户拘留所、巴黎的市场，到过肖邦曾在那里染病的马略卡岛上废弃的修道院，还有人迹罕至的塔曼，在那里，海风吹着干枯的玉米秆儿沙沙作响。

我们聚精会神地仔细研究那些人的生活，有赖于他们，我们得以认识自己的国家和世界，感受到生命的美好——普希金、莱蒙托夫、托尔斯泰、赫尔岑、雷列耶夫、契诃夫、狄更斯、巴尔扎克，以及人类历史上许多杰出人物的生活。这使我们心中充满自豪，使我们意识到人类精神和艺术的力量。

谢利汉诺维奇还顺便教给我们一些意料之外的东西——礼貌，甚至是周到。有时，他还给我们猜谜语。

“有几个人坐在房间里，”他说，“所有椅子都被占着。进来一个女人。她的眼睛像是哭过。一个懂礼貌的人应当怎么做?”

我们回答说，一个有礼貌的人，当然应该马上给那个女人让座。

“那么一个既有礼貌又很周到的人该怎么做?”谢利汉诺维奇问。

我们没有猜出答案。

“给她让座位时要背对着光，”谢利汉诺维奇回答，“这样，她哭过的眼睛就不会被注意到。”

谢利汉诺维奇让我感到惊讶，当谈起我想当一名作家的愿望时，他问道：

“您有足够的耐性吗?”

我没料到，这个特点对于从事文学事业是必不可少的。后来我才确信，谢利汉诺维奇是对的。

有一次他在走廊叫住我，说道：

“明天来听巴尔蒙特[1]讲演吧。一定来，如果您想成为散文家——就是说，您需要很好地了解诗歌。”

我去听了巴尔蒙特的演讲。题目是《诗歌是一种魔法》。

在商会大厅里，很拥挤，也很热。在一张铺着绿色天鹅绒桌布的小桌上，两个青铜枝形烛台点着蜡烛。

巴尔蒙特走了进来。他穿着常礼服，系着华丽的丝绸领带。扣襻里插着一枝朴素的洋甘菊。稀疏的、微黄的头发垂到衣领上。灰色的双眼看着人们的头顶上方，那样神秘，甚至有些傲慢。巴尔蒙特已经不年轻了。

他慢吞吞地说起来。每说完一句他都要停一下，侧耳倾听，就好像一个人在弹钢琴，当他踩踏板的时候仔细听它的弦音。

休息之后，巴尔蒙特朗诵了自己的诗。我似乎觉得，俄语全部音律的和谐都包含在这些诗句当中。

杜鹃在密林深处轻柔地哭泣，
那是忧伤和不同寻常的哀告。
春天里多少欢乐，多少忧郁，
突如其来的华美让世界奇妙！

他朗诵诗的时候，浅红色的两撇唇髭高高翘起。诗句如波浪般在观众大厅上空散开。

1 巴尔蒙特（1867—1942），俄国象征主义诗人。

就像远方轻轻的脚步，我听见窗外的絮语，

莫名奇妙的耳语——这是雨滴下落的呢喃。[1]

巴尔蒙特朗诵完了。掌声震得吊灯上悬挂的饰物都抖动起来。巴尔蒙特举起一只手。所有人都静了下来。

“我要给大家朗诵爱伦·坡的《乌鸦》，”巴尔蒙特说，“但是，在朗诵之前我想讲一讲，命运对我们这些诗人总是很仁慈的。当爱伦·坡死后，人们把他葬在巴尔的摩，诗人的亲人们在他的墓上放了一块异常沉重的石板。这些虔诚的教友派教徒，显然是害怕诗人叛逆的灵魂爬出坟墓，来扰乱善于钻营的美国人的安宁。可是，在把石板放到爱伦·坡墓上的时候，石板裂开了。这块裂开的石板直到现在还压在他的身上，而且每年春天，在石板的裂缝里，都有三色堇盛开。顺便说一下，爱伦·坡用这种花的名字称呼自己早已死去的美丽的妻子弗吉尼亚。”

巴尔蒙特开始朗诵《乌鸦》。悲壮的诗句弥散到大厅里。

窗外已经既没有基辅，也没有克列夏季克上空悬挂着的串串微蓝的灯光——什么也没有。只有风儿在黑色的、撒满白雪的平原上空凄凉地呜咽。铁一般的词“奈维尔莫尔”[2]重重地坠入这个黑夜的空虚，就像是塔楼的钟鸣。

“奈维尔莫尔！”“永远！”人的意识无论如何都不能接受这个现实。难道是永远？弗吉尼亚永远不会返回大地？她已经永远不会再调皮地、小心翼翼地敲响那扇沉重的门？青春、爱情与幸福将永不复返？“是的，

1 巴尔蒙特的诗《新生》中的诗句。

2 英语“永远不再”的俄语发音。

永远！”乌鸦在聒噪，一个人由于孤单，蜷缩在破旧的圈手椅里，他用病态的、孩子般的眼神看着冰冷的空虚。这个瘦小的、被所有人抛弃的人就是爱伦·坡，伟大的美国诗人。

我一生都感激谢利汉诺维奇，是他唤起我对诗歌的热爱。诗歌在我面前展现出语言的丰富性。在诗歌里，词汇复活了，充满力量。诗人宏阔的、富有表现力的世界走进了我的意识，就像是摘掉了蒙在眼睛上的绷带。

谢利汉诺维奇给我们打开了文学和哲学的天地，而克利亚钦老头则让我们走进了西欧的历史。

克利亚钦长得很瘦，穿着常礼服，不系扣子，他总是不刮脸，喉结很大，眼睛眯缝着，啥也看不见，他说话声音有些嘶哑，很刺耳，一句话也能扯成一小段一小段的。

他说起话来就像在扔一团团黏土。他用这些黏土制作出栩栩如生的人物雕像：丹东[1]、巴贝夫[2]、马拉[3]、波拿巴[4]、路易·菲力普[5]、甘必大[6]。

当他说到热月政变或梯也尔[7]的背信弃义时，愤怒在他的嗓子眼儿里翻滚。他陷入沉思，抽起烟来，但是，镇静下来后，他立刻把烟在离

---

1 乔治·雅克·丹东（1759—1794），法国大革命时期的活动家、雅各宾派领袖之一。

2 格拉古·巴贝夫（1760—1797），法国空想共产主义者。

3 让·保尔·马拉（1743—1793），法国大革命时期的雅各宾派领袖之一。

4 拿破仑·波拿巴（1769—1821），法国皇帝，1804年3月至1814年、1815年3月至1815年6月在位。

5 路易·菲力普（1773—1850），1830年至1848年间法国国王。

6 莱昂·甘必大（1838—1882），1881年至1882年法国内阁总理和外交部长。

7 阿道夫·梯也尔（1797—1877），法国政治家、历史学家，1871年至1873年任法国总统，极其残酷地镇压了巴黎公社。

他最近的课桌上捻灭。

克利亚钦谙熟法国革命，很在行。在当时的中学里，能有这样一个老师存在，也是个谜。有时，他的话语如此激昂，就好像他不是在教室里说话，而是在法国国民公会的讲坛上慷慨陈词。

他是一个活脱脱的旧时代的残余，同时，他又是我们那些老师中最进步的一个。

有时似乎觉得，这是最后一个老山岳派[1]，神奇地活了一百年，无意中来到基辅。他逃过了断头台和圭亚那沼泽地之死，没有失去其一丝一毫顽强的热忱。

偶尔，克利亚钦也会疲惫。这时，他就给我们讲革命时期的巴黎——它的街道和房屋是怎样的，当时的广场上点的是什么样的灯，妇女们穿什么衣服，人民唱什么歌，报纸是什么样子的。

我们当中的许多人在听了克利亚钦的课以后，都想穿越到一百年前，成为他讲述给我们的那些伟大事件的见证人。

1 山岳派，法国大革命期间的国民公会的革命民主派，代表雅各宾派；开会时坐在较高的长凳上，因此得名。革命失败后部分成员被流放法属圭亚那。

剧院里的枪声

礼堂的木地板打了蜡，像湖面一样光亮，映照出穿着纽扣闪亮的制服的中学生深蓝色的队列，以及白天也燃起的枝形吊灯。

礼堂里有轻微的嘈杂声。它戛然停止了。

随着一阵马刺的叮当响动，一个眼睛外凸而炯炯有神、个子不高的上校走进礼堂。他停了下来，凝视我们。洪亮的号声响了起来。

我们站着，纹丝不动。

跟在这位上校，也就是尼古拉二世的后面，走进来一个瘦瘦的高个子女人，她穿着硬挺的白色连衣裙，头上戴了一顶大帽子，边走边点头示意。几根鸵鸟羽毛从她的帽檐儿上耷拉下来。女人的脸像死人一般，美丽且凶恶。这就是皇后。

在她后面，几个嘴唇薄薄的且没有血色的小姑娘鱼贯而入，她们也穿着这样硬挺的白色连衣裙。这种连衣裙不能弯曲。裙子上面没有褶皱，似乎是用有棱角的白纸板做的。

在几位小姑娘——也就是女大公——后面，伴着窸窣声款款而来的是一位身材高大的夫人，身穿镶黑色花边儿的淡紫色连衣裙，戴着金框夹鼻眼镜，一条缎带跨肩而过——这是沙皇女儿们的女太傅、宫中女官纳雷什金娜。在她紧绷的绸缎衣服下面，身上的肥肉都溢出来了。她用花边儿手帕在脸旁扇着风。

我们学校隆重的百年庆典就这样开始了。

侍从们把尼古拉挡住了，我们看不见他。我们只看见大臣们秃顶上细心抿得光溜溜的稀发，鲜红的绶带，镶着金边儿的白裤子，套带套在漆皮鞋上，还有将军的灯笼裤和银色的宽腰带。

学校里最好的朗诵者涅杰利斯基为沙皇朗诵了他自己写的欢迎诗。他用僵硬的嗓音声嘶力竭地喊出这些诗句。他对沙皇称呼“你”。

而后侍从们闪开，尼古拉沿着宽宽的通道走到我们跟前。他停下来，摸摸淡褐色的唇髭，伸卷舌发音不分地慢慢说道：

“你们好，先生们!”

我们按照有人教我们的那样回答，声音不大，但很清晰：

“祝您健康，皇帝陛下!”

我站在横列的末尾，因为在我们毕业班我的个子最小。尼古拉走到我的跟前。他的一侧脸颊微微地抽动着。他漫不经心地看了看我，只是眼睛习惯性地笑了笑，问道：

“您姓什么?”

我回答了。

“您是小俄罗斯人?”尼古拉问。

“是的，陛下。”我回答。

尼古拉漠然的目光从我身上滑过，落到我旁边的同学身上。

他依次走到每个人的跟前。每个人他都要问姓什么。

巡视过后，音乐会开始了。尼古拉站着听。因此，所有人也都站着。

尼古拉所有的样子都像是要表明，他厌烦这隆重的庆祝活动，而且他也没打算浪费时间听中学生的音乐会。他不耐烦地来回抻那只从右手摘下来的手套。

音乐会草草结束。中学生乐队演奏了《威名远扬，我们俄国的沙皇》[1]。接着有人朗诵了《英明的奥列格》[2]，合唱团唱了一曲颂歌。

所有这一切都很乏味，谁也不感兴趣。大臣们在沙皇的背后打哈欠。音乐会的参加者让人看着都很难受——他们吓得直哆嗦。

在音乐会进行的时候，我们打量了一下那些大臣和侍从。

沙皇和他的侍从们的区别令我们吃惊。

尼古拉其貌不扬，甚至有点臃肿，在气势磅礴的侍从中间显得黯然失色。侍从们的金银饰物、靴子的漆皮筒、子弹带、穗带、刀柄带、马刀、马刺、短披肩和勋章，铿锵作响，明光闪闪。就连侍从们站着不动的时候，我们也能听到从他们的勋章和兵器上发出来的隐隐约约的声音。

尼古拉面无表情地听完音乐会，便离开了学校。他并不满意。他自己和我们学校有一些恩怨。庆典的前两天，我们学校过去的学生巴格罗夫在歌剧院向大臣斯托雷平开了枪，大臣受了致命伤。但是，关于这件事，我后面会继续讲述。

借百年庆典之机，上面曾决定把学校改造成贵族学校。关于此事的

1　由诗人叶果尔·罗森作词、格林卡作曲。

2　普希金的《英明的奥列格之歌》。

命令已经准备好了。但在剧院枪击事件之后，这就不合时宜了——怎么可能把贵族学校的权利交给培养出国事犯的学校！

为此，只是把学校更名为“亚历山大皇家中学”——以纪念亚历山大一世，而中学生的普通校徽替换成带花字“A”和皇冠图案的新校徽。

这个校徽上的新字母——“ИАГ[1]”——给基辅其余那些中学的学生以十足的笑料。就因为这个老是打架。

我们这些毕业班的学生决定一直戴旧校徽，直到戴坏为止。领导们生气了，但是，我们的借口是我们没钱买新校徽和扣环。最终，领导们只好作罢。和毕业班的学生吵架没有意义。

由于尼古拉的来访，基辅举行了丰富多彩的庆祝活动。为难看的亚历山大二世的铜像，还有更难看的圣奥莉加[2]、基里尔和梅福季兄弟[3]的石膏像举行了揭幕仪式。在基辅郊区进行了各种操演。有的地方举行了祝圣及各种揭幕式，宗教游行，庆祝演出。整整一个星期家家户户都悬挂彩旗。

在跑马场的赛马之后，就是基辅所有中学的检阅式。

我们从尼古拉面前走过，搞得尘土飞扬。西沉的太阳很刺眼。我们什么也看不见，“把看齐搞砸了”。军乐队在拼尽全力地鼓噪。

我们学校忘了对沙皇的致意还礼，所以显得很特别。一个胖将军骑着马蹿到我们跟前，骂了我们很久，气愤地不停地拉缰绳。那匹棕黄色的马收紧耳朵，直往后退。

---

1 “亚历山大皇家中学”的缩写字母。其发音近于俄语中的“妖婆”。

2 奥莉加（约890—969），基辅女大公。基辅大公伊戈尔的妻子，伊戈尔死后，由她执政。为最早接受基督教洗礼的王公。

3 基里尔和梅福季兄弟，君士坦丁堡教会的传教士，斯拉夫字母的创立者。

尼古拉出席了在歌剧院举行的庆典演出。所有中学毕业班的男女生都被带去参加。

我们班也被带去了。

有人领我们顺着黑乎乎的辅助楼梯上到楼座。楼座被封起来。我们无法到下面几层去。门旁站着几个殷勤但又有些厚颜无耻的宪兵军官。他们彼此使眼色，放一些长得好看的女生出去。

我坐在后排，什么也看不见。很热。歌剧厅的天花板就悬在我们头顶。

直到幕间休息的时候，我才从自己的座位上挤出来，走到栏杆跟前。我把胳膊肘支在栏杆上，看着观众大厅。大厅里轻烟缭绕。在这烟雾中，闪亮着如点点钻石一样五彩斑斓的灯光。皇帝的包厢是空的。尼古拉和他的家人去了包厢入口处的小屋。

在把观众大厅和乐队隔开的栏杆旁，站着大臣和侍从们。

我看着观众大厅，仔细听着已经混成一片的观众们的嘈杂声。乐队的演奏者们穿着黑色的燕尾服，坐在自己的谱架旁，他们没有调音，这有点一反常态。

突然，传来一声刺耳的声音。乐队的演奏者们从座位上跳了起来。又响了一声。我没想到这是枪声。站在我旁边的那个女生喊道：

“您看啊！他直接坐到地上了！”

“谁?”

“斯托雷平。看啊！乐队的栏杆旁！”

我往那里看了看。剧院里异常寂静。在栏杆旁边，一个高个子的人坐在地板上，他留着黑黑的圆形大胡子，肩上挂着绶带。他用双手摸索着栏杆，似乎是想抓住它，好站起来。

斯托雷平身旁空无一人。

一个穿着燕尾服的年轻人，离开斯托雷平，顺着通道向出口走去。从这么远的距离，我没有看见他的脸。我只是发现，他走路完全是平静的，不慌不忙。

有人拉着长音开始喊。响起了轰隆声。从楼下两侧厢座的包厢里，有一个军官跳下来，他抓住了年轻人的胳臂。一群人立刻围住他们。

“清空楼座!”我身后的一个宪兵军官说。

很快，我们被赶到走廊上。观众大厅的门关上了。

我们站着，什么也不明白。低沉的吵嚷声从观众大厅传出来。后来这声音静下来，乐队开始演奏《上帝，请保佑沙皇》[1]。

“他打死了斯托雷平,”菲佐夫斯基对我低声耳语。

“不要交谈！赶紧离开剧院!”宪兵军官喊道。

我们又顺着刚才那黑乎乎的楼梯出来，到了广场上，广场被路灯照得很亮。

广场上没有人。骑警排成散兵线，把剧院附近的人群逼退到侧面的大街上，并且继续迫使他们退到更远一些的地方。那些马一边后退，一边神经紧张地频繁交替着脚步。整个广场都可以听到细碎的马蹄声。

一声号角响过。一辆“急救”四轮轿式马车快步赶到剧院跟前。从马车里跳出几个卫生员，他们抬着担架跑进剧院。

我们慢慢地离开广场。我们是想看看接下来会发生什么事。警察让我们赶紧离开，但看他们惊慌失措的样子，我们都不听他们的话。

我们看到，斯托雷平被人用担架抬出来。他们把担架推进马车，马

1　1833年至1917年俄罗斯帝国国歌，由著名诗人茹科夫斯基作词、利沃夫公爵作曲。

车便沿着弗拉基米尔大街疾驰而去。一些骑马的宪兵跟在马车两侧飞奔。

我回到卢基扬诺夫卡的家中，给外祖母和哈腾伯格讲斯托雷平被枪杀的事情。外祖母说，不应该在剧院开枪，因为会伤及无辜。可是，哈腾伯格却很激动，他猛吸一口雪茄，强调说，斯托雷平这个下流坯早该被打死了，他这就进城打探消息。

后半夜他回来了，说是斯托雷平现在躺在弗拉基米尔大街上的一个诊所里，街上铺了麦秸，黑帮分子号召屠杀犹太人。

“这还不够吗!”出离愤怒的外祖母激动地叫道。

但哈腾伯格说，沙皇在基辅期间是不会有大屠杀的。

第二天早晨，外祖母问我：

“你又进城啊?”

“是啊。去学校”。

“干什么去啊?”

“迎接沙皇的彩排。”

“你最好生病，别去了，”外祖母建议道，“谁想出来的馊主意！难道沙皇除了在人们面前卖弄，就没有别的事情可做吗?”

我说，显然是这样的。

“那你还是别去！”外祖母说，“全怪这个尼古拉，所有人都在城里跑来跑去，却什么也搞不懂。浪费时间敬神、干一些没用的事儿，就像是上帝为这个能让他们多活几年似的。你在家待着吧。你可以头疼得很厉害呀！坐到花园里，看看书，我给你烤一个斯特鲁采尔（外祖母用波兰语这样称苹果馅饼）。我不明白，外面天气这么好，怎么能毫无价值、毫无意义地浪费时间。”

我听了外祖母的话，没去彩排。

天气确实好极了。苹果树上的叶子变成了淡红色，开始枯萎。一些叶子打成了卷儿，缠上了蜘蛛网。小路边上开着红色和白色的翠菊。

黄色的蝴蝶在树间飞舞。它们一小群一小群地落到所有被太阳烤热的地方——凉台的石阶上，被遗忘在花园里的铁皮喷壶上。

太阳就像是由于秋天的到来而变小了，它一直在头顶上空游走，渐渐地接近胡桃树的树梢。

我坐在花园里外祖母的藤椅上看书。偶尔，我能听到从城里传来的遥远的音乐声。后来我放下书，端详起那条小路来。它伸进茂密的草丛，仿佛被切断了。在它陡峭的斜坡上，薄薄的青苔泛着绿色，就像是绿色的天鹅绒。在这片青苔中间，有什么东西现出柔和的白色。这是不知从哪儿跑到我们花园里的、已经是二次开放的森林中的银莲花。

一只白色的鸭子从院子里走过来。它看到我就停下来，不满地嘎嘎叫了几声，大摇大摆地又回去了。显然，我妨碍它了。几只麻雀落在房顶上，整理自己的羽毛，它们探出头向下看看——看看那里有没有什么有趣的东西。麻雀们在等待。

外祖母戴着保暖的头巾来到凉台上，她往小路上撒了一把面包渣。麻雀们从房顶上飞下来，就像是一个个灰色的小球儿在地上蹦跶。

“科斯季克，”外祖母叫我，“来吃午饭。”

她站在凉台的台阶上。我站起身，朝她走去。房间里散发出苹果馅饼的味道。

“难道这不是真正的隆重的节日吗？”外祖母说，一边看着花园，“人们却给自己想出各种蠢事，巴结这个尼古拉二世！”

在花园里，确实是光的节日，是纯净而温暖的空气的节日。

拉兹古利亚伊

我到莫斯科，去妈妈那里过圣诞假期。火车驶过布良斯克的时候，下着鹅毛大雪，窗外的一切都看不清了。我只是猜想，远方雪幕的背后就是那个熟悉的小城市，在它的街道上，雪毯闪着亮光，那儿还有科利亚舅舅家带着镶玻璃的小门廊的房子。

我第一次去莫斯科。我很激动，因为就要见到妈妈了，还有一种心理，我是从我们南方外省的基辅去北方的首都。

时间一小时一小时地过去，火车越走越远，它驶向白雪皑皑的平原，慢慢爬上瓦灰色的天际。那里烟雾弥漫。我想象着，在前方的地平线上，白天和永恒的极地之夜正在融为一体。

我有些害怕莫斯科的冬天。我没有保暖大衣，只有一副巴掌手套和一顶长耳风帽。

在好多车站，铃声都能听得很清楚。毡靴踩在雪地上嘎吱嘎吱响。我的邻座请我吃熊肉火腿。熊肉散发出松脂的味道。

夜里，火车一过苏希尼奇，便陷入积雪中。风在铁皮通风扇里尖叫。乘务员拿着灯笼跑过车厢，他们浑身落满了雪，白白的、毛茸茸的，就像是从洞穴里出来的林妖。他们每个人都用尽浑身的力量随手关门，门砰砰直响。每一次，我都被震醒。

早晨，我来到车厢门口的平台上。夹杂着颗粒的空气吹得脸阵阵刺痛。在门缝附近的地板上，有几个被风吹成的松散的小雪堆。

我费力地打开车门。暴风雪停了。列车停在一直堆到缓冲器的、壮美的大雪之中。如果人置身于这白雪之中，头都会被淹没的。车厢顶上落着一只蓝色的小鸟，它时不时吱吱叫几声，转着脑袋。无法分辨白色的天空和白色的大地是在哪里会合起来的。那时如此寂静，我都能听到蒸汽机车里的水流出来的声音。

在莫斯科的布良斯克火车站[1]，季玛来接我。他嘴上的黑色唇髭已经硬硬地钻了出来。季玛穿着技术学校的学生制服。

我很冷，于是我们去茶点部喝茶。

莫斯科的火车站让我惊奇——是用木头建的，很低矮，像是一个大饭馆。

橙黄色的太阳照亮带白铜台面的柜台，还有摆着发青的棕榈的桌子、茶壶里冒出的蒸汽和薄纱窗帘。窗户玻璃上的白霜呈现出矢状叶片的图案，马车夫在窗外叫嚷着。

我们喝着放了碎糖块的茶。服务员给我们送上咬起来嘎巴嘎巴直响的白面包，上面还撒着面粉。

1　布良斯克火车站，1934年更名为基辅火车站，是莫斯科九大火车站之一，连接基辅和莫斯科。

然后我们出来，到门口的台阶上。毛烘烘的马背上腾起团团蒸汽。在马车夫们打了补丁的粗呢子衣服上，挂着白铁皮做的号牌，晃得人眼晕。鸽子落到撒着牲口粪的雪地上。

“请您吩咐，大人！”马车夫喊起来，连声咂着嘴，开始扯缰绳。

其中的一个马车夫冲过来。他撩起破旧的狼皮，于是我们坐到了窄小的雪橇上。脚下铺着干草。我惊讶地看着四周。难道这就是莫斯科？

“去拉兹古利亚伊！”季玛对马车夫说，“但要经过克里姆林宫。”

“啊哈！”马车夫兴奋地叫了一声，“我们无所谓啦。别管这儿还是克里姆林宫——这个粗呢子衣服都不暖和。”

到了火车站附近的多罗戈米洛夫，我们陷入一片混乱之中——无座的雪橇，马车上带着花卉图案的粗大的轭，各种铃铛，马头昂起来喷到人脸上的蒸汽，小饭馆的招牌，唇髭上结了冰的警察，让空气震荡的教堂钟声，这一切都乱作一团。

我们驶上鲍罗金诺桥。在河对岸房屋的窗户上，映照着渐渐暗淡下去的晚霞。窗户上反射出落山的太阳。在十字路口的街头圆形大钟上，显示的时间才是下午两点。这一切都让人感到惊奇、震撼而美好。

“怎么样，”季玛问，“你喜欢莫斯科吗？”

“很喜欢。”

“别着急，你还能看到各式各样的奇迹。”

阿尔巴特广场之后，我们拐到一条不太宽敞的街道上。在这条街道的尽头，我看见小山丘上要塞的高墙和塔楼、宫殿绿色的房顶、大教堂灰色的宏伟建筑群。所有这一切都笼罩在傍晚微红的烟雾之中。

“这是什么？”我不假思索地问季玛。

“难道你没认出来？这是克里姆林宫。”

我痉挛似的倒吸了一口气。就这样与克里姆林宫相会，我没有思想准备。它在巨大的城市中间高耸着，像一个要塞，由粉红色的石头、古老的黄金和静谧建成的。

这是克里姆林宫。俄罗斯，我们人民的历史。“在克里姆林宫神圣的大门前，哪个高傲的人不脱帽致敬……”[1]

眼泪涌出我的眼睛。

我们从博罗维茨基大门驶进克里姆林宫。我看到了钟王、炮王和冲向夜空的伊凡大帝钟楼。

马车夫扯下头上的帽子。我和季玛摘下制帽[2]，雪橇从救主塔楼下面驶过。在黑暗的通道里，神灯一闪一闪的。头顶上的自鸣钟冷漠而庄严地敲响了。

“那这是什么?”当我们驶出救主大门时，我抓住季玛的手问他。

在通往河边的斜坡上，高耸着一些稀奇古怪的穹顶，像是一些刺实植物彩色的头儿。

“难道你没认出来?”季玛回答，并且微微一笑，“圣瓦西里教堂。”

红场上燃着篝火。篝火旁有一些路人和车夫在取暖。烟雾在广场上飘浮。就在这里旁边的墙上，我看到有艺术剧院的海报，上面画着一只飞翔的海鸥，还有其他一些写着大大的黑字的海报：“埃米尔·维尔哈伦[3]。”

1 格林卡的诗《莫斯科》(1840) 中的诗句。

2 基督教会礼仪，在神圣场合，男人不能戴帽，女人需要蒙头。

3 埃米尔·维尔哈伦 (1855—1916)，比利时诗人、剧作家、文艺评论家。

“这是什么?”我又问季玛。

“维尔哈伦现在在莫斯科,”他回答,看了我一眼笑了起来,大概我当时脸上是一副完全不知所措的神情,“别着急,你还能看到各式各样的奇迹。”

当我们到达拉兹古利亚伊的时候,天已经黑了。雪橇停在一幢墙壁很厚的两层房舍旁边。

我们顺着陡直的楼梯上去。季玛按了门铃,妈妈立刻打开门。加莉娅站在妈妈身后,她探出头,尽力看清楚站在黑暗的前厅里的我。

妈妈拥抱我,她哭了。在我们没有见面的这段日子里,她的头发全白了。

“我的天啊,”妈妈说,“你已经完全是大人了啊!你太像你的父亲了!天啊,太像了!”

加莉娅几乎失明了。她把我领到房间里的灯前,一直仔细地看我。从她紧张的神情可以猜到,她完全看不见我,虽然她说我一点儿变化都没有。

房间里的摆设是陌生的,十分简陋。但我依旧发现了几样从童年时代起就很熟悉的东西——妈妈的首饰盒、古老的铜闹钟和父亲年轻时的照片。照片挂在妈妈床头上方的墙上。

妈妈想到还没准备午饭,就急忙去了厨房。加莉娅还和过去一样,开始向我打听那些琐碎的事情——基辅的天气怎样,火车为什么晚点,外祖母维肯季娅·伊万诺夫娜是否跟从前一样,每天早晨都要喝咖啡。季玛一直没说话。

我似乎觉得,在我们的生活中,在这些年里,有过这么多的难处和变故,以至于都不知道该说些什么。后来我明白,不管什么难处,什么重大变故，此刻都不必再提了。

在这两年里，我们生活在不同的地方，自顾不暇。我来莫斯科十天，要想把所有的事都说到，时间也不够。

为此，关于我的第一篇小说，我什么也没说。这件事我瞒着妈妈、季玛和加莉娅。

我带着淡淡的忧伤想到了外祖母和自己在卢基扬诺夫卡的房间。我真正的生活或许依旧留在那里。而这里的一些东西都是陌生的——季玛的学院、只有两个房间的昏暗的老宅、加莉娅无聊的追问。只是妈妈的眼睛还和从前一样。但是，妈妈现在会为一些琐事烦躁，而过去，这些琐事她从不在意。

我等着妈妈和我谈我的未来，但对此事她闭口不谈。只是在午饭的时候，她一带而过地问了一下：

"嗯，中学毕业后你想去什么学校?"

"综合性大学。"我回答。

午饭后，妈妈从首饰盒里取出几张印着海鸥图案的灰色戏票递给我：

"这是给你的。"

这是艺术剧院的票，是《活尸》和《三姐妹》[1]的票。

原来，妈妈为了买这几张票，在剧院售票处排了整整一夜的队，整整一个寒冷的冬夜啊。我高兴坏了，亲吻了妈妈，她微笑着说，她觉得她在一群男男女女的大学生和讲习班学员中间站一夜也是很有趣的事，她已经很久没有这样度过愉快的时光了。

1 《活尸》是列夫·托尔斯泰的剧本，《三姐妹》是契诃夫的剧本。

《三姐妹》是在我到达的那一天上演的。午饭后，我立刻就和季玛盘算着去剧院。我们乘坐冰冷的电车来到剧院广场。电线上的蓝色电火花噼啪直响。

剧院广场上弥漫着雪花飞舞的细碎光点。这些光点飘浮在空中，在路灯旁边能看得很清楚。缪尔和梅里利兹商店往马路上洒下来条条光带。商店的玻璃窗里，一棵枞树燃着灯光。用金色和银色的纸做成的链条垂落到地上。

我们穿过剧院广场，来到侍官巷，走进从外面看着并不漂亮的剧院里。

地板上铺着灰色的呢子，观众们走动时一点声音也没有。热风机吹来暖风，有一只海鸥图案的褐色帷幕微微地摆动。一切都那么严肃，同时又充满了节日的气氛。

我的脸蛋儿发热，大概我的眼睛也在放光，以至于邻座的人们都微笑着看我。季玛说：

“控制住自己。不然的话，你什么也听不到，什么也看不见。”

我为契诃夫剧本里备受折磨的人们感到痛苦。但是，与此同时，我也感受到了新鲜和欢乐。这种欢乐和新鲜的感觉都来源于艺术。

所有我在拉兹古利亚伊看到的糟糕的和不愉快的一切，对我来说好像都是暂时的，无足轻重。就算是面临贫困、委屈和失败，任何人都不能熄灭这个正从神秘的艺术王国走来的光亮。谁也不能剥夺我的这一财富。除了我自己，谁都无权支配它。

我就是在这样的心境下，在莫斯科度过了整整十天。妈妈时不时地看看我，一直反复说，我变得惊人地像我父亲。

“我算是看明白了，”有一次，妈妈说，“你未必能成为一个有作为的人。”

她沉默了一会儿又说道：

“不，当然，你成不了生活的顶梁柱，甚至对你自己也是一样的。就因为你的兴趣点！你的幻想！你对事物轻率的态度！”

我沉默不语。妈妈拉我到她的身边，吻了吻我。

“嗯，上帝保佑你吧！我希望你能幸福。其他的都不重要。”

“我已经很幸福了，”我回答，“请你不要老是想着我。我一个人生活两年了，还会继续这样生活下去。”

那时妈妈已经戴上了眼镜。眼镜框坏了，用一条带子系着。妈妈一直在解这根带子，然后她摘下眼镜，端详着我。

“我们的家变得不那么温暖了！”妈妈一声叹息，“都不说心里话。这都是因为穷苦啊。现在你来了，可你还没说说你自己呢。我也是一直没说什么，一直推脱。可我们该聊聊了。”

“嗯，好的。只是你别激动。”

“加莉娅失明了！”妈妈说，之后是良久的沉默，“现在她还开始聋了。我要是不在的话，她活不过一个星期。你不明白应当怎么照顾她啊。我的力气只够照顾加莉娅。只有上帝看得见，我是多么地爱你们——爱你、季玛，还有鲍利亚，可我不能分身啊。”

我回答说，这一切我都理解，很快我就能帮上她和加莉娅了。只要我中学毕业。

我已经不像从前那样想回到妈妈的身边了。但是，我心疼她、爱她，希望她不要再为我伤脑筋。

我安慰了她，又带着轻松的心情开始计划去特列季亚科夫画廊。

我感觉在自己家里像是客人。莫斯科是寒冷的，白雪和冬日的天空闪闪发光，它有剧院、博物馆和钟声，而在拉兹古利亚伊的两间冰冷的房间里，生活是令人沮丧和压抑的，两者之间存在着巨大的反差。

我有些疑惑地看到，季玛十分满意自己的生活——学院、他选择的职业，而这职业对我来说完全格格不入。同样令我疑惑的是，我发现季玛的房间里几乎没有书，除了几本教科书和石印的讲义。

加莉娅由于眼睛失明，整天都消磨在小心翼翼地操持各种各样的琐事上。她做一切事情都是靠摸。时光对她来说停止在了三年前，那时她开始失明。加莉娅只是靠回忆生活——淡淡的、单调的回忆。这些回忆的范围变得越来越小——很多事加莉娅都开始淡忘。

有时她默默地坐着，两手放在膝盖上。晚上，偶尔妈妈会挤出时间给加莉娅读点儿什么，通常是冈察洛夫或屠格涅夫的作品。读完之后，加莉娅就会详细地问妈妈刚才读过的内容，努力在记忆中还原小说中那些事件最细微的衔接顺序。妈妈总是耐心地回答她。

我去了特列季亚科夫画廊。这里几乎没有参观者。寂静的冬天仿佛把画廊从首都搬到了莫斯科郊外——听不到任何城市的声音。椅子上坐着几个打瞌睡的老太婆——就是这些稀世名画的保管员。

我在涅斯捷罗夫[1]的画作《少年巴多罗买[2]的梦景》前站了很久。纤细的、少女般的白桦树泛着白光，就像是蜡烛一样。每一棵小草都率真地伸向天空。我的心隐隐作痛，为这令人感动的、无欲无求的美。

在这幅画对面的沙发上，坐着一位穿着黑衣服、头发花白、体态丰腴的太太。她拿着长柄眼镜看这幅画。她旁边坐着一位梳着淡褐色发辫的年轻女人。

1 米·瓦·涅斯捷罗夫（1862—1942），俄苏画家。

2 耶稣的十二使徒之一。

我站到旁边去，为的是不妨碍她们看画。头发花白的那位太太扭身冲着我问：

“你怎么看，科斯季克，这像不像廖夫纳公园后面的小山丘?”

我战栗了一下，局促不安。头发花白的太太微笑着瞧着我。

“现在的年轻人不善于观察呀！”她说，“难道你忘了卡列林娜一家？在廖夫纳？我、柳芭、萨莎？的确，已经过去好几年了。”

我脸红了，跟她打招呼。现在我认出了这个头发花白的太太——玛丽亚·特罗菲莫夫娜·卡列林娜。但是，我没有立刻认出柳芭。她长高了，在她的发辫里已经没有从前黑色的缘带了。

“你坐吧，”玛丽亚·特罗菲莫夫娜说，“长大了！甚至称‘你’都不自在了。说说吧，你怎么到这儿来的。我们一起回忆回忆廖夫纳。啊，多好的地方啊！多好的地方啊！这个夏天我们一定去那里。”

我讲了讲自己的情况。玛丽亚·特罗菲莫夫娜告诉我，她依旧和萨莎住在奥廖尔。而柳芭已经中学毕业了，考到了莫斯科绘画与雕塑学校。现在玛丽亚·特罗菲莫夫娜和萨莎趁寒假来莫斯科看望柳芭。

“那萨莎在哪儿?”我问。

“她待在旅馆里。她嗓子疼。”

柳芭瞟了我一眼，低下头。我们一起走出画廊。我送卡列林娜母女二人到洛斯库特宾馆。她们拉我去她们的住处，让我暖和暖和、喝杯咖啡。

在一个很大的两室套间里，由于厚重的窗帘和地毯，房间看起来很暗。

萨莎就像对待一个老朋友那样欢迎我，她马上就问起格列布·阿法纳西耶夫。格列布，据我所知，在布良斯克中学读书。

萨莎就像小猫那样在脖子上系了一个蝴蝶结。萨莎拉起我的手。

“走吧！我给你看看柳芭的画。”

她硬拉着我去隔壁房间。而柳芭抓住我的另一只手不让我去。

“别闹了！”她说，脸红了，“以后您再看吧。我们还会见面的，对吧？”

“不知道。”我犹豫地回答。

“他将和我们一起迎接新年！”萨莎喊道，“在柳芭那里。在基斯洛夫卡她的画室。哦，那里聚集着什么样的浪漫不羁的艺术家啊，你要是知道就好啦，科斯季克！献身画布和调色板的人们。有一个女画家——简直就是法国小说里的人物。你一定会爱上她。她穿着黑色的绸缎连衣裙。窸窣！窸窣！那香水！多好的香水啊！‘夜来香的忧郁’！”

“哦，上帝！”柳芭说，“真是让人头疼的话痨！现在明白了，为什么你总是嗓子疼。”

“我有夜莺般的嗓子，”萨莎做出难过的表情，“它受不了俄罗斯的冬天。”

“不，真的，您会来吗？”柳芭问我，“一起迎新年？”

“我要在家里迎新年。这是我们家的习惯。”

“那你在家迎新年，”玛丽亚·特罗菲莫夫娜口气肯定地建议说，“然后再去柳芭那里。她们会一直胡闹到天亮的。”

我同意了。然后，我们喝咖啡。萨莎往我的杯子里放了四块糖。当然啦，这样的咖啡没法喝。玛丽亚·特罗菲莫夫娜生气了。柳芭垂下双眼，坐在那里。

“你干吗像美丽的瓦西里萨[1]那样坐着啊？”萨莎问，“科斯季克，

1 俄罗斯民间故事中的人物。

真的，柳芭变成美女了吧？你看看她。哪像她的妹妹——邋遢鬼，丑小鸭。”

柳芭的脸泛起红晕，她站起来，挪开自己的杯子。

“你能住嘴吗！多嘴多舌的喜鹊！”

我看了看柳芭。蓝色的火花在她的眼中闪耀。她真的很美。

我走了。回到家里，我跟妈妈说，我碰见了卡列林娜一家人，还有她们邀请我新年之夜去她们那里的事。妈妈很高兴：

“去呀，当然！要不然你在莫斯科会很憋闷的。她们很可爱，完全是有文化的人。”

对于妈妈来说，衡量一个人的标准就是看他有没有文化。如果妈妈尊重谁，那她就会说：“这完全是一个很有文化的人！”

距新年还有两天。这是些奇妙的日子——到处一片银霜，因为有雾，满世界白茫茫的。

我一个人去动物园里的滑冰场，在那里滑冰。那里的冰很结实，黑乎乎的，不像在我们基辅。护工们用大扫帚把滑冰场打扫得干干净净。

我和一个留着大胡子、戴着黑色羊羔皮帽子的人相互追逐。我超过了他。这个人让我想起那个我在斯梅拉附近的庄园里见过的画家，当时，我和娜嘉姨妈一起去的那里。

妈妈原打算和我一起去瓦甘科沃墓地看看娜嘉姨妈的坟墓，但没去成。她给我讲，在墓前直到现在还放着几枝瓷玫瑰。这些玫瑰已经褪色了，但是没有碎。

我在艺术剧院看了《活尸》。我特别喜欢《活尸》，比《三姐妹》好看。在舞台上，我看到了真正的莫斯科、法庭，听到了茨冈女人的歌曲。

在白雪皑皑的十二月的莫斯科，不知为什么，我想起遥远的岁月——阿卢什塔、莲娜，还有她冲我喊："你走吧！所有这些都是胡闹！"

这些年来，我一直都想给她写信，但是，最终也没写。现在我深信，她已经忘了我。

当我回忆起莲娜的时候，有一个想法让我惊奇，许多人离开了我的生活，已经永远回不来了。就像莲娜、娜嘉姨妈，还有我的养蜂的爷爷，还有父亲、尤佳舅舅，还有许多其他的人，他们都这样走了。

这很奇怪，让人忧伤，虽然我十八岁了，但我似乎觉得，我已经经历了很多。我爱这些人。他们中的每一个人离开的时候，都带走了我的一份爱。或许因为这个，我变得有些可怜。

当时我是这样想的，但这些想法与我对生活惊人的热爱并不一致，这份爱在我心中年复一年，日益增长。

许多人完全离开了，或者离开很久一段时间，为此，和卡列林娜一家人的重逢——我已经完全忘了她们——对我来说意义重大，就好像并非是一次巧合。

我在家里迎接新年。妈妈烤了饼干。季玛买了小吃、酒，还有甜点心。十一点的时候，季玛出门不知去了哪里。妈妈对我说，他去找自己的未婚妻了。她叫玛尔加丽塔。

妈妈肯定地说，那是一个出色的姑娘，她从未指望过季玛会有更好的妻子。

为了不让妈妈伤心，我做出惊喜的样子，虽然我不喜欢季玛未婚妻的名字，还有，她出身官员家庭。

我帮妈妈摆好新年的餐桌。房间里散发着头发烧焦的味道：加莉娅摸索着烫头发，结果烧着了一缕长发。她很懊恼。我便竭尽全力逗她开心。

蜡烛点燃了。妈妈把铜闹钟摆到桌子上。我把铃声定到十二点。

我拿出从基辅带来的礼物：给妈妈的是做连衣裙的灰色布料，给加莉娅的是一双鞋，给季玛的是一大套制图仪器。制图仪器是我从鲍利亚那里央求来的。很好的制图仪器。妈妈很高兴收到这些礼物。她的脸甚至红了。

新年到来前的几分钟，季玛回来了，他领来一个高高的、脸色苍白的姑娘。这姑娘长着一副沮丧的长脸，淡紫色的连衣裙系着黄色的腰带，她穿着并不合身，胸前别着一方花边手帕。她总是脸红，用叉子叉盘子里的甜点心。

加莉娅马上开始和她谈论起儿童教育问题。那姑娘有些不太情愿地应答着，时不时地看看季玛。季玛僵硬地微笑。

铜闹钟拼命地响了起来，打断了加莉娅的议论。我们每人喝了一杯酒，彼此祝贺新年快乐。

妈妈，看得出来，竭尽全力想让玛尔加丽塔愿意待在我们这里。但是，妈妈带着醋意观察玛尔加丽塔看季玛的眼神，就像是在衡量她目光中的爱意够不够。

我东拉西扯，千方百计地表示我很愉快，但却不时偷偷地看表。

妈妈喝了酒，心情愉快，开始给玛尔加丽塔讲在切尔卡瑟外祖母那里过复活节的事，还说到我们曾经在基辅生活得轻松而愉快。她好像自己都不相信所有这些事情的存在。“对吧，科斯季克？”——她问我。我每次都说，是的，这是真的。

一点半的时候，我跟大家说抱歉，然后，就走了。妈妈出来送我到前厅。她鬼鬼祟祟地问我，是否喜欢玛尔加丽塔。我明白，说真话没有任何好处，除了多余的懊丧，什么也带不来。所以我说玛尔加丽塔是个迷人的姑娘，我很替季玛高兴。

“嗯，但愿如此，但愿如此！”妈妈念叨着，“我觉得，玛尔加丽塔对加莉娅很好。”

我出来，到了巴斯曼大街，停住脚，深吸一口寒冷的空气。家家户户灯火通明。我雇了一辆马车去基斯洛夫卡。车夫一路上都在破口大骂他那匹马。

到了基斯洛夫卡，萨莎给我开门。她的脖子上系着一个新的、华贵的蝴蝶结。姑娘们跑到前厅来，还走出来一个穿着大学生制服上衣的漂亮老头儿。不知为什么，柳芭没在。

姑娘们笑着，开始解开我的长耳风帽，扒掉我的大衣，老头儿唱起歌儿，他的声音很年轻：

黄昏时分的高山上，
三个女神开始争论。[1]

“眼睛！眼睛！”姑娘们喊了起来。

萨莎用手掌蒙住我的眼睛。姑娘们的头发和香水的味道，还有萨莎硬硬的小指头压在我的眼睛上，都使我喘不过气来。

她们拉着我的手，领着我。我感觉到，门敞开了——一股热浪拍到脸上。吵嚷声停了下来，一个女人的声音命令道：

“您发誓！”

1　德籍法国作曲家奥芬巴赫的轻歌剧《美丽的海伦》中帕里斯的咏叹调。

"发什么誓啊?"我问。

"发誓您这一夜要忘记一切，除了愉快。"

萨莎用手指压着我的眼睛，很疼。

"我发誓!"我回答。

"现在您要宣誓!"

"对谁?"

"对那个我们选出来的节日女王。"

"宣誓吧!"萨莎在我耳边低语。

我被搔痒得哆嗦了一下。

"我宣誓。"

"为了表示臣服，您要亲吻女王的手。骑士的习俗就是这样的，"有个声音憋住笑声说，"萨莎，把爪子放开!"

萨莎松开手。我看到被灯光照得十分明亮的房间，里面有很多画。钢琴上躺着一个穿着天鹅绒上衣的瘦瘦的人，姿势和弗鲁别利画的恶魔一样。他的双手弯曲放在头顶上。他用一双忧伤的眼睛看着我。

一个翘鼻子的青年敲着琴键。姑娘们往两边闪开，于是，我看到了柳芭。她坐在圆桌上面的椅子上。白色的丝绸连衣裙轻轻地包住她，裙摆垂到桌面。她裸露的双臂下垂着。柳芭右手拿着一把用黑色鸵鸟羽毛做的扇子。

柳芭看着我，憋住不笑。

我走上前吻了柳芭垂下来的手。穿大学生制服上衣的那个老头儿给我一杯香槟酒。香槟酒冰凉。我一口气喝光了。

柳芭站起身。我扶她从桌子上下来。她拎起长裙的下摆，俯身问我：

“我们的胡闹没吓到您吧？为什么他给您喝冰凉的香槟酒？你随便喝点儿什么热的吧。好像还有热红酒。”

她们把我拉到桌旁，开始款待我，但转眼她们就忘了这事儿，哈哈笑着把我连同桌子一起推到房间的角落，腾出地方跳舞。一个青年奏起了华尔兹舞曲。

“弗鲁别利的恶魔”从钢琴上跳下来，开始和柳芭跳舞。柳芭顺着房间飞舞，她的身体用力向后仰，还用那把黑扇子遮住脸。每一次她从我身边飞过的时候，都从扇子后面对我微笑。她轻轻地拎着自己连衣裙的拖地后襟。

穿着大学生制服上衣的老头儿和被萨莎称作法国小说女主人公的那个女人跳舞。女主人公邪恶地哈哈大笑。

萨莎把我从桌后拉出来。我和她跳舞。她是这样纤细，好像马上就会跌倒。

“你只是别和柳芭跳舞。”萨莎说。

“为什么？”

“她是一个傲慢的女人！”

跳过舞之后，“弗鲁别利的恶魔”喝光所有瓶子里的酒，他醉了。

“我期待夏天！”他开始喊叫，“打倒冰柱！给我下雨！”

谁也没有注意他，他便消失了。穿着大学生制服上衣的老头儿坐到钢琴旁边唱起来，声音扣人心弦：

遥远的朋友，请理解我的哀恸！[1]

当他唱完的时候，我们突然听到下雨的声音。雨水流淌着，就在旁边的某个地方，雨量充沛、清新怡人。所有人都惊恐地沉默了，然后扑向走廊，扑向浴室。“弗鲁别利的恶魔”站在浴缸里，穿着大衣和防水橡胶套鞋，打着黑色的雨伞，喷头里的水很猛，从天花板上喷下来，浇到雨伞上，噼噼啪啪直响。

“黄金啊！黄金从天而降！”“弗鲁别利的恶魔”喊着。

大家关上喷头，把“弗鲁别利的恶魔”拖出了浴缸。

在一片热闹的混乱之中，我也东拉西扯，读诗，哈哈大笑。当柳芭熄灭吊灯，房间里充满黎明深蓝色的暗光，这时，我才恢复了意识。

大家都安静下来。黎明的深蓝色和台灯的光亮混合在一起。大家的脸颊似乎都没了血色，却很漂亮。

“纷乱的夜之后最亲爱的时刻，”穿着大学生制服上衣的老头儿说，“现在可以安心地喝酒了。聊点不一样的事儿。我喜欢黎明。它可以涤荡灵魂。”

“弗鲁别利的恶魔”还没有清醒过来。

“没有任何涤荡！”他喊道，“我可不希望听见，无论是谁，涤荡自己的灵魂。陀思妥耶夫斯基式的心理分析！光是由七种颜色组成的。我崇拜它们。其余的东西我都瞧不上！”

后来，瞌睡上来，大家一动不动，很久不说话。柳芭坐在我的身边。

1　费特的诗歌《致 А. Л. 勃尔热斯卡娅》(1879) 中的诗句。

“一切都在眼前浮游，”她说，“所有东西都是深蓝色的……我一点也不想睡觉。”

“净化！”穿大学生制服上衣的老头儿郑重其事地说，“悲剧之后灵魂净化。”

“我不知道，”柳芭回答说。

她开始沉思。在她的眼睛里，映照着清晨的深蓝色。

“您累了，”我说。

“不。我只是感觉太好了。”

“这个夏天，您真的要去廖夫纳？”

“是的，”柳芭回答，“您也来吗？”

“一定来。如果科利亚舅舅在那里的话。”

“为什么是‘如果’？”柳芭狡黠地问。

很快，所有人都站起身开始告别。我最后一个离开。我要把萨莎送回洛斯库特宾馆，而她喝了热茶，要等嗓子凉下来。

大街上，一群身着节日盛装的女人和年轻男子，大概是演员吧，在打雪仗。雪地上胡乱撒着五彩缤纷的纸屑。太阳正在升起，毛茸茸的火光划破深夜的迷雾。

喧闹的夜过去之后，我感到羞于回到拉兹古利亚伊，回到我们贫穷的、散发着煤油味儿的住处。但我心中只是有过那么一闪念。然后，心灵中的一切又开始发出明亮的声音——就像是白雪、阳光、天空、告别时相握片刻的柳芭的手，犹如整个生活不知不觉地变成了乐队轻轻的演奏声。

一天以后，我离开莫斯科。已经驼背的妈妈戴着保暖头巾送我去车站。季玛那晚和玛尔加丽塔去剧院了。而加莉娅一直担心，怕我误了火车。

在月台上妈妈说：

“你别生气。我好像是说过，你很像你的父亲。我也知道，你很好。”

火车驶离了车站。已经是晚上了。我凝望着莫斯科的灯火，很久，很久。在这个夜里，在万家灯火之中，或许有一盏灯是属于柳芭房间里的。

没有内容的短篇小说

从二月起就解冻了。基辅到处开始弥漫着雾气。温暖的风常常把浓雾驱散。在我们卢基扬诺夫卡散发着积雪消融和树皮的味道——风从第聂伯河、从初春前开始发黑的切尔尼戈夫森林送来这种气息。

房檐滴水，檐下的冰柱似乎活跃起来，只有到了夜间，风才会刮走乌云，水洼表面结起一层薄冰，天上群星开始闪烁——不过这种情况也比较少见。只有在我们郊区才能看到星星。城里的窗户和街灯的亮光那么多，显然，谁也不会想到星星的存在。

二月潮湿的晚上，外祖母的厢房里暖和又舒适。亮着电灯。百叶窗外空旷的花园里，开始时不时响起刮风的呼啸声。

我在写一篇新的短篇小说——是关于波列西耶和"莫吉廖夫的老大爷们"的故事。我花了很多精力忙活这事儿，越下功夫，小说越"乏力"——变得枯萎与空洞。但是，我最终还是完成了小说，并且拿到《灯火》杂志编辑部。

编辑部设在丰杜克列耶夫大街一处院子里的一个小房间里。一个神情愉快、胖得圆乎乎的人正在一堆乱糟糟的清样上切香肠，准备喝茶。一个中学生带着小说出现在编辑部，这一点也没有让他感到惊讶。

他接过小说，匆匆地看了一眼结尾，说他很喜欢我的小说，但是要等编辑来。

“您小说署的是真姓吗?”这个圆乎乎的人问。

“是的。”

“用不着这样！我们杂志是左派的。而您是中学生。也许会发生什么不愉快的事。您想一个笔名吧。”

我恭顺地同意了，画掉自己的姓，替换成“巴拉金”。

“还不赖!”圆乎乎的人表示赞许。

一个瘦瘦的人从大街上走进屋子里，他的脸是土黄色的，大胡子乱蓬蓬，塌陷的眼睛目光犀利。他一直骂骂咧咧的，脱掉高帮的防水橡胶套鞋，解开长围巾，一边咳嗽着。

“这就是编辑。”圆乎乎的人说。他停止撕香肠上的皮，用铅笔刀指了指刚进来的那个人。

编辑甚至都没看我一眼，他走到桌子跟前，坐下，伸出一只手，用沙哑而可怕的声音说：

“您给我吧!”

我把稿子放到他伸出的手上。

“您知道吧，”编辑问，“不被采纳的稿子是不退的?”

“知道。”

“那好极了！”编辑说话有点儿像在发牢骚，“一个小时后您再来。就有答复了。”

那个圆乎乎的人给我使眼色，笑了笑。

我很沮丧地离开了，一直在克列夏季克游荡，顺便去了一趟图书馆，在那里碰见了菲佐夫斯基。他刚刚借了一卷易卜生的作品集。他开始抨击我，说我读易卜生读得太少了，他还说，世界上最伟大的作品就是《群鬼》[1]。

我们一起走出图书馆。我回编辑部为时尚早。我们顺道去了一个黑咕隆咚的院子抽烟——在街上会撞见老师或学监。我们是被禁止吸烟的。

菲佐夫斯基把我送到编辑部，他决定在大门口等我。他很感兴趣，想知道结果是什么。但是我求他离开。我很害怕。如果小说不被采纳，菲佐夫斯基将会用怎样的眼光看我啊。

我走进编辑部。编辑用犀利的目光看了我一会儿，他沉默着。我也不说话，我感觉到我的脸烧得滚烫。显然，我的脸红得厉害。

“请您允许我取回稿子！”我说。

“稿子？”编辑问，他笑得直咳嗽，“我求您了。我恳求您。您可以把它拿走，扔到炉子里去。但是，问题在于，我想发表这篇小说。您知道吧，我很喜欢它。”

“对不起，我不知道。”我低声说。

“急性子的青年！既然已经踏上作家这条路，劳驾，准备好耐性吧。稿费——周三来拿！”他改变了声音，用冷冰冰的腔调说，“您以后写的东西都拿给我们。”

我跳出编辑部。菲佐夫斯基站在门洞里。他没走。

1 易卜生的剧本，创作于1881年。

“怎么样?”他有些害怕地问我,“用你的稿子了?”

“用了。”

“一起去我那里吧!”菲佐夫斯基大声说,“我有一瓶麝香葡萄酒和一些渍苹果。我们庆祝一下!”

我和菲佐夫斯基两个人喝了一瓶麝香葡萄酒。我回家时很晚了。已经没有电车了。

我沿着空旷的街道走着。没有路灯。如果有个乞丐遇到我,我或许会把我的大衣送给他,或者做出随便什么这种冒失的事情来。

但是,我谁也没遇到,除了一条湿乎乎的白狗。它蜷起爪子,坐在栅栏旁。我在口袋里摸索了一阵儿,什么也没找到。于是,我摸了摸它。这只狗立刻就紧跟着我走了。

我一路上都在和它讲话。作为回答,它不时跳起来,用牙齿咬我大衣的袖子。

“让我们听听!”我说了一声,停住了脚。

这只狗竖起耳朵。花园里传来沙沙声,好像那里有人在翻动去年的树叶。

“你明白这意味着什么吗?”我问那只狗,“这是春天。然后呢,就是夏天。那时,我就会离开这里。或许,我会见到一个女人——世界上最好的女人。”

那只狗往上跳,用牙齿咬我的大衣袖子,我们继续走。

所有的房子没有一扇窗户还亮着灯。城市在沉睡。依我看,所有的居民现在都应该醒来,纷纷涌上街头,为了看到这阴沉的云朵飞过,听到积雪怎样融化、怎样发出清脆的响声,听到塌陷的雪堆下面,水又是怎样慢慢地滴落。在这样令人惊奇的夜里,就不该睡觉。

我不记得我是怎样回到家里的。外祖母已经睡了。那只狗很有礼貌地跟我进了房间。冰凉的晚餐摆在桌子上。我喂狗吃了面包和肉，让它躺在炉旁的角落里。狗立刻睡着了。它睡着觉，还时不时地出于感激摇一摇尾巴。

早晨外祖母看见那只狗，她没有生气。她可怜它，叫它卡多，开始喂它，狗也就这样在外祖母这里住下了。

春天日益临近。与春天一起向我袭来的还有毕业考试。为了通过考试，应当复习所有中学学过的课程。这很难，尤其是在春天。

复活节到来了。在复活节假期的末尾几天，科利亚舅舅从布良斯克来住了几天。他来探望外祖母。

科利亚舅舅住在厢房我的房间里。维拉姨妈和她的家人住在临街的大房子里，她抱怨科利亚舅舅，因为他住我这里。但科利亚舅舅开了句玩笑，就成功地搪塞过去了。

每到晚上，我就和科利亚舅舅躺在床上闲扯、开玩笑。外祖母听到我们闲扯，就起来穿上衣服，到我们这儿来，一直坐到深夜。

有一次，我和科利亚舅舅一起在维拉姨妈家里吃了一顿晚餐，这种晚餐盛情难却，十分拘束。用外祖母的话说，在她家聚会的是一群形形色色的“妖怪和奴才”。

他们中间有一个基辅著名的眼科医生杜米特拉什科，他让我特别愤怒，他个子很矮，说话尖声尖气的，胡子是卷曲的，金黄色的鬈发耷拉到他黑色常礼服的领子上。

只要杜米特拉什科一出现，空气就被毒化了。杜米特拉什科一边揉搓胖乎乎的小手，一边开始用污言秽语议论知识分子。维拉姨妈的丈夫是一个脸上长满粉刺的生意人，很像摩尔达维亚人，他随声附和着。

然后，一成不变的是退伍将军皮奥图赫和三个老处女登场——这是他的女儿们。将军最主要是谈劈柴的价格——他做点儿劈柴生意。

维拉姨妈努力地表现出上流社会的谈吐，可效果欠佳。几乎每一句话她都用惯用语“请您注意”开头儿。

“请您注意，”她说，“巴申斯卡娅夫人只穿淡紫色的连衣裙。”“请您注意，这个馅饼是用自家的苹果做的。”

为了给客人解闷儿，维拉姨妈强迫自己的女儿娜嘉弹钢琴和唱歌。娜嘉害怕将军家的老处女们死盯着她看的眼睛。她犹豫不决地轻触琴键，用细细的、颤抖的声音唱起当时很时髦的歌曲《天鹅》，声音很可怜：

> 小河湾在沉睡，如镜的水面默然不语……[1]

音乐教师是一个德国女人，在这些晚会上是个沉默的在场者——她警惕地注视着娜嘉。德国女人有一个大而异常纤薄的鼻子。当它处在明亮灯光下时像是完全透明的。在这鼻子上方，堆着一大把底边剪成锯齿形的头发。

我和科利亚舅舅吃完晚饭回到外祖母的厢房。

“哼!”科利亚舅舅说，一边大声地喘气，“不堪到极点!”

为了忘掉这个晚上，也为了消遣，科利亚舅舅叫哈腾伯格到外祖母这里来，举办一场家庭音乐会。他在大提琴的伴奏下，给外祖母唱了几

1 巴尔蒙特的诗《天鹅》(1895) 中的诗句。

首波兰民歌。

哦，你这蔚蓝色的维斯瓦河，
就像是一朵花。
你奔流到异乡的土地——
有如浪迹天涯！

外祖母听着，紧握两手按在膝盖上。她的头轻轻地摇动，浑浊的眼泪溢满眼眶。波兰很远、很远！外祖母知道，她再也看不到涅曼河、维斯瓦河和华沙了。外祖母挪动一步都已经很费劲了，甚至已不再去教堂。

科利亚舅舅动身的那一天对我说，即将到来的这个夏天他还会去廖夫纳，而且要我许诺，让我也一定去。别让他为这事儿特别地求我。我很高兴地同意了。

从我知道我将去廖夫纳的那一刻起，一切都发生了变化。我甚至相信，我会出色地通过毕业考试。剩下的只是等待，而对幸福时光的期待，有时比这些时光本身更美好。只不过到后来我才确信这一点。当时我还没有意料到，人类的生活还有这种奇怪的特点。

中学毕业证书

毕业考试五月底开始，持续了整整一个月。各个年级的同学都已经放暑假了。只有我们来到空旷、清凉的学校。它仿佛远离了冬日的纷扰，现在休息了。我们的脚步声传遍每个楼层。

举行考试的大礼堂，窗户都敞开着。蒲公英的种子在大礼堂内的阳光之中飞舞，就像是白色的、闪闪烁烁的火花。

我们必须穿制服参加考试。制服镶着银边儿的硬领子能把脖子磨破。我们坐在花园里的栗树下，解开制服的扣子，等待自己的考试轮次。

考试让我们感到害怕。告别学校也使我们感到忧伤。我们已经习惯了学校。未来在我们的想象中很模糊、很艰难，主要是因为我们不可避免地将彼此失去音信。我们忠诚的、愉快的中学之家将不复存在。

考试前在花园里有一个聚会。我们班级所有的同学都被召集来，除了犹太人。不应让犹太人知道这个集会的任何情况。

我们在集会上做出一个决定，最优秀的俄国和波兰学生在考试中至少要有一门课得四分，为的是拿不到金质奖章。我们决定把所有的金质奖章都让给犹太人。没有这些奖章，他们就不会被大学录取。

我们发誓对这一决定保密。令我们引以为荣的是，无论是在当时，还是后来大家都上了大学，我们都没有泄露这一秘密。现在，我违背了这一誓言，因为在我的中学同学当中，几乎没有谁还活在人世间。他们大多数都在我们那一代人经历过的大战中牺牲了，总共只有几个人安然无恙。

还有第二次集会。会上我们商定我们之中的谁去负责帮助马林斯克女子中学的几个女生写作文。我不知道为什么，她们要和我们一起参加俄文课的笔试。

斯坦尼舍夫斯基和那些女学生进行了洽谈。他带回来一份需要帮助的女生名单。名单上有六个人。

我被委托帮助女生博古舍维奇。我不认识她，也没见过她。

我们在大礼堂写作文。每个人都坐在单独的小桌子后，男生在左边，女生在右边。女生和我们之间有一条宽宽的过道，学监们就在那里来回溜达。他们监视着，防止我们相互传纸条、吸墨纸，还有其他一些可疑的物品。

斯坦尼舍夫斯基名单上的六个女生都坐在过道边。我要想法猜出她们当中哪一个是博古舍维奇。“博古舍维奇”这个姓让人想到这是一个丰满的乌克兰女子。其中有一个女生胖胖的，梳着粗粗的辫子。我断定，这就是博古舍维奇。

校长进来了。我们起立。校长刺啦一声拆开厚实的信封，从里面抽出一张带有作文题目的纸，这是从学区送来的，他拿起粉笔，仔细地在黑板上写道：《真正的教育是把道德与智力的发展相结合》。

大厅里飘过一阵惊慌的嘈杂声——题目真是该死。

我不能浪费时间。我马上开始在一个窄窄的小纸条上写作文的提纲给博古舍维奇。

毕业考试的时候允许我们抽烟。为此，我们一个一个地去走廊尽头的吸烟室。年老糊涂的看门人卡济米尔——就是那个带我去预备班的老头儿——在那里值班。

在去吸烟室的路上，我把提纲卷成一个细细的小圆筒，插进烟嘴里。我抽完烟之后，把烟头儿放在窗台上指定的地方。卡济米尔什么也没发现。他坐在椅子上嚼着面包片。

我的任务完成了。我之后是利塔乌埃尔去抽烟。他把他带有提纲的烟头扔到窗台上，从我的烟头里取出小抄，在顺着过道儿回座位的时候，把小抄丢到女生博古舍维奇的桌子上。在利塔乌埃尔之后，斯坦尼舍夫斯基、列加梅，还有其他两个男生也这么干。他们的工作需要手疾眼快。

当利塔乌埃尔回到大厅的时候，我已经开始写自己的作文了。我盯着他。我想看看，他是怎样把小抄丢出去，丢给谁了。但是他的动作如此之快，我竟然什么都没发现。我只是看到一个女生开始紧张地写起来，于是我明白，事情办妥了，博古舍维奇得救了。

但是，开始写起作文的不是那个梳着粗辫子的女生，而完全是另外一个。我只看到她瘦瘦的后背，考究的白围裙上面的两根带子呈十字交叉在背上，微红的几绺卷发耷拉在脖子上。

作文考试时间是四个小时。我们中的大多数同学都提早写完了。只有女生们还坐在桌后，备受煎熬。

我们去到花园里。这一天，花园里有很多小鸟在唱歌，就像它们是从整个基辅来这里聚会的。

在花园里，利塔乌埃尔和斯坦尼舍夫斯基差点儿吵起来。利塔乌埃尔说，斯坦尼舍夫斯基安排的这次给女生的援助搞得太差劲了。斯坦尼舍夫斯基勃然大怒。他为自己事业的成功而容光焕发，他等着的是荣誉，而不是批评。

“怎么回事?”他问利塔乌埃尔，带着挑衅腔调，这腔调不是什么好兆头。

“可问题在于，我们不用知道我们要帮助的女生姓甚名谁。六个女生——六个小抄。随便哪个女生收到哪个小抄都行。为什么我要知道，我给博古舍维奇还是亚沃尔斯卡娅写呢？这些对我来说都无所谓！当我们丢小抄的时候，这样做只能使事情复杂化。”

“天啊！”斯坦尼舍夫斯基痛苦地摇摇头，“你这地地道道的白痴！你一点儿想象力都没有。你要知道，我是有意这样做的。”

“为什么?”

“这对我来说更——有——趣！”斯坦尼舍夫斯基加重语气说，“没准在这个基础之上，在救助者和被救助者之间能爆发出炽热的爱情！你想过这事儿吗?”

“没有。”

“你这蠢货！”斯坦尼舍夫斯基断然回答，“现在呢，去弗朗索瓦那里吧。有冰激凌。”

每门考试之后，我们都要用自己不那么富余的钱狂吃一通——去弗朗索瓦的糖果点心店，在那里每人吃五份冰激凌。

对我来说，最难的是三角学考试。我终究还是通过了。考试一直持续到晚上。

考试结束之后，我们一直等到总学监公布分数，让我们高兴的是没有人不及格，我们吵嚷着冲到大街上。

斯坦尼舍夫斯基使出浑身的力气把一本破破烂烂的教科书抛到空中。散开的书页摇晃着向四周飞舞，从空中飘落到马路上。我们很喜欢这么干。我们所有人按照口令，一起将自己的课本抛向空中。过了一分钟，马路就变成白色的，铺满了稀里哗啦的纸片。警察开始在我们的身后吹哨子。

我们拐到丰杜克列耶夫大街上，然后，是狭窄的涅斯捷罗夫大街。渐渐地大家各自回家了，最后我们总共剩下五个人：斯坦尼舍夫斯基、菲佐夫斯基、施穆克勒、霍罗热夫斯基和我。

我们朝加利奇市场的方向走去，那里有很多小吃店和啤酒馆。我们决定畅饮一番，因为我们认为考试都已经结束了。就剩下拉丁语，但谁也不怕这门考试。

我们互相打趣，哈哈大笑。按老话讲，我们是鬼上身了。路人都回头看我们。

在加利奇市场，我们去了一家啤酒馆。地板上散发出啤酒味儿。靠墙搭建了几个木板棚，上面糊着粉红色的壁纸。它们被称作“雅间”。我们占领了这样一个“雅间”，点了伏特加和小块儿焖牛肉。

老板颇有先见之明地拉上褪了色的门帘。不过我们吵闹得那么厉害，还是不时有顾客稍稍掀起门帘往我们的“雅间”里瞧。所有往里瞧的人，我们都要请喝伏特加。他们很开心地喝下酒，并祝我们“顺利毕业”。

当时已经很晚了，老板走进我们的“雅间”，他斜眼瞟了一下门帘，低声说：

“有个暗探在门外了。”

"什么暗探啊?"斯坦尼舍夫斯基问。

"暗探局的啊。你们应该老老实实地从后门出去，到院子里。院子那儿有一条通道，通往布里瓦尔诺-库德里亚夫大街。"

我们没有拿老板的话当回事儿，但还是从后门出去了，来到一个黑乎乎、臭烘烘的院子里。经过垃圾箱和劈柴棚时，为了头别碰到拉起的晾衣绳，我们猫着腰费劲地走出来，到了布里瓦尔诺-库德里亚夫大街。我们身后没有人。

我们从门洞出来，来到光线暗淡的人行道上。那里站着一个戴圆顶礼帽、有点儿驼背的人，他在等我们。

"晚上好！"他沙哑地说，声音有些可怕，他微微抬一下礼帽，"玩儿得不错吧，中学生先生们?"

我们什么也没回答，顺着布里瓦尔诺-库德里亚夫大街往上走。戴圆顶礼帽的人也跟着我们走。

"乳臭未干，"他恶狠狠地说，"居然爬进有通道的院子!"

斯坦尼舍夫斯基停了下来。戴圆顶礼帽的人也停了下来，他把一只手插进大衣的口袋里。

"您想干什么?"斯坦尼舍夫斯基问，"赶紧见鬼去吧!"

"你们钻进下等小酒馆，"戴圆顶礼帽的人开始说，"还是皇家中学的学生呢！出入下等小酒馆，应当发黑籍证。你们知道吧?"

"我们走！"斯坦尼舍夫斯基对我们说，"听一个傻瓜说话，真的很烦。"

我们走了。戴圆顶礼帽的人还是跟着我们。

"我可不是傻瓜，"他说，"你们才是傻瓜。我本人也在中学里读过书。"

“看出来了。”施穆克勒说。

“看出什么？”这个人歇斯底里地喊起来，“因为醉酒，我带着黑籍证被赶出了学校。而我能这样就饶恕你们喝酒吗？不能！我会达到自己的目的。不给你们每人发一个黑籍证，我是不会安生的。你们的考试泡汤了。你们将得到坎肩的袖子[1]，而不是大学。你们在下等小酒馆说了反政府的言论了？你们说了！嘲笑了沙皇的家族？嘲笑了！我得收拾你们——不费吹灰之力。奉劝各位不要和我开玩笑。反正我得送你们去暗探局。”

我们在一些空旷的街道上拐来拐去，往圣斯拉夫谷地走。我们想，这个暗探跟在我们后面走，去这个偏僻的谷地他会有些害怕。但是，他执着地跟着我们。

“难道我们五个人还打不过他？”斯坦尼舍夫斯基小声问。

我们停住脚。暗探从口袋里掏出左轮手枪。他给我们看他的枪，声音沙哑地笑起来。

我们领着他在大街小巷兜了很久，避开十字路口，那里有警察。菲佐夫斯基建议大家一个接着一个分开，直至消失。在这种情况下，暗探总归不会去跟那一个人，而是跟另外几个人，——开始跟四个，然后三个，两个，最后变成只跟一个。这样的话，他只能逮住一个人，而不是五个。

我们没人同意菲佐夫斯基的建议。这么做太不够朋友。

我们挖苦那个暗探。我们每个人都编造一个他的履历，大声地讲出

1 坎肩没有袖子。这句话意为什么也得不到。

来。这些履历都是耸人听闻的，侮辱人格的。暗探暴怒，嘶哑地喊叫着。显然，他已经累了，但还是像疯子一样执拗地拖着步子跟在我们身后。

东方已微露蓝色。该行动了。我们约好在几条胡同里来回转悠，靠近斯坦尼舍夫斯基住的那个房子跟前。

邻着大街有一道石头围墙，有一人半那么高。在它下面有凸出的部分。我们按口令跳上这块凸起的部分，然后一下子跳过围墙。体操课这回可派上用场了。

围墙内的庭前小花园中堆放着一些碎砖头。碎砖头如冰雹般落在暗探的身上，他此刻正站在墙外。他大喊一声，跳回到大街的中央，开了一枪。子弹在空中发出令人讨厌的哀号声。

我们经过庭前小花园和门洞，扑向第二个院子，跑上四楼斯坦尼舍夫斯基的住宅，过了几分钟，所有人都已脱掉衣服，躺在沙发和软榻上了，我们还侧耳倾听着街上发生了什么事。

斯坦尼舍夫斯基的父亲头发花白，而且硬得像鬃毛，他是律师，此刻他穿着家居服到每个房间里转一圈。他跟我们的心情一样，一副好斗的架势，但他恳请我们安静地躺着，别跳起来，也别去窗前。

一开始还可以听见有人狂怒地摇晃大门，还和门房对骂。后来，就听到院子里有暗探和警察的声音。好在斯坦尼舍夫斯基住的房子所在的院子是通透的。门房肯定地说，那些中学生或许已经穿过院子跑掉了。暗探和警察闹腾了一会儿就走了。

我们睡着了，睡得很沉，直到晌午才醒来。我们派几个侦察兵到街上去——就是斯坦尼舍夫斯基的姐妹们。没有什么可疑的迹象，我们便各回各家了。

这件事不管在今天看起来多么古怪，但当时我们确实是摆脱了一桩很大的危险：中学毕业前两天，不可避免的开除和黑籍证。这等于判决一个公民死刑。

最终，那个美妙的日子到来了，在大礼堂，在蒙着绿呢子的大桌子旁，校长给我们颁发毕业证书，并祝贺每一个人中学毕业。

第二天，学校举办了传统的毕业舞会，还邀请了和我们一起考俄文的那些女生。

学校里灯火辉煌。花园里张灯结彩。乐队在演奏。

舞会开始前，苏博奇向我们致辞：

“四年级的时候，我只是忍受你们。五年级的时候，我开始教育你们，尽管要把你们培养成为真正的人这个希望很渺茫。六年级的时候，我和你们成为朋友。七年级的时候，我喜欢上你们，八年级的时候，我甚至开始为你们感到骄傲。我是一个不幸的父亲。我有太多的孩子，不少于四十个。况且，每隔几年，我的孩子们就要换一茬新人。一些走了，另一些来了。由此可以得出一个结论——我要承受比普通父母多四十倍的伤心，还要多操四十倍的心。因此，或许我不总是同样地关注每一个人。和你们分别，我很忧伤。我努力把你们培养成为好人，而你们同样给我的生活赋予了意义。和你们在一起，我也变得年轻了。从今以后，我永远地宽恕了你们所有愚蠢的行为，甚至是和第一班打架的事情。我宽恕一切。这其中当然没有任何说我宽宏大量的意思。但我呼吁你们要宽宏大量。海涅曾经说过，这世上的傻瓜比人还要多。当然，他有些夸大其词。但是，这话究竟意味着什么？这意味着我们每天都要遇到一些人，他们的存在不会给他们自己，也不会给周围的人带来任何快乐和好处。你们要防止自己成为无益之人。无论你们成为什么人，都要记住这个睿智的劝告：‘无一日不动笔写字。’要努力劳动！什么是天才？就是三倍、四倍的劳动。要热爱劳动，但愿你们永远与劳动难舍难分。祝你们前程似锦！不要记恨那些在和你们的搏斗中头发日渐花白的老师！”

我们扑向他，他和我们每一个人都热烈地亲吻。

“而现在呢，”苏博奇说，“说几句拉丁语吧！”

他挥舞着双手，唱起来：

Gaudeamus igitur juvenes dum sumus ! [1]

我们随着他唱起我们的第一首大学生歌曲。

然后，舞会开始了。斯坦尼舍夫斯基是主持人。他命令那些男救星邀请被他们救助过的女生跳华尔兹舞。他介绍我和一个长着快乐眼睛的瘦姑娘——奥莉娅·博古舍维奇认识。她穿着白色连衣裙。她垂下双眼，感谢我帮过她，由于发窘，她的脸色变得苍白。我回答说，这纯粹是小事一桩。我和她跳起舞来。后来我又从小吃部给她拿来冰激凌。

舞会结束后，我们送女生们回家。奥莉娅·博古舍维奇住在利普基。深夜里，我和她走在温暖的树叶下。她白色的连衣裙对于这个六月的夜晚来说似乎是太华丽了。我和她分别时已成为朋友。

我去了菲佐夫斯基那里，我们这一伙人要在他那里度过这夜晚剩余的时光。我们凑钱置办了晚餐，还买了酒，并且邀请苏博奇、谢利汉诺维奇、约翰逊参加。约翰逊唱了几首舒伯特的歌曲。苏博奇熟练地用酒瓶子给他伴奏。

1　拉丁语，意思为：“我们要欢乐，趁着年轻！”这是一首古老的大学生拉丁语歌曲的开头。

我们热闹了很久，之后各回各家，这时太阳已经升起，但是，街道上仍有一条长长的、寒冷的阴影。我们在告别的时候紧紧拥抱，每个人都怀着莫名其妙、悲喜交加的心情，开始走上自己的道路。

雷电交加的夏夜

窗外，又是熟悉的榛树叶子。叶子上的雨滴闪着亮光。太阳又出现在被雨水湿透的公园里，拦水坝的水又在喧嚣。又是廖夫纳，可是，柳芭不在。

卡列林娜家别墅的门窗都被钉死了，空无一人。在别墅的凉台上，一只流浪的黑狗安了家。当有人走近别墅的时候，它便尖叫着跳出来，夹起尾巴躲进灌木丛。它会一直卧在那里，等待险情过去。

萨莎得了白喉病，卡列林娜一家或许到夏末才回来，或许她们根本就不回来了。这谁也不知道。

这个夏天经常有暴风雨，天气反复无常——原因呢，按科利亚舅舅的说法，是太阳上出现了许多黑子。

连绵不断的雨后，干旱来袭。但是，热风常常会使这些寂静的日子匆匆结束，并且带来干燥的烟雾。河水发黑。松树的树梢开始摇曳，发出不安的哗哗声。

道路上尘土飞扬，尘土顺着道路一直跑到大地的边缘，追赶着行人。

“干旱的夏天，”农民们说。

椴树上出现了干枯的叶子。河水日渐变浅。每天早晨的露水也越来越少。而在白天可以听得见草丛中包着种子的干荚破裂时发出的噼啪声。

炽热的田野上落满刺实植物的白絮。

“天气这么热，接着一定有大雷雨！”所有人都这样说。

大雷雨终于来了。它慢慢地走近，我和格列布·阿法纳西耶夫从一大早就开始追踪它。河边的浴场是那么闷热，简直让人两眼发黑。我们一直泡在微温的水里不出来。

天空中弥漫着烟雾。烟雾后面隐约可见一团团黑压压的、好似化石一样的棉絮。这是大雷雨的乌云透过烟雾显现了出来。

周围是死一般的沉寂。青蛙和小鸟都不叫了，鱼也不再拍打水花。甚至树叶也纹丝不动，它们被大雷雨吓坏了。莫尔丹爬到别墅下面，在那里轻轻地尖声吠叫，不愿出来。只有人们吵嚷着、彼此呼唤着，但是人也感觉不舒服。

临近黄昏时分，烟雾散尽，如同黑夜一般绵密的乌云遮蔽了半个天空。闪电时而将乌云撕裂。雷声还未响起。东方升起朦胧的月亮。它被所有人抛弃了，迎着乌云孤零零地升起，——在它的背后，看不到一颗星星。月亮在每一次闪电爆发的时候，都会变得惨淡无光。

然后，大地终于精神焕发地、如释重负地松了一口气。第一声惊雷响彻森林，之后顺着被风吹得哗哗响的庄稼远去，奔向南方。第一声惊雷低声怒吼着远去了，接踵而来的是新的雷声，它震动着大地，然后滚向南方。

“先知以利亚[1]，”格列布·阿法纳西耶夫说，“在天上坐车跑得欢呢。”

我们开始看见乌云里有黄色的涡旋在转动。乌云的边缘开始打卷儿，冲向地面。闪电爆发，在天空的黑洞里跑过。

村子里钟楼上的钟急促地几次敲响，每次都是连敲两响。这是一种信号，提醒人们浇灭农舍里的炉火。

我们关上所有的门窗，还有火炉烟道的风门和百叶窗，坐到凉台上开始等待。

在公园后面很远的地方，响起了可怕的轰隆声，声音宽广，响彻整个大地。玛露霞舅妈坚持不住，她回屋去了。响声迫近，朝我们滚来，就像是大海席卷着一切。这是风来了。

然后，所有的东西都呼啸起来、嗷嗷直叫。百年椴树也发出嘎吱嘎吱的响声。黄色的烟雾紧贴着地表疾驰。门窗的玻璃纷纷散落。空前的白光在这烟雾里燃烧起来，一阵咔嚓声，就好像把一栋别墅射进了大地里，直没到房顶。顺着喧嚷的树梢，滚过一个黄色的火球。它咔嚓响着，冒着烟，然后，伴着干巴巴的轰隆声爆炸了，就像是远射的炮弹。

“赶紧下雨吧！”玛露霞舅妈反复说，“赶紧下雨吧！”

终于下起了倾盆大雨，似天崩地裂。灰色的水流倾泻到草木蓬乱的公园里。

暴雨铆足了劲儿轰隆隆地下着。在它那令人快慰的嘈杂声伴奏下，我们各回各屋，睡得很香。

夜里，狗叫声、马的嗤鼻声、楼下急促的脚步声、笑声，还有餐具

1 《圣经·旧约》中提到的以色列先知，未经死亡而升天。

的叮当声把我吵醒了。格列布也没睡觉。

暴雨过去了，但是，闪电不停地发着光。

“科斯季克，”格列布说，“我这颗有预感的心提醒我，有人来了。是谁呢？让我们听一听。”

我们静静地躺了几分钟。格列布跳起来，开始摸黑穿衣服。

“有人来了！”他说，“我听见绝妙的萨莎说话的尾音。[1]这是卡列林娜一家！你起来吧！”

我也开始穿衣服。我听见玛露霞舅妈在楼下说：

“是的。科斯季克在这儿呢。已经来很久了。格列布也在这儿。应当叫醒他们。”

“让他们睡吧，”玛丽亚·特罗菲莫夫娜回答说，“明天聊也来得及。我自己也搞不清，我们是怎么到这儿的。在里亚布切夫卡等了两小时大雷雨才过去。还好，路是沙土的。”

“嗯，我们出去吧！”格列布说。

“你先去吧。”

“啊哈！”格列布高声说，“这就是说，您很激动，年轻人！”

“我有啥可激动的？”

“那就一起走吧！”

我们下楼了。房间的灯都亮着。玛露霞舅妈往桌子上摆茶。墙根儿放着几只湿乎乎的手提箱。

玛丽亚·特罗菲莫夫娜坐在桌旁。萨莎迎面跑过来，和格列布还有

1　改写自普希金的诗句：“我听见绝妙的希腊语的尾音。”

我热烈地亲吻。她瘦得可怕，但是，她的眼睛依旧亮闪闪的。

我们恭敬地吻了玛丽亚·特罗菲莫夫娜的手。

“哇，你晒得这么黑!”玛丽亚·特罗菲莫夫娜说，并且拍了拍我的脸蛋儿。

柳芭背对着我们跪着，她在翻筐里的东西。她没回头，继续找着什么。

“柳芭,”玛丽亚·特罗菲莫夫娜叫她,“你怎么回事，没看到吗？科斯季克在这儿。还有格列布。”

“这就来,”柳芭回答道，她慢慢地站起来，“我找不到柠檬了，妈妈。”

“唉，别管它了，别找柠檬了。”

柳芭转过身来，整理一下头发，向我伸出一只手。她匆匆地看了我一眼，便移开了目光。

“你们坐吧,”玛露霞舅妈说,“茶快凉了。”

我们坐到桌旁。科利亚舅舅不在房间。我听见，他在凉台上往谁的手上倒水，而那个人噗噗地打着鼻响，在洗脸，他说话时发不清卷舌音:

“看在上帝的分上，您别劳神了！谢谢您!”

“这是谁啊?”我问萨莎。

她抓着我的肩膀，向我耳语道:

“连尼亚·米赫里松。柳芭的同学。画家。神童。”

“谁?”我又问了一遍。

“你自己会看到的。我恨他。”

“萨莎!”玛丽亚·特罗菲莫夫娜呵斥道,“别在那儿嘀嘀咕咕的。”

柳芭不满地看了萨莎一眼，低下头。科利亚舅舅从凉台上走了进来。跟在舅舅身后的是一个戴眼镜的高个子青年，还在擦手，他的脸很长，牙很大。他和善地看着我们的脸，跟我和格列布打招呼。尽管他视力很差，也很笨拙，但是，他像妈妈喜欢说的那样，一下子就能看得出来，他是“好人家”出来的。他表现得很有礼貌，从容自然，不过当然啦，一看就是城里人。他坐到桌旁，从玛露霞舅妈那里接过一杯茶，表示感谢，他说：

“田园生活！”

格列布扑哧一笑。玛露霞舅妈有些惊慌地看了看我和格列布，可是萨莎说：

“连尼亚，真的，您最好吃点儿果酱。这是草莓酱。”

科利亚舅舅也严肃地看了看格列布，但他立刻又微笑起来。

喝完茶以后，我们帮卡列林娜一家把东西搬到她们的别墅去。公园抖落着雨水，沙沙作响。村子里的公鸡用各种声音开始打鸣儿。黎明已经显露在树梢的上方。

卡列林娜一家人立刻开始整理东西，安顿下来。

太阳升起，把凉台的栏杆染成了金色，彰显出周围不同寻常的洁净与清新。连尼亚·米赫里松在卡列林娜家别墅旁的沙土路上，用一根木棍画着什么。

“多好的早晨啊！”格列布说。我和格列布把最后一个箱子拖过来，玛丽亚·特罗菲莫夫娜让我们别再忙活了。于是格列布对我说：“咱们游泳去吧。”

我们抓起毛巾去了浴场。在卡列林娜家别墅旁边的沙土路上，画着很像柳芭的头像侧影，她的头顶上是太阳，还写着：“啊，编织光明的阳光！”

格列布很生气：

“颓废派！穷欢乐！”

格列布一边走一边挥动毛巾。然后他眼睛看着旁边，对我说：

“可是你呢，科斯季克，别这样，别胡思乱想。真的，别这样！别让这事儿搅乱你的夏天，不值得。嗯，看谁跑得快？”

他开始跑。我跟在他的后面跑。几只青蛙躲开我们，跳到湿漉漉的草丛里去了。太阳像一个白色的球越升越高。被涤荡干净的、轻盈的天空变得越来越明亮。

当我跑到浴场的时候，我似乎觉得我心中的苦涩差不多都已经消失了。我喘息着，满脸通红，我的心在猛烈地跳动，于是我想：周围是这样炽热的早晨，前边漫长的夏日在等着我，难道我要为柳芭痛苦吗？那个高傲的姑娘！

科利亚舅舅来到浴场。我们游泳、潜水，扑腾得河水不停地晃动，甚至可以看到远处的拦水坝旁边，河水泛起小小的波浪，它们时而拱起睡莲的花朵，时而又将它们落下。我也几乎忘了我所经历的第一次背叛。我只想让柳芭看看，我一点儿也不为此伤心难过，我要让她看看，我的生活充满这样一些有趣的东西，我为了所谓的别墅爱情、为了她的叹息和暧昧的表露受折磨，这简直是可笑。

“说到底不就是这样吗？”我想，“我对柳芭的迷恋比这太阳好在哪里呢？”阳光已经透过绿色的植被，洒到暗淡的水面上。“我对柳芭的迷恋比这没收割的草地惊人的芳香又好在哪里？甚至它比这只顺着浴棚的木板墙急匆匆爬过的绿色小甲虫又好在哪里呢？”

我轻松地得到了心理安慰。显然，这是因为周围所有的一切充满了不同寻常的美妙。格列布爬到浴棚顶上，举起双手伸向太阳，带着鼻音庄严地高喊：“啊，编织光明的阳光!”

然后，他号叫着跌入水中。

“哎，你们这些亡命徒！”科利亚舅舅说，“爬上来吧。喝完茶咱们去侦察侦察。”

“去哪儿?”我问。

“顺着河流向下。白垩山那边。”

我从水里爬出来。走在干干的、暖烘烘的木板上，还在上面留下了湿漉漉的脚印，很是惬意。眼睁睁地看着这些脚印就干了。毛巾散发出咸咸的海水的味道。太阳晒暖胸脯和湿漉漉的头发，我只想哈哈大笑，闲聊一些有趣的事情，或者是和格列布你追我赶地赛跑，径直跑回别墅去。

我们就是这样做的。莫尔丹和切特韦尔塔克狂吠着跟在我们的后面飞跑，它们连蹦带跳，试图在行进中夺走我们手里的毛巾。

我们大笑着，狗大叫着，就这样跑过卡列林娜家的别墅，冲进自己家的凉台，吓坏了玛露霞舅妈。

喝过茶之后，我们和科利亚舅舅出发，顺河而下。我和格列布把这条河流标在自制的地图上，并且想出所有大大小小的河湾、悬崖和那些值得关注的地方的名称。

树枝和高高的野草猛抽我们。我们的衬衫蹭上花粉都变黄了。河岸边散发着暖洋洋的草味儿和沙土味儿。格列布意味深长地说：

“现在我无法苦闷了!”

就这样，我们度过了整个夏天。

很快，炎热的天气就被取代。公园的上空暴雨如注。它把乌云推到树梢。乌云在树梢间乱作一团，然后又挣脱出来，在树枝上留下湿乎乎的碎片，继而吓得到处乱窜。

公园摇晃着、呻吟着。河面上，睡莲的叶子竖了起来。雨水打在房顶上隆隆直响。阁楼里雨声嘈杂，我们仿佛住在一只鼓里。

所有人都在诅咒阴雨连绵的天气，除了科利亚舅舅、格列布和我。我们套上雨衣去了拦水坝，检查一下昨天放好的渔具。事实上，我们出去不是为了这事儿，而是为了吸够这湿润的暴风雨的气息，直到肺部感到疼痛。风刮得如此猛烈，从树上吹落的湿树叶都牢牢地粘在脸上。我们的雨衣变得硬邦邦的。我们彼此招呼着。

我们遭遇到最强的暴风雨，气喘吁吁，只好转身背对着它。

“好！”科利亚舅舅喊道，“很好！当心，别给吹跑了！”

“田园生活！”格列布用他那发不好伸卷舌音的嗓子喊着。

他依旧在挖苦连尼亚·米赫里松。

我们围着我们的领地巡视。老柳树狂怒地叫，整个树冠都在怒吼，它背面呈灰色的叶子被吹得笔直。它们使尽最后的力气与大风搏斗。腐烂的树枝咔嚓响着折断，掉下来。羽毛凌乱的寒鸦们顺风飞翔。它们叫着，但我们什么也听不见。我们看到的只是它们张大的嘴。

在高高的拦水坝后面有一块地方，风刮不到那里去。我们在杂草中向下走，去那里。荨麻打在脸上，但没有刺痛。在这里的一根原木后面，科利亚舅舅藏了几支钓鱼竿。我们就像小偷一样取出它们。我们的手在抖。如果玛露霞舅妈知道这事儿，那可就惨了！她已经认为我们心理变态了。

我们把鱼竿都甩出去。暴风雨就在头顶上轰隆隆响，伸手可触。但是，下面却很安静。

“不会上钩的，”格列布说，“鱼可不像我们这么发疯！”

他故意这样说，为的是让鱼放心。他一门心思想让鱼咬钩。结果这样的奇迹真发生了——鱼漂慢慢地潜入到冷水里。

“鲴鱼！”科利亚舅舅冲着我们喊。

我们开始拖出一条肥硕的、锡色的鱼。

暴风雨变得更加凶猛。雨水以极其可怕的速度沿着水面疾驰。

但是，我们已经什么也顾不上了。

“你们觉得冷吗？”科利亚舅舅冲着我们喊。

“不！太神奇了！”

“那么说，再待一会儿？”

“当然！”

暴风雨持续了五天。它在夜间结束了，谁也没发觉。

早晨我伴着鸟儿的啼鸣醒来。公园淹没在雾中。太阳冲破雾气。看得出来，雾气之上是洁净的天空——雾是淡蓝色的。

科利亚舅舅在凉台旁边摆上茶炊。从茶炊烟囱里冒出来的烟向上升腾。在我们的阁楼里，有一股烧焦了的松果的气味儿。

我躺着，看着窗外。在老椴树的树冠里发生了一些奇妙的变化。阳光穿透叶子，游走在椴树中，燃烧起许多绿色和金色的火光。任何画家都不能传达出这一景象，当然，更别提连尼亚·米赫里松了。

在他的画作上，天空是橙色的，树是蓝色的，而人们的脸是淡绿色的，就像是还没成熟的香瓜。所有这一切都是臆想出来的，或许，就像是我对柳芭的迷恋。现在，我已经完全摆脱它了。

大概，这一连数天的夏季的暴风雨，最终帮我摆脱了对柳芭的迷恋。

我看着阳光越来越深地浸入树叶之中。此刻它照亮了唯一一片发黄的叶子，然后照到一只落在树枝上、侧身朝向地面的山雀，再后来又照亮一滴雨滴。它颤颤巍巍地就要滴下来了。

“科斯季克，格列布，你们听到了吗?”科利亚舅舅从下面问。

“什么?”

“鹤!”

我们侧耳倾听。在雾蒙蒙的蔚蓝长空中，可以听到一种奇怪的声音，就像是水在天空流转。

一小份毒药

村里的药剂师有时会来科利亚舅舅家做客。他叫拉扎尔·鲍里索维奇。

这是一个在我们看来相当古怪的药剂师。他穿着大学生制服上衣。他宽大的鼻子勉强支撑着一副歪斜的夹鼻眼镜，眼镜用黑色的小带子系着。药剂师很矮，很敦实，脸上从眼睛底下往下都长了胡子，说话尖酸刻薄。

拉扎尔·鲍里索维奇出生于维捷布斯克，曾经在哈尔科夫大学学习，但是，他没有学完大学的课程。现在，他和姐姐——一个驼背的女人一起住在村子的药铺里。按我们的猜测，这个药剂师与革命运动有关联。

他随身带着普列汉诺夫的小册子，许多地方用红色和蓝色的铅笔画了粗粗的线，在页边上还打着感叹号和问号。

每到星期天，药剂师都要带着这些小册子潜入到公园的深处，把制服上衣铺到草地上，躺下来看书，他跷起二郎腿，轻轻地摇晃着一只厚重的皮鞋。

有一次，我去拉扎尔·鲍里索维奇的药铺给玛露霞舅妈买药粉。她开始偏头疼了。

我喜欢药铺——一个干净的老木屋，地上铺着地毯，摆着天竺葵，架子上有陶瓷的小瓶子，屋里还有草药的味道。拉扎尔·鲍里索维奇自己采来这些草药，晒干它们做浸剂。

我从来没有遇到过像这间药铺那样吱吱哑哑响个不停的房子。它的每一块地板都以不同的声调吱吱呀呀地响。除了地板，其他所有的东西也都在吱吱呀呀发出刺耳的声音：椅子、木沙发、架子，还有拉扎尔·鲍里索维奇写药方的高高的斜面写字台。药剂师每动一下，都会引发如此之多纷繁的吱呀声，似乎是药铺里有几个小提琴手在用琴弓揉搓干巴巴的、过于紧绷的琴弦。

拉扎尔·鲍里索维奇十分了解这些吱吱呀呀的声音，并且能捕捉到它们最细腻的音色。

"玛尼娅！"他喊姐姐，"你怎么，没听见吗？瓦西卡去厨房了。那里可有鱼啊！"

瓦西卡是药铺里一只脱了毛的黑猫。有时，药剂师对我们这些顾客说：

"我恳请你们，不要坐到这个沙发上去，否则，它就会开始奏起那种能让人发疯的音乐。"

拉扎尔·鲍里索维奇一边磨碎研钵里的药，一边讲话，他说，谢天谢地，在潮湿的天气里，药铺不像在干燥的天气里吱吱呀呀响得那么厉害。研钵突然尖叫一声。一个顾客哆嗦了一下，可拉扎尔·鲍里索维奇却得意扬扬地说：

"啊哈！您也有神经系统啊！我祝贺您！"

现在，拉扎尔·鲍里索维奇在给玛露霞舅妈研碎药，发出频繁的吱呀声，他说：

“古希腊的智者苏格拉底就是被毒芹[1]毒死的。就是这样！在这里磨坊旁边的沼泽地上，长着这种毒芹，多得像是一片森林。我可警告您——白色伞状的花。根部有毒。就是这样！但顺便说一下，小剂量地使用这种毒素还是有好处的。我想，有时每个人都应当往食物里撒一小份毒药，这样就能给他强烈的刺激，他也就镇静了。”

“您相信顺势疗法？”我问。

“在心理领域——是的！”拉扎尔·鲍里索维奇表现得很坚定，“您不明白吗？嗯，让我给您检查一下。我们做个试验。”

我同意了。我对这个未知的试验很感兴趣。

“我也知道，”拉扎尔·鲍里索维奇说，“青年时代有它自己的权利，特别是当一个青年人中学毕业、考上大学的时候。那时人脑袋里就是一架旋转木马。但毕竟还是要思考！”

“思考什么？”

“好像您没有什么可思考的！”拉扎尔·鲍里索维奇生气地嚷了起来，“您已经开始生活了。是这样吧？您将成为什么人，我可以好奇地打听一下吗？您打算怎么做？难道您能一直玩耍、开玩笑、对一些难题置之不理吗？生活——它不是假期，年轻人。不是。我对您预言——我们处在大事件的前夜。是的！我请您相信这一点。虽然尼古拉·格里高利耶维奇嘲笑我，但我们还是要看看谁是谁非。这样一来，我就有兴趣知道：您要成为什么样的人？”

1 属多年生草本植物，长于沟边及沼泽地水边，伞形科。

“我想……”我开了个头儿。

“罢了!”拉扎尔·鲍里索维奇喊道,“您要对我说什么?无非是您想成为工程师、医生、学者,或者随便什么人。这完全不重要。”

“那什么重要啊?”

“正——义!”他喊道,“应当和人民在一起。一切为了人民。随便您想成为什么人,哪怕是牙医,但是,要为人们的美好生活而斗争。是吧?”

“可是,您为什么和我说这些呢?”

“为什么?一般而论!没有任何原因!您是一个可爱的青年,但是您不爱思考。这我早就发现了。这样一来呢,劳驾您——想一想吧!”

“我要当作家。”我说,脸红了。

“当作家?”拉扎尔·鲍里索维奇扶正了夹鼻眼镜,十分吃惊地看了看我,“哈——哈!想当作家的人还少吗?也许我还想成为列夫·尼古拉耶维奇·托尔斯泰呢。”

“可我已经写过……也发表过。”

“那么,”拉扎尔·鲍里索维奇笃定地说,“劳驾等一下!我称一下药粉,完了送您走,咱们把这个事情搞搞清楚。”

他看起来很激动,在他称量药粉的时候,两次不小心碰掉了夹鼻眼镜。

我们出来,经过田野向河边走去,再从那里去公园的方向。太阳落向河对岸的森林。拉扎尔·鲍里索维奇揪下艾蒿的末梢碾碎,闻了闻手指,说:

“这是件大事,但它需要真正地了解生活。是这样吧?而您在这方面还很欠缺,即便不说您根本就不了解生活。作家!他应当多知多懂,想一想都觉得害怕。他应当懂得一切！他应当像一头犍牛那样工作，不求名利！是的！就是这样。我能跟您说的一点是——到农舍去、到集市去、到工厂去、到客栈去。到四面八方，每个地方——剧院、医院、矿场、监狱。就是这样！到处都去。让生活感染您，就像酒精浸透缬草酊！为的是获得真正的浸剂。那您就能把它作为有神奇功效的香膏分享给别人！但是，也必须是按照一定的剂量。是的！”

他还谈了很久关于作家使命的话。我们在公园附近告别。

“您可别以为我是一个游手好闲的人。”我说。

“哦，不会的！”拉扎尔·鲍里索维奇高声说，并且抓住我的一只手，“我是高兴。您看见啦。但是，您得同意，我也有说得对的地方，现在您要思考一些事情了。在吃了我的一小份毒药之后。啊？”

他看着我的眼睛，没有松开我的手。然后他叹了一口气，走了。他走在田野里，个子矮矮的，头发乱蓬蓬的，一边还在揪下艾蒿的末梢。然后他从口袋里掏出一个大大的铅笔刀，蹲下开始从土里挖出某种草药。

药剂师的试验成功了。我明白了，我几乎是什么也不懂，对许多重要的东西还从未思考过。我采纳了这个可笑之人的建议，很快到人间去，去那所生活的学校，任何书籍和抽象的思考都代替不了它。

这是一项艰难的和真正的事业。

还是因为年轻，所以我没有考虑，我的力量够不够走完这所学校。我那时相信，足够。

晚上，我们所有人都去了白垩山——这是河流上方陡峭的悬崖，上边长满小松树。从白垩山望去，是一片壮观的、秋天温暖的夜色。

我们坐在悬崖边。拦水坝旁边的河水在喧嚣。小鸟在枝头忙活着，准备过夜。森林上空闪耀着光芒。这时，可以看得见纤细如烟的云彩。

“你在想什么，科斯季克?”格列布问。

“是这样……总之……”

我在想，如果有人对我说，这生活，连同它的爱情，对真理和幸福的追求，连同它黑夜中的闪光，以及河水遥远的喧嚣——这一切都没有意义，没有合理性的话，那么，我任何时候也不会去相信这个人。我们每一个人都应当随时随地为这种生活的建立而奋斗——直到自己生命的最后一刻。

一九四六年